NA POŁUDNIE OD PIEKŁA

THOMAS ENGSTRÖM

NA POŁUDNIE OD PIEKŁA

Z języka szwedzkiego przełożyła
Emilia Fabisiak

WYDAWNICTWO
SONIA DRAGA

Tytuł oryginału:
SÖDER OM HELVETET

Projekt graficzny okładki: Mariusz Banachowicz
Zdjęcie autora: © Mathias Blom

Redakcja: Grzegorz Krzymianowski
Korekta: Anna Jut, Maria Zając, Marta Chmarzyńska

ISBN: 978-83-7999-762-6

WYDAWNICTWO SONIA DRAGA Sp. z o.o.
Pl. Grunwaldzki 8-10, 40-127 Katowice
tel. 32 782 64 77, fax 32 253 77 28
e-mail: info@soniadraga.pl
www.soniadraga.pl
www.facebook.com/wydawnictwoSoniaDraga

Skład i łamanie: Wydawnictwo Sonia Draga

Katowice 2017. (N117)

Dla Gabrielli z podziękowaniem

Los nawet najgorszych ludzi przesycony jest tragizmem
THOMAS ADÉS

prolog

casino countryside inn
bear creek township, pensylwania/usa
śr 17 października 2012 roku
[07:05/est]

W Wyoming Valley nawet samobójstwa były jakieś takie niewydarzone. Chłopak leżący w pozycji embrionalnej na beżowej narzucie w indiańskie wzory w motelowym pokoju był ubrany tylko w bokserki. Miał co najwyżej osiemnaście lat, półdługie jasnoblond włosy, szerokie ramiona i wąskie biodra. Wokół lewego bicepsa miał mocno zaciśnięty krawat, a tuż obok jego głowy, na wysokości zamkniętych oczu, leżała pusta strzykawka, chyba ostatnia rzecz, którą widział w życiu.

Nie był to pierwszy nieboszczyk w życiu George'a Deckera, szefa policji w Bear Creek. Służył w marynarce wojennej podczas inwazji na Grenadę. Podczas piętnastu lat służby w najbiedniejszym rejonie Pensylwanii przestał już nawet liczyć: nieszczęśliwe wypadki podczas polowania, wypadki samochodowe z udziałem dzikich zwierząt lub bez, niekontrolowane bójki z użyciem noża, a nawet kilka prawdziwych morderstw popełnionych z zimną krwią. Tym razem jednak było inaczej. Mimo sporej kałuży wymiocin na łóżku chłopak wyglądał, jakby spał. Jego młodzieńczy wygląd, brak deformacji spowodowanych wypadkiem sprawiały, że dla Deckera ten przypadek wydawał się tragiczniejszy od zmasakrowanych ofiar samochodowych karamboli lub bójek. Tragiczne, że można zrobić to z własnej woli.

Bo to musiało być samobójstwo, a nie przedawkowanie. Kartka papieru i długopis na nocnym stoliku, starannie złożone ubranie na poręczy krzesła.

11

Sam pokój należał do najtańszych w promieniu kilkudziesięciu kilometrów. Ściany o niedającym się ustalić kolorze. Telewizor, dwudziestocalowa puszka, która przeżyła dziesięciolecia w niewoli, stał przypięty łańcuchem do ściany na lodówce. W śmierdzącej, ciasnej łazience było parno jak w saunie, a odgłos wentylatora zagłuszał nieomal hałas dochodzący z autostrady za oknem. Mimo zapalonych lamp w pokoiku i tak panował półmrok tak gęsty, że prawie nieprzenikniony. Pomiędzy wykładziną a zbutwiałą podłogą z surowych desek ułożono warstwę papieru gazetowego, który szeleścił pod stopami.

Asystentka Deckera, od której co trzy tygodnie czuć było farbą do włosów i która chrząkała nerwowo, gdy cisza panowała zbyt długo, zeszła mu z drogi, kiedy podchodził do okna, żeby odsunąć zasłony w szkocką kratę. Za oknem zobaczyli unoszące się ponad górami poranne mgły, które majestatycznie spływały w dolinę.

Decker przeciągnął ręką po niedogolonej brodzie.

– Kto to jest?

– Christopher Warsinsky – odpowiedziała asystentka wpatrzona w prawo jazdy. – Dwieście trzydzieści siedem Lakeron Drive. Za dwa miesiące skończyłby siedemnaście lat.

– Kluczyki do samochodu?

– Nie.

– To skąd się tu wziął? – Decker rozejrzał się po pokoju.

– Dwieście metrów stąd jest przystanek autobusowy. Albo ktoś go podwiózł.

Na jednym stoliku nocnym stała pusta otwarta buteleczka po lekarstwie. Decker pochylił się, żeby powąchać, ale nie wziął jej do ręki. Brak zapachu. Czyli heroina.

– Popatrz na to – powiedziała asystentka przy drugim stoliku, podnosząc kartkę pincetą.

– Na pewno wszystko obfotografowałaś?

– Tak. Podejdź tu.

Decker obszedł łóżko, stanął obok niej i założył okulary do czytania.

„Wal się, Ron".

Co za Ron?

– Mogę zobaczyć jego komórkę? – spytał Decker.

Białego iPhone'a nie dało się uruchomić w rękawiczkach. Asystentka spojrzała na Deckera przez ramię i powiedziała:

– Odciski palców też już załatwione.

Decker skinął głową i zdjął rękawiczki.

Kobieta powiedziała bez przekonania:

– Czy nie powinniśmy zaczekać na...

– Oj tam, jeśli da się coś zobaczyć bez hasła, to i tak nikt nie zauważy.

Uruchomił telefon i otworzył pocztę. W ostatnich dniach żadnych ciekawych e-maili. Żadnych SMS-ów oprócz typowych młodzieżowych plotek o durnych belfrach i niesprawiedliwych zakazach wychodzenia z domu. W jeden wątek zaangażowana była Emma Harriman.

Harriman... Czyli co, córka Rona Harrimana? Czyli że co: że „Wal się, Ronie Harriman"?

Ich korespondencja dotyczyła jakiegoś... przedstawienia teatralnego. *Zoo Story*. Emma reżyserowała, Chris grał w nim jedną z głównych ról.

Decker wrócił do ekranu głównego i wcisnął ikonkę Facebooka. Uderzyła go myśl, że czeka ich prawdziwe trzęsienie ziemi.

– Ostatni raz logował się o czwartej w nocy – poinformował asystentkę. – „Ron Harriman łamie obietnice – odczytał na głos. – Wykorzystał mnie i złamał mi serce. Nie mam po co żyć".

Z lekko uniesioną brwią asystentka patrzyła na chłopca, trzymając ciągle kartkę w ręce.

– Coś takiego! No to kampania wyborcza nabierze teraz rumieńców.

Decker zatrzymał na niej na chwilę wzrok i powiedział:

– Pojadę nad jezioro, może zastanę Harrimana. Daj mi znać, gdy znajdziesz koronera, który podejmie się obdukcji. Zacznij od Scranton. I zapytaj w recepcji, czy kamery monitoringu czegoś nie zarejestrowały. Na przykład czy przyjechał sam, czy nie. Sprawdź wszystkie samochody w okolicy.

– Kto powiadomi rodzinę?

– Przecież masz adres.

Na parkingu było nadal chłodno, rześko i pusto. Rano siedem stopni, w południe temperatura dojdzie do dwudziestu. Motel – stare, zrujnowane dworzyszcze ze zbutwiałego popielatego drewna i trzy białe podłużne budynki z miejscem parkingowym przy każdych drzwiach – stał na wzgórzu tuż ponad drogą 115. Wyglądał jak przebudowana stacja trafo albo masarnia. Ponad motelem, w pobliskim lesie, wznosił się szary kościółek. Z drugiej strony dochodził huk samochodów ciężarowych i osobowych jadących drogą wiodącą w głąb doliny, w kierunku centrów handlowych i miasta uniwersyteckiego Wilkes-Barre. I oczywiście Kanady, o ile dysponowało się wolnym czasem, pieniędzmi na benzynę i zdrowym rozsądkiem. Dwie godziny jazdy i świat zmieniał oblicze. Tyle samo czasu potrzeba było na ucieczkę na wschód, na Manhattan. Dróg ucieczki było wiele. A jednak pół miliona ludzi postanowiło zostać w tej dolinie. Chris Warsinsky wybrał inne rozwiązanie.

Samobójstwa młodych ludzi zdarzały się w Wyoming Valley coraz częściej – tak często, że gazety rozpisywały się o epidemii. Ale ten przypadek nie przypominał pozostałych. W Casino Countryside Inn eksplodowała właśnie polityczna bomba samobójcza.

*

Decker nie znał Rona Harrimana osobiście. Słyszał, że facet miał krótki epizod w roli ambasadora USA w Berlinie, w tym okręgu wyborczym był jedenastym kandydatem demokratów w nadchodzących wyborach do Kongresu, a jego żona miała trzy psy, które terroryzowały wielmożnych mieszkańców Bear Creek Lake.

To prawdziwy pech, że go nie znał. Wtedy sprawę można by rozwiązać, bazując na intuicji. W tej sytuacji jednak musiał przy pierwszym spotkaniu skonfrontować kandydata z wytoczonym przeciwko niemu oszczerstwem. Fatalny początek znajomości z człowiekiem, który miał szansę zdobyć spore wpływy.

Trzeba załatwić sprawę delikatnie, bez żadnych scen. Zachować spokój.

Przez dziesięć minut jechał otoczony kolorowym październikowym listowiem i kłębami mgły. Niewysoka połyskująca grobla tuż obok przyczółka mostu i wijące się wąskie drogi sprawiały, że Bear Creek Lake wyglądało jak miasteczko z uroczliwych przewodników turystycznych po Nowej Anglii. Mieszkała tu prawdziwa lokalna arystokracja – spadkobiercy dawnych gigantów przemysłowych. Minąwszy centrum, skręcił w lewo, w Beaupland Road. Minął kilka domów letniskowych i dojechał do Lake Drive East, drogi okalającej jezioro.

Samobójstwo było równoznaczne z przemocą. Czy ten wpis na Facebooku nie powinien być pisany w drugiej osobie? „Nie można ci ufać, Ron. Wykorzystałeś mnie i zrobiłeś mi krzywdę". Decker pomyślał, że wpis chłopaka był trochę zbyt bezosobowy.

Z drugiej strony prawda jest taka, że młodzi ludzie doskonale potrafią kreować dziś swój wizerunek. Stale gonią za pochwałami, są bez przerwy gotowi do występów przed publicznością.

Dom Harrimanów był okazałą budowlą z początku dwudziestego wieku. Trzypiętrowy żółty drewniany dworek liczył minimum czterysta metrów kwadratowych. Działka miała dostęp do jeziora, zaczynała się na wzniesieniu i opadała łagodnie w kierunku plaży. Budynek królował ponad wszystkimi innymi domami w pobliżu. Od frontu strzegły go trzy rozłożyste dęby szkarłatne, posadzone w odstępach dwudziestu pięciu metrów. Na parkingu – tak wielkim jak cały ogród Deckerów i otoczonym wymuskanym niskim lawendowym żywopłotem – stały trzy samochody należące do rodziny: czarny lincoln town car, biały mercedes E350 z otwieranym czerwonym dachem i jadowicie zielony jeep wrangler. Decker zostawił samochód na żwirowanym podjeździe i ruszył w stronę domu po kamiennym chodniku.

Nasuwało mu się kilka pytań. Warsinsky pod żadnym względem nie wyglądał jak narkoman, pomyślał, dochodząc do błyszcząco--czerwonych drzwi. Chłopak był biały, ale tego Decker nie zamierzał podkreślać jako najważniejszej informacji w raporcie, choć nie da się ukryć, że był biały – był też dobrze zbudowany, a jego ciało nie nosiło śladów długotrwałego nadużywania. Z drugiej strony jednak nie można zapominać, że w dzisiejszych czasach młodzi mają łatwiejszy dostęp do heroiny niż do tabletek nasennych.

Oczywiście, że będą pytania. Zawsze są. Najczęściej udaje się znaleźć na nie odpowiedź.

Drzwi się otworzyły.

– Decker? – Harriman wyglądał na zdziwionego.

– Panie ambasadorze.

Harriman wyszedł na schody ubrany w spodnie typu chinos, czarny podkoszulek polo i z zegarkiem marki Breitling na ręce. Zamknął za sobą drzwi.

– Moja żona jest na spacerze z psami, a ja nie bardzo wiem, czy mam pana czym poczęstować.

– Nic nie szkodzi, nie ma takiej potrzeby. Panie Harriman, chciałem zapytać, jakie relacje łączą pana z Christopherem Warsinskim?

– Z Chrisem? Przyjaźni się z moją córką. Chodzą razem na kółko teatralne.

– Czy często do państwa przychodzi?

Harriman wzruszył ramionami.

– Sporo teraz podróżuję. Ale o co właściwie chodzi?

– Dziś rano znaleziono go martwego.

Słońce prześwitywało przez coraz cieńsze pasma mgły. Przez jakąś sekundę Harriman wyglądał jak prawdziwy mąż stanu – bez wątpienia przypominał przedstawicieli rodziny Kennedych, prawdziwej śmietanki społecznej w Partii Demokratycznej – ale dostojny szok przemienił się chwilę później w coś brzydkiego i podejrzanego.

– Nie żyje? Jak to się stało?

– Wygląda to na samobójstwo. Złoty strzał w motelu Casino Countryside Inn.

Harriman przeczesał ciemnokasztanowe włosy obiema rękami i spojrzał z niepokojem na drogę.

– Dobry Boże, co za nieszczęście. Tak. Inaczej nie można tego określić. Ale jeśli chce pan dowiedzieć się o nim czegoś więcej, musi pan porozmawiać z moją córką, to ona…

– Panie Harriman.

– …tak?

– Tuż przedtem Chris napisał na Facebooku, że pan… złamał mu serce. Jak pan to skomentuje?

– Na… na Facebooku? Co to ma być!?

– Napisał, że nie można panu ufać, że złamał mu pan serce i nie chce już dłużej żyć.

– To jakiś żart?

– Niestety nie.

Ramiona Harrimana się uniosły; wyprostował się jak struna, niczym pięciogwiazdkowy generał przy odbieraniu parady. Uniósł oskarżycielsko palec.

– Ja go nie znałem! Widocznie miał… poważne problemy psychiczne.

– Każdy, kto targa się na swoje życie, ma problemy z życiem – spokojnie odpowiedział Decker.

– No ale to jest kompletnie chore. Nie wiem, co powiedzieć! Musi mi pan wierzyć, naprawdę nie miałem nic wspólnego z tym chłopakiem. Może odbierałem samochodem Emmę i jego z jakichś spotkań, może się z nim przywitałem, gdy był u nas w domu i siedział z Emmą przed telewizorem… Bo ja wiem? Nawet nie bardzo pamiętam, jak wyglądał.

– No to dlaczego napisał to, co napisał?

– Może ktoś włamał się na jego konto.

– Zostawił też list napisany własnoręcznie. Napisał w nim: „Wal się, Ron".

– Wal się? – bezwiednie powtórzył Harriman. – No, nieźle. Czy pan rozumie, jakie to będzie mieć skutki? Do wyborów zostały trzy tygodnie. Mam nadzieję, że nie rozmawiał pan jeszcze z dziennikarzami?

– Mówimy o wpisie na Facebooku, więc zasadniczo to tylko kwestia czasu. Media zaraz to wywęszą. Chyba pan to rozumie.

– To jakiś koszmar, aż trudno sobie wyobrazić efekty takiego skandalu.

– Prawdę mówiąc, panie Harriman, nie sądzę, by zrobił pan coś nielegalnego. Poza jedną rzeczą, i to chciałem podkreślić: być może dopuścił się pan kontaktów z nieletnim. Proszę zaczekać. Proszę zaczekać. Pomijając kwestię, czy to oskarżenie jest prawdziwe, to… nie ma nic nielegalnego w tym, że… jak by to powiedzieć… jest się powodem czyjegoś samobójstwa. Chciałbym, żeby pan to wiedział.

– Dziękuję, jestem prawnikiem. Rozumiem to doskonale. Coś jeszcze?

Decker patrzył ze zdziwieniem na kandydata, który wydawał się nie rozumieć, kogo na tym świecie należałoby mieć po swojej stronie.

17

– A więc zaprzecza pan, że miał jakiekolwiek niestosowne relacje z Chrisem Warsinskim – rzucił chłodno.

– Tak.

– I nie obiecywał mu pan niczego?

Harriman patrzył na Deckera szklanym wzrokiem. Cisza się przeciągała.

– Zdarza się, że młodzi ludzie coś sobie wyobrażają – stwierdził w końcu były ambasador. – Tak. Być może tak było i w tym przypadku. Może to symptomy jakiegoś rodzaju gwiazdorstwa.

Decker poczuł, że właśnie podpowiedział kandydatowi, jak budować pierwszą linię obrony.

– Będzie obdukcja, chyba pan to rozumie.

– Oczywiście. Ale ja go nie tknąłem. A pan to na pewno potwierdzi w czasie dochodzenia.

– Panie Harriman, czy pana córka jest w domu?

– Nie, jest w szkole. A ja, gdyby pan pytał, właśnie wybieram się do naszego sztabu wyborczego. Czy to wszystko?

– Jasne – odpowiedział Decker, wyciągnął rękę, żeby się pożegnać, i odszedł. – Będziemy w kontakcie.

Ale drzwi zdążyły się już zatrzasnąć.

W drodze do samochodu Decker zobaczył nadchodzącą żonę Harrimana. Policjant pospiesznie wsiadł do samochodu i odjechał; nie miał najmniejszej ochoty odpowiadać na jej pytania. Niedługo i tak go to czeka.

OPUS 14 MINUS 19 DNI
SUBTELNE
UMIEJĘTNOŚCI

kwatera główna explco
k street/waszyngton, dc/usa
pt 19 października 2012 roku
[11:05/est]

Ile – dwie, trzy? Clive Berner – albo GT, dla starych znajomych z Waszyngtonu, a szczególnie z CIA – powrócił do smutnej rzeczywistości. Zero. Zero łyżeczek cukru w kawie – taki był aktualny reżim.

Długo by opowiadać, ale w skrócie chodziło o to, że to, co dobre, jest niezdrowe, wynik meczu jest z góry wiadomy, a wszystko skończy się śmiercią. Bóg go nie kochał i żeby mu o tym ciągle przypominać, zesłał na niego cukrzycę.

Wyłączył ekspres i wypił łyczek kawy. Waszyngtońskie biuro firmy ochroniarskiej EXPLCO mieściło się na trzech najwyższych piętrach beżowego wieżowca. Przez okno swojego gabinetu GT widział dyskretną sylwetkę pomnika Waszyngtona, stojącego na południe od Białego Domu, który znajdował się trochę ponad pięćset metrów dalej. Gdyby człowiek przycisnął nos do szyby, to zobaczyłby w parku ubranych w garnitury lobbystów z kubkami ze Starbucksa dzielących ławki z ćpunami, klasy szkolne i Japończyków na Farragut Square.

Prywatny sektor miał sporo dobrych stron. Oczywiście pensja – trzy razy wyższa od tej, którą dostawał jako szef stacji CIA w Berlinie. O innych świadczeniach nie wspominając: plan emerytalny, mieszkanie w Alexandrii, dwa samochody w leasingu, członkostwo zawrotnej liczby klubów, których nigdy nie odwiedzał. I premia roczna! Na samą myśl pociemniało mu w oczach. Premia roczna. Zależna od wyników. Dobry Boże, jak by to było, gdyby

CIA wprowadziło taki bonus? Jak zmierzyć wyniki w tajnej wojnie o przetrwanie cywilizacji?

Sam pokój jednak nie budził zaufania. Dwanaście metrów kwadratowych i kompletny brak oznak władzy. Jasnoszare ściany, świetlówki. Białe biurko, biały fotel, biała dwuosobowa kanapa przy eliptycznej białej ławie, do której trzeba było się dotoczyć na regulowanym fotelu, jeśli zaprosiło się do siebie gości.

Przynajmniej schudł. Zgubił całe dziesięć kilo – ciekawe, gdzie się podziały? Na pewno spadły na jakiegoś innego otyłego biedaka. Suma nadwagi na świecie była stała. Ważył teraz sto piętnaście kilogramów i podążał świadomie do nowego celu, jakim było sto pięć kilogramów.

Sto – według jego żony. Dziewięćdziesiąt – według lekarzy. Hm. Tabliczka na drzwiach informowała:

CLIVE BERNER
WICEDYREKTOR, STOSUNKI MIĘDZYNARODOWE

Firma miała trzydziestu wicedyrektorów, ale co tam. W trakcie całej kariery zawodowej nie miał lepszej tabliczki na drzwiach. Był jednym z trzydziestu najważniejszych ludzi – po zarządzie i dyrektorze generalnym – w firmie liczącej cztery tysiące pracowników. Matematycznie rzecz biorąc, GT osiągnął szczyt kariery. Czysto matematycznie.

Ale czasami człowiek chciałby posypać stek świeżo zmielonym pieprzem, dodać do kawy trochę cukru, tak po prostu. Brakowało mu operacji. W najbliższym czasie miał lecieć do Londynu, żeby uspokoić szefów jakiegoś eurofajansiarskiego konsorcjum, którzy oblewali się potem na myśl o inwestycji w Rogu Afryki. Był pewien, że właśnie dlatego chorował.

Na stronie internetowej firmy wypunktowano jego zasługi: „EXPLCO zatrudnia byłych pracowników wszelkich gałęzi przemysłu obronnego, ministerstwa spraw zagranicznych i służb wywiadowczych: byłego wiceministra spraw zagranicznych, dwóch byłych członków krajowej rady bezpieczeństwa i byłego szefa placówki zagranicznej CIA". Był jak galion.

Pukanie do drzwi. Zanim zdążył zareagować, otworzyły się i do pokoju wszedł jego sekretarz. Błyskawicznie pokonał te kilka metrów do biurka i powiedział:

– Już przyszła. Mam ją wpuścić?

GT patrzył na niego znad filiżanki.

– Kogo?

– Pannę Durani.

– Jasne, niech wejdzie.

Nie miał pojęcia, o kogo chodzi. Przez chwilę stała niepewnie w drzwiach. Wreszcie zaprosił ją do środka i wskazał miejsce na kanapie. A teraz co? Ma się tam dotoczyć na fotelu?

Czarne spodnie i żakiet, limonkowy golf. Koło czterdziestki. Hinduska? Zebrane w ciasny kok czarne włosy, ciasno przylegające do siebie kościste kolana. Siedziała na samym brzegu kanapy.

– Panno Durani! – powiedział GT. Wstał, podszedł do niej i podał jej rękę na powitanie.

– Panie Berner.

– Napije się pani kawy?

– Nie, dziękuję.

Wrócił na swój fotel. Dwa uderzenia kciukiem w blat biurka. Cisza.

– Aha. – Odchrząknął. – Proszę mi przypomnieć, na jakim etapie jesteśmy?

– Dostałam wiadomość wczoraj po południu. Zadzwonił sam pan Hayeford. Bardzo się ucieszyłam.

GT skinął głową.

Kobieta zorientowała się w sytuacji.

– Pan pewnie nie wie, kim jestem – stwierdziła.

– No właśnie. – GT uśmiechnął się przepraszająco i włożył w to cały swój czar. Wąsy podniosły mu się jak u prawdziwego lwa morskiego. – Miałem ciężki tydzień.

– Jestem pana nową asystentką do spraw zbierania danych.

Czy to dobrze, czy źle? Po przymusowym odejściu z CIA na emeryturę GT stale czujnie przyglądał się sygnałom od szefostwa.

Choć przecież tutaj on sam był szefem. Trudno się do tego przyzwyczaić.

I rzeczywiście. Kilka tygodni temu, na lunchu z Hayefordem

wspomniał, że nie lubi sam zbierać danych. Ale powiedział to po to, żeby móc na coś ponarzekać. No dobrze.

– Bardzo przepraszam. Teraz wszystko jasne. Panno...

– Proszę mi mówić Leya.

– Dobrze. GT.

– Przepraszam?

– Możesz mnie nazywać GT.

– Taki alkoholowy żart?

– Nie bardzo, przyczyna jest dużo bardziej skomplikowana.

– Rozumiem.

– Dali ci jakieś biurko?

– Z tego, co zrozumiałam, większość czasu mam spędzać w bibliotece.

– No ale musisz przecież mieć własny pokój do pracy, zaraz to załatwię.

Zadzwonił telefon.

– Ambasador Harriman na dwójce – powiedział jego sekretarz.

– Harriman? – GT zaczął się zastanawiać, czy cukrzyca może powodować utratę pamięci. – Ale w jakiej sprawie?

Leya podniosła palec.

– Zaczekaj chwilę – powiedział GT do sekretarza.

Kobieta wyjęła z teczki dzisiejszy „Washington Post".

Kiedy znalazła właściwe miejsce, wstała i pokazała je GT.

Typowany na faworyta wyborów kandydat do Kongresu (demokraci, Pensylwania) zamieszany w skandal – samobójstwo nieletniego

– Połączyć? – zapytał sekretarz.

GT zasłonił mikrofon słuchawki.

– Przerażasz mnie – szepnął do Lei.

Bez mrugnięcia okiem odpowiedziała:

– Przeczytałam o tym w metrze.

– Połącz go – powiedział GT.

– Clive? – Rozpoznał Harrimana i jego charakterystyczne przeciąganie samogłosek.

– Tak?

– Tu Ron Harriman.

Nastąpiła raczej nieprzyjemna cisza. Rozstawali się w mało przyjaznych okolicznościach – GT dopuścił się w Berlinie szantażu na ambasadorze, żeby osiągnąć cel, który uznał wtedy za najważniejszy w życiu.

– Miło cię słyszeć, Ron.

– Słuchaj, siedzę po uszy w gównie. A może nawet głębiej. Możesz tu przyjechać?

przestrzeń powietrzna nad baltimore
maryland/usa
pt 19 października 2012 roku
[18:05/est]

Jedną z wielu zmian w życiu GT była liczba godzin spędzanych w samolotach. Teraz, kiedy nastała jesień życia i miał teoretycznie stopniowo zwalniać, spędzał prawie połowę czasu pracy w powietrzu, co okazało się niezwykle wyczerpujące. Ale kiedy już latał, robił to przynajmniej z klasą.

Z powodu ciężkich czasów EXPLCO dzieliło swoją flotę prywatnych odrzutowców z pięcioma innymi firmami. W porównaniu z dawną działalnością GT w Europie tutaj wszystko odbywało się otwarcie i bezproblemowo: żadnych fałszywych oznakowań samolotów, żadnych skomplikowanych procedur rezerwacji i ciągłego flirtowania z biurokracją lotniczą obcych państw. Teraz przypominało to zamawianie taksówki. Mówił sekretarzowi, dokąd chce jechać, i jeśli któryś z prywatnych samolotów był wolny, sekretarz go rezerwował. Jeśli nie, kupował mu bilet w pierwszej klasie na liniach regularnych, mimo ciężkich czasów.

Jego nowa asystentka robiła, co mogła, żeby nie okazywać ekscytacji, ale nie było to łatwe. Wygodne fotele pokryte skórą w kolorze czekolady ustawione były grupami po cztery, jak w pociągu. Stoliki z hartowanego szkła. Posiłki przygotowywał na pokładzie specjalny kucharz; przed chwilą właśnie przedstawił im menu i przepraszał, że z powodu krótkiego lotu nie wszystko jest dostępne. Zjedli po sałatce Cezar. GT podziękował za dressing.

– Dokąd właściwie lecimy? – zapytał Lei, spoglądając na zegarek. Dziesięć po szóstej wieczorem. Jeszcze pół godziny.

Kobieta podniosła wzrok znad laptopa.

– Wyoming Valley. W jej centrum znajdują się bliźniacze miasta Scranton, stare miasto przemysłowe, i Wilkes-Barre, wcześniej prężny ośrodek uniwersytecki. Jedenasty okręg wyborczy obejmuje ich teren i jeszcze obszar kawałek dalej. Ron Harriman wygrał w cuglach prawybory u demokratów, które odbywały się w tym roku, a teraz liczy na miejsce w Izbie Reprezentantów w Waszyngtonie.

– Scranton… Skąd ja znam to miasto?

– Pochodzi stamtąd wiceprezydent. Poza tym o Scranton pisały latem zagraniczne gazety, kiedy burmistrz obniżył wynagrodzenia pracownikom publicznym do siedmiu dolarów za godzinę, żeby uniknąć bankructwa. Rekordowo wysokie bezrobocie. Najlepiej prosperującą firmą w okolicy jest megakasyno pomiędzy obydwoma miastami. Liczba ich mieszkańców przekracza pięćset tysięcy. Dziewięćdziesiąt dwa procent mieszkańców to biali, najwyższy odsetek w całym USA.

– Czyli z którejkolwiek strony na to spojrzeć, prawdziwe zadupie.

– Tego nie potrafię powie   Są jednak wyniki badań, które wskazują na dużą liczbę niezadowolonych. Wysokie statystyki samobójstw.

– Okej. A wracając do kampanii wyborczej?

– Harriman prowadzi o pięć punktów procentowych przed swoją rywalką, republikanką Gwen Heart. Wybory do Kongresu są za niecały miesiąc, w dniu wyborów prezydenckich, szóstego listopada. Oboje są przybyszami   zewnątrz. Dotychczasowy reprezentant jedenastego okręgu przechodzi na emeryturę. Heart postrzegana jest jako skrajnie prawicowa, popiera ją Partia Herbaciana i posiada, jak sama przyznała, trzydzieści siedem sztuk ręcznej broni palnej. Jej strategia polega chyba na tym, że chce zachęcić do pójścia do urn wszystkich białych zamieszkujących okolicę.

– Ale Harriman prowadzi.

– Tak, to przecież Pensylwania. Związki zawodowe postarają się, żeby wybrano kandydata demokratów. W miarę nasilania się bezrobocia związki tracą członków, tak jak wszędzie. Harriman wygrywał do wczoraj. Wyniki nowego badania pojawią się w przyszłym tygodniu. Wtedy straci prowadzenie, szczególnie jeśli nie ustanie wrzawa medialna.

– I coś takiego nadal ma znaczenie? Byle skandal seksualny?

– Mam pewną teorię – powiedziała śmiertelnie poważnie.

– No mów, jestem ciekawy.

– To fantastyczna okazja, by poczuć moralną wyższość. Człowiek wchodzi z kartą wyborczą w ręce za zasłonę kabiny do głosowania i feruje wyrok. Może wcześniej o tym w ogóle nie myślał, ale jak już tam stoi? To tak, jakby wyciągał rózgę i wymierzał karę.

GT kiwnął głową, nie odrywając wzroku od widocznego za oknem skrzydła samolotu.

– Zakładam, że rozumiesz, na czym polega nasze zadanie?

Leya czekała na ciąg dalszy.

– Ron Harriman to pajac. Wiesz, co trzymał w toalecie przy swoim gabinecie w Berlinie? Całą serię jakichś pieprzonych kosmetyków do... jak to się nazywa... do pielęgnacji włosów. Japońską albo koreańską.

– Kanebo?

– Nie, coś na S.

– Shiseido?

– Shiseido! No właśnie. Dziesięć kilogramów kremów i innego gówna. W życiu czegoś takiego nie widziałem.

– Chcesz powiedzieć, że uważałeś go za utajonego homoseksualistę?

GT zobaczył, że kobieta się uśmiecha. Pierwszy raz, odkąd się poznali. Skrzyżował ręce i z gamoniowatym wyrazem twarzy odpowiedział:

– Nie, uważałem go za utajonego półgłówka. – Opuścił oparcie fotela trochę niżej i wytarł usta kraciastą materiałową serwetką.

– Skąd się właściwie wzięłaś?

– Z Pakistanu. Przyjechałam tu, gdy miałam trzy lata.

– Chodziło mi o drogę zawodową.

– Jestem doktorem socjologii. Dziesięć lat na stanowisku wykładowcy w Georgetown. Ostatnie pięć lat pracowałam jako konsultant dla FBI.

– Czyli masz za wysokie kwalifikacje na to stanowisko.

– Zawsze tak było.

Przyszedł steward, sprzątnął ze stołu i poinformował ich, że zaraz zacznie się lądowanie. Był w wieku Lei, świetnie umięśniony. Sześćdziesięciodwuletni GT poczuł się jeszcze starzej niż zwykle.

– A co takiego zdarzyło się ostatnio? Że nie chciałaś już pracować dla gliniarzy?

– Chciałam poszukać nowych wyzwań.

– Zła odpowiedź.

Westchnęła.

– Wylałam dzbanek wrzątku za koszulę pewnego podejrzanego.

Twarz GT pojaśniała.

– Miałaś jakiś szczególny powód?

– Nie. Miałam wtedy problemy z wahaniami nastrojów.

– A teraz już nie masz?

– Przeszłam rozległą psychoterapię z wynikiem bardzo dobrym.

– Z wynikiem bardzo dobrym? – GT uśmiechnął się jak aktor w musicalu na Broadwayu. – No to w porządku.

Wydawało się, że Leya odtwarza sobie w myślach nagranie ostatnich sekund rozmowy, żeby się zorientować, co wywołało ten uśmiech. GT pomyślał, że kobieta balansuje na granicy zespołu Aspergera. Jak większość ludzi, którzy się do czegoś nadają.

– Okej – powiedział, kładąc dłonie na stole. – Jedno wiem na pewno. Harriman jest gotów wydusić dziesiątki tysięcy dolarów z funduszu na kampanię, żeby udowodnić żonce, że nie ma nic do ukrycia. Dlatego przyszedł z tym do nas. Gdy tylko coś znajdziemy, trzeba się będzie pakować i znikać. Tu chodzi bardziej o działanie symboliczne.

– Skąd ta pewność, że coś łączyło go z tym chłopakiem?

– Przecież dzieciak nie popełnił samobójstwa tylko dlatego, że Harriman miał droższe kosmetyki do włosów.

Samolot skręcił i zaczął podchodzić do lądowania. GT zastanawiał się, czy opowiedzieć Lei o swoim ostatnim spotkaniu z Ronem – na dachu wieżowca w Berlinie, gdzie nieco ponad rok temu groził Harrimanowi, że ujawni jego współpracę z Hydraleaks, czyli grupą anarchistów, którzy upubliczniali informacje z przecieków. Stanęło na tym, że Harriman zgodził się pomóc zidentyfikować kuriera pracującego dla tej organizacji. Ambasador wywiązał się więc ze swojego zobowiązania wynikającego z zawartego wtedy nieformalnego porozumienia i miał prawo wierzyć, że GT też wywiąże się ze swojej obietnicy, czyli będzie trzymał gębę na kłódkę. Tyle że teraz kandydat miał na karku dużo gorszy skandal, przynajmniej z punktu widzenia szacownych wyborców w jedenastym okręgu stanu Pensylwania – aferę z homoseksualizmem w tle.

GT przyglądał się Lei, która znowu zanurzyła się w otchłaniach internetu. Nie. Instynkt mu podpowiadał: jeśli masz jakiekolwiek wątpliwości, czy coś powiedzieć, czy nie, lepiej nic nie mów.

*

W taksówce wiozącej ich z lotniska GT poczuł, że jest w świetnym humorze. Minęły już wieki od czasu, gdy wykonywał coś tak konkretnego, jak dzisiejsze zadanie. Ani zniszczone drogi – samochód co chwila podskakiwał na kolejnych pęknięciach i dziurach – ani nawet zrujnowane, stare budynki browaru i magazynów węgla nie mogły mu zakłócić znakomitego nastroju.

– Jak interesy? Da się jakoś przeżyć? – zapytał kierowcę, górę mięśni z wygoloną na łyso głową.

– Ostatnio trochę się poprawiło, bo zamknęli następne linie autobusowe. Teraz ostatnie autobusy odjeżdżają koło piątej po południu, a w święta w ogóle nic nie jeździ. Dla mnie dobrze, ale ci biedniejsi, bez samochodów, mają przechlapane. Najgorsi są jak zwykle studenci. Wolą wydać ostatnią kasę na rozchodniaka i potem wracać piechotą. No i dochodzi do…

Przerwał mu komunikat nadany przez radio. GT nie był w stanie zrozumieć jego treści.

– Wczoraj zaginął jeden z naszych samochodów – wyjaśnił kierowca.

– Ojej. Z kierowcą czy bez?

– Z kierowcą. A przynajmniej tak nam się wydaje. To była kobieta. Jej mąż strasznie się martwi.

– Ale jak to zaginął… Często się to zdarza?

– Co? No zdarza się.

Wjechali do Wilkes-Barre. Centrum miasta było jak przeniesione z Detroit albo Baltimore – siedem, osiem przecznic zabudowy wielkomiejskiej z licznymi okazałymi siedzibami banków z lat czterdziestych dwudziestego wieku i małym parkiem, gdzie zbiegały się wszystkie większe ulice, tworząc rondo w stylu paryskim. Zaczynająca się w tym miejscu Main Street wiodła na południowy zachód.

Po lewej stronie, sto metrów od siebie, znajdowały się lokalne sztaby wyborcze obydwu kandydatów w wyborach prezydenckich: najpierw republikańskiego kontrkandydata, potem prezydenta. Maleńkie dziuple. Taksówka skręciła w prawo na skrzyżowaniu ze światłami, gdzie wyraźnie zmienił się charakter zabudowy, pojawiły się stare profesorskie wille i mniejsze budynki różnych instytucji. Po kilkuset metrach samochód się zatrzymał.

– Równo czternaście dolarów – powiedział kierowca.

GT zapłacił banknotem dwudziestodolarowym. Gdy wysiedli z taksówki, poczuli, że temperatura wyraźnie spadła. Aż dziwne, że lot, który trwał zaledwie godzinę, mógł ich przenieść w dużo chłodniejsze rejony.

Sztab wyborczy Rona Harrimana zajmował cały secesyjny budynek przy Westhampton Street. Typowa idylla brytyjska: stary sad owocowy ogrodzony ciemnobrązowym murem z cegły, a pośrodku pomalowany na biało pałacyk porośnięty bluszczem, który jeszcze dodawał budynkowi lat. O tej porze nic tędy nie jeździło – czasami jakaś taksówka, wóz policyjny albo samochód kurierski UPS.

Furtka była otwarta, drzwi wejściowe też. Po schodach schodziło właśnie dwoje ludzi w średnim wieku z border collie na smyczy. Skinęli głowami w kierunku GT i Lei. Do rozświetlonego domu wkroczyły trzy młode kobiety z plecakami na plecach. Wolontariuszki, jak wszyscy tutaj. Poziom bezpieczeństwa, pomyślał GT, można porównać do wyprzedaży garażowej.

Leya szła tuż za nim. W holu znajdowały się szerokie proste schody prowadzące na piętro i dwuskrzydłowe drzwi po obu stronach, za którymi widać było ogromne pokoje pełne biurek, starych komputerów, telefonów od darczyńców i kilkunastu wolontariuszy rozmawiających przez telefon. GT spacerował sobie wkoło bez przeszkód. Nikt na niego nie zwracał uwagi. Leya stała grzecznie w holu.

W jednym pokoju na mahoniowej boazerii wisiała ogromna tablica ogłoszeń. Spoglądały z niej na pokój setki twarzy ludzi w różnym wieku, o wszelkich możliwych kolorach skóry i orientacjach seksualnych. Przekrój kampanii bezpośredniej.

– Clive.

GT się odwrócił. Ubrany w granatowe dżinsy, białą koszulę i czarną marynarkę klubową Harriman wyglądał niezmiennie młodo. Lato spędzone w domu w USA uwidoczniło jego piegi, a zazwyczaj doskonale ułożone włosy Rona sprawiały wrażenie, o ile to możliwie, jeszcze bardziej perfekcyjnie pofalowanych; prawie jak u Bobby'ego Kennedy'ego, choć z odrobiną dekadencji. Patrząc na niego, uważny obserwator dostawał sygnał: syn klasy wyższej, któremu nie brak odwagi, by się przeciw niej buntować. Jak mógł robić taki teatr?

Przywitali się uściskiem ręki. Czuć było między nimi pewien dystans, ale możliwy do pokonania. Wspólny problem zazwyczaj zabliźnia stare rany.

– Dobrze wyglądasz, Ronie.

– Pozory mylą. – Uśmiech Harrimana wypadł faktycznie dość blado.

– Gdzie moglibyśmy usiąść i porozmawiać? – GT popatrzył na kobiety, które przyszły w tym samym czasie co on i Leya. Wszystkie siedziały przy jednym komputerze i przeglądały listy zadań do wykonania. Chodziło oczywiście o to, żeby znaleźć coś na tyle istotnego, żeby dobrze wyglądało w CV, ale jednak nie tak absorbującego, żeby zaburzyć przyjemne życie studenckie.

Leya podeszła do nich i się przywitała. Weszli po schodach – w połowie drogi GT musiał się zatrzymać i złapać oddech – a potem skręcili w prawo w długi korytarz. W jednym z wykuszy stały kanapa Chesterfield w kolorze śliwkowym oraz fotel.

– Przede wszystkim chciałem wam podziękować, że przyjechaliście – powiedział Harriman, gdy usiedli, on w fotelu, a oni na kanapie. – To dla mnie wiele znaczy.

Scena jakby wycięta z programu Oprah Winfrey. GT nieświadomie ugniatał palcami koniuszek krawata i próbował wyglądać dobrodusznie. Mijały sekundy.

Wziął głęboki wdech i powiedział:

– Musisz wyłożyć wszystkie karty na stół, Ronie. W przeciwnym razie nie będę wiedział, jak ci pomóc.

– Nie potrafię powiedzieć tego inaczej, choć wiem, że będzie to brzmiało jak imitacja Clintona w *Saturday Night Live* – stwierdził z goryczą Harriman. – Ale to prawda, nigdy nie miałem stosunków z tym chłopakiem. Przysięgam. Nigdy!

Leya nie wiadomo dlaczego zaczęła kiwać głową. GT patrzył na nią skonfundowany. Wreszcie spojrzał kandydatowi głęboko w oczy.

– Jesteśmy tu sami – powiedział bardzo wolno. – Może powinniśmy...

– Nigdy go nie dotknąłem. Bywał u nas w domu, znał moją córkę. Moja żona spędziła z nim znacznie więcej czasu niż ja. Tak to wygląda. Jeśli mi nie wierzysz, muszę poszukać kogoś innego.

– Może powinniśmy się przespać z tym problemem? – nalegał GT.

– Nie śpię od dwóch dni.

Leya odchrząknęła.

– Jak pan wytłumaczy jego samobójstwo, panie Harriman?

– Musiało być upozorowane – powiedział cicho Harriman.

Spojrzenia GT i Lei się spotkały.

– Wiem, jak to brzmi. – W jego głosie słychać było prawdziwą desperację. – Trudno w to uwierzyć. Ale jeśli przez chwilę spróbujecie dać wiarę w to, że nie uprawiałem z nim seksu, proszę, zróbcie mi tę przysługę, to... sami powiedzcie, jakie inne wyjaśnienie jest możliwe?

– Upozorowane – odpowiedział GT.

– To najlepsza rzecz, jaka mogła się zdarzyć mojej przeciwniczce. Ni stąd, ni zowąd ma wielkie szanse wygrać to gówno.

– Nie zdążyłam jeszcze porządnie sprawdzić informacji o Gwen Heart – rzuciła przyjaźnie Leya. – Ale bardzo, bardzo trudno mi sobie wyobrazić...

– Wśród jej zwolenników jest wielu fanatyków – powiedział Harriman. – Naprawdę chore przypadki. Może wzięli sprawy w swoje ręce? A sprawa z Chrisem nie jest jedynym dziwnym zdarzeniem w ostatnim czasie. Kampania Heart cały czas wyprzedza o krok nasze działania. Gdy tylko zaplanujemy jakąś akcję, oni robią podobną, ale dzień wcześniej. W ubiegłym tygodniu mieliśmy zaproponować rodzaj eksperymentu na skalę krajową, stworzenie wolnej strefy ekonomicznej w Hazelton. Heart jakimś cudem dowiedziała się o tym pomyśle i ogłosiła go jako własny. To cholernie niesprawiedliwe.

– A więc macie przeciek – stwierdziła Leya.

– Może. Nie mam pojęcia, kto mógłby to robić.

GT machnął szeroko ręką w kierunku wnętrza domu.

– To nie wygląda raczej na skarbiec bankowy. Ludzie wchodzą i wychodzą, kiedy im się podoba.

– Poświęcają mi mnóstwo swojego czasu – powiedział Harriman. – Przecież nie stanę z batem i nie każę podbijać karty zegarowej.

– Te zdjęcia, które wiszą na ścianie na dole… Robicie zdjęcia wszystkim, którzy wam pomagają?

– Tak, taki był zamysł. Niektóre fotografie wieszamy na tablicy.

– A pozostałe?

– Wydaje mi się, że chowamy do segregatora.

– To może je pooglądamy?

Harriman podniósł się.

– Zaraz wrócę – powiedział i ruszył w głąb korytarza.

Kiedy człowiek odchodzi na emeryturę z CIA, wydaje mu się, że to również emerytura od aktywnego życia. Ale teraz GT wyraźnie poczuł pulsowanie w lewej skroni. Czuł, że zaschło mu w gardle, a całe jego ciało zastygło w napięciu. Coś było na rzeczy; ta myśl formowała się długo i z oporami, ale teraz była na wyciągnięcie ręki.

Leya nie odezwała się ani słowem. Jej oczy poruszały się w jedną i drugą stronę, jakby skanowała długi tekst na ekranie komputera. GT uświadomił sobie, że była zatrudniona na okres próbny i że oczekiwano od niego oceny jej umiejętności.

Harriman wrócił z dwoma białymi segregatorami.

– Te są ostatnie – powiedział, kiedy GT zaczął przeglądać je od tyłu.

GT skinął głową.

– Sprawdzacie ich dokumenty?

– Jesteśmy demokratami. – Harriman uśmiechnął się ponuro. – Sprawdzanie dokumentów tożsamości jest niezgodne z naszą filozofią.

Wielu młodych ludzi, wiele kobiet, wielu mężczyzn w średnim wieku, z brodą i w okularach. Kilku czarnych, kilku Azjatów. Garść Latynosów. Wszyscy wyglądali na mniej lub bardziej zadowolonych i życzliwych. Wszyscy z wyjątkiem…

– A to kto? – spytał GT. Był w połowie najnowszego segregatora.

Facet na zdjęciu miał około czterdziestki, ogoloną głowę, ciemnoniebieskie oczy i kozią bródkę. Na szyi, ponad wycięciem podkoszulka, widać było wijący się tatuaż. Łapa jaszczurki? Szpony smoka? Harriman pochylił się nad stołem.

– Nie mam pojęcia.

– Craig Winston – odczytał głośno GT. Odwrócił segregator i podał go Harrimanowi. – Co jest nie tak na tym zdjęciu, jak myślisz, Ron?

Harriman przyglądał się przez chwilę. Wreszcie wzruszył ramionami.

– Papierosy – powiedziała Leya.

– Papierosy – powtórzył GT.

W kieszeni na piersi mężczyzny widać było czerwoną paczkę winstonów.

– Jeśli nie wybrał tej marki w dowodzie uznania dla swojego dumnego nazwiska – ciągnął dalej GT – to chciałbym mu się bliżej przyjrzeć. I chodzi nie tylko o nazwisko i papierosy. Coś jest z nim w ogóle nie tak. Popatrz na jego spojrzenie. Sierota z domu dziecka, wielokrotny kuracjusz więzienia. Ziarnko pieprzu w torebce z mąką, jak mawiała moja babcia.

GT poszedł bez wahania za podszeptem intuicji nie dlatego, że miał stuprocentową pewność, tylko po to, żeby sprzedać usługę firmy. Straszenie klientów nieźle mu wychodziło. Ostatecznie miał przecież wieloletnie doświadczenie pod tym względem, choć oczywiście w starym życiu było to straszenie przełożonych, żeby wymusić na nich zwiększenie nakładów i zatwierdzenie operacji na granicy prawa.

Harriman przełknął ślinę.

– Data sprzed trzech tygodni. Tuż przed tym, gdy wszystko zaczęło nam się rozłazić. I masz rację, coś jest z nim nie tak. Po prostu nie pasuje. Niech to szlag, wszystkiego trzeba samemu dopilnować.

– Tak, myślę, że to może być on.

– Co on tu robił? – spytał nerwowo Harriman. – To zaczyna wyglądać naprawdę nieprzyjemnie.

– Może tylko sobie siedział, obserwował i podsłuchiwał. Jeśli miał konkretny cel, to oczywiście jest dużo więcej możliwości. Mógł mieć ze sobą fałszywy maszt telefoniczny, który przechwytuje szyfrowane sygnały 3G, konwertuje je do starego systemu GSM i...

– Coś takiego jest możliwe?

– Jak najbardziej. Mieści się w plecaku. Bardzo popularne ostatnio na lotniskach. Ale w takim wypadku widzielibyście go tu codziennie. Albo to, albo działał w klasycznym stylu. Zaraz to ustalimy. Gdzie masz swój gabinet?

Zeszli na parter, przemierzyli salę, w której trzy znajome studentki nadal tłoczyły się przy jednym komputerze, i znaleźli się przy drzwiach przesuwnych. Mieszczący się za nimi pokój miał piętnaście metrów kwadratowych i wysokie, wąskie nowoczesne okno wychodzące na tył domu. Tutaj nie było boazerii, tylko tapeta w czerwono-białe paski. Biurko z czereśniowego drewna było współczesną repliką – czyjąś wizją konsumenckiego gustu z początku dziewiętnastego wieku. GT przyłożył palec do ust, podszedł prosto do telefonu stacjonarnego i wyciągnął wtyczkę z gniazdka.

– Masz śrubokręt? – zapytał Harrimana.

Kandydat obszedł biurko, wyciągnął szufladę i po chwili podał GT szwajcarski nóż wojskowy.

Rozkręcając aparat, GT wzdychał i sapał jak napalony przestępca seksualny. Odwrócił aparat i otworzył pokrywę.

W tym momencie ciężarówka mogła przejechać mu po stopach – i tak by tego nie zauważył. Zamknął oczy, otworzył je – nie ma wątpliwości, był tam, gdzie przypuszczał. Bezprzewodowy nadajnik Infinity, przedpotopowy model wielkości dwóch spłaszczonych pudełek zapałek. Nie ruszył go, ale odciął króciutki przewód podłączony do kabla zewnętrznego.

Martwiły go dwie cechy Infinity zwanego również pluskwą harmonijkową. Po pierwsze, nadajnik nie przekazuje sygnałów przez radio, tylko za pomocą linii telefonicznej, co oznacza, że podsłuchujący może się znajdować w dowolnej odległości. Po drugie, mikrofon rejestruje nie tylko rozmowy prowadzone przez telefon, ale również wszelkie rozmowy w promieniu co najmniej dwudziestu pięciu metrów od aparatu. To znaczy: wszystkie poufne dyskusje w sanktuarium Harrimana.

Kandydat wpatrywał się jak zahipnotyzowany w elektroniczny gadżet.

– To niepojęte – wysapał. Nabrzmiała żyła na jego czole drgała nerwowo. Przygryzał wargi. – To zaczyna mnie przerastać.

GT poskręcał aparat i podłączył telefon do sieci.

Uznał, że leżąca na biurku komórka należy do Harrimana. Zdjął tylną pokrywę i zajrzał do środka. Nic.

Można z tego wysnuć dwa wnioski. Intruz – najprawdopodobniej Winston – nie miał dostępu do telefonu komórkowego. Albo podsłuchujący mieli możliwość zdalnego sterowania mikrofonem w komórce Harrimana, które umożliwiało im podsłuchiwanie rozmów przez telefon i rozmów w pokoju – takie rozwiązania techniczne były dość proste i coraz częściej spotykane.

– Słuchajcie, chyba jestem głodny – powiedział nagle GT. – Pójdziemy sprawdzić, co dobrego można dostać w tym mieście o tej porze?

Harriman sięgnął bezwiednie ręką po komórkę.

– Myślę, że nie będzie ci potrzebny. – GT starał się panować nad tonem głosu.

– Tak, nie, rzeczywiście.

Odłożył aparat na biurko, jakby go parzył.

Na zewnątrz było pięć, może sześć stopni, a powietrze zimne i wilgotne jak w mieście portowym. Gdyby GT miał tu zostać – a wydawało się, że tak – będzie zmuszony kupić sobie jakieś cieplejsze ubrania. Kilka metrów przed nimi szła Leya, w cienkim żakiecie, którego poły mocno przytrzymywała skrzyżowanymi ramionami. Tylko Harriman był ubrany adekwatnie do pogody – w krótki płaszcz.

Miasto oszczędzało na oświetleniu ulicznym; żarówki wymieniono na wersję energooszczędną o minimalnej mocy, wskutek czego dawały blade światło, jak z horrorów. Dopiero gdy oświetliły ich reflektory przejeżdżającego samochodu, na twarzy GT można było zobaczyć autentyczną radość.

*

Pizzeria znajdowała się tuż obok kina Movies 14 po drugiej stronie Main Street, naprzeciwko zagrodzonego szlabanem wjazdu na strzeżony całą dobę wielki parking. Szafranowy kolor świeżo odnowionych ścian lokalu podkreślał niechlujny wygląd wyświechtanych czerwonych obić foteli w boksach. Kelnerka była młoda, tłusta i pełna entuzjazmu.

GT zamówił colę light, mimo że aspartam zaburzał mu poziom cukru we krwi, a pozostała dwójka wzięła po kawałku pepperoni.

– Jeśli to koszmar senny, to błagam, obudźcie mnie – powiedział cicho Harriman, patrząc przez okno na starszego ciemnoskórego mężczyznę w puchowej kurtce, który starannie przeszukiwał zawartość śmietnika.

– Kim są pana wrogowie? – zapytała Leya, wycierając dłonie serwetką.

Harriman prychnął.

– Bo ja wiem? Tutaj każdy dupek jest twoim wrogiem. Powinniśmy zrobić, jak proponowała Liz, i przeprowadzić się do Connecticut. Ci pieprzeni rolnicy... – uśmiechnął się chłodno do kelnerki, która podeszła, żeby posprzątać ze stołu, poczekał, aż odeszła – ... nie mogą znieść myśli o tym, że ktoś może być prawdziwym, postępowym demokratą. To dla nich za wiele. Ludzie, którzy nigdy nie brali udziału w wyborach. Mogę się założyć, że teraz pójdą na nie tylko po to, żeby się mnie pozbyć.

– Czy to znaczy, że za podsłuchem niekoniecznie musi stać sztab wyborczy Gwen Heart? – spytał GT. – Skoro wszyscy cię tak bezgranicznie nienawidzą?

– Nie mam pojęcia. Dlatego was tu ściągnąłem. Jedno jest pewne: to, co uzyskali z podsłuchu, przekazywali do jej sztabu.

– A samobójstwo? – spytała Leya.

Brak odpowiedzi.

– Po kolei – stwierdził GT. – Choć oczywiście nasuwa się wiele pytań.

Harriman pokręcił głową.

39

– Jasna cholera, czasami zaczynam się zastanawiać, po co w ogóle…

GT poruszył drażliwy temat.

– To będzie sporo kosztować, Ron. Jeśli zdecydujesz, że mam się tym zająć.

– Mam pieniądze.

GT pociągnął ostatni łyk coli.

– Dobrze.

– Ale musisz mi pomóc, Clive. W tej branży znam tylko ciebie.

– Okej. Tyle że ja się już raczej nie nadaję do pracy w terenie. – Poklepał się znacząco po brzuchu. – A młodsze siły w firmie nie zawsze rozumieją potrzebę zachowania dyskrecji. To typowi najemnicy, w dosłownym tego słowa znaczeniu. Działają po prostu zbyt obcesowo.

Staruszek w puchowej kurtce skończył plądrować śmietnik, stanął tyłem do szyby, za którą siedzieli, i oparł się o nią plecami. Wygrzebał z kieszeni peta i przypalił go niebieską zapalniczką marki ZIPPO. GT długo mu się przyglądał. Możliwe, że miał przy sobie czuły mikrofon – są takie czujniki, które umożliwiają odtworzenie rozmowy na podstawie drgań szyb w oknach, klasyczne rosyjskie rozwiązanie – może teraz przysunął się do szyby, żeby poprawić jakość nagrania.

– Pozbądź się go – powiedział GT do Lei.

Jej wahanie trwało zaledwie kilka sekund, potem wstała i wyszła z lokalu.

Harriman spojrzał pytająco na GT.

– Nigdy nie wiadomo – wyjaśnił stary agent CIA.

Widzieli, jak Leya podała podejrzanemu bezdomnemu banknot, klepnęła go przyjaźnie po ramieniu i coś powiedziała. Mężczyzna otworzył szeroko oczy, popatrzył z niedowierzaniem na banknot, wsadził go do kieszeni spodni i dziarsko ruszył w stronę Main Street.

– Jak to załatwiłaś? – spytał GT, gdy Leya wróciła do stolika.

– Powiedziałam, żeby poszedł do centrum scjentologicznego i kupił książkę.

GT nie mógł powstrzymać uśmiechu.

– A ile mu dałaś?

– Dwadzieścia dolarów.

– Trzeba było kazać mu spieprzać, wyszłoby dużo taniej – powiedział ponuro Harriman. – W najlepszym przypadku przepije tę kasę. W najgorszym posłucha pani rady. Miała go pani tylko stąd wykurzyć.

Replika Lei była błyskawiczna:

– My tak nie pracujemy.

GT zaczynał lubić tę nowicjuszkę. Nie była idealistką. Była dobrze wychowana. I efektywna. Trudno zrozumieć, że kiedyś pracowała w FBI.

– Aha – mruknął Harriman. – To co teraz?

Nadjechał brązowo-żółty samochód policyjny. Zatrzymał się przy parkingu. Kierowca oświetlił leżący w mroku teren parkingu ręcznym reflektorem o bardzo silnym świetle. Nie zobaczył nic podejrzanego, więc wyłączył lampę i odłożył ją na podłogę w tyle samochodu. Jego partner coś powiedział, wysiadł i wszedł do pizzerii. W drodze do toalety zamówił dwie kawy na wynos, które kelnerka nalała mu do papierowych kubków.

– Jak już mówiłem, w tym przypadku nie potrzebujemy ciężkiej artylerii – powiedział GT, cmokając. – Nie. Tutaj potrzebne są bardziej… subtelne umiejętności.

venus europa
oranienstraße/berlin kreuzberg/niem
sob 20 października 2012 roku
[06:10/cet]

W lokalu są zwłoki, ale nie jest to mężczyzna leżący na barze. Ofiarą jest maszyna znajdująca się na podłodze; rozbita, częściowo zmiażdżona, roztrzaskana na setki elementów. Narzędziem mordu była spoczywająca na ladzie siekiera przeciwpożarowa.

Śpiący mężczyzna wyglądał na pięćdziesiąt pięć lat. Jednym policzkiem mocno wtulał się w wypolerowaną czarną drewnianą płytę. Całą twarz oblepiały mu dziesięciocentymetrowe blond włosy. Dłonie miał złożone pomiędzy kolanami. Bardzo się spocił, więc teraz zaczął dygotać, z każdym oddechem coraz mocniej.

– Słyszysz mnie? Halo?

Coś zatrzeszczało na samym dnie jego świadomości. Jakiś duch bawiący się zapałką, chłopiec, któremu pierwszy raz w życiu udało się odblokować zabezpieczenie przed dziećmi w prawdziwej zapalniczce. Nastąpił błysk. Kiedy powrócił mrok, zrobiło się mniej... ciemno.

– Ludwigu!

Poczuł na przegubie dwa palce i kciuk. Otworzył oczy i zobaczył Tinę, zastępczynię szefa restauracji Venus Europa, kobietę, której pogarda wobec niego mogła się mierzyć wyłącznie z przesiąkniętą nienawiścią opieką matki.

– Co ty wyprawiasz? – spytała. – Coś ty narobił?

– Nieee, niiieee – wyseplenił Ludwig Licht, lekko się uniósł, przy czym o mały włos, a spadłby na podłogę, odzyskał równowagę i zsunął się delikatnie z baru. – To nie moja wina.

Równowaga była chyba źle skalibrowana, bo znajdowała się jakiś metr obok niego; nadciągnęła jak wielkie wahadło, zmusiła go do przechyłu, który skończył się upadkiem na bok.

– Ożeż ty w mordę… Nieźle przypiździłem…

Bolało go ramię. Nie wiadomo, czy od uderzenia o oparcie krzesła podczas upadku, czy z powodu odrętwienia po kilku godzinach polegiwania na twardym blacie. Na wszelki wypadek kopnął krzesło, które potoczyło się po klinkierowej podłodze na odległość kilku metrów.

– Wstawaj – powiedziała Tina, wyciągając do niego obie ręce.

– Pieprzone, posrane meble są już wszędzie.

– Podnoś się.

Zamknął oczy. Nie jest dobrze, wręcz przeciwnie, i to pod każdym względem.

– Bo ja wiem.

– Podnieś się, do cholery, za godzinę zaczynamy podawać śniadanie. Muszę się ciebie pozbyć i posprzątać ten… Co zrobiłeś z ekspresem?

Na przekór wszystkiemu Ludwigowi udało się wstać o własnych siłach. Spojrzał na pobojowisko.

– Niektórych konfliktów nie da się rozwiązać w drodze negocjacji – mruknął. – Może tam, gdzie się wychowałaś, w lekarskim luksusowym domu w Hamburgu, wygląda to inaczej. Ale tu jest Berlin. Tutaj sprawy dzieją się na poważnie.

Tina popatrzyła mu prosto w oczy i pokręciła z niedowierzaniem głową.

– Aż trudno uwierzyć, że można być takim idiotą.

– Pieprzyć to – powiedział Ludwig, wbijając wzrok w podłogę. – Ubezpieczyciel zapłaci.

– W takim razie musisz zgłosić szkodę.

– Dobra, dobra.

– I wyjaśnić policjantom, jakim cudem nie ma śladów włamania. A jeśli masz paragon na ten ekspres, to jestem chińską księżniczką.

– Przecież tu jest!

– Co?

– Ta pieprzona maszyna. Jest tu, czysto fizycznie. Prawda? Jak to niby możliwe, że jakiś byle świstek jest ważniejszy od fizycz-

nej... fizycznej obecności? W jakim my świecie żyjemy? Możesz
mi to wyjaśnić?

– Zamknij się wreszcie. Chodź, odprowadzę cię do domu.

*

Ludwig wyszedł za nią i zatrzymał się, czekając, aż zamknie
drzwi na klucz. Był ciepły jesienny poranek – cały poprzedni tydzień temperatura przekraczała normę. Tyle pamiętał, tylko tyle.
W jakimś oknie wystawowym zobaczył swoje odbicie: groszkowe
dżinsy, granatowa kurtka dżinsowa i pomarańczowy podkoszulek
w serek, z długimi rękawami. Ubranie, które musiał sobie kupić
jakoś niedawno z całkiem nieznanego powodu. To fascynujące.
Na którejś z otulonych oparami mgły poplątanych ścieżek myśli
dosięgła go fantazja sprawienia sobie tego oślepiającego kolory-
styką odzienia?

Życie na Oranienstraße zaczynało się w sobotnie poranki
o siódmej, czyli teraz. Młodzi rowerzyści jadący na równie pożą-
dane, co słabo opłacane praktyki w firmach o niejasno sformuło-
wanym zakresie działalności, restauratorzy i właściciele kawiarni,
sklepikarze handlujący papierosami o bezlitośnie niskich marżach,
taksówkarze kończący właśnie zmianę i wysiadający z samochodów,
sprzątacze ulic usuwający pozostałości po nocnych ekscesach i wy-
syłający raporty o nowych nagryzmolonych graffiti.

Tina szła kilka kroków przed nim. Była ubrana jak do pracy,
w czarne spodnie, białą bluzkę i czarną kamizelkę. Cienki czerwony płaszcz wyraźnie przełamywał nudę uniformu.

– Zaczynam trzeźwieć – powiedział Ludwig, gdy stanęli przed
jego bramą przy Adalbertstraße. – Daj się namówić na kawę.

Tina wyciągnęła telefon komórkowy, żeby sprawdzić godzinę.

– Muszę wracać i posprzątać po tobie.

– Pięć minut.

– Okej.

Na schodach o mało nie wyzionął ducha. Miał całkiem niezłą
kondycję; ale dzisiaj jego mózg nie nadążał na zakrętach. Za bardzo się wszystko telepało, podskakiwało.

45

Tina poszła do łazienki, a on włączył czajnik i wyjął z szafki dwa kubki.

– Rozpuszczalna – powiedział głośno i odkręcił zakrętkę. – Niezawodna w każdych warunkach.

Czajnik nie wydawał żadnych odgłosów. Wyciągnął wtyczkę z kontaktu, wsadził ją z powrotem, nacisnął przycisk. Cisza.

– Spadaj. – Odkręcił kran i czekał. Kiedy zaczęła lecieć gorąca woda, podstawił kubki, nasypał kawy i zaczął gwałtownie mieszać. Rozpuściło się prawie wszystko.

Tina usiadła przy stole w kuchni i wyglądała przez okno na podwórze.

– A teraz wkładka – powiedział Ludwig, nalewając do obu kubków trochę whisky. Poszedł do lodówki, przeprowadził błyskawiczną inwentaryzację – litr mleka, trzy i pół sześciopaka Warsteiner Premium, paczka jajek, megapaczka duńskiego bekonu i… jest, pojemnik ze śmietaną w sprayu. Miał ją od miesięcy, a może i dłużej. Ale kto wie…

Postawił kubki na stole, potrząsnął pojemnikiem i wycisnął do kubka Tiny trochę żółtozielonego glutowatego czegoś.

Spojrzała na niego, potem na kubek.

– Chyba straciłam ochotę – powiedziała.

– Oj tam. – Ludwig przestawił jej kubek na swoją stronę stołu. – Zaraz się tego pozbędziemy – powiedział, idąc do zlewu, gdzie wyrzucił z kubka glutowatą maź. Ponownie pomachał pojemnikiem i nacisnął spust.

Śmietana – albo cokolwiek tam było – zachowywała się nieracjonalnie. Nie wpadła do kubka, tylko strzeliła do tyłu, pokrywając jego prawe ramię jak szybko rosnący bluszcz. Upuścił pojemnik, który potoczył się po podłodze w stronę sypialni. Gdy dotarł prawie do progu, pojawiła się przed nim para stóp z pomalowanymi na czarno paznokciami.

– No wreszcie jesteś – powiedziała kobieta ubrana w jego szlafrok.

Miała około pięćdziesiątki. Ufarbowane na czarno włosy, ciemny makijaż. Na łańcuszku pod szyją nosiła pięcioramienną gwiazdę.

Przez kilkanaście sekund Ludwig patrzył jej prosto w oczy kompletnie zaskoczony, jakby nie wiedział, kim jest. Kobieta przechyliła głowę i wydała odgłos przypominający cmoknięcie.

– No chodź tu i przywitaj się porządnie – powiedziała kobieta demon, robiąc gest w kierunku ciemnego pokoju, z którego właśnie się wyłoniła.

– *Yes*, na mnie już czas – powiedziała Tina, wstając.

Ludwig skinął głową.

W chwili gdy Tina wychodziła z mieszkania, zadzwoniła komórka Ludwiga. Kobieta demon przedreptała obok niego, podniosła niezaplamiony kubek z kawą z blatu kuchennego i usiadła przy stoliku. Ludwig wyłuskał telefon z kieszeni obcisłych dżinsów.

Nieznany numer.

Zsunął się po ścianie przy lodówce, usiadł na podłodze i odebrał.

– Dzień dobry.

– Ludwigu!

– ...tak?

– To ja – powiedział GT.

Nie rozmawiali ze sobą od pół roku. Od krwawej rzezi w Ambasadzie Syrii w Berlinie. Podczas ostatniej rozmowy Ludwig przeciął wszystkie więzy łączące go z CIA i zrobił to oficjalnie. GT. Spośród wszystkich ludzi, z którymi miał do czynienia tego ranka, otyły, przebiegły Amerykanin był postacią równie nieprawdopodobną, co niepożądaną.

– Dzień dobry – powtórzył Ludwig.

– Przepraszam, że dzwonię tak wcześnie. Co tam u ciebie?

Ludwig przełknął ślinę i wytarł utytłaną w śmietanie rękę o podłogę.

– Rewelka.

– Dobrze słyszeć!

Kobieta siedziała przy stole, piła kawę i esemesowała. Konsternacja Ludwiga nabierała odcienia niesmaku. Ile dni z nią spędził? Czy się zabezpieczał? Jakim cudem w ogóle wiedział, j a k t o s i ę r o b i?

– Jasne – rzucił Ludwig. – Pasmo sukcesów. Każdego dnia budzę się od okrzyków zachwyconej publiczności. A co u ciebie?

– Dziękuję, w porządku – odpowiedział GT. – Tyle że trochę za mało stymulujących zadań. Aż do teraz. Wczoraj pojawiła się pewna sprawa.

Ludwig pokręcił głową i powiedział:

– Życzę powodzenia w jej rozwiązaniu.

– Daj spokój, przestań się wydurniać, Ludwigu.

Dopiero teraz pojawił się prawdziwy ból głowy: dopiero teraz wytrzeźwiał na tyle, żeby poczuć kaca. Jeszcze godzina i zaczną się wymioty. Może wcześniej. *Do tego czasu muszę się pozbyć tej baby.*

– Nie pracuję już dla firmy – powiedział po dłuższej chwili ciszy.

– Ja też nie. To jest w tym wszystkim najlepsze. Możemy zacząć od nowa, tylko ty i ja. Jak idą interesy? Wszystko dobrze?

– Jak po maśle. Postanowiłem skupić się na działalności podstawowej.

Był to często przez niego stosowany eufemizm opisujący pozbycie się drugiej ze swoich restauracji, Venus Pankow, w krótkiej i skutecznej partyjce pokera właśnie w tamtej dzielnicy miasta.

Ale miał pieniądze. I to całkiem sporo. Wystarczy mu na wiele miesięcy. Z trudem podniósł się z podłogi i powlókł się do gabinetu, słuchając gadania GT o błogosławieństwach i możliwościach prywatnego sektora.

W dolnej szufladzie biurka miał…

Dwa tysiące euro. Dwa tysiące euro?

Powinno być z pięć razy tyle, co najmniej.

Ta pieprzona wampirzyca chyba nie… Nie, wtedy nie zostawiłaby nic, a przede wszystkim już by jej tu nie było. Co właściwie robił przez ostatnie pięć, sześć dni?

– Czy jednak tak? – zapytał GT.

– Co?

– Czy zrobiłeś się nagle pamiętliwy?

Ludwig usiadł ciężko na fotelu, oparł łokcie o blat biurka i przycisnął czoło do zwiniętych dłoni.

– Nie, trzeba się tego wystrzegać, żeby nie popaść w marazm – powiedział wolno.

– No właśnie! Cudownie. O dwudziestej pierwszej piętnaście twojego czasu masz samolot do Newark. Numer rezerwacji L H osiem siedem trzy osiem pięć. Pierwsza klasa. Odbierzesz samochód na stanowisku Hertza. W skrytce w ich biurze znajdziesz akta sprawy ze wszystkimi informacjami. Skrytka sto dwadzieścia dwa. Kod do skrytki AC cztery pięć cztery pięć. Kiedy...

– Chwila, moment, nie tak szybko. Czyli nie chodzi o Berlin? To po co do mnie dzwonisz?

– Z tych samych powodów co zawsze – odparł GT nieco mniej radosnym głosem.

– A mianowicie?

– Przecież wiesz. Jesteś jedyną osobą, którą przez te wszystkie lata uważałem za prawdziwego kolegę.

Ludwig pomyślał, że GT musiał długo ćwiczyć tę frazę. Musiał szlifować, stylizować i pudrować tę replikę, aż zabrzmiała, jak tego chciał. Niezły z niego spryciarz, nie da się zaprzeczyć. Jest tak sprytny, że mógłby świecić przykładem przy analizie syndromu sztokholmskiego.

W drzwiach stanęła kobieta demon.

– Co będziemy robić do koncertu? – spytała, rozglądając się po mrocznym pokoju.

– Jakiego koncertu? – zdziwił się Ludwig.

– Co? – spytał GT.

– Chwileczkę. – Ludwig przycisnął telefon do piersi. – Jakiego koncertu?

Kobieta wywróciła oczami.

– Nephilim!

Nawet nie była brzydka, wręcz przeciwnie. Może nie była też wariatką. Wydaje się, że prawda wyglądała dużo gorzej. Patrzył na nią i z każdą mijającą sekundą uświadamiał to sobie coraz dobitniej – była najnormalniejsza na świecie. Szkolenia, jakie Ludwig przeszedł w Stasi, i praca dla CIA wyposażyły go w wiele ciekawych umiejętności. Obchodzenie się z normalnymi ludźmi i ich prozaicznymi marzeniami nie wchodziło w żadnej mierze do tego repertuaru.

– Porozmawiamy o tym za chwilę – powiedział matowym głosem.

Poszła sobie.

– Nie jesteś sam? – Szyderczy śmieszek GT słychać było mimo dzielącego ich Atlantyku.

Cokolwiek by powiedzieć o Clivie Bernerze – a Ludwig naprawdę mógłby powiedzieć o nim niejedno – na pewno nie był normalnym człowiekiem. W jego otoczeniu czuł się jak w domu. Czy drapieżniki w ZOO nienawidzą się nawzajem, gdy chodzą udręczone po swoich klatkach? Bez wątpienia. Ale jeszcze bardziej nienawidzą zwiedzających.

– O jakiej sprawie mówimy?

– Polityczne komplikacje na poziomie lokalnym – rzucił GT.

– Jak to na poziomie lokalnym? Czyli gdzie?

– Na tym poziomie, gdzie żyją normalni ludzie, pamiętasz?

– Aha, czyli tam.

Najlepsze GT zatrzymał rzecz jasna na koniec:

– Dwa tysiące dolarów za dobę.

Ludwig podrapał się po nieogolonym podbródku, tuż nad jabłkiem Adama.

Myśl o ucieczce z tej zgniłej części świata, która nienawidziła go tak bezrozumnie… A do tego, chwileczkę, dwa tysiące dolarów za dzień? Kto by się oparł? Nie mówiąc o tym, że mógłby wziąć udział w czymś realnym, zrobić coś konkretnego. Miał cholernie dość życia w cywilu. Moment, kiedy okresy pijaństwa wypełnią wszystkie dni kalendarza, był tylko kwestią czasu.

– Ile tych dób? – spytał przez zaciśnięte gardło.

– Hm, tydzień, może dwa.

Ludwig Licht nie był geniuszem matematycznym. Jednak ani to, ani liczba promili we krwi, która mogła zatopić tankowiec pełen ropy, nie uśpiły w nim czujności.

– Czy mógłbyś jeszcze raz podać podstawowe dane? – Odkaszlnął.

– Chyba nie jesteś pijany, do cholery? – Faza łagodności się skończyła; GT wracał szybko do klasycznej postawy dominującej. – Przecież u ciebie jest dopiero siódma rano!

Ludwig przygotował kartkę i długopis.

– Okej, podaj jeszcze raz te dane.

OPUS 14 MINUS 17 DNI

POSSE COMITATUS

przestrzeń powietrzna nad manhattanem
nowy jork, nowy jork/usa
nd 21 października 2012 roku
[03:05/est]

Przez okna samolotu Ludwig widział tylko czubki niektórych drapaczy chmur wynurzające się z porannej mgły jak napompowane helem balony wiszące w powietrzu i pozbawione fundamentów. Ale rozciągający się poniżej Manhattan budził się jednak do życia w słonecznej poświacie. Była niedziela, więc sklepy zostaną otwarte dopiero za dwie godziny. Na dwudziestym ósmym piętrze siedemdziesięciopiętrowego wieżowca stojącego na skrzyżowaniu Madison Avenue z 47th Street rozległ się brzęczyk windy i jej drzwi się rozsunęły. Wyszedł z niej nieco sztywnym krokiem Beth Hayeford, głodny i wściekły po długiej i niewygodnej podróży helikopterem z Arlington pod Waszyngtonem. Dyrektor wykonawczy EXPLCO International nie miał pojęcia, dlaczego rada dyrektorów postanowiła odbyć nadzwyczajne posiedzenie.

*

Ludwig wyciągnął rączkę walizki i wysiadł z bezzałogowego pociągu kursującego pomiędzy poszczególnymi terminalami i wyjściami lotniska Newark. Rozejrzał się po peronie. Wiodące w dół ruchome schody prowadziły do wypożyczalni samochodów.

Przyjrzał się czekającej na coś przy ławce parze z trójką małych dzieci. Mężczyzna ze złością przeszukiwał dużą torbę sportową.

– Poproszę o pana prawo jazdy – powiedziała młoda czarna kobieta za ladą.

53

Ludwig podał jej dokument i spytał:

– Jaki to będzie samochód?

– Zaraz sprawdzimy… Jeep liberty.

– Automat?

– Oczywiście, proszę pana.

– Ropniak?

– Nie, mamy niestety tylko samochody na benzynę.

– Zmieszczę się w nim?

Kobieta spojrzała na Niemca z zainteresowaniem i odpowiedziała:

– Może pan podwyższyć standard, mamy kilka dobrych…

– Mógłbym rzucić na niego okiem? Gdzie stoi?

– Są trzy różne na parkingu numer dwa, tuż za rogiem – odparła kobieta, wskazując na automatyczne drzwi. – Może pan sobie wybrać ten, który się panu spodoba, a ja zacznę tu tymczasem wypełniać formularz.

Ludwig wyszedł na zewnątrz. Starszy mężczyzna o azjatyckich rysach ubrany w kombinezon mechanika stał w słońcu i palił papierosa.

Za rogiem rzeczywiście stały trzy jeepy, biały, czarny i srebrny. Czarny miał skórzaną tapicerkę.

– Wezmę tego czarnego – powiedział Ludwig po powrocie do wypożyczalni.

– W takim razie poproszę, żeby pan to wypełnił. – Kobieta podała mu gruby plik kartek. Ludwig brnął z mozołem przez kolejne punkty. Wkrótce się zorientował, że wszystkie opcje dodatkowe, z wyjątkiem fotelika dziecięcego, były już wstępnie wypełnione, co wyjaśniało, dlaczego kobieta nie próbowała namawiać go na żadne dodatki. GPS, jego niemieckie ubezpieczenie komunikacyjne plus rozszerzona wersja z American Express, a nawet karta paliwowa, która, jak było napisane, obowiązywała „na wszystkich dobrych stacjach serwisowych we wszystkich stanach".

– Miałem jeszcze odebrać coś ze skrytki – powiedział Ludwig, gdy skończył.

– Chwileczkę. – Kobieta zaczęła wpisywać coś do systemu. – To tam, proszę pana – powiedziała, wskazując głową kierunek i podając mu dwa zestawy kluczyków. Drugą ręką zabierała z pulpitu podpisane przez niego dokumenty.

Ludwig ruszył we wskazaną mu stronę do dwóch rzędów szafek stojących pod ruchomymi schodami, którymi tu przyjechał. Wbił kod i otworzył drzwiczki. Materiały – dziesięć, może dwanaście stron w jasnoczerwonej teczce zaplombowanej poczciwą, czarną pieczęcią lakową z napisem:

ŚCIŚLE TAJNE.
NALEŻY DO EXPLCO INC.
ZNALEŹNE 1 000 $ – JEŚLI PIECZĘĆ LAKOWA
NIE BĘDZIE ZŁAMANA.
ŚCIŚLE TAJNE.

Najpierw wyciągnął oddzielną kopertę z kapitałem obrotowym – kilka tysięcy dolarów o różnych nominałach. Potem mapę opatrzoną podpisem „Jedenasty okręg wyborczy Pensylwanii" i nazwą miejscowości – Wilkes-Barre – otoczoną czerwonym kółkiem.

Stanąwszy ponownie przy ladzie, odchrząknął. Kobieta wróciła.

– Przepraszam – powiedział z teczką od GT pod pachą. – Gdzie leży Pensylwania?

– To pana pierwsza wizyta w Stanach? – uśmiechnęła się kobieta.

– Kiedyś byłem na Hawajach.

Skinęła głową.

– Pensylwania to coś zupełnie innego.

*

Działał całkowicie wbrew instynktowi, ale nie miał wyboru. Bez GPS-u nigdy nie udałoby mu się wymotać z plątaniny autostrad spajających Nowy Jork, New Jersey i Filadelfię w obszar o najbardziej intensywnym ruchu samochodowym na świecie. Trzeba tylko pamiętać, żeby po dojechaniu na miejsce wyzerować rejestrator danych z podróży, żeby nikt nie mógł sprawdzić dokładnych tras przejazdu.

Sformatowanie pamięci GPS-u nie blokuje jednak możliwości śledzenia pojazdu podczas jazdy. Ludwig nie miał pojęcia, czy w przypadku tego zlecenia miało to jakieś znaczenie, bo nie wiedział nic ani o samym zadaniu, ani o przeciwniku. Nabierał przekonania, że pracodawca GT, czyli firma EXPLCO, posiadał wystarczające środki, żeby go mieć na oku przez cały czas. Postanowił przyjąć to za dobrą monetę.

Zapoznawał się z jeepem; ustawił GPS na wskazywanie kilometrów, poprawił ustawienie fotela i lusterek. Pedały były trochę za bardzo na prawo, tak jak w modelu z manualną skrzynią, z którego usunięto pedał sprzęgła. Samochód miał napęd na przednie koła, o ile nie przełączyło się go ręcznie na wersję terenową. Uruchomił silnik, wrzucił wsteczny i lekko wcisnął pedał gazu. Zero reakcji. Wcisnął trochę mocniej. Zero reakcji. Wcisnął porządnie i samochód rzucił się dziesięć metrów w tył w ciągu milisekundy – kiedy wcisnął hamulec do dechy, uderzył głową w zagłówek i zobaczył w lusterku wstecznym, że zatrzymał się pięć centymetrów od sąsiedniego samochodu.

Przestawił dźwignię w pozycję *drive* i spróbował wyczuć auto, ruszając do przodu. Okej, pierwsze centymetry pedału gazu były jakby luzem, nie wiadomo dlaczego. Ruszył.

Najpierw kilka mil na zachód drogą 78, potem 24 i od razu 2871. Za którymś razem zjazd z autostrady był po lewej stronie, czego mimo ostrzeżeń GPS-u Ludwig nie chciał przyjąć do wiadomości, i dopiero gdy zobaczył to na własne oczy, musiał błyskawicznie przebić się przez sześć pasów, od prawego do lewego.

Mnóstwo samochodów, choć to przecież niedziela, kiepsko utrzymana nawierzchnia. Kiedy za pierwszym razem ktoś go wyprzedził po prawej stronie, tylko zaklął; za piątym razem zrozumiał, że to legalne. Pierwsze bramki na autostradzie rozwiązały zagadkę paczki jednodolarówek, którą znalazł w teczce.

GPS był interaktywny. W pewnej chwili kobiecy głos spytał:

– Masz jakieś pytania?

– Mam pytanie – odpowiedział zaskoczony Ludwig.

– Możesz pytać! – odpowiedział komputer.

– Dokąd ja właściwie jadę?

– Jedziesz do Wilkes-Barre, Pensylwania! Powinieneś być na miejscu za dwie godziny i dwadzieścia dwie minuty.

– Potrafisz zrobić kawę?

– Chodzi ci o restauracje dla rodzin z dziećmi albo bary z fast foodem?

– Jezu! Mogą być bary z fast foodem.

Głos zaczął wyliczać możliwe lokalizacje. Na zakończenie powiedział:

– Za kilometr zjedź prawym zjazdem na drogę 80 w kierunku na Stroudsburg. Jedź dalej prosto przez godzinę i siedem minut.

Tuż przed jedenastą przejechał przez most na Delaware, która stanowiła granicę pomiędzy New Jersey a Pensylwanią. Drzewa eksplodowały październikową feerią barw od krwistoczerwonego do sepii, a zielone wody rzeki wiły się pomiędzy blokami skalnymi i korzeniami ciężkich wierzb.

I gdzieś tam, w jednym z parowów, zostawił resztki kaca. W samolocie nie wypił ani kropli, mimo że alkohol był za darmo i że pozwoliłby mu się chociaż przez chwilę zdrzemnąć. Teraz wszedł w nową fazę. Słowo „okresy", które obecnie oznaczało raczej czas trzeźwości niż picia, nie było zbyt eleganckie. Ale marzył o długim okresie skupienia. To nie alkohol był mu potrzebny do przeżycia, tylko adrenalina. Gdyby dało się ją kupić w sklepie, stanąłby pierwszy w kolejce.

*

Nowa cyfrowa przyjaciółka prowadziła go pewnie do jednego z barów sieci Wendy's. Na parkingu wyjął z walizki, którą oddał jako bagaż w samolocie, futerał na telefon komórkowy, wyposażony między innymi w scyzoryk, i włożył do niego telefon. Nie miał innej broni.

Zabrał do hamburgerowni teczkę od GT, nie licząc koperty z gotówką, którą wsadził do schowka w desce rozdzielczej. Posadzka z klinkieru była w szaro-białą kratę. W powietrzu unosił się silny słodki zapach jakiegoś odświeżacza powietrza albo płynu do mycia podłóg. Ludwig był jedynym gościem, a personel, dwóch nastolatków, których sylwetki świadczyły o tym, że raczej nie jadali serwowanych przez bar dań, wyglądał na wyjątkowo znudzony. Niemiec zamówił czworokątnego i tłustego burgera i „europejską" kawę, trochę za gorącą, ale na szczęście wystarczająco mocną. Nie był głodny, ale należało jak najszybciej zacząć przestawiać zegar biologiczny.

Przeczytał materiały od GT; zaczynały się od kilku wycinków z gazet na temat skandalu z nastoletnim samobójcą, który obciążył winą za swój czyn Rona Harrimana, kandydata do Kongresu z ramienia Partii Demokratycznej. Znał to nazwisko – no jasne, dalej w artykule podawali, że do ubiegłego roku Harriman był ambasadorem USA w Berlinie. Innymi słowy, był dawnym szefem placówki, w której pracował GT. Ze swoimi delikatnymi piegami i młodzieńczą fryzurą Harriman wyglądał jak prezydent, a raczej tak, jak ludzie chcieliby, żeby wyglądał amerykański prezydent, choć zazwyczaj się to nie udawało: jakby był młodszy od swoich kalendarzowych czterdziestu dwóch lat i zdrowszy, niż wskazywałaby na to ścieżka jego kariery. Życie tego faceta było godne pozazdroszczenia, ale był gotów poświęcić je dla dobra ogółu. Przeciwieństwo typu reprezentowanego przez Nixona, w przypadku którego od razu rzucało się w oczy, że wysokie stanowisko to jego jedyna szansa na ciekawsze życie.

Wiele wypowiedzi Harrimana, które znalazł w materiale, było świetnie wyważonych i najwyraźniej przygotowanych z góry. („To straszna tragedia. Narkotyki dewastują tę część kraju, a cała generacja młodych ludzi traci grunt pod nogami. Musimy to zmienić"). Tylko w jednym miejscu stracił przytomność umysłu: „Prawica w tym kraju nie cofa się obecnie przed niczym. Brudne kłamstwa. Właśnie na tym opierają swoje przesłanie. Brudne kłamstwa to jedyna broń, po którą mogą sięgnąć, gdy nie dają rady".

Rodzina chłopaka żądała dochodzenia i postawienia Harrimana w stan oskarżenia. Policja i prokuratura ogłosiła, że w związku z tym, że potwierdzono samobójstwo, postępowanie zostało umorzone, a ewentualne kroki prawne należało podjąć w ramach procesu cywilnego, czyli procesu o odszkodowanie. Sztab Harrimana odpowiedział, że „będzie się cieszyć", jeśli bliscy ofiary wystąpią z pozwem, bo to pozwoli „dogłębnie zbadać sprawę", choć oczywiście preferowano „dialog" z rodziną, której adwokat nie omieszkał jednak donieść, że Harriman parokrotnie poprosił, żeby „spieprzał".

Harriman był od dwóch dekad żonaty z Liz Harriman, spadkobierczynią The Wagonbach Coal Company. Na Princeton dostał się dzięki stypendium za osiągnięcia tenisowe, a podczas całych studiów prawniczych pracował w księgarni. Na marginesach GT dopisał kilka odręcznych komentarzy: „Zawodny. Nadzwyczaj zgorzkniały jak na swój szczenięcy wiek. Latem ubiegłego roku wykryto, że był informatorem Hydraleaks. Tylko jeden szczegół potwierdza jego paranoiczną wersję zdarzeń: lokale jego sztabu wyborczego były na podsłuchu. Sam to wykryłem i nie poprawiło mi to humoru. To oznacza, że musimy zachować ostrożność, kontaktując się z nim, i w ogóle ograniczyć komunikację ze sztabem jego kampanii do niezbędnego minimum".

Ludwig długo przyglądał się zdjęciu Gwen Heart, kandydatki republikanów. Idealnie pasowała do obrazu kobiety Zachodu, jaki kiedyś stworzył na swój użytek – jego doświadczenie ograniczało się w tamtym czasie do obrazków z zachodnioniemieckiej telewizji, którą dawało się złapać w Berlinie Wschodnim. Kasztanowe falowane włosy do ramion, błyszczące jasnoniebieskie oczy, żakiet w kolorze biskupim, naszyjnik z pereł, perfekcyjna opalenizna, zatrzymana w kadrze z przemówienia wyborczego dłoń, jakby ścinała właśnie czyjąś głowę. (Można było wręcz usłyszeć słowa: „Należy obniżyć deficyt, obniżyć, obniżyć…"). Brak pierścionka na lewej ręce. Wdowa. Mąż zginął pięć lat wcześniej w wypadku podczas polowania.

Potężny kierowca ciężarówki z półmetrową brodą wtoczył się do lokalu i zamówił Mega Menu. Potem podszedł do okna, jakiś metr od Ludwiga, i przeciągnął się.

– Zima przyjdzie wcześnie w tym roku – zagaił ponuro.

– Naprawdę? – Ludwig wykazał zainteresowanie, zamykając teczkę.

– Mhm. Widać po ptakach. Mają przerażenie w oczach jak rzadko. Zmrozi nas na kość, i to już niedługo.

– Obyś się mylił.

– Od czasu zakupu akcji Enronu nie pomyliłem się ani razu – wyszczerzył zęby kierowca. – Dbaj o siebie.

– Dzięki, ty też – odpowiedział Ludwig.

Mężczyzna poszedł z jedzeniem do szoferki. Facet, któremu nie jest potrzebna zmiana otoczenia, pomyślał Ludwig. Przypadek instytucjonalizacji.

Lista oficjalnych sponsorów kampanii Gwen Heart nic mu nie mówiła: obejmowała około trzydziestu nazwisk. Bardziej interesująca była lista organizacji wyrażających poparcie dla kandydatki republikanów. Oprócz pensylwańskiego odgałęzienia Partii Herbacianej, Ruchu Obywatelskiego Miłośników Broni (NRA), stowarzyszenia wrogów opodatkowania Club for Growth i lobby antyaborcyjnego miała po swojej stronie radykalnych zwolenników posiadania broni z The Real NRA (najbardziej znanych z poglądu, że granaty ręczne, moździerze i broń rakietowa powinny być objęte drugą poprawką do konstytucji i dozwolone jako środki obrony prywatnych miejsc zamieszkania) i islamofobów z pałkami skupionych w Lidze Obrony Ameryki (będącej odgałęzieniem skrajnie prawicowej grupy w Wielkiej Brytanii).

Spojrzał jeszcze raz na fotografię. Albo była kompletnie zidiociała i brakowało jej szarych komórek w mózgu, albo bezdennie cyniczna, jeśli chodzi o dobór towarzystwa.

Mężczyzna, którego GT podejrzewał o zainstalowanie podsłuchu na telefonach Harrimana, był interesujący z powodu tatuażu i nerwowego wyrazu twarz᠎ ᠎wig poczuł niepokój. Widział spojrzenie faceta, który prosto spod pięści tatusia wpadł w ręce klawiszy w pace.

Ostatnie zdjęcie przedstawiało emanującego optymizmem Christophera Warsinsky'ego. Było to chyba zdjęcie do legitymacji szkolnej. Wydawał się na niej radosny, lekko zbuntowany, jakby widział przed sobą na᠎ kę w college'u i dobrą pracę w fajnej branży w prawdziwym mᵢₑ᠎ „Jeśli to oni go zabili – napisał GT na dole kartki – muszą za to zapłacić".

Ludwig kiw᠎ął głową. Ach więc to był poziom lokalny. Gdzie żyją normalni ludzie. W najlepszym razie.

*

Mniej więcej trzydzieści minut później Ludwig przejechał ostatnią bramkę i zjechał z drogi 80 na dużo mniej uczęszczaną 115. Zabudowania zmieniły charakter. Zupełnie zniknęły rozrzucone po polach stare trzypiętrowe biało-błękitne domy z drewna, tak jakby w miarę oddalania się od cywilizacji wymierało również rolnictwo i hodowla koni. Wszędzie tylko lasy, pomiędzy którymi z rzadka pojawiały się niewielkie osady składające się z dwudziestu, trzydziestu domów otoczonych minimalistycznymi ogródkami. Wokoło, jak namalowane pędzlem bajecznego rysownika, na horyzoncie piętrzyło się niezmiennie pasmo gór Pocono.

– Za dziesięć minut będziesz na miejscu – powiedział GPS.

Ludwig spojrzał na zegarek. Kwadrans po dwunastej, trochę za wcześnie na zameldowanie się w hotelu. Przypomniał sobie kopertę z pieniędzmi w schowku w desce rozdzielczej i poczuł radosny impuls.

– Chcę zrobić zakupy – powiedział.

– Mogę polecić centrum handlowe Wyoming Valley Mall. Około pięćdziesięciu sklepów, mnóstwo fantastycznych ofert, co tydzień nowe okazje! Darmowy parking dla wszystkich klientów. Klienci bardzo sobie cenią centrum gastronomiczne. Średnia ocen w Tripadvisor to…

– Jedźmy tam. – Minął skromny posterunek policji w Bear Creek Village. Kilka minut później minął jezioro, nad którym, jak wynikało z opisu, mieszkał Harriman, a po kolejnych dziesięciu minutach motel, w którym znaleziono ciało chłopaka, Casino Countryside Inn.

W ostatniej chwili postanowił skręcić w drogę prowadzącą na parking. Motel był położony kawałek wyżej, przytulony do stromego wzniesienia, podczas gdy droga, którą jechał do tej pory, prowadziła dalej ostro w dół. W związku z tym jego prędkość w momencie wykonywania skrętu była zbyt duża, co samo w sobie nie byłoby może aż tak niebezpieczne, gdyby nie obecność potężnego pick-upa stojącego tuż przy wjeździe na parking. Ominął jego lewe lusterko z minimalnym zapasem. Udało mu się wyhamować i zatrzymać. Wysiadł.

Powietrze miało tu zupełnie inny zapach, nie taki słodki ani nie taki ciężki jak zaledwie kilka godzin wcześniej, gdy pachniało prawie jak nad Morzem Śródziemnym. Był dużo wyżej i dość daleko od nadal nagrzanego brzegu Atlantyku. Słońce prażyło całkiem mocno, dopiero w cieniu dało się poczuć, że to już jesień.

Ruszył wzdłuż białego budynku. Na obramowaniu drzwi do jednego z pokoi nadal widać było resztki żółtej taśmy policyjnej. Pokój 117.

Ze wszystkich miejsc na świecie właśnie ten pokój, jak donosiły media, wybrał Christopher Warsinsky, żeby umrzeć. Po drugiej stronie czarnych drzwi czekał być może na Harrimana, po raz ostatni poczuł się zdradzony i uśmierzył swój ból jednym prostym zastrzykiem.

Pisał do szkolnej gazetki. Mówiono o nim w szkole, że ma zadatki na gwiazdę Broadwayu. Organizował grupowe wyjazdy do hali koncertowej w Filadelfii, a w każdą niedzielę pracował jako wolontariusz w stołówce dla najbiedniejszych.

O nie, Ludwig nie zamierzał kupić tej bajki. Niezależnie od opinii GT na temat Harrimana i jego „paranoi" na ten czy inny temat, ta wersja nie dała się obronić w żaden sposób. Ktoś zamordował chłopaka, żeby zniszczyć Harrimana.

Szedł dalej, okrążył budynek. Kamery we wszystkich rogach i zakamarkach.

Po powrocie do jeepa siedział chwilę zamyślony za kierownicą. Nie zależało mu na tym, żeby obejrzeć pokój – po przemarszu techników policyjnych i sprzątaczy i tak nic by tam nie znalazł. Miał jednak mgliste przeczucie, że… samo miejsce było ważnym punktem zaczepienia.

Otworzył oczy. Z jednego z pokoi wyszła trzydziestoletnia kobieta, wsiadła do stojącego tuż przed drzwiami golfa i odjechała.

Nie, to nic nie da. Przekręcił kluczyk w stacyjce, objechał parking i ruszył w dół do drogi 115. Skręcił w prawo i zaczął zjeżdżać w dolinę.

Słońce schowało się za chmurami. W rowie leżała rozbita motorynka. Ludwig zobaczył białe pasma mgły, grube jak zaspy śnieżne, snujące się wolno nad czubkami drzew daleko na horyzoncie. Był na miejscu.

wyoming valley mall
wilkes-barre, pensylwania/usa
nd 21 października 2012 roku
[12:40/est]

Utrzymane w kolorze kości słoniowej ogromne centrum handlowe przypominało raczej lotnisko w dowolnym kraju Zatoki Perskiej. Parking zajęty może w dziesięciu procentach. Najbardziej popularnym miejscem było najwyraźniej centrum rekrutacyjne sił zbrojnych, znajdujące się w podłużnym budynku naprzeciwko głównego wejścia.

Ludwig wysłał SMS-a do GT, że przyjechał i proponuje wspólny lunch.

W sieciówce Banana Republic, jedynym sklepie, który znał z zaśmiecających jego restaurację w Berlinie magazynów „Esquire" i „GQ", kupił pięć czarnych podkoszulków w serek, gruby oliwkowy golf, parę spodni typu chinos, impregnowaną kurtkę parkę w kolorze mchu i bordowy szalik. Wszystko po mocno obniżonych cenach. Wyglądało na to, że przeceny były tu stanem permanentnym.

Choć bardzo się starał, nie znalazł nic więcej godnego uwagi. W sklepie z butami kupił zielono-brązowe adidasy samba za połowę tego, co musiałby zapłacić w Niemczech. Urażona sprzedawczyni przekonywała go żarliwie, że to nie podróbki.

Inną radosną niespodzianką były rozmiary ubrań; gdzieś w połowie Atlantyku rozmiary Ludwiga skurczyły się o jakieś piętnaście procent i nie musiał już szukać odpowiedniej wielkości rozmiaru XL. Miał metr osiemdziesiąt pięć i od dziesięciu lat się nie ważył, ale bezlitosne oświetlenie w przebieralniach sadystycznie uwidoczniło rozrastające się pokłady tłuszczu na jego ciele. Po dłuższym okresie zaniedbywania masy mięśniowej jego silna sylwetka nabierała cech galarety, traciła kształt, stawała się komiczna. Duże dłonie wyglądały prześmiesznie, a półdługie jasne włosy gwiazdora rocka upodabniały go do świeżo nawróconego fana samochodów sportowych.

Chrząknął, wzruszył ramionami, założył kolejne dżinsy w przymierzalni i przyglądał się w lusterku wałeczkowi tłuszczu nad paskiem. Nie tak źle. Był jeszcze po właściwej stronie mocy – starał się trenować w Berlinie przynajmniej raz w tygodniu, żeby opóźnić trochę moment upadku – ale już niewiele brakowało. Jak zwykle przy takich rozważaniach solennie sobie obiecywał, że będzie więcej ćwiczył, a nie że będzie mniej pił albo lepiej jadał. Wystarczyło mocne postanowienie, już sama myśl o samobiczowaniu i szlachetnym cierpieniu poprawiała mu samoocenę. Trzeba jeszcze coś kupić.

Wynosił do samochodu kolejne torby: trzy pary lewisów 513 za czterdzieści dolarów, dziesięć par skarpetek Burlington za piętnaście dolarów. Ale nigdzie nie było piwa. Po wyjściu z alkoholowego ciągu piwo było dla niego podstawą – nie jakoś dużo, ledwo jeden sześciopak, góra dwa, wieczorem, żeby nie zwariować. Wreszcie zapytał kasjerkę w aptece CVC. Pokręciła głową i roześmiała się. Było to dość zagadkowe.

Nie było też gazet. Ktoś mu powiedział, że gazety kupi w Barnes & Noble, który jest obok Walmartu. Kiedy zapytał, gdzie jest Walmart, powiedziano mu, że obok Barnes & Noble. Po kolejnym transporcie siatek do samochodu zapytał GPS, a ten wyjaśnił mu, że w pobliżu były dwa punkty Barnes & Noble, jeden w centrum Wilkes-Barre, a drugi około kilometra od miejsca, w którym się znajdował. Zapytał o piwo, a GPS zaczął wyliczać knajpy.

*

O wpół do drugiej Ludwig zobaczył GT, który szedł przez część gastronomiczną razem z elegancką kobietą w prostej czarnej sukience i czarnym żakiecie. Przysadzisty Amerykanin miał na sobie morelową koszulę i niebieskie spodnie od garnituru. Tak do siebie nie pasowali, że Ludwigowi przebiegła przez głowę myśl, że kobieta musi być jego nową szefową.

Podali sobie ręce na powitanie. Ludwig i Leya przedstawili się sobie niewyraźnie.

GT zinwentaryzował ofertę barów fast foodowych – Virginia Barbeque, Arby's, Subway i Dino's. W barze szybkiej obsługi pachniało olejem sezamowym i smażoną cebulą. Amerykanin wybrał restaurację włoską.

– Myślę, że nastawimy się na spaghetti i klopsiki.

Jedli w milczeniu. To dziwne, ale Ludwig czuł ulgę, jakby nastawiał się na spotkanie z byłą żoną i miał stracha, że zmieniła się na lepsze, ale zobaczył, że jest taka jak zawsze, i to przyniosło mu ulgę.

Czy GT faktycznie był taki jak zawsze? Zjadł całą sałatkę i tylko pół dania głównego. Pił wodę mineralną. I specjalnie poprosił, żeby nie dodawali mu parmezanu. Wydawał się jednocześnie bardziej zadowolony i bardziej zmartwiony. Może to kwestia wieku?

– Macie wyniki obdukcji? – zapytał Ludwig, odkładając na talerz przeźroczyste plastikowe sztućce.

– Tak, przyszły wczoraj po południu – odpowiedziała Leya. – Brak oznak przemocy. Oprócz heroiny miał we krwi alkohol i środki nasenne.

– Dużo?

– Nie. Kieliszek wina lub innego alkoholu, dwie tabletki nasenne.

– To by się zgadzało – stwierdził Ludwig. – Dużo prościej jest wrzucić komuś jakieś gówno do drinka, zawieźć go do motelu i napompować heroiną, niż zmusić do połknięcia opakowania tabletek. Jeśli ofiara całkiem odpłynie, w ogóle nie da się jej wcisnąć tabletek. Ale zastrzyk wejdzie zawsze, choćby była nieprzytomna.

GT mrugnął potakująco. Obaj świetnie znali ten scenariusz. Na zlecenie GT Ludwig zastosował dokładnie taką terapię w Hamburgu w 2003 roku. Załóżmy, że tamtym razem nie była to heroina, a ofiara, białoruski handlarz bronią, który zamierzał zeznawać przeciwko amerykańskiemu biznesmenowi z tej samej branży, ewentualnie na to zasłużył.

– Gdzieś musiał wypić alkohol i połknąć tabletki – powiedział GT i wytarł sobie wąsy. – W jakimś lokalu albo w domu sprawcy. Chłopak mieszkał nadal z rodzicami.

– Szesnastolatek – mruknęła Leya. – Nie powinni go wpuścić do żadnego lokalu.

– Nie bądź taka pewna – powiedział GT. – W tych okolicach wszystko wydaje się możliwe.

„Z wyjątkiem zakupu piwa na wynos" – o mały włos nie powiedział Ludwig.

– Może jakieś miejsce, gdzie nie są aż tak drobiazgowi – powiedział głośno. – Co oznacza, że barman ma tysiąc powodów, żeby nie chcieć rozmawiać z policją i przyznać się, że widział ofiarę.

Leya przytaknęła, dodając:

– Albo miał przy sobie podrabianą legitymację. Tyle że nic takiego przy nim nie znaleźli.

– Ale cały ten scenariusz wyraźnie dowodzi, że sprawa była zaplanowana – rzekł Ludwig. – Chłopak znał rodzinę Harrimanów, dlatego go wybrali. Ktoś się z nim umówił, wprowadził do jakiegoś pubu.

– Ktoś starszy – zgodził się GT. – Policja przejrzała jego telefon komórkowy. Żadnych połączeń z kimś godnym zainteresowania. Na wszelki wypadek sprawdzili też billingi u operatora.

– Skąd to wiemy? – spytał Ludwig.

– Upublicznili całe śledztwo – odparł GT. – Zakładam, że wiąże się to z procesem cywilnym przeciwko Harrimanowi. Albo mieli już dość telefonów od natarczywych dziennikarzy. Tak czy inaczej, mieli do tego pełne prawo, bo uznali, że to samobójstwo.

Do ich stolika podszedł czarnowłosy mężczyzna w czymś w rodzaju lekarskiego kitla. Ludwig podniósł ze zdziwieniem głowę i spojrzał prosto w oczy młodemu Azjacie.

– Uśmiechnęło się do pana dzisiaj prawdziwe szczęście! – powiedział chłopak, sięgając po coś z płaszcza.

Bezgłośnie i bez strącenia choćby serwetki ze stołu Ludwig już stał na nogach, odwrócił mężczyznę, trzymał go mocnym chwytem od tyłu i przyciskał scyzoryk z futerału telefonu do jego gardła.

– Onsen! – krzyknął zrozpaczony Azjata. – Kosmetyki Onsen!

Nieliczni goście restauracji patrzyli na ten spektakl ze strachem w oczach. Ludwig uśmiechnął się szeroko, jak gdyby chodziło o żarty między starymi kolegami. Trzymał dłoń tak, żeby przykrywała nóż; osoby obserwujące ich z boku widziały tylko policyjny chwyt i telefon.

– Co tam stękasz? – warknął Ludwig, cały czas z uśmiechem na ustach.

Mężczyzna wolniutko wyciągnął ręce przed siebie, pokazując dziwaczny pilnik do paznokci w kształcie cylindra i opakowanie zawierające kilka tubek z kremami.

– Codziennie wybieramy kilka osób, którym proponujemy manikiur za darmo – wydyszał.

GT siedział obojętnie na miejscu. Obie dłonie na stole, wzrok wbity w dal. Powiedział:

– Spieprzaj, Onsen.

Leya poruszyła się nerwowo na krześle i popatrzyła zdziwiona na przełożonego.

Ludwig zamknął scyzoryk, poprawił ubranie na obcym i się uśmiechnął.

– W takim razie przepraszam – powiedział cicho, poklepując chłopaka po ramionach. – Ten jetlag mnie wykończy.

Azjata szybko doszedł do siebie, jakby wytłumaczył sobie, że Ludwig jest tylko kolejnym rasistą albo homofobem, albo jednym i drugim.

– Nawet sobie pan nie wyobraża, jaki pan będzie zadowolony!

– Poszukaj innej ofiary – powiedział Ludwig, siadając.

Mężczyzna zastanawiał się przez chwilę, a potem odszedł.

Leya patrzyła na Ludwiga z osłupieniem.

– Wydawało mi się, że miałeś być tą lżejszą artylerią?

– Nikomu nic się nie stało – mruknął Ludwig ze zniecierpliwieniem i wypił łyk napoju.

– Nie spałeś w samolocie? – spytał GT.

– A może Warsinsky nic nie pił w żadnym barze? – Niemiec błyskawicznie zmienił temat. – Może jego towarzystwo zaproponowało drinka w motelu?

GT gapił się bezmyślnie na telefon komórkowy Ludwiga.

– Może.

– Ktoś, komu ufał – skomentowała Leya. – Prawda? Kiedy miałam szesnaście lat, nie poszłabym z jakimś obcym gościem do zapyziałego motelu.

Ludwig patrzył na parę gliniarzy w jasnobrązowych mundurach. Ktoś zadzwonił na numer alarmowy i zgłosił akcję szalonego nożownika? Nie, zatrzymali się przy bankomacie i wyjmowali pieniądze, całkowicie pochłonięci zajmującą rozmową o baseballu albo cenach benzyny.

– To zależy – powiedział. – Nastoletni chłopcy nie są aż tak strachliwi. Może sprawca podawał się za kogoś, kto mógł Warsinsky'emu coś załatwić... Agenta z branży rozrywkowej? Wiemy na pewno, że chłopak był gejem?

– To tylko spekulacje. – GT czuł się sfrustrowany.

– Jadąc tu, wstąpiłem do motelu i trochę się tam rozejrzałem. – Ludwig mówił jakby do siebie. – Wyglądało, jakby... Byliście tam? Rzeczywiście nie ma żadnych nagrań z monitoringu? Widziałem co najmniej piętnaście kamer. Niemożliwe, żeby wszystkie zepsuły się jednocześnie.

– Policja ustaliła, że była przerwa w dostawie prądu – wyjaśniła Leya.

– Nie jestem pewien, czy zabieramy się do tego od właściwej strony – wtrącił GT. – Może Harriman ma rację. Może trzeba się przyjrzeć ludziom zaangażowanym w kampanię Heart.

– Ja się tym zajmę – powiedział Ludwig – a wy sprawdzcie jeszcze raz ten motel. Lepiej, żebym to nie ja krążył po okolicy i zadawał pytania.

Leya spojrzała na niego ze zdziwieniem.

– Gdyby się okazało, że muszę się jakoś zaangażować w tamtą kampanię – kontynuował Ludwig. – Myślę też, że to nasze ostatnie spotkanie w tym gronie w miejscu publicznym.

– My popytamy ludzi – powiedział GT. – W razie pytań będziemy mówić, że jesteśmy adwokatami którejś ze stron w sprawie o odszkodowanie.

Siedzieli chwilę w milczeniu. GT wstał.

– Idź pierwsza – powiedział do Lei.

Kobieta wyszła najbliższym wyjściem. GT i Ludwig ruszyli w przeciwną stronę, do środka galerii.

– Cholera, nawet sobie nie wyobrażasz, jak się cieszę, że cię widzę, chłopie.

Niemiec kiwnął głową.

– I ty, i ja zaczęliśmy nowy etap życia – ciągnął dalej GT.

– Miejmy nadzieję.

GT zatrzymał się przy jednej z wystaw zapełnionej dekoracjami na Halloween.

– Przed chwilą dzwoniła moja szefowa. Będziemy pracować dla Harrimana *pro bono*.

– Dlaczego?

– Bo jest politykiem. Firma lubi mieć przyjaciół w Kongresie.

– Przecież on jest demokratą. Myślałem, że prywatne firmy z tej branży wolą republikanów.

– Większość członków rady dyrektorów mocno wspiera demokratów – powiedział GT. Wyglądał przez chwilę, jakby go to martwiło i jakby się odrobinę tego wstydził. W końcu uśmiechnął się i powiedział: – Republikanów i tam mamy po swojej stronie, oni uwielbiają zlecać wszystko na zewnątrz. Wszyscy wiedzą, jak to działa, tylko firmy petrochemiczne i lobby zbrojeniowe z maniakalnym uporem wciskają pieniądze tym kandydatom, którzy i tak są z nami. Dostaliśmy nauczkę na Wall Street.

– Co to dla nas znaczy?

– Że mamy nieograniczone środki. I że Harriman będzie zadowolony. To była dobra wiadomość. Zła jest taka, że będziemy działać pod ogromną presją czasu. Musimy zakończyć sprawę przed wyborami, żeby Harriman nie przegrał.

– Zostało trochę ponad dwa tygodnie – mruknął Ludwig. – Nie powinno być z tym problemu.

– Pożyjemy, zobaczymy.

Umówili się, że następnym razem skontaktują się, gdy Ludwig już zainstaluje się w hotelu i zacznie sondować teren.

Ani słowem nie wspomnieli o przeszłości. Czy gdyby nie nowe zlecenie, które zaprzątało im głowy, byłoby inaczej? Prawdopodobnie tak. Ale to wcale nie znaczy, że byłoby lepiej.

*

Ludwig jechał na chybił trafił i wjechał na drogę 315 w kierunku Scranton, wiodącą na północ. Nadal sporo samochodów i na wszystkich skrzyżowaniach czerwone światło; trzeba było czekać na nich całą wieczność, bo zmianę sygnalizacji opóźniały oddzielne światła dla skręcających w lewo. Słońce grzało tak mocno, że w jeepie było gorąco jak w piekarniku. Ludwig próbował ustawić odpowiednio klimatyzację, ale nie było to łatwe.

Hoteli było mnóstwo, ale najpierw chciał się zaprowiantować. Jechał dalej na północ, aż po lewej stronie zobaczył sklep z alkoholem.

Grooming Eddie's Beverages, dzielące parking z solarium i studiem tatuażu, składało się z ośmiu czerwonych baraków budowlanych zestawionych ze sobą i stanowiących osiem pomieszczeń. Sześć z nich do połowy wypełniało piwo – głównie kartony z puszkami plus szczelnie zapchana lodówka z butelkami. W środku tego bałaganu, za metalowym biurkiem, na którym stał stary komputer, siedział chudy, blady, długowłosy facet z brodą.

– Poproszę cztery dwunastopaki Pabst Blue Ribbon – powiedział Ludwig.

Mężczyzna, który mógł mieć równie dobrze trzydzieści pięć, jak i pięćdziesiąt lat, spojrzał na niego znad ekranu.

– Jeden na raz.

– Przepraszam?

– Może pan kupić tylko jeden produkt na raz.

– Jedno piwo za jednym razem?

– Nie, nie, nie! Jeden produkt na raz. Przykładowo jeden dwunastopak.

– To może ma pan czterdziestoośmiopaki?

– Niestety nie, dwunastopaki są największe. – Westchnął. – Niech pan popatrzy! Kupuje pan dwunastopak, zanosi go do samochodu, wraca, kupuje kolejny i tak dalej, aż pan kupi cztery. Dzięki temu będą cztery transakcje na kasie i wszyscy będą zadowoleni. Okej?

Ludwig pokręcił głową.

– W spożywczym jest tak samo?

– Sklepy spożywcze nie mogą sprzedawać alkoholu w Pensylwanii. Tylko licencjonowane sklepy, takie jak mój.

– A wódka i wino?

– Są specjalne licencjonowane sklepy z winem i specjalne licencje na wódkę. Na wszystko oddzielne licencje. My mamy piwo. – Facet zakończył wykład z rezygnacją. Najwyraźniej licencja na piwo była najtańsza i obłożona najmniejszymi wymogami.

W zachowaniu mężczyzny można było odczytać sygnały... że nie jest do końca cywilem. Wyraz oczu i ust nie współgrał ze słowami, jakby myślał o czymś zupełnie innym. Niespokojne ręce, sztywna mimika. Albo siedział w więzieniu, albo brał udział w prawdziwych akcjach bojowych.

– Z Europy? – spytał, gdy Ludwig przyszedł zapłacić za trzeci karton.

– Mhm. A pan tutejszy?

– W zasadzie tak. Dwanaście dziewięćdziesiąt dziewięć – powiedział po raz trzeci, a Ludwig podał mu kolejny banknot dwudziestodolarowy. – Przepraszam za ciekawość, ale co pan robi na tym zadupiu?

– Interesy – odpowiedział Ludwig.

Mężczyzna zaśmiał się sucho i skinął głową.

– Powodzenia.

*

Kwadrans później Ludwig wybrał sobie hotel, kierując się głównie nazwą: Extended Stay Deluxe. Dojeżdżało się do niego stromym zjazdem z autostrady, który nagle wychodził prosto na obszar ewidentnie udomowionej przyrody – wyniosłe drzewa, których liście mieniły się milionami odcieni zieleni, żółtego i czerwieni, duże ciemne kaktusy i importowana wysoka japońska trawa.

Miniapartament, czyli prawdziwe pięćdziesięciopięciometrowe mieszkanie, znajdował się na samym końcu korytarza na drugim piętrze. Salon przedzielony przymocowanym do ściany biurkiem, na którym stał laptop, po lewej stronie w pełni wyposażona kuchnia. Gdyby zaproponowano Ludwigowi takie mieszkanko na stare lata, na pewno by nie protestował.

Ale na razie do starości miał jeszcze daleko. Na razie zaczął się sezon polowań. Nie mógł się go doczekać.

Była czwarta po południu. Ziewał tak, że z oczu płynęły mu łzy; uruchomił ekspres do kawy, jednocześnie otwierając pierwszą puszkę piwa, i usiadł przy komputerze.

GwenHeartAmerica – pod takim adresem znalazł stronę kampanii. Kolejne spotkanie wyborcze republikańskiej kandydatki miało się odbyć następnego dnia o jedenastej, w kościele w miejscowości White Haven. Ludwig sprawdził na mapie w komputerze – pół godziny jazdy. Świetne miejsce na początek.

Do jutra było niestety jeszcze bardzo daleko, a on nie bardzo mógł zasnąć, choć był kompletnie wykończony. Wypił kilka piw, połknął trzy tabletki nasenne i wpatrywał się w bardzo żywiołowy, ale totalnie niezrozumiały dla niego mecz baseballu w telewizji z wyłączonym dźwiękiem. Około dwunastej dowlókł się do sypialni i wyłączyło mu się zasilanie.

kościół lost apostles
white haven, pensylwania/usa
pon 22 października 2012 roku
[10:45/est]

Ludwig siedział w tylnej części nowoczesnego białego kościoła znajdującego się na przedmieściu White Haven. Czuł się nadal otumaniony przez środki nasenne, i to do tego stopnia, że miał dość mgliste wspomnienie drogi, którą tu rano przyjechał; ale po wypiciu kilku łyków serwowanej przy wejściu kawy zaczynał dochodzić do siebie. Za kwadrans, czyli o jedenastej, miała zacząć przemawiać Gwen Heart.

Podłoga kościoła wyłożona była niebieską wykładziną, ściany pomalowane na musztardowy brąz, a wysokie trójkątne okna wypełniały witraże. Zamiast ławek ustawiono tapicerowane krzesła konferencyjne zachodzące jedno na drugie. Po obu stronach sceny umieszczono duże billboardy. Nie było ambony.

Napływali ludzie. Z doświadczenia Ludwiga wynikało, że cała polityka zaczynała się od śmiesznych ludzi w dużych salach. Co prawda byli już przekonani, zanim tu przyszli, ale po fakcie zawsze twierdzili, że to właśnie na tym konkretnym spotkaniu doznali oświecenia. Dokładnie tak jak opozycja. Chcieli mieć wyraźny moment założycielski swojej historii.

Trzech muzyków przygotowywało się do ostatniego występu na scenie. Gitarzysta, klęcząc, dokręcał pedały efektów, basista stał i dostrajał instrument za pomocą telefonu komórkowego. Perkusista wykonywał ćwiczenia rozciągające.

Robiło się pełno, jakieś trzysta osób, może trochę więcej. Ludwig potrafił świetnie szacować liczbę uczestników zgromadzenia. Doszlifował tę umiejętność podczas licznych akcji w czasach NRD, kiedy miał za zadanie obserwować zebrany tłum, również w kościołach. Najpierw trzeba się było nauczyć obliczania powierzchni, którą zajmowało dwadzieścia pięć osób, potem wystarczyło wykonać proste mnożenie i uzyskiwało się orientacyjny wynik bardzo zbliżony do prawdziwego.

Ostatecznym końcem jego małżeństwa była chwila, w której żona dojrzała go po drugiej stronie morza ludzi w starym, ogromnym kościele w Lipsku. Przez ułamek sekundy w jej oczach widział radość, prawdziwe zaskoczenie i szczęście – znikły, gdy uświadomiła sobie, że Ludwig był tam jako agent Stasi, aby szpiegować jej sprzymierzeńców. Właśnie ta s e k u n d a; zanim jej oczy pociemniały i spojrzała na niego z taką nienawiścią, jakiej nawet sobie nie wyobrażał. Ta sekunda.

Ale to było w 1988 roku. Równie dobrze mogło być lata świetlne temu.

Wśród uczestników spotkania wyborczego dominowali biali mężczyźni powyżej czterdziestego piątego roku życia – niektórzy z żonami, inni bez. Ludwig nie widział żadnych czarnych, żadnej młodzieży z wyjątkiem tej przyprowadzonej przez rodziców, żadnych samotnych kobiet, Latynosów czy Azjatów. Cicha większość Nixona z dawnych dni wielkości republikanów skurczyła się do coraz głośniejszej mniejszości.

Nastąpił wybuch braw i gwizdów. Ludwig podniósł wzrok i zobaczył, że na scenę wchodzi Gwen Heart, podchodzi do mikrofonu i uśmiecha się dokładnie tak samo jak na zdjęciach z teczki GT. Miała na sobie biały żakiet, jasnoniebieskie dżinsy, czerwone szpilki i dopasowaną do tego apaszkę.

– W czasie kampanii ciągle używamy różnych liczb – powiedziała z trochę mniejszym uśmiechem. – Dwieście siedemdziesiąt głosów elektorskich. Czterdzieści siedem procent. Ale w moim sercu jest dziś tylko jedna liczba. Sześćset siedemdziesiąt sześć.

Zespół muzyczny zaczął w tym momencie grać w zwolnionym tempie *America the Beautiful*. Heart śpiewała całkiem nieźle. Ale jej gesty były jak z podrzędnego programu telewizyjnego. Całość była tak niedorzeczna, że Ludwig poczuł wstyd, wstyd tak wszechogarniający, że aż paraliżujący. A potem ogromną ulgę, że to już koniec.

Publiczności najwyraźniej bardzo się podobało, bo brawom nie było końca. Ucichły dopiero, gdy Heart zaczęła przemawiać.

– Słyszałam – powiedziała – że Stany Zjednoczone przeżywają kryzys. Że Stany Zjednoczone mają najlepsze dni za sobą. Że Stany Zjednoczone nie mają s z a n s w dzisiejszych czasach. Proszę o wybaczenie, pastorze – uśmiechnęła się w stronę siedzącego w pierwszym rzędzie tłustego młodego faceta w okularach i cienkim wiśniowym golfie – ale to po prostu idiotyzm!

Publiczność krzyknęła z aprobatą. Ludwig zmusił się do potakującego kiwania głową.

– Wystarczy po prostu wrócić do korzeni. Do tych zasad, które obowiązywały, gdy Ameryka stawała się potęgą. One znowu pomogą nam ruszyć naprzód. To nie są pobożne życzenia, to jest coś, co naukowcy nazywają... faktem empirycznym!

Wśród zgromadzonych był tylko jeden facet, który się nie śmiał. Siedział kilka rzędów przed Ludwigiem, lekko w bok. Kiedy Heart zaczęła mówić o Jezusie, wyjął nawet swojego blackberry i zaczął coś czytać.

Był z dziesięć lat starszy od Ludwiga. Śnieżnobiałe długie włosy spięte w koński ogon, zadbana siwa broda. Garnitur nieco archaiczny – ciemnoczerwony w białe prążki.

W pierwszej chwili Ludwig pomyślał, że facet należy może do przeciwnego obozu, może jest z demokratów, a może ze sztabu kampanii Harrimana. Niemiec przeszedł szkolenie w wychwytywaniu elementów niepasujących do całości i błyskawicznym przypisywaniu ich do jakiegoś zbioru, ponieważ brak właściwej koordynacji z innymi uczestnikami akcji mógł doprowadzić ją do całkowitego fiaska.

Ale ten starszy facet nawet nie próbował się kamuflować. W pewnym momencie zaczął otwarcie ziewać, choć przemówienie Heart doszło właśnie do najbardziej emocjonalnych momentów; kandydatka zwierzała się, że zbawca obudził ją swoim wołaniem z żałobnej pustki po stracie męża.

Znacznie młodszy mężczyzna siedzący obok siwego zasnął z odchyloną głową, a z otwartych ust wydobyło się głośne chrapanie. Jego starszy towarzysz spojrzał na niego z obrzydzeniem i uderzył go grzbietem dłoni tak mocno, że tamten o mały włos nie spadł z krzesła. Ofiara nie zareagowała na niedelikatne potraktowanie; facet mrugnął szybko kilka razy i już ponownie wpatrywał się przed siebie. Kiedy przeciągał ręką po karku, widać było, że ma tatuaż na prawym nadgarstku: PC. Kilka osób będących świadkami tego zdarzenia wymieniło porozumiewawcze spojrzenia. Dystyngowany, niestroniący od brutalności jegomość najwyraźniej był wszystkim dobrze znany.

– Koniec z oszustwami wyborczymi w centrach miast – grzmiała dalej Heart. – Koniec społeczeństwa opartego na systemie kartkowym, koniec prezydenta próbującego zmienić Stany Zjednoczone w naród pasywnych świadczeniobiorców, w państwo socjalistyczne, w państwo e u r o p e j s k i e. O nie, tylko nie to. Widzimy, co się dzieje z Europą, i nie wzbudza to naszego szacunku! Nie dla marksistowskich koszmarów! Nie dla socjalistycznego niewolnictwa! Nie dla mordowania dzieci! Mówią, że ciągle mówimy nie. Niech sobie mówią. Niech napiszą w książkach do historii, że byliśmy generacją, która powiedziała NIE! zniszczeniu Ameryki! Ta k, p r z y j a c i e l e: z n i s z c z e n i u A m e r y k i. O to idzie gra. Dlatego mówię: nie!

Dziki aplauz. Ludzie wstali z miejsc, bili brawo, krzyczeli i gwizdali. Pastor siedział dalej, ale kiwał głową z aprobatą. Osobliwy starszy pan wstał, wyszedł z rzędu krzeseł w asyście człowieka, którego przed chwilą uderzył, i ruszył w kierunku podium.

Przed sceną utworzyła się kolejka, wszyscy chcieli uścisnąć dłoń Heart i dostać jej autograf. Ludwig przeciskał się dyskretnie, żeby znaleźć się tuż za siwym kucykiem.

– Niezłe przedstawienie, Gwen – powiedział mężczyzna, nie wyciągając dłoni do uścisku. – Jak wrażenia? Jesteś zadowolona?

– Melvin – powiedziała kandydatka bez uśmiechu. Wpatrywała się w podłogę, jakby czekała, że mężczyzna zniknie. Potem do kandydatki podeszła zniszczona wysoka kobieta ubrana w białą krótką pikowaną kurtkę. Wyglądało na to, że chce prosić o autograf w Biblii. Ludwig zastanawiał się, co na to kościół, ale Heart nie zawahała się ani chwili i spełniła to specyficzne życzenie.

I nagle zdarzyło się coś ledwie zauważalnego. Kobieta z Biblią, spocona i poruszająca się dość sztywno i bojaźliwie, dyskretnie podała Heart czerwoną kopertę. Po wszystkim rozejrzała się niespokojnie i odeszła.

Heart wsadziła kopertę do tylnej kieszeni dżinsów bez otwierania, mruknęła coś pod nosem i sprawiała wrażenie wściekłej. Po chwili jednak jej uśmiech powrócił. Następnym zwolennikiem był trzydziestopięcioletni ojciec rodziny z dwiema córkami.

Ludwig wycofał się z kolejki, zanim nadeszła jego pora na uścisk dłoni, i ruszył do wyjścia, kilka metrów za mężczyzną, którego Heart nazwała Melvinem. Tamten zatrzymał się na schodach, założył ręce do tyłu jak marszałek polny podczas bitwy i popatrzył w niebo. Ludwig wyminął go i poszedł do samochodu. W tym czasie młodszy towarzysz Melvina przyprowadził samochód: najnowszy model Mercedesa Geländewagen w kolorze czarnym. Elegancki, kanciasty jeep był zabłocony aż po klamki, co znaczyło, że używano go zgodnie z przeznaczeniem i nie był wyłącznie zabawką jakiegoś yuppie w dużym mieście. Melvin wskoczył do środka.

Kiedy mercedes odjechał, Ludwig wysłał do GT SMS-a z numerem rejestracyjnym wozu. Czekając na odpowiedź, obserwował ludzi wychodzących z kościoła. Nikt nie wydawał się interesujący, a kobieta, która dała Heart kopertę, zniknęła.

Wreszcie wyszła Heart, a z nią pastor. Poszli do jej SUV-a, błękitnego forda escape'a, i odjechali. Ludwig pojechał za nimi.

Ford przejechał zaledwie kilka przecznic i zatrzymał się w środku dzielnicy willowej. Ludwig wyminął go i zatrzymał się kawałek dalej, udając, że rozmawia przez telefon. Nacisnął przycisk otwierania okna i szyba zjechała.

W lusterku wstecznym zobaczył, że Heart wysiada, nie wyłączając silnika. Podeszła szybko do drzwi wejściowych do niewielkiego domu wyróżniającego się mnóstwem kwiatowych rabat, podczas gdy wszyscy sąsiedzi mieli wyłącznie trawniki.

Kiedy drzwi się otworzyły i stanęła w nich zmizerniała kobieta z kościoła – prawdopodobnie była narkomanka albo ofiara wypadku – Heart wręczyła jej kopertę. Wymieniły jakieś uwagi, Heart cały czas kręciła głową. Kiedy odwróciła się i ruszyła w kierunku samochodu, kobieta wrzasnęła:

– To uczciwie zarobione pieniądze, żebyś wiedziała! Chciałam tylko pomóc.

Heart wzruszyła tylko ramionami. Nie odwróciła się. Siadła za kierownicą i odjechała. Kiedy mijała jeepa, Ludwig odwrócił głowę.

Doszedł do wniosku, że koperta była zapewne niedozwoloną formą wsparcia. A wysoka kobieta – sympatyczką, która nie rozumiała zasad, ograniczeń i kwot maksymalnych. Może próbowała przekazać Heart oszczędności całego życia. To było przykre.

Sposób, w jaki Heart rozwiązała tę sytuację, pokazywał, że jest albo rygorystycznie honorowa, albo nadzwyczajnie ostrożna. Albo i jedno, i drugie. Albo dostała już wystarczające wsparcie od innych.

Ludwig poczekał, aż ford zniknie, skręciwszy w prawo na skrzyżowaniu w kształcie litery T, i ruszył za nim. Był już prawie spalony – Heart widziała jego jeepa, gdy go mijała – ale uznał, że jeszcze kawałek może zaryzykować. Jazda była krótka. Ford został zaparkowany na podjeździe do garażu domu z jasnoniebieską elewacją z drewnianych paneli, a Heart i pastor właśnie z niego wysiadali. Ludwig troszeczkę przyspieszył, dojechał do następnego skrzyżowania i dalej, żeby na pewno nie być w zasięgu ich wzroku, i zaparkował jeepa pod domem wyglądającym na opuszczony.

Chmurzyło się coraz bardziej. Ludwig przeszedł na drugą stronę ulicy i ruszył ścieżką przez mały lasek znajdujący się na tyłach błękitnego domu. Trochę dalej znajdował się plac zabaw z wysoką zjeżdżalnią, na którą wchodziło się przez niebieską wieżę. Nie było ludzi, więc Ludwig wszedł na górę i ukucnął za deskami na szczycie wieży. Miał stamtąd świetny widok.

Przy zastawionym stole na tarasie siedzieli Heart, pastor i jego rodzina. W zasadzie było na to za zimno, bo słońce schowało się za chmurami, ale najwyraźniej wszystko było już przygotowane wcześniej, więc biesiadnicy siedzieli w wierzchnich okryciach. Ludwig żałował, że nie ma ze sobą podsłuchu ze wzmacniaczem dźwięku. Choć z drugiej strony pewnie nic by to nie dało: spotkanie miało charakter czysto prywatny, urywana rozmowa dotyczyła prawdopodobnie jedzenia.

Kiedy jednak uznał, że to nie ma sensu, i zaczął schodzić, usłyszał głos silnika. Kątem oka zobaczył, że ulicą, przy której mieszkał pastor, wolniutko sunie czarny mercedes, jakby kierowca zgubił drogę i był zajęty studiowaniem mapy. Ludwig wyjął z kieszeni kurtki miniaturową lornetkę i nastawił ostrość. Drgnął. Szyba w bocznym oknie zjechała i oto proszę – siwowłosy Melvin na tylnym siedzeniu

SUV-a, z aparatem gotowym do robienia zdjęć. Długi teleobiektyw jak celownik moździerza wycelowany na taras pastora. Ludwig zauważył, że tamten nie robi zdjęć. Może nagrywa film? A może używa obiektywu jako lornetki?

Gwen Heart siedziała odwrócona tyłem do ulicy i nic nie zauważyła. Ale mercedes jechał tak wolno, że zdaniem Ludwiga Melvin nie chciał się ukrywać. Wręcz przeciwnie, było to tak demonstracyjne, jakby chodziło o ostrzeżenie albo przypomnienie: widzimy cię. W tym momencie pastor zauważył intruzów. Wskazał ich ręką. Heart się wzdrygnęła, ale nie odwróciła. Wyjęła telefon komórkowy, jakby chciała gdzieś zadzwonić. I nagle… uspokoiła się. Zamknęła na chwilę oczy, wsadziła komórkę z powrotem do kieszeni kurtki i powiedziała coś do towarzystwa, jakby nic się nie stało. Mercedes pojechał dalej, szyba podjechała do góry. Na skrzyżowaniu skręcił w drugą stronę, przeciwną do porzuconego domu, przy którym zaparkował Ludwig.

W pierwszej chwili pomyślał, że facet w mercedesie musi w jakiś sposób być powiązany z Ronem Harrimanem. Czyżby w sprawę zamieszana była jeszcze jedna firma ochroniarska? Ale w takim razie dlaczego, do cholery, nikt mu o tym nie powiedział?

Z drugiej jednak strony było to mało prawdopodobne, bo nic się tu nie zgadzało. No bo po co Melvin miałby podchodzić do Heart w kościele i cokolwiek do niej mówić? Wyglądało przecież, że się znali, i to nie od dziś. I żadna firma ochroniarska nie przeprowadziłaby akcji w tak demonstracyjny sposób, jak to właśnie zobaczył. Równie ostentacyjny pokaz władzy, czy jakkolwiek to nazwać, kojarzył mu się bardziej ze sposobem działania zorganizowanych grup przestępczych.

Zszedł ze zjeżdżalni i potruchtał do jeepa.

Main Street, do której dotarł w ciągu trzech minut, musiała być kiedyś naprawdę malownicza. Teraz domy popadły w ruinę i straszyły odpadającym tynkiem. Na chodniku leżały śmieci, odłamki tłuczonego szkła i resztki wszystkiego, jakby po przejściu straszliwego huraganu, po którym nikt nie miał siły posprzątać. W miejscu, gdzie stare drewniane rudery powinny spoglądać na plażę, widać było nieczynne tory kolejowe i zapuszczone centrum handlowe.

Ludwig dojechał wolno do czegoś w rodzaju księgarni z literaturą New Age na północnym końcu ulicy.

„Ludność: 1092" głosił napis na plakacie ponad miastem. Mieszkańcy na pewno wiedzieli, kim był Melvin, którego wożono po okolicy w samochodzie wartym co najmniej sto dwadzieścia tysięcy dolarów.

Gdy słońce chowało się za chmurami, robiło się pioruńsko zimno. Ludwig zapiął świeżo nabytą kurtkę, marząc, żeby mieć pod nią coś więcej, a nie tylko czarny podkoszulek. Ruszył przed siebie. Odręcznie wypisany szyld informował, że komisariat policji White Haven znajdował się w ciasnym zaułku, bez możliwości dojazdu samochodem. Prawie wszystkie sklepy były zlikwidowane, tylko bary się nie dawały. Cztery knajpy na takiej krótkiej ulicy plus bar nastawiony bardziej na rodzinne obiadki, w klasycznym stylu lat pięćdziesiątych – kiedy go budowali, musiał robić niezłe wrażenie, prawie jak statek UFO. Ludwig wszedł do środka i zamówił naleśniki u nasrożonej rudej kobiety wspierającej się na kuli.

– Proszę bardzo, serdeńko – powiedziała i postawiła przed nim dwa duże, grube naleśniki posmarowane z jakiegoś powodu masłem. Bekon podała na innym talerzu.

– Po co to masło? – spytał Ludwig.

– Przez syrop – odpowiedziała kobieta, wsparła kulę o oparcie krzesła i skrzyżowała ręce na piersiach.

– To znaczy?

– Bez masła syrop wsiąka za szybko. Każdy to wie, no nie?

– No tak, oczywiście – mruknął pod nosem Ludwig. – Jaki ze mnie głupiec. A zmieniając temat, przed chwilą wiedziałem tutaj samochód marzeń.

– Coś podobnego? – powiedziała niecierpliwie kobieta.

– Czarny mercedes geländewagen. Oczywiście nie mam na niego kasy, ale bardzo bym chciał mieć. Jest po prostu piękny.

– To pewnie samochód Melvina Klace'a.

– Melvina Klace'a?

– Mhm. Ma wielkie ranczo.

– Jakim cudem stać go na taki samochód?

– Jest właścicielem restauracji i hoteli w całej dolinie.

Właściciel restauracji. Ludwig nie potrafił się powstrzymać od uśmiechu – co za ironia losu.

– Smacznego – powiedziała kobieta i pokuśtykała z powrotem, podpierając się na kuli.

W tej samej chwili nadeszła odpowiedź od GT.

Pojazd zarejestrowany na Melvina Hestera Klace'a, który miesz-ka w tej okolicy. Ma jeszcze dwa inne samochody. Czekamy na raport w hotelu Ramada Inn w Wilkes-Barre za godzinę. Apartament prezydencki.

Typowym ćwiczeniem w czasach szkolenia w Stasi pod koniec lat siedemdziesiątych było zagadnięcie jakiejś osoby – sprzedaw-cę w kiosku albo dajmy na to kogoś, kto bywał w parku codzien-nie o konkretnej godzinie – i uzyskanie informacji, którą wskazał trener. Zawsze chodziło o coś stosunkowo niewinnego, ale doty-czącego prywatnego życia tej osoby, na przykład przy jakiej ulicy mieszka, jak ma na imię żona tego kogoś albo co ten ktoś zwykle jada na śniadanie. Koledzy z grupy zawsze wymyślali ekstremalnie skomplikowane scenariusze takich rozmów. Zagłębiali się w życie swoich „ofiar", sukcesywnie zbliżali się do tematu, długo opowia-dali niby własne historie. Ludwig wybierał najprostsze rozwiązanie. Podchodził do takiej osoby i zadawał pytanie wprost. Zazwyczaj za-pytany był tak zaskoczony, że odpowiadał szczerze. Czasami odpo-wiadał pytaniem na pytanie: „A czemu pan pyta?" – wtedy Ludwig wyjaśniał, że uczestniczy w specjalnym kursie, w ramach którego musi się nauczyć zdobywać informacje. To potrafiło zdziałać cuda.

Oczywiście mógłby odpowiedzieć GT, że zdążył już zidenty-fikować faceta. Ale tak jak w czasach szkolenia w Poczdam Eiche postanowił dać przełożonemu szansę na zabłyśnięcie.

Jak to było? Co Melvin Klace powiedział do kandydatki w koście-le? „Niezłe przedstawienie, Gwen. Jak wrażenia? Jesteś zadowolona?"

Gorzka marchewka… i zapowiedź kija?

Musi chodzić o coś ważnego, gdy pewna siebie kobieta tra-ci wątek i odwraca wzrok. Jak często zdarzało się to Gwen Heart? Niezbyt często, domyślał się Ludwig. Raczej rzadko.

*

Dwadzieścia pięć minut później Ludwig zaparkował po raz drugi przed Casino Countryside Inn – motelem, w którym znaleziono ciało Warsinsky'ego. Znajdował się po drodze z White Haven do Wilkes-Barre. Przemyślał scenariusz, wziął do ręki papierową torbę i włożył do niej trochę papierów, głównie dotyczących wynajmu samochodu. Wysiadł z jeepa i ruszył prosto do recepcji, zrujnowanego budynku z szarego drewna.

W środku poczuł woń penicyliny. Ladę zrobiono z normalnego blatu kuchennego, pod którym stały szafki. Przy ścianie stała lodówka, zamrażarka i inne stare sprzęty. Za to personel był wyjątkowo młody: spasiony młodzieniec z meszkiem pod nosem i w wyblakłym podkoszulku w rozmiarze namiotu miał co najwyżej szesnaście lat.

– Dzień dobry, nazywam się Sven Larson – powiedział Ludwig ze zdrowym skandynawskim uśmiechem. – Reprezentuję firmę Onsen oferującą produkty kosmetyczne.

– Nie jesteśmy zainteresowani – bąknął niewyraźnie chłopak. Musiał coś popalać, stąd ten zapach penicyliny.

– Czy mógłbym porozmawiać z właścicielem? Mam fantastyczną ofertę dla państwa gości i…

– Pan Klace rzadko tu bywa.

Ludwig nawet nie mrugnął, przeczesał włosy ręką i skinął głową. Pożegnał się i wyszedł.

Kiedy w twarz uderzył go wiatr i zaczął normalnie oddychać, poczuł chłodną satysfakcję cynika. Świat się nie zmieniał i to dawało mu swoiste poczucie bezpieczeństwa.

hotel ramada inn
wilkes-barre, pensylwania/usa
pon 22 października 2012 roku
[13:55/est]

Kropelki deszczu odbijały się od czerwonych liści drzew stojących przed betonowym siedmiopiętrowym budynkiem hotelu Ramada Inn. Pojedyncze samochody przemieszczały się niespiesznie po rondzie, które nie miało kształtu koła, tylko rombu i na którym ruch nie odbywał się jak na zwykłym rondzie, tylko był regulowany światłami drogowymi. Ruch w centrum miasta był dużo mniejszy niż na obrzeżach; wyglądało na to, że ludzie mieli coś do załatwienia wszędzie, tylko nie tu.

Ten kwartał przypominał najsłabiej zaludnione obszary Berlina. Nadmiernej szerokości ulice, zdecydowanie za mało sklepów z czymś sensownym, stanowczo za dużo pozbawionych charakteru barów.

Jeśli ktoś uważał, że otoczenie hotelu wygląda deprymująco, to nie widział lobby, przytłaczająco pustej przestrzeni z kilkoma fioletowymi kanapami, odosobnionymi roślinami doniczkowymi i automatem z cukierkami.

Ludwig przeszedł prosto do wind i nacisnął przycisk ostatniego piętra.

W apartamencie przeważały nowe, błyszczące meble dębowe, puszyste, tapicerowane fotele i rośliny doniczkowe. Gdyby nie grube deszczowe chmury, przez panoramiczne okna można by zobaczyć kontury gór.

– Ludwigu, przedstawiam ci Rona Harrimana – powiedział GT, prowadząc Niemca do kandydata, który podniósł się z zielonego fotela i wyciągnął rękę na powitanie. – Leyę już znasz.

Kobieta siedziała na mniej wygodnym krześle przy okrągłym stoliku, na którym postawiła swojego laptopa. Prawie niezauważalnie kiwnęła głową w stronę Ludwiga i dalej wpisywała jakieś dane do komputera.

– Witamy w Pensylwanii – zaczął Harriman. – Proszę usiąść.

– Dziękuję. – Ludwig zdjął parkę, powiesił na wieszaku obok drzwi i usiadł w fotelu naprzeciwko Harrimana. GT człapał w tę i z powrotem wzdłuż okien.

Wydawało się, że wszyscy czekają, że Ludwig zacznie. Nie zrobił tego.

Psychodeliczna wykładzina w kolorach tutti frutti kontrastowała ze stylowym sufitem, z którego zwisały mosiężne lampy obramowane bezbarwnym filcem. Pomalowany na żółto drewniany panel na ścianach na planie łuku: styl marynistyczny, namiastka statku parowego i bufetu z owocami morza.

– Aha – nie wytrzymał Harriman.

– Muszę coś wiedzieć. – Ludwig spojrzał Harrimanowi prosto w oczy. – Czy coś pana łączyło z Christopherem Warsinskim, panie Harriman?

– Nie!

– Nigdy, nic? Ani razu? Żadnego podrywania czy coś w tym stylu?

– Nie.

Ich spojrzenia się spotkały.

– Proszę opowiedzieć o nim wszystko, co pan wie.

Ludwig uważnie przyglądał się Amerykaninowi, który przymknął oczy, jakby chciał się zastanowić. To dobry znak. Świadczy o tym, że chce mówić prawdę. Kłamcy mają zazwyczaj rozbiegane spojrzenie, coś w rodzaju fazy REM na jawie, próbują się rozejrzeć w stworzonym wcześniej świecie fantazji. Ale nie Harriman. Nie oblizywał warg ani nie poprosił o szklankę wody – jak to robią kłamcy.

– Chris był kolegą mojej córki. – Harriman otworzył oczy. – Grali razem w szkolnym przedstawieniu teatralnym. Spotkałem go jakieś… dziesięć razy. Nigdy nie rozmawialiśmy o niczym konkretnym.

– Był przystojny?

Teraz spojrzenie uciekło w bok.

– Bo ja wiem?

– Brzydki jak noc?

Harriman spojrzał pytająco na GT, który wzruszył ramionami.

– Cholera, niech to szlag – westchnął kandydat. – Wydaje mi się, że wyglądał nieźle.

Nie skłamał, pomyślał Ludwig. Albo był kompletnym psychopatą, ale to raczej wykluczone.

– Byłem dzisiaj na spotkaniu wyborczym Heart – powiedział Ludwig, patrząc na pozostałych w pokoju. – Bardzo interesujące, muszę powiedzieć, że jej poglądy na system podatkowy bardzo mi pasują.

Harriman uśmiechnął się z wściekłością.

– Obniżanie podatków ma swoją cenę.

– Tak jak podwyższanie.

Leya dalej stukała w klawiaturę. GT trzymał się z boku, spoglądając na rozmazane przez ścianę deszczu rozsypujące się rudery starych zakładów produkcyjnych. W końcu odchrząknął i powiedział do Ludwiga:

– Powiedz coś o facecie z mercedesem.

Ludwig odchylił się, podniósł ręce i zaplótł je za głową.

– Melvin Klace to niezły aktor. Mógłby występować na Royal Shakespeare Company. Ma ze sobą uległego i znoszącego poszturchiwanie kumpla, który wozi go po okolicy prawie nowym mercedesem geländewagenem. Idzie na republikańskie spotkanie wyborcze i zagaduje Gwen Heart takim tonem, jakby była niegrzeczną uczennicą. Później jedzie za nią i pokazuje, że ma ją cały czas na oku.

– No i? – GT machnął ręką, jakby chciał przyspieszyć.

Ludwig uśmiechnął się krzywo.

– A właśnie, ten facet jest też właścicielem Casino Countryside Inn.

Wszyscy spojrzeli na Ludwiga, a ten pochylił się i splótł dłonie.

– Jest właścicielem motelu, w którym zmarł Warsinsky. I gdzie podobno była awaria prądu, przez którą nie działały kamery monitoringu.

– A niech mnie. – Oczy GT zrobiły się okrągłe ze zdziwienia. Podszedł do toaletki, podwinął rękawy jasnoniebieskiej koszuli, intensywnie zagryzając dolną wargę.

– Nie wiem, czy lista, którą widziałem, była kompletna – dodał Ludwig. – Ale nie pamiętam nazwiska Klace'a wśród sponsorów kampanii Heart.

– Nie, nie ma go tam – powiedział GT, odwracając się. – Może wspiera ją jakoś inaczej. Znasz go, Ronie?

– O ile pamiętam, nigdy nie spotkałem go osobiście. – Harriman rozstawił szeroko kolana i pochylił się w stronę Ludwiga. – Ale wiele o nim słyszałem.

– Co na przykład? – zdziwił się Ludwig.

– Nie ma żony, mieszka sam na swoich ogromnych włościach… Ludzie zawsze o takich gadają. O takich jak ja też.

– Ekscentryk. – Ludwig przeczesał włosy. – A politycznie jak można go określić?

– Jest przecież przedsiębiorcą – powiedział zrezygnowany Harriman. – Z takimi trudno ostatnio dojść do ładu.

– Co znaczy PC? – spytał Ludwig. – Jego kumpel miał te litery wytatuowane na nadgarstku. PC.

Leya odsunęła komputer.

– PC?

– PC. Duże P, duże C.

– Polityczny cyrk? – próbował zażartować Harriman. – Amerykańskie siły pokojowe US Peace Corps?

Leya zaczęła masować palcami skroń – nie żeby przyspieszyć pracę mózgu, tylko żeby uspokoić myśli.

– Posse Comitatus – powiedziała spokojnie. – Posse Comitatus.

– A co to takiego? – spytał GT.

– Idea Posse Comitatus. Samoobrona na poziomie lokalnym polegająca na pospolitym ruszeniu. – Odchyliła głowę i wbiła wzrok w sufit. – Przejęcie władzy. Fundament prywatnych organizacji paramilitarnych.

Z korytarza słychać było szum maszyny do czyszczenia dywanów. Poczekali, aż odgłosy ucichną.

– Oddziały paramilitarne – powtórzył zaskoczony Harriman. W pewnej chwili niepewność zaczęła zamieniać się w zalążek nadziei.

– Od kiedy to Gwen Heart należy do jakiejś cholernej organizacji paramilitarnej? – wydukał osłupiały GT.

– Nie należy – odpowiedziała Leya.

– A Klace? – Ludwig skierował pytanie bezpośrednio do niej.

– Melvin Hester Klace – zaczęła, zamykając komputer. – Urodzony w Wirginii Zachodniej w tysiąc dziewięćset pięćdziesiątym. Na przełomie lat sześćdziesiątych i siedemdziesiątych chodził do Bluefield State College. Kierunek: ekonomika przedsiębiorstw. Wcześniej była to szkoła wyłącznie dla czarnych, ale potem, mimo zamieszek i awantur, została zintegrowana. Po egzaminie Klace często się przeprowadza: Bronx, Connecticut, Rhode Island. W latach siedemdziesiątych i osiemdziesiątych aż do tysiąc dziewięćset osiemdziesiątego ósmego kupuje szereg hoteli w stanach Nowy Jork, Maryland i Wirginia Zachodnia. Remontuje je i sprzedaje z dużym zyskiem. W dziewięćdziesiątym drugim, po pęknięciu bańki spekulacyjnej na rynku nieruchomości, przyjeżdża do Pensylwanii i zaczyna kupować tutaj firmy i nieruchomości. Za bezcen. Później rynek nabiera oddechu, trend się odwraca, ale Klace nie chce sprzedawać. Sprawia wrażenie, jakby zamierzał prowadzić interesy długofalowo, i staje się ważnym biznesmenem w środowisku Wyoming Valley. Inwestuje w budowę kasyna w dziewięćdziesiątym czwartym, co, jak można przypuszczać, przynosi mu co roku znaczne przychody. Ma teraz udziały w hotelach w Omanie, Hongkongu, Jemenie.

– A Klace jako człowiek? – spytał GT.

– Jako człowiek? – Leya wzruszyła ramionami. – Udało mu się zbudować majątek na hotelach i nieruchomościach bez choćby jednej sprawy sądowej, co może znaczyć dwie rzeczy. Albo jest nadzwyczaj uczciwy, tak jak wszyscy, którzy prowadzili z nim interesy, albo budzi w ludziach śmiertelny strach.

GT skinął głową.

– Albo płaci pod stołem, żeby uniknąć procesów. Kto wie? Żadnych narzeczonych, dzieci, nikogo?

– Jak na razie nic na ten temat nie znalazłam.

– Żadnych kolizji z prawem?

– Poczekajcie chwilę, wykonam jeden telefon – powiedziała Leya i wyszła na korytarz.

– Do kogo dzwoni? – zapytał Ludwig GT.

– Podejrzewam, że do kogoś z FBI.

W pokoju było duszno i wilgotno, po szybach spływał deszcz. Ludwig pomyślał, że określenie „apartament" jest stanowczo przesadzone; pomieszczenie było co prawda wielkości trzech standardowych pokoi, między którymi zlikwidowano ścianki działowe, ale materiały budowlane, wentylacja i przeraźliwie smutne wyposażenie się nie zmieniły.

Harriman był roztrzęsiony i mruczał coś pod nosem; GT znowu stał przed oknem i wpatrywał się w dal. Ludwig czuł, że zlecenie znalazło się w ślepej uliczce. Że za chwilę będzie za późno, żeby wrócić na właściwą drogę.

Podszedł do GT.

– Znaleźliście więcej pluskiew w biurze kampanii?

– Nie, nie znaleźliśmy. Dziś rano przeszukałem wszystko bardzo dokładnie. Cały sztab zmienił komórki i dostał kategoryczny zakaz rozmawiania o drażliwych sprawach przez telefon.

– Śledzą go? – Ludwig kiwnął głową w stronę Harrimana.

– O ile zauważyłem, to nie – odpowiedział GT. – Wydaje mi się, że jego wrogowie są przekonani, że już wygrali. Co działa na naszą korzyść.

– Jeśli to działa na naszą korzyść – wtrącił ponuro Harriman – to nie chcę wiedzieć, jakie są złe wiadomości.

GT wyprodukował swój wariant współczującego uśmiechu.

Po kilku minutach wróciła Leya.

– Klace był raz przedmiotem dochodzenia FBI – powiedziała, zamykając za sobą drzwi. – On i jeszcze kilku innych biznesmenów stworzyli siatkę kontaktową zajmującą się zbiórką pieniędzy na koszty obrony faceta, który nazywał się Timothy McVeigh. *City bomber* z Oklahomy. Ale prawo tego nie zabrania. Klace zgodził się dobrowolnie na przesłuchanie przez agentów FBI, którym powiedział, że został oszukany przez partnerów biznesowych i po tamtej sprawie przestał się z nimi widywać. Myślał, że daje pieniądze na fundusz pomocy biednym. I tak dalej.

– Co się stało w Oklahoma City? – spytał Ludwig. – Prawdziwy horror. Najgorszy akt terroru w historii Ameryki po jedenastym września. Czyli pojawia się w kartotekach jeden jedyny raz, i to w takich okolicznościach?

– Tak.

GT okrążył pokój kilka razy.

– Może to zeznanie nie całkiem mijało się z prawdą. Na pewno był wściekły na swoich kompanów, że nie przeprowadzili tej akcji w bardziej dyskretny sposób.

– Właśnie – powiedziała Leya. – Mój kontakt w FBI też doszedł do takiego samego wniosku.

Twarz Harrimana odzyskała kolory, zaczęło się na niej malować coś na kształt szczęścia.

– Jeśli da się udowodnić powiązanie pomiędzy Heart a siatką radykalnie prawicowych ekstremistów – powiedział triumfalnie – wtedy, cholera jasna, wrócę do gry.

– Myślę, że powinieneś już wrócić do biura, Ron – powiedział przyjaźnie GT. – Musimy się tu naradzić.

– Beze mnie?

– Oczywiście – powiedział GT. – Tak będzie bezpieczniej dla nas wszystkich. – Spojrzał z ukosa na Ludwiga i dodał: – A przede wszystkim dla niego. I umawiamy się, że nikomu nie powiesz o tym, co tu słyszałeś. Nikomu!

Harriman kiwnął głową, wstał i poszedł po marynarkę.

– Rozumiem, w takim razie już sobie idę. Dziękuję. Świetna robota – powiedział w stronę Ludwiga. – I powodzenia.

*

Przez kilka minut w apartamencie panowała cisza. Leya przesuwała w roztargnieniu palcami po klawiaturze komputera. Wreszcie GT zatrzymał się i usiadł.

Ludwig odezwał się pierwszy.

– Trzeba to zrobić tak, że ja spróbuję dotrzeć do Klace'a, jakoś się do niego zbliżyć i wejść w jego środowisko. Wtedy dowiem się, co się stało z Warsinskim.

– Jeśli to ich sprawka – powiedziała Leya. Przesiadła się na fotel, na którym przed chwilą siedział Harriman.

GT znowu się podniósł i podszedł do biurka.

– Potrzebujemy kawy – powiedział i zadzwonił po *room service*.

Ludwig pochylił się w stronę Lei.

– Klace musiał być w to zamieszany.

– Wybory już za dwa tygodnie – odpowiedziała szybko. – Mam nadzieję, że szybko się zaprzyjaźniasz.

– Mam czarującą osobowość. Tego nie da się nie zauważyć.

Odpowiedziała minimalnym uśmiechem.

– Infiltracja. – Ślad uśmiechu zniknął. – To naprawdę jedyny sposób?

– Odkąd przyjechałem, rozpatrywałem najróżniejsze warianty – odpowiedział Ludwig. – Nie widzę innej metody. Jasne, można by niektórym przyczepić ogon. Ale zanim przyjdą efekty, może minąć wieczność.

– No to potrzebujemy przykrywki, i to błyskawicznie – myślała na głos. – Jakiś niemiecki ekstremista z prawej strony sceny politycznej, najlepiej taki, który zaginął? Jak nazywała się ta neonazistowska grupa rabująca banki?

– NSU – odpowiedział Ludwig.

Leya założyła włosy za uszy.

– Okej, NSU. Wszystkich zamknęli czy ktoś mógł się wymknąć?

– Może – mruknął stojący przy biurku GT. – Może.

– Jak szybko można załatwić fałszywe papiery? – spytała Leya.

– W jeden albo dwa dni – odpowiedział GT. – Nie ma problemu. Ale potrzebny jest jakiś wiarygodny życiorys, jakby ktoś zaczął grzebać. Rozmawiałeś z nim? Z Klace'em?

Ludwig pokręcił głową.

– Nie wydaje mi się, żeby w ogóle zwrócił na mnie uwagę.

– Czy rzeczywiście mamy pewność, że chodzi o Klace'a – spytała Leya.

– Tak – odpowiedział Ludwig. – Posłuchaj. Zna Heart, nawet za nią jeździ. Jest właścicielem motelu, w którym zmarł Warsinsky. Jego podwładny należy do organizacji paramilitarnej. Był zamieszany w zbiórkę pieniędzy dla znanego terrorysty.

– Silne poszlaki – skomentowała Leya po namyśle. – Ale cały czas tylko poszlaki.

– Nie jesteśmy w prokuraturze – wtrącił GT. – Mówisz: silne poszlaki. W naszej branży tyle musi wystarczyć.

Leya się poddała.

– Ale jeśli masz działać pod przykryciem, to musisz mieć nową tożsamość – powiedziała do Ludwiga. – I to solidną. Takie grupy są ciągle infiltrowane. Były przypadki, że do grupy pięćdziesięcioosobowej wprowadzono pięciu, sześciu infiltratorów z różnych instytucji, a do tego jeszcze kilku autentycznych członków grupy po jakimś czasie zaczęło zdradzać kolegów i sypać. Musisz wiedzieć, że wejdziesz w gniazdo żmij.

– Tak, to wiem – powiedział Ludwig.

Koncepcja nabierała w jego głowie coraz wyraźniejszych, złowróżbnych kształtów, zaczęła przypominać samotnego czarnego ptaka siedzącego na drucie pomiędzy dwoma popielatoszarymi słupami telefonicznymi. Ale był ciekawy Melvina Klace'a. Naprawdę ciekawy.

– Muszę wykonać kilka telefonów do niemieckiej agencji kontrwywiadu – powiedział GT. – Sprawdzę, czy nie mają do zaoferowania jakichś zaginionych psycholi.

Rozległo się pukanie do drzwi, GT je otworzył i odebrał tacę z kawą. Podał ją Ludwigowi i Lei, przyciągnął swój fotel bliżej nich i usiadł.

– Najlepiej by było, gdyby Niemcy mogli dać nam kogoś, kto według nich nie żyje – kontynuował GT – ale kogo ciała jeszcze nie odnaleziono. Ludwig mógłby się podszyć pod taką osobę. Mógłby wtedy opowiadać, że musiał zejść do podziemia, może nawet sfingować swoją śmierć. Jeśli jest duże prawdopodobieństwo, że człowiek nie żyje, unika się ryzyka wystąpienia nieprzyjemnych niespodzianek w przyszłości. Facet nie może przecież nagle wyskoczyć zza grobu jak jakiś potępiony brat bliźniak. Zależy jeszcze, jakie kontakty w Europie mają ludzie Klace'a. Ale nie możemy się tu zdawać na przypadek.

– Może też być tak, że taka zaginiona osoba… ktoś, kto prawdopodobnie nie żyje – dodała Leya – ma na pieńku z organizacją w Niemczech.

– Właśnie – powiedział GT. – To nie jest takie proste.

Z wolna pokręciła głową.

– I jeśli jakiś Amerykanin zadzwoni do swoich niemieckich

kumpli, żeby sprawdzić tę osobę, usłyszy, że to zdrajca i trzeba go zlikwidować.

– Tak, albo że właśnie został zlikwidowany – powiedział GT, wybijając rytm sylab pięścią na stole. – Co wyjaśni kwestię podstawową, czyli dlaczego zniknął. To jak sprzątanie w chlewie: zwierzęta zawsze zdążą narobić od nowa, zanim człowiek dojdzie do końca.

Ludwig pił kawę pogrążony w myślach. Im dłużej główkował, tym bardziej był przekonany, że rozwiązanie jest tylko jedno.

Leya też łamała sobie głowę.

– Okej – powiedziała po chwili i zrobiła głęboki wdech. – W takim razie może lepiej wymyślić tożsamość od podstaw? Jeśli stworzenie papierów zajmuje kilka dni, zdążymy coś wykombinować od zera.

– To też jest jakieś wyjście – potwierdził GT. – Wtedy nie da się skontaktować z ludźmi, których podaje jako znajomych w ojczyźnie, i to jest dobre. Z tych samych powodów jednak jest to wada. Taka zjawa ma skłonność do świecenia… zbyt silnym światłem. Jest transparentna. Nabiera się…

– Mam lepszy pomysł – p‍   ‍ł mu cicho Ludwig. Odchylił się na oparcie krzesła. – Mogę pozostać sobą.

nesbitt reservoir
hrabstwo moscow, pensylwania/usa
wt 23 października 2012 roku
[14:05/est]

O drugiej po południu następnego dnia Ludwig wsiadł do wynajętej przez Leyę białej toyoty corolli, która stała na parkingu przy kamiennym moście z połowy osiemnastego wieku. Patrzyli na jeziorko znajdujące się kilka mil na północny zachód od Wilkes-Barre, tuż za granicami jedenastego okręgu wyborczego.

– Mam listę, o którą prosiłeś – powiedziała. – Wszystkie miejsca będące w posiadaniu Klace'a, według naszej wiedzy.

Ludwig rzucił na nią okiem.

– Trzydzieści pięć?

– Pewnie niektóre dane są nieaktualne – stwierdziła, jakby to miało ułatwić sprawę.

Przerzucał kartki. Trzy kolorowe zdjęcia lotnicze w dużej rozdzielczości zrobione z różnych stron: posiadłość składająca się z trzech budynków otoczonych murem.

– Melvin Klace ma ranczo i do tego masę hektarów – wyjaśniła Leya. – Na bezludziu, między Bear Creek i White Haven.

– Tak, wiem – mruknął. – Teraz coś widać. Nie to, co w Google Earth.

– Niestety, żeby coś zobaczyć, trzeba odpowiednio zapłacić – odpowiedziała Leya. – Jaki masz plan?

– Muszę rozpoznać teren. Poznać kogoś, kto zna Klace'a, nawiązać kontakt.

– Nie będzie to łatwe. Musisz ich przekonać, że można ci ufać. A tacy ludzie ostatnio nie wierzą już nikomu. Maksymalna czujność.

Ludwig słyszał, co mówiła, ale uważał, że prawda nie jest tak jednowymiarowa. Ekstremiści byli pełni paradoksów. Nienawidzili świata i chcieli się od niego odciąć. Jednocześnie pragnęli zbawić świat. Byli to poranieni, zaburzeni ludzie z ogromną potrzebą uznania, miłości.

– Z mojego doświadczenia wynika, że takie grupy zawsze chcą się rozrastać – powiedział po dłuższej chwili. – Potrzebują ludzi, którzy się do czegoś nadają.

– Brałeś udział w tego typu operacjach? – W jej głosie nie było niechęci, tylko czysta ciekawość.

– W latach osiemdziesiątych infiltrowałem małą grupę neonazistów w Dreźnie. Akcja średniego formatu. Byłem jednym z nich przez prawie pół roku.

– I jak to się skończyło?

– Chyba dobrze. Zginęli wszyscy z wyjątkiem jednego chłopaka, który powiesił się w wariatkowie kilka lat później.

Leya obserwowała go.

– Mówisz, jakby cię to w ogóle nie ruszało, ale chyba tak nie jest.

Ludwig wzruszył ramionami.

– Dla mnie to po prostu szkodniki.

– Oni pewnie tak samo mówili o swoich wrogach.

– Tak, to taka nasza miła niemiecka tradycja – powiedział gorzko Ludwig. Rozmowa przyjęła nieszczęsny obrót, chciał zmienić temat.

– Takie jest życie – skonstatował. – Tak czy inaczej, wszystko zależy od tego, na jakim etapie rozwoju jest grupa Klace'a. Jeśli szukają nowych ludzi, może się udać.

Rodzina z dziećmi płynęła łódką po gładkiej tafli wody połyskującej w jesiennym słońcu jak w filmie reklamującym ubezpieczenie na życie. Ludwig im nie zazdrościł. Kiedyś prowadził takie życie jak oni, a potem przestał. Musiał mieć ważny powód. Zastanawianie się nad tym było bolesne.

Leya spojrzała na niego.

– A jeśli ci się uda?

– To dowiem się, jak umarł Warsinsky i kto jest za to odpowiedzialny. Jeśli będę miał szczęście, rozpracuję ich powiązania z ludźmi z kampanii Gwen Heart.

– Nie podoba mi się ta presja czasu. Przenikanie do takich grup czasami zajmuje długie miesiące. Lata. A jaki jest plan eksfiltracji?

Ludwig udał, że nie usłyszał ostatniego pytania, i stwierdził:

– To, że nie jestem Amerykaninem, powinno ułatwić sprawę.

– Tak, możliwe.

Słychać było odgłos samolotu schodzącego do lądowania kilka kilometrów dalej.

– Zakładam, że jeśli się kogoś boją, to jest to FBI. A dlaczego FBI miałoby wysyłać do nich obcokrajowca?

Leya się zastanawiała.

– Nie uważasz? – spytał Ludwig.

– Martwię się, że jest za dużo niewiadomych – powiedziała po chwili. – Co to właściwie za grupa? A jeśli prawda jest taka, że sam Klace z kilkoma przyjaciółmi postanowili przeszkodzić Harrimanowi w wygraniu wyborów?

– Tego właśnie chcemy się dowiedzieć. Wolałbym jednak, żeby to była większa grupa. Im większa, tym bardziej... porowata.

– Proponuję, żebyśmy spotkali się za trzy dni.

– Okej, w piątek o jedenastej. Gdzie?

– Ty wybieraj.

– Może w kasynie? Tutaj jest trochę zbyt ponuro. Nigdy jeszcze nie byłem w takim megakasynie.

Leya uruchomiła komórkę i zaczęła coś sprawdzać.

– Okej, otwierają o dziesiątej. Jakieś konkretne miejsce?

– Gdzieś w środku sali, może być? Pomiędzy automatami. Usiądź, gdzie ci pasuje, a ja cię znajdę.

Wysiadł.

– Jeszcze jedno. Potrzebny mi pistolet.

– Jakieś szczególne życzenia? – spytała Leya, uruchamiając silnik.

– Preferowałbym colta woodsmana z wbudowanym tłumikiem. Trzecia seria. I dwa dodatkowe magazynki z amunicją subsoniczną kaliber 22. Albo coś podobnego. Ma być mały i mieć tłumik. Przynieś mi go w piątek.

Leya kiwnęła głową. Ruszyła, gdy tylko zatrzasnął drzwi.

Pierwszą rzeczą, jaką Ludwig zrobił po spotkaniu, było zatankowanie jeepa. Miał przed sobą wiele mil jazdy.

droga 315
hrabstwo luzerne, pensylwania/usa
czw 25 października 2012 roku
[16:50/est]

Minęły dwie doby. Ludwig mozolnie przerabiał listę miejsc należących do Melvina Klace'a. Pewnego razu Niemiec przez trzy godziny obserwował nieczynną kręgielnię w Kingston, kilka przecznic zamieszkałych przez czarnych na północ od mostu, na przedłużeniu River Street w Wilkes-Barre. Według listy Klace miał też klub ze striptizem kawałek dalej. Ale Ludwig znalazł pod tym adresem tylko zaryglowany magazyn, do którego nikt nie zaglądał – stwierdził to, obserwując lokal przez cały wieczór ze znajdującego się naprzeciwko parkingu.

Chciał zacząć na samym dole drabiny imperium Klace'a – w najbardziej podejrzanych miejscach. Efekty były zerowe. Może biznesmen z czasem zlikwidował lokale przynoszące mniejszy dochód? Choć z drugiej strony ciągle prowadził zapyziały motel Casino Countryside Inn. Może nikt nie chce go kupić? Ludwig świetnie znał ten problem z autopsji.

Może, może – zbyt wiele tych „może". Ludwig musiał więc zmienić strategię i zaczął objeżdżać inne miejsca: na pozór normalne hotele i restauracje. Intuicja podpowiadała mu, że nie dzieje się tam nic dziwnego, a ludzie, których tam widział, wydali się zajęci wyłącznie normalnymi czynnościami.

Ślady kampanii wyborczej można było zauważyć wyłącznie na ekranach telewizorów. Żadnych plakatów w publicznych miejscach, żadnych spotkań politycznych. W Niemczech nie dawało się uciec od wyborczego spektaklu. Tutaj natomiast panowała dobrowolność, był to rodzaj sportu walki, w którym udział biorą pobudzone kofeiną dziennikarskie żółtodzioby z ogólnokrajowych kanałów telewizyjnych.

*

Skończyło mu się piwo w hotelu. Około piątej w czwartkowe popołudnie, dwie doby po spotkaniu z Leyą nad jeziorem, Ludwig pojechał do Grooming Eddie's, żeby uzupełnić zapasy. W pierwszej chwili myślał, że jest zamknięte, ale okazało się, że nie było prądu.

Eddie, w czarnym podkoszulku na ramiączkach i czarnych dżinsach, podniósł się z kolan, bo akurat klęczał przy skrzynce elektrycznej i oświetlając sobie jej wnętrze światłem latarki, wymieniał bezpiecznik.

– Chwileczkę – powiedział, pochylił się i nacisnął główny włącznik prądu. Zero reakcji. – Ki diabeł – mruknął.

– Wkurzające, nie? – powiedział Ludwig.

– Widział pan może, czy u sąsiadów jest prąd?

– Wydaje mi się, że tak.

– Pieprzone szczury – skonstatował Eddie i postawił latarkę tak, żeby świeciła w sufit i słabym odbiciem choć trochę oświetlała pomieszczenie. – Przegryzają kable. Muszę poszukać, w którym miejscu. Aha, a jak panu idzie?

– Tak sobie – odpowiedział Ludwig, poszedł uchylić lekko drzwi wejściowe, żeby wpuścić trochę światła, a potem przyniósł cztery dwunastopaki.

Eddie wyszczerzył zęby.

– To nie jest miejsce tętniące życiem.

– Chyba nie.

– Teraz maszyna mi nie działa – powiedział Eddie, pokazując na kasę. – Czy możemy się umówić, że dzisiaj nie potrzebuje pan paragonu?

– Jak dla mnie może być.

Niemiec zapłacił za wszystkie dwunastopaki naraz banknotem studolarowym.

– Rany, chyba nie mam tyle drobnych, żeby wydać.

– Nie ma problemu – stwierdził Ludwig. Zastanawiał się przez chwilę. – Ale... może mógłby mi pan pomóc w innej sprawie.

Eddie spojrzał na niego zupełnie inaczej, zimno i z wyrachowaniem.

– To zależy.

– To nic dramatycznego – wyjaśnił szybko Ludwig. – Tyle tylko, że słyszałem bardzo dużo o takim facecie... jak mu tam było... Melvin Klace. Że niby to z nim trzeba pogadać, jak się chce wystartować tutaj z jakimś interesem.

Było to śmiertelnie niebezpieczne i Ludwig nigdy by sobie na to nie pozwolił, gdyby nie poczucie, że czas przecieka mu przez palce. Musi jakoś ruszyć z miejsca. Oczywiście ryzykował tym, że Eddie porozmawia z niewłaściwymi ludźmi. Dlatego trzeba było teraz bardzo ostrożnie dobierać słowa.

Amerykanin patrzył na niego lodowatym wzrokiem.

Ludwig postanowił go przycisnąć.

– Czy to prawda, że należą do niego Gentlemen's Club 10, Allesandra's Steakhouse i...

– Darkwoods – przerwał mu Eddie, chowając banknot do kasy. – To właściwy adres.

Lokal był na liście. Ludwig skinął głową.

– Jest niedaleko stąd – kontynuował Eddie, wskazując na południe, w stronę hotelu, w którym Ludwig mieszkał. – Czwarty zjazd na lewo. Duży kompleks hotelowy z wieloma różnymi restauracjami, mają tam nawet klub nocny.

– Co to za miejsce?

– Darkwoods Inn and Resort. – Eddie skrzywił się i dodał z przesadnie irlandzkim akcentem: – Nasze czarne serce doliny. Jeśli szuka pan miejsca, gdzie można spotkać Klace'a i jego ludzi, to tylko tam.

– Super. – Ludwig kiwnął głową.

– Są tam też fajne panienki.

– To nie jest mój główny cel – powiedział Ludwig, nie przejmując się tym, czy nie zostanie źle zrozumiany.

Minęło kilka sekund, troszeczkę zbyt wiele.

– A po co panu Melvin Klace? – spytał Eddie, zniżając głos. Pochylił się przez ladę oparty na jednej dłoni.

– Mam kilka koncepcji, które chciałbym mu przedstawić. Źle to wymyśliłem?

– Tak, źle. Na pana miejscu trzymałbym się od niego jak najdalej.

– Dlaczego?

– Ma chore idee.

– Jak to?

– Idee polityczne.

Najwyższy czas, żeby zmienić temat, i Ludwig zrobił to błyskawicznie.

– À propos, na kogo będzie pan głosował?

Eddie rozluźnił się nieco, z czoła zniknęły zmarszczki.

– Trudny wybór. W zasadzie powinienem głosować na Heart z czystego egoizmu. Ale nie pasuje mi ta cała religijna otoczka. A do tego naprawdę lubię Harrimana. Cały czas jest taki nadęty i wściekły.

Ludwig pomyślał, że Eddie ma dość specyficzny stosunek do stylu bycia Harrimana. Nie wiadomo tylko, czy większa liczba wyborców też uzna, że te cechy mają pozytywny charakter.

– Czyli na Harrimana do Kongresu?

– Tak, na niego. Prezydent też ma mój głos. Tym razem.

– A poprzednio nie?

– Nie, poprzednim razem nie głosowałem. Na nikogo nie głosowałem. Byłem wtedy… można powiedzieć, że w innym miejscu w życiu.

Ludwig kiwnął głową.

– To ciekawe, że macie czarnoskórego prezydenta. U nas, w Europie, to się nie zdarzy, nie za mojego życia.

– Można się przyzwyczaić – uśmiechnął się ponuro Eddie. – Ale gdyby mnie pan cztery lata temu zapytał, czy mógłbym zagłosować na czarnego faceta, to bym… A zresztą, olać to. Człowiek się zmienia.

– I całe szczęście – podsumował Ludwig.

– Wydam panu resztę następnym razem.

– Niech pan sobie kupi za to kota – uśmiechnął się Ludwig.

Eddie jakby nie usłyszał żartu.

– Jakie interesy pan prowadzi? – zapytał poważnie.

– Restauracje – odpowiedział Ludwig. – W których impreza nigdy się nie kończy.

Amerykanin zastanawiał się nad czymś przez chwilę. Podejrzliwa mina zniknęła.

– To moja wizytówka. – Otworzył szufladę. – Może pan dzwonić przez całą dobę, mieszkam tuż obok. Zakupy wszelkiego rodzaju.

Ludwig przeczytał informacje na wizytówce. Eddie Anderson, hurtownik. Telefon komórkowy.

– Zakupy wszelkiego rodzaju.

– Tak jest – potwierdził Eddie.

Ludwig zastanawiał się, czy ten młody człowiek chciał mu sprzedać narkotyki, ale nie był pewien. Broń? Prostytutki?

– Będę pamiętał – powiedział, chowając wizytówkę do portfela.

– I dobrze panu radzę, niech się pan trzyma z daleka od Klace'a. Już więcej tego nie powtórzę.

– Przyjąłem do wiadomości – rzucił Ludwig przez ramię i wyszedł.

*

Pojechał prosto do Darkwoods Inn. Z drogi można go było wziąć za jeszcze jeden motel. Kompleks budynków z elewacją z ciemnobrązowej cegły i czarne elementy drewniane. Jeden parking, którego krótszy bok znajdował się blisko drogi 315, i drugi, znacznie większy, wzdłuż dłuższej osi budynków. Zadaszone wejście główne oskrzydlone sztucznym, miniaturowym wodospadem; woda spadała na ciemną kamienną płytę, co wywoływało wrażenie żywej draperii. Za ośrodkiem wznosiło się zalesione wzgórze, przez które Ludwig przejeżdżał codziennie, żeby dotrzeć do Extended Stay. W linii prostej oba hotele dzieliło zaledwie dwieście metrów.

Siedząc w jeepie, kawałek od wejścia, Ludwig przyglądał się gościom. Była za pięć szósta wieczorem i kręciło się tam wielu ludzi – amatorów wystawnych kolacji, samotnych podróżnych, rodzin z dziećmi. Po raz pierwszy od przyjazdu do USA zobaczył elegancko ubranych ludzi – przy czym kontrast był taki, jakby zmienił kanał w telewizorze i zamiast reportażu ze szpitala zobaczył galę wręczania Oscarów.

Pojechał wolno dalej i zakręcił na końcu parkingu. Teraz zobaczył ogrom całego kompleksu, część pomieszczeń położonych w suterenie: dwa piętra z tarasami wychodzącymi na tył ośrodka, z widokiem na niewielką rzeczkę z mnóstwem głazów. Dwieście metrów w lewo, jeszcze dalej od drogi, woda znikała w tunelu biegnącym w dół w stromej ścianie skalnej. Widok pełen dramaturgii. Z tarasu restauracji można było przejść po pomalowanym drewnianym mostku na drugą stronę potoku, gdzie gigantyczne rośliny doniczkowe przechodziły w zadbany las liściasty. Widać było ścieżkę, wzdłuż której położono długie kłody.

Gdyby Ludwig zobaczył taki obrazek na zdjęciu, powiedziałby: „Japonia w 1977 roku". To niesamowite, że kosztujące fortunę i jak widać, bardzo popularne miejsce leżało wciśnięte pomiędzy dwie przeładowane ruchem autostrady. Przekładając to na proporcje jego ojczystego miasta, wyglądało to tak, jakby najmodniejsza dzielnica pubów w Berlinie została wciśnięta gdzieś pomiędzy stację benzynową, parking i U96 w kierunku na Drezno.

Przy rampach rozładunkowych po prawej stronie stało kilka samochodów dostawczych UPS z napisem „MK Enterprises".

MK. Melvin Klace.

Zaczynało się ściemniać. Ludwig zaparkował i wszedł do środka przez drzwi automatyczne. W miejscu, gdzie spodziewał się lobby hotelowego, znajdowało się wielkie kwadratowe pomieszczenie, w którym było tak ciemno, że minęło kilka chwil, zanim dostrzegł kilka bankomatów. Wszystko udekorowane na nadchodzący Halloween: nawet bankomaty obwieszono lekko podświetlonymi czaszkami i pajęczynami. Z niewidocznych głośników sączyła się muzyka, która miała straszyć dzieci. Za szklaną ścianą po prawej stronie około dwudziestu gości biznesowych pracowało przy stanowiskach komputerowych.

Ludwig podążył w kierunku wskazanym przez szyld zapraszający do części restauracyjnej. Szklany tunel prowadził lekko w dół. Tym razem podłogi nie były przykryte wykładziną i gdy jakieś towarzystwo z drinkami w rękach pojawiło się znikąd i mijało go w przejściu, wypełniło się ono stukotem obcasów na marmurowych płytach. Poczuł zapach jedzenia – prawdziwego jedzenia – a jego ciało zaczęło natychmiast krzyczeć za posiłkiem z jakąkolwiek zawartością substancji odżywczych. Już prawie od tygodnia żywił się na przemian kanapkami z pieczenią albo makaronem.

Doszedł do salonu z dużymi, niskimi skórzanymi fotelami i ławami, na których leżały magazyny lifestylowe. Szklane drzwi na wprost prowadziły do Cygaro baru w ogrodzie, położonego trochę niżej, na występie skalnym tuż nad stopniem wodnym. Po lewej stronie była japońska restauracja grillowa, w której nagradzani brawami japońscy kucharze stali przy wyspach kuchennych wśród gości i demonstrowali swój kunszt władania nożami i siekierami. Po drugiej stronie na kilku poziomach rozlokowało się włoskie bistro. Na końcu po prawej stronie, tuż za opalanymi drewnem piecami, w których pieczono pizzę, smaczną jak nigdy, wisiał turkusowy neon zapraszający do baru sportowego. Ludwig ruszył w tamtą stronę, mijając kolejne grupy biesiadujących gości.

Bufet w kształcie kwadratu znajdował się w szklanym sześcianie. Przy barze nie było wolnych miejsc, ale zobaczył puste krzesełko barowe przy jednym z wysokich stolików przymocowanych do ściany z oknami.

Jedna z dwóch barmanek podniosła otwierany blat, żeby wyjść zza baru, i podała Ludwigowi kilka menu.

– Dobry wieczór panu. Witamy w Darkwoods Inn. Mam na imię Gina. Dziś jest czwartek, więc można zamawiać dania z całego obiektu. Nasi japońscy koledzy mają dzisiaj niesamowitą ofertę.

Ludwig rzucił okiem na kartę dań. Pijana blondynka w jego wieku stała przy dziwacznej, inspirowanej *Star Trekiem* szafie grającej i próbowała chyba podłączyć swojego iPhone'a do ich sieci internetowej.

– Chyba wezmę Steak Koboto. I sałatkę. A do tego japońskie piwo.

– Świetnie. – Kobieta była wysoka jak na Latynoskę i ubrana, jakby wybierała się do nocnego klubu. – Gdyby miał pan ochotę na coś jeszcze, proszę dać znać.

– Oczywiście.

Jedzenie było wyborne i kosztowało grosze – najwyraźniej wystarczyło zapłacić góra dwadzieścia dolarów za coś, co w Berlinie kosztowałoby trzy razy tyle. Mieszkał w niewłaściwym kraju,

w niewłaściwej części świata. Mógł pielęgnować swoje zgorzknie-
nie znacznie niższym kosztem.

Przyniósł sobie kilka gazet, zamawiał kolejne piwa w spokoj-
nym tempie i obserwował ludzi w barze. Około ósmej goście, którzy przyszli na kolację, zaczęli opuszczać lokal, pojawili się za to
klienci bardziej nastawieni na alkohol.

Ludwig nadal prowadził swoje śledztwo, dokładnie analizował
twarze wchodzących i wychodzących, ciągle sortował i odrzucał.

*

Godzinę później przyszła para, kobieta i mężczyzna, oboje w wieku
trzydziestu pięciu lat; usiedli przy innym stoliku przy oknie, po tej
samej stronie co Ludwig. Oboje byli w szarych kombinezonach; „bar
sportowy" to nie tylko duże ekrany telewizorów, na których pusz-
czano transmisje meczów baseballa lub futbolu amerykańskiego, ale
również miejsce mniej formalne, gdzie można było wpaść prosto
po pracy, nawet w roboczym ubraniu. Ale łączyło ich coś jeszcze
oprócz stroju. Byli bardzo podobni, prawdopodobnie rodzeństwo.

Na ich kombinezonach na wysokości piersi widniało to samo
logo co na dostawczakach: MK Enterprises.

Kiedy okazało się, że będą pili tylko piwo, barmanka Gina
sprzątnęła sztućce i serwetki.

– Jestem cholernie padnięty – powiedział rudowłosy mężczyzna. – Jeszcze jeden kurs i koniec na dziś.

Kobieta o wysportowanej sylwetce i w wyraźnie lepszej formie
fizycznej od towarzysza spojrzała na zegarek.

– Musimy ruszać za pół godziny.

– Melvin nie umrze, jak chwilę poczeka.

– Impreza za chwilę. Słyszałam, że ma być dwa razy więcej ludzi niż w ubiegłym roku. Trzeba zacisnąć zęby i zasuwać.

– Dobra, dobra.

Przyszło zamówione piwo i rachunek.

– Nie – powiedział mężczyzna. – To nieporozumienie.

– Niestety, nie mogą państwo wziąć rachunku z baru, bo nie za-
mówili państwo nic do jedzenia – wyjaśniła barmanka. – Przykro mi.

– Nie o to chodzi – stwierdziła blondynka. – My tu pijemy za darmo, kochana.

Barmanka patrzyła to na jedno, to na drugie.

– Na jakie nazwisko?

– Gerdsen. Weź sobie to wsadź w tę swoją meksykańską ciasną dupkę. – Wręczyła barmance papierek.

Oczy barmanki się zwęziły. Bez słowa odwróciła się na pięcie, poszła do baru i podniosła słuchawkę telefonu. Ludwig nie słyszał, co mówiła, ale rozmowa skończyła się po piętnastu sekundach.

Starał się nie gapić zbyt nachalnie, ale dyskretnie śledził tę akcję. Miał przy tym wrażenie, że tamci nie mieli nic przeciwko, żeby ludzie obserwowali ich małe przedstawienie. Wyglądało, że dobrze się czują w tego typu sytuacjach – lubili gorszyć publiczność. Szczególnie kobieta.

I ludzie się oburzali. Dwóch młodych ludzi położyło banknoty na stolikach i wyszło; ludzie w innym towarzystwie odwrócili wzrok i zaczęli rozmawiać szeptem.

– Bardzo państwa przepraszam – powiedziała opanowanym głosem barmanka po powrocie do ich stolika.

– Spadaj – syknęła kobieta w kombinezonie, szybko opróżniając butelkę. – Ale przynieś nam nową kolejkę, jak już tam idziesz.

– Oczywiście, proszę pani.

Koniec zamieszania. Zegar tykał.

Ludwig wstał i podszedł do ich stolika.

– Dobrze widzieć, że ktoś pokazuje im, gdzie ich miejsce – powiedział, wskazując głową na bar.

Popatrzyli na niego ze zdziwieniem. Po chwili wahania mężczyzna wyciągnął dłoń. Miał sympatyczną fizjonomię, jego krótkie rude włosy były gęste i mocno potargane, spojrzenie bystre i jasne. Trudno było połączyć ciepło, które z niego emanowało, z wcześniejszym zachowaniem wobec barmanki. Gdyby Ludwig nie wiedział tego, co wie, pomyślałby, że to jakiś idealista; może aktywista Greenpeace'u albo jeszcze lepiej: Lekarzy bez Granic. Słowo „idealista" pewnie i tak do niego pasowało. W swoim świecie wierzył w swoje ideały.

– Szacunek – powiedział Gerdsen.

Ludwig nie był pewien, co to miało znaczyć.

– Tam, skąd pochodzę, jest podobnie – ciągnął dalej ze swadą.
– Czarnuchy nas zalewają, a ponieważ jest ich coraz więcej, to myślą, że mogą robić, co chcą. Trzeba im stawiać granice.

Blondynka podniosła swoje piwo na znak toastu.

– Święta, kurna, racja – powiedziała i wypiła łyk. – Mówiłeś, że skąd pochodzisz?

– Z Niemiec. Mam na imię Ludwig. Przepraszam, nie chcę wam przeszkadzać.

Mężczyzna zerknął na zegarek na przegubie.

– Jak długo tutaj zabawisz, Ludwig?

– Myślę, że kilka tygodni.

– Dobrze. Mam na imię Lars, a to jest Jen. Jeśli będziesz w pobliżu White Haven, to musisz wstąpić do Gerdsen School of Survival. Mamy tam strzelnicę, ja i moja siostra. – Kiwnął w stronę kobiety, która siedziała wpatrzona w ekran swojej komórki. Podał Ludwigowi wizytówkę.

– Może to dobry pomysł – powiedział Ludwig. – Która godzina?

– Za piętnaście dziesiąta.

– To ja się zbieram. – Wyciągnął portfel.

– Rachunkiem się nie przejmuj, ja to załatwię – powiedział Gerdsen.

– Jak to? Bardzo dziękuję.

– Nie ma problemu. Do zobaczenia!

Ludwig skinął głową, schował wizytówkę do kieszeni i odszedł raźnym krokiem. Na zewnątrz było już całkiem ciemno, a temperatura oscylowała koło siedmiu, ośmiu stopni. Siedział w jeepie pięć minut, nie uruchamiając silnika. Miał wyśmienitą pozycję. Nikt nie mógł wjechać ani wyjechać niezauważony przez niego.

Na parkingu panował spory ruch. Ludzie, którzy musieli nazajutrz rano iść do pracy, właśnie wyjeżdżali. Kilka taksówek krążyło po okolicy, licząc na kurs.

Ludwig był zadowolony. Gerdsen od razu go polubił. Trudno powiedzieć dlaczego.

Jest we mnie coś takiego, że garną się do mnie wszystkie męty na świecie.

Skrzywił się. To przygnębiające. Rodzeństwo Gerdsen wyszło właśnie głównym wyjściem. Lars, mocno ożywiony, mówił coś, wymachując rękami, a wpatrzona w ekran telefonu Jen wysyłała SMS-a.

Wsiedli do jednego z dostawczaków stojących z boku. Ludwig odczekał piętnaście, dwadzieścia sekund od chwili, gdy go minęli. Uruchomił samochód i ruszył za nimi.

bear creek boulevard/droga 115
bear creek township, pensylwania/usa
czw 25 października 2012 roku
[22:05/est]

To, że ruch się nie zmniejszył mimo późnej pory, ułatwiało mu sprawę. Wysoka skrzynia furgonetki była dobrze widoczna, mimo że Ludwig starał się zachować spory odstęp. Przemierzając skąpaną w elektrycznym świetle dolinę, mijał kolejne bary szybkiej obsługi, sklepy meblowe i filie banków.

Przejechanie pierwszego odcinka, w dół do Bear Creek Lake, w linii prostej trochę ponad dziesięć kilometrów, zajęło mu aż dwadzieścia minut z powodu czerwonych świateł. Gdy tylko skończyła się gęsta zabudowa, zrobiło się kompletnie ciemno i Ludwig, który jeszcze nigdy nie jechał tą drogą, miał problem, żeby utrzymać taką samą prędkość jak rodzeństwo. Oni znali te wszystkie zakręty i podjazdy na pamięć.

W okolicy południowego brzegu jeziora droga 115 przestawała zakręcać, prowadząc przez wieś prosto na wschód; boczną drogą można było pojechać na południe. Ludwig zobaczył, że zjazd jest tuż za mostem, gdy skręciła w niego zielona furgonetka. Zwolnił, ale nie włączył kierunkowskazu i poczekał z manewrem, aż samochód rodzeństwa zniknął za zakrętem. Na tabliczce widniał napis „White Haven Road". Kiedy znowu przyspieszył, minął zamkniętą od wielu godzin kawiarnię.

Droga zaczynała piąć się ostro długimi serpentynami. Las po prawej stronie podchodził do skraju jezdni i wznosił się powyżej zbocza. Po lewej początkowo rozciągały się pola, może jakaś rzeka, a potem jeszcze gęściej zalesione wzgórze. W ciemności trudno było zobaczyć coś więcej.

Teraz musiał się trzymać jak najbliżej furgonetki. Zastanawiał się, czy nie zgasić świateł. Ale było zbyt ciemno; musiałby jechać tak wolno, że śledzeni zdążyliby mu uciec.

Po niecałych dziesięciu kilometrach w miejscu, gdzie zaczynał się zjazd, furgonetka zwolniła i zamrugała lewym migaczem. Znajdujący się wtedy trochę wyżej i chyba niewidoczny dla tamtych Ludwig zahamował i zatrzymał się na zakręcie na szczycie drogi. Furgonetka skręciła w lewo w szutrówkę i zniknęła w ciemnościach. Odkąd minęli Bear Creek Lake, na drodze nie było innych samochodów, więc Ludwig zaryzykował i poczekał jeszcze pół minuty. Później wyłączył światła, stoczył się wolno z górki i skręcił w drogę do lasu.

Na niebie świeciło mnóstwo gwiazd, księżyc był w trzeciej kwadrze – gdyby przed maskę wyskoczyło mu zwierzę, pewnie nie zdążyłby zareagować, ale widział pas drogi wijącej się przed nim przez liściasty las. Na polanie po prawej stronie, do której prowadziły na wpół zarośnięte ślady opon traktora, leżała kupka oznakowanych krzyżykami pni drzew czekających na wywózkę. Ziemia była gliniasta. Ludwig zatrzymał się i po raz pierwszy przełączył na napęd na cztery koła. Kiedy ustawił samochód za wysokim stosem drewna, tak blisko, żeby nie można go było zobaczyć z szutrówki, wyłączył silnik i wysiadł. Ciemność całkowicie pochłonęła czarnego jeepa.

Świetnie. Dużo gorzej, że nie miał broni palnej. Z jednej strony narażało go to na śmiertelne niebezpieczeństwo, z drugiej jednak zmuszało do ostrożności.

O ile było to możliwe na dłuższą metę. O ile w ogóle było to możliwe.

Wyłączył dźwięk w telefonie. Natężenie światła zmniejszył do minimum, żeby nie wpływało na widzenie w ciemności i nie przyciągało uwagi innych. Według mapy w telefonie do rancza zostało co najwyżej pięćset metrów. W środku lasu trudno ufać GPS-owi, ale ten obraz zgadzał się mniej więcej z tym, co widział na zdjęciach satelitarnych i na mapie w komputerze w hotelu.

Wszedł piętnaście, dwadzieścia metrów w las i ruszył równolegle do szutrówki. Pozostałe przygotowania wykonał machinalnie. Kluczyki do samochodu wsadził do kieszeni dżinsów, żeby nie brzęczały podczas marszu. Zatrzaski wszystkich kieszeni kurtki zapiął z tego samego powodu. Kaptur kurtki założył na głowę i zaciągnął sznurki, żeby nadać opływowy kształt sylwetce i ją zamaskować.

Od czasu do czasu zatrzymywał się i nasłuchiwał. Po tylu dniach w otoczeniu autostrad i klimatyzacji zapomniał, jak brzmi cisza, zapomniał, że jest nieprzepuszczalna, nieprzenikniona. Nie było słychać nawet świerszczy. Szedł dalej.

Niekiedy czuł lekki ból w okolicy przepony, jakby robiła mu się tam dziura. To tylko złudzenie. Przez ostatnie dni robił białą kupę, co ewidentnie świadczy o problemach z woreczkiem żółciowym. Lekarze w Berlinie wyjaśnili ten proces wiele lat temu: kiedy wątroba ma za dużo pracy, a u niego ma – z powodu regularnego wieczornego przyjmowania alkoholu i tabletek nasennych – do pomocy przychodzi jej woreczek żółciowy. To prowadzi do nadprodukcji substancji, które powinny rozkładać wszystkie trucizny, co z kolei skutkuje tworzeniem się małych cholernych kryształków, a te kłują i powodują ból.

Niewiele dało się z tym zrobić. Odpoczywać w łóżku kilka dni, przyjmować wyłącznie płynne pokarmy i modlić się, żeby kryształki rozpuściły się same z siebie. Jeśli dalej będzie miał takie objawy, będzie musiał się poddać operacji woreczka żółciowego. Jeśli nie, skończy się to żółtaczką.

Zagryzł zęby i szedł dalej. Po pięciu, sześciu minutach zobaczył przed sobą słabe światło. Obszar wycinki był wielkości boiska piłkarskiego. Ranczo znajdowało się kilkadziesiąt centymetrów powyżej poziomu gruntu. Dookoła murowane ogrodzenie o wysokości dwóch i pół metra. Światło zamontowanych w równych odstępach po zewnętrznej stronie muru reflektorów tworzyło na ziemi duże półokrągłe jasne plamy.

Z trzech budynków znajdujących się za murem mógł zobaczyć z tego miejsca tylko kilka kominów, kalenice szarych płaskich dachów i górne piętro z tarasem. W pomieszczeniu za panoramicznymi oknami światło było zgaszone.

Pośrodku muru znajdowała się solidna dwuskrzydłowa brama z ciemnego drewna. Była zamknięta. Furgonetka stała z włączonym silnikiem na szutrowym podjeździe przed bramą i czekała na możliwość wjazdu.

Było pioruńsko zimno. Ludwig przesuwał się w kucki przez krzaki, położył się na brzuchu i wyciągnął z kieszeni lornetkę. Widział profil Larsa Gerdsena, który niecierpliwie bębnił palcami w kierownicę. Poruszał ustami, ale trudno było stwierdzić, czy rozmawiał z siostrą, czy mruczał coś do siebie. Odwrócił głowę i...

Ludwig odłożył lornetkę. Z lewej strony wzdłuż muru do samochodu zbliżała się ciemna postać. Kobieta w kurtce maskującej, gumowcach i dużej czarnej czapce. Kiedy Ludwig ponownie przyłożył lornetkę do oczu, zobaczył, że na ramieniu miała karabin automatyczny Heckler & Koch G3 z drewnianą kolbą. Faworyt zachodnioniemieckiej Bundeswehry ze standardową amunicją NATO. Było to coś pomiędzy rosyjskim AK-47 a amerykańskim M16, w prawdziwie europejskim duchu. W latach Clintona zakazano używania tej broni przez osoby prywatne.

Lars Gerdsen skręcił w dół boczną szybę. Zamienili kilka słów. Kobieta wyjęła walkie-talkie i chwilę później brama się otworzyła. Na zewnątrz. Ludwig ponownie przyjrzał się murowi. Jedyna kamera monitoringu umieszczona była tuż nad bramą. Nie poruszała się.

Kobieta stała bez ruchu, a furgonetka wjechała do środka. Ludwig leżał w takim miejscu, że nie mógł zobaczyć, co było za murem. Ochroniarka ruszyła dalej w obchód dookoła muru. Jeśli szła przez cały czas w tym samym tempie, nie wróci w to miejsce zbyt szybko.

Brama była ciągle otwarta, furgonetka zniknęła gdzieś na dziedzińcu. Najwyższy czas podjąć jakąś decyzję.

Właściwie to mu wystarczyło. Powinien wrócić do jeepa, pojechać do domu, zneutralizować wrażenia kilkoma puszkami piwa i porządnym amerykańskim pornosem rozgrywającym się w myjni samochodowej.

Właściwie.

Dwa tysiące dolarów za dobę. Im akcja będzie dłuższa, tym lepiej. Właściwie, właściwie, właściwie.

Ale nie przejechał dwadzieścia tysięcy kilometrów, żeby teraz utknąć w martwym punkcie.

Ochroniarka była daleko po prawej stronie, w połowie muru. Kamera nadal wpatrywała się przed siebie.

Najwyższy czas się na coś przydać.

Ludwig podniósł się z ziemi i ruszył wolnym truchtem przed siebie. Natychmiast poczuł ćmiący ból w boku, jakby kryształki w woreczku żółciowym ostrzegały go przed nadmiernymi wstrząsami. Nadrobił kawałek drogi, żeby uniknąć monitoringu. Kiedy dobiegł do muru, piętnaście metrów od bramy, zaczął przesuwać się w jej kierunku z plecami zwróconymi do ściany. Cały czas znajdował się w martwym polu kamery. Zamontowano ją na kuli, więc mogła się poruszać, ale do tego potrzebny był ktoś, kto siedziałby przy ekranie i ręcznie nią sterował.

Co teraz?

Zajrzał na dziedziniec przez szparę pomiędzy bramą a murem i zobaczył trzy budynki rancza Klace'a: były niskie, z płaskimi dachami, wszystkie miały elewację z brązowej cegły i duże nowoczesne okna od podłogi do sufitu. Ludwig pomyślał, że wyszły spod ręki tego samego architekta co Darkwoods Inn.

I tył furgonetki. Otwarte drzwi. Nikogo w polu widzenia, żadnych odgłosów.

Jeszcze raz zerknął na kamerę. Była skierowana na wprost, żeby pokazywać nadjeżdżające samochody. Nie ma szans, żeby ktoś go zobaczył. Na wszelki wypadek kucnął i w tej pozycji przesuwał się wzdłuż stojącego na zewnątrz skrzydła bramy. Jakiś odgłos… Drapieżny ptak? Obrócił się. Wzdłuż muru nic. A jednak coś słyszał.

Znowu spojrzał na drugą stronę bramy. Nikogo. Aha, tam: w jednym z okien dużego domu, tego z dobudowanym tarasem, zobaczył trzy cienie. Stali i rozmawiali. Rodzeństwo Gerdsen i wysoki mężczyzna o długich włosach. Klace.

Znowu ten odgłos.

Ludwig obrócił się. Więcej ochroniarzy? Albo… psy? Ujadanie psów. Gdzie? Po jego stronie muru.

Puls przyspieszył mu teraz zawrotnie, a do tego ten ból w okolicy przepony. Ostatnia szansa na ucieczkę. Problem w tym, że odgłosy dochodziły właśnie ze strony, w którą powinien uciekać. Musi biec naprzód. To czyste szaleństwo, ale lepsze to niż psy. Za ile sekund go zwietrzą?

Zbliżała się katastrofa. A on nie miał na co spaść. Nie było siatki ochronnej.

Ludwig był przyzwyczajony do tego, że działał bez wiedzy lokalnych władz, ale przynajmniej miał oparcie w CIA. Co prawda nie dawało to gwarancji ratunku, gdy coś poszło nie tak, ale zawsze coś. Teraz miał za sobą tylko prywatną firmę. Trudno przewidzieć, czy stare kontakty GT miałyby jakąś wartość, gdyby sprawy stanęły na ostrzu noża.

Wiedział tylko, że droga powrotna była dla niego zamknięta. Nie zdążyłby uciec do lasu, zanim nie dopadłyby go psy. Żadnych kryjówek po drodze.

W ciągu pięciu sekund obiegł bramę, rzucił się na ziemię i doturlał do tyłu furgonetki. Poczuł silne ukłucie; wyżej, z boku przy piersi, więc to nie mógł być woreczek żółciowy. Jęknął cicho i kucnął. Przez moment zastanawiał się, czy nie został... trafiony.

Nie, oczywiście, że nie. Ból był przejmujący, ale nie usłyszał strzału. Musiał się wziąć w garść, rozeznać w sytuacji. Tam skąd przyszedł, widać było tylko wewnętrzną stronę muru i otwartą dziurę bramy. Z tego, co się zorientował, na dziedzińcu nie zainstalowano kamer, przynajmniej nie za nim.

Przed sobą miał otwartą przestrzeń ładunkową furgonetki: kartony, mniejsze pudełka. Kilkanaście podłużnych rolek folii leżało jedna na drugiej. Więcej nie był w stanie zobaczyć w ciemności.

Szczekanie tych cholernych psów się zbliżało. Dalej nic nie widział. Słyszał, że musi być ich więcej niż jeden. Dwa dobermany, mógłby się założyć. Ich szczekanie przypominało mu późne lata siedemdziesiąte. Czas służby wojskowej. Służbę w Volkspolizei, wschodnioniemieckiej służbie granicznej.

Każdy ruch powodował kłucie w klatce piersiowej. Na boku po prawej stronie. Zrobił głęboki wdech, przygryzł wargi i zebrał się w sobie.

Spojrzał do przodu zza drzwi samochodu. Pośrodku kamiennego dziedzińca wznosił się ogromny drewniany czarny krzyż. Miał przynajmniej trzy metry wysokości i stał w kole wysypanym kredowobiałym piaskiem. Ludwig nie mógł oderwać wzroku od jego złowieszczej sylwetki. Kiedy ponownie usłyszał ujadanie psów, musiał zacząć myśleć o czymś innym.

W którymś z domów rozległo się trzaśnięcie drzwi. Miał coraz mniej czasu. Musiał coś natychmiast postanowić. Potrzebował decyzji.

Zanim się zorientował, że zapadła, siedział już w ładowni furgonetki. Położył się pod szarym kocem przy samej szoferce. Poczuł jakiś zapach... Mięsa?

Ból w piersiach był naprawdę dotkliwy, musiał to jak najszybciej zbadać. Ostrożnie odpiął kurtkę, delikatnie pomacał. Poczuł szczypanie; krew wytryskiwała z rany, o mały włos, a krzyknąłby głośno z bólu. Wsadził połowę lewej ręki do ust i zagryzł zęby, żeby się opanować.

Jakieś zamieszanie na zewnątrz. Psy szczekały jak szalone.

– Chyba całkiem zgłupiały! – krzyknął jakiś mężczyzna. Chrzęst, szarpanie. Przypiął psy do smyczy. – Spokój ma być.

– Wyniuchały cielęcinę! – krzyknął Lars Gerdsen. – Nic dziwnego, że reagują – powiedział, gdy już doszedł do samochodu.

– Skończyliście? – spytał ochroniarz.

Psy przestały szczekać, ale szarpały się na smyczy, dyszały i łapały trop.

– Mhm. Jadę jeszcze do domku myśliwskiego, bo muszę wsadzić mięso do wędzarni.

Drzwi się zatrzasnęły. Zrobiło się ciemno choć oko wykol i nawet po zdjęciu z twarzy koca Ludwig nic nie widział. Chwilę później zaczął pracować silnik i do przestrzeni ładunkowej wpadło nieco światła z szoferki.

*

Zaczął się pocić. Gdy samochód ruszył w drogę, zdjął czapkę i uspokoił oddech. Za ścianką dzielącą go od szoferki słychać było głosy.

– Był w dobrym humorze – powiedziała kobieta.

Brak odpowiedzi.

Samochód utrzymywał najpierw stałą niską prędkość, ale teraz przyspieszył – musiał zawrócić na kamiennym dziedzińcu, a teraz wyjeżdżał z posiadłości przez bramę na szutrówkę biegnącą przez las.

Siostra mówiła dalej:

– Coś się szykuje.

– Zjazd? – spytał Lars. – Będzie taki sam jak co roku.

– Nie. Coś grubszego.

– Skąd wiesz?

– Po prostu wiem – stwierdziła kobieta. – Widać po nim, nie zauważyłeś?

– Co za różnica? Nam nigdy nic nie mówi, tylko Sarah i Greg mają wgląd w jego plany.

Nie odpowiedziała.

Lars dodał:

– Myślałem, że będzie dwieście osób. A teraz powiedział, że spodziewa się trzystu. Musimy rano jechać i przywieźć więcej. Jedzenia chyba wystarczy, ale potrzebujemy więcej amunicji.

– A może wystarczy to, co już mamy?

– Wiesz, jak oni się zachowują. Szczególnie członkowie klanu. Powiesisz tablice, to będą strzelać, aż zostaną same drzazgi.

– A może ty jesteś uosobieniem strzeleckiej dyscypliny, gdy płaci ktoś inny? – zaśmiała się siostra.

Ludwig nie dosłyszał odpowiedzi.

Z kieszeni na piersi wyciągnął telefon, żeby wykorzystać go jako latarkę – i wtedy zagadka się wyjaśniła. Kiedy turlał się na dziedzińcu, z futerału telefonu wysunął się ten cholerny scyzoryk. Przebił kurtkę i bluzę, a potem zrobił mu dziurę w boku. Kilka centymetrów dalej i przebiłby płuco.

Poświecił telefonem dookoła i wśród stosu rupieci dostrzegł rolkę srebrnej taśmy.

Była to jedna z tych chwil w życiu, kiedy nie należy myśleć perspektywicznie. Odbije mu się to czkawką, to pewne. Ale teraz musi zatrzymać krwawienie.

Przemieścił się na czworakach po taśmę, odgryzł kawałek – gdy to robił, przeszył go taki ból w piersiach, że miał wrażenie, że zemdleje – i przyłożył oderwany kawałek taśmy do krwawiącej rany. Robił to kompletnie na ślepo, bo musiał odłożyć telefon na bok. Lewą ręką uciskał ranę, co oczywiście spotęgowało wypływ krwi, przez co o mały włos nie upuściłby taśmy, która ślizgała się po papkowatej powierzchni. Ale kiedy wytarł maź wierzchem drugiej dłoni, udało mu się przykleić taśmę.

To nie złagodziło bólu, ale przynajmniej pozwalało mu się poruszać bez ryzyka, że rana się pogorszy.

Rodzeństwo jechało dalej w milczeniu. Prędzej czy później będą musieli się zatrzymać, żeby rozładować samochód. Ludwig zastanawiał się nad możliwymi rozwiązaniami.

W najgorszym przypadku będzie musiał ich zabić. Byłoby to kompletne fiasko i od razu przysporzyłoby mu nowych problemów. No bo ciała trzeba by było gdzieś wywieźć i nawet gdyby nikt ich nie znalazł, to Klace zrozumiałby, że ktoś depcze mu po piętach. Jego czujność wzrosłaby do niebotycznych rozmiarów i Ludwig już nigdy nie mógłby zobaczyć terenu za murem.

Musiał być jednak przygotowany na taki scenariusz.

Pojazd zwolnił. Ludwig wyciągnął futerał telefonu z rozłożonym scyzorykiem, naciągnął ponownie koc na głowę.

– Pomożesz mi podpalić w wędzarni? – zapytała siostra.

Ludwig nie słyszał odpowiedzi, ale miał szczerą nadzieję, że Lars kiwnął głową.

Samochód się zatrzymał. Przednie drzwi otworzyły się i zamknęły. Rozbrzmiały kroki, które za chwilę ucichły.

Ludwig wstrzymał oddech, doczołgał się do tylnych drzwi i zaczął je obmacywać. Po kilku sekundach znalazł klamkę. Odwrócił się i zabrał koc.

Nie miał już czasu do stracenia. Ostrożnie otworzył jedną część drzwi. Zobaczył plażę, jezioro i kawałek lasu po drugiej stronie. Żadnych zabudowań.

Gdy wyskoczył na zewnątrz, pociągnął koc w taki sposób, żeby jego koniuszek lekko wystawał, dzięki czemu mógł bezgłośnie zamknąć drzwi, przyciskając je do framugi.

Jeszcze za wcześnie na radość. *Byle dalej stąd, byle dalej, byle dalej*. Kaptur na głowę. Rozejrzał się szybko wokół. Otwarte przestrzenie; las zaczynał się dużo wyżej, tam gdzie prawdopodobnie znajdował się domek myśliwski. Jeśli chciał zniknąć z pola widzenia ludzi w furgonetce, mógł uciekać tylko w jedną stronę, prosto w dół nad jezioro. Rzucił się biegiem po trawie i szybko dotarł do piasku.

Woda była dokładnie tak zimna, jak się obawiał, więc przez chwilę opanował go strach, że zemdleje. Po przejściu kilku kroków zanurzył się cały, położył się i od razu zaczął płynąć tak bezszelestnie, jak się tylko dało w plaskającym, mokrym ubraniu. Zbuntowany woreczek żółciowy postanowił ruszyć do kolejnego ataku, ale Ludwig mógł krzyczeć tylko bezgłośnie. Wziął głęboki wdech. Ustalił kurs i zanurzył głowę.

Płynął na jednym wdechu tak długo, jak tylko mógł. Kiedy wychylił się nad taflę wody, był trzydzieści, czterdzieści metrów dalej. Kolejny wdech, głowa pod wodę i ruszył w kierunku plaży. Musiał zdążyć na brzeg, zanim złapie go skurcz.

Gdy uderzył dłońmi w dno, wystawił głowę z wody i się rozejrzał. Między nim a domkiem było teraz wystarczająco dużo gęstych krzaków. Wyszedł z wody najciszej, jak się dało, kucnął za grubym drzewem. Zdjął kurtkę, wycisnął ją najmocniej, jak potrafił, i założył ponownie. Teraz zrobiło się jeszcze zimniej, co oczywiście było tylko złudzeniem. Za to na pewno było bezpieczniej. Na lądzie nikt nie umierał od skurczu, nie dało się też zamarznąć przy plus sześciu stopniach.

Powtarzał to sobie, gdy z posmakiem krwi w ustach i pulsującym bólem w nogach truchtał przez las, woreczek żółciowy kłuł coraz mocniej z każdym krokiem, a jedynym ciepłym fragmentem jego ciała była klatka piersiowa; wydawała się wręcz za ciepła, gorąca niczym rozżarzony metal w piecu hutniczym.

Po stu metrach wyciągnął komórkę, żeby sprawdzić, czy przetrwała zanurzenie w wodzie. Niestety nie. Ale pamiętał mapę dość dobrze. Widział na niej jezioro i jego położenie względem rancza. Musiał po prostu biec dalej.

Znalezienie rancza zajęło mu około dwudziestu minut. Był na jego tyłach i musiał obejść cały teren. Później zatrzymał się przy tych samych krzakach co poprzednio, dygocząc, położył się na ziemi i spojrzał przez lornetkę. Przy zamkniętej teraz bramie stała kobieta z karabinem maszynowym. Rozmawiała z mężczyzną w takim samym stroju. Miał też taką samą broń i dwa psy na smyczy. Nie, nie dobermany, tylko rottweilery. Ludwig się pomylił. A może ich szczekanie było podobne.

Na pewno miały podobny temperament.

Drżał z zimna tak mocno, że nie był w stanie utrzymać lornetki bez ruchu. Adrenalina odpływała, co wzmagało tylko uczucie chłodu.

Podniósł się ostrożnie i przeszedł w kucki przez krzaki, a potem ruszył równolegle do szutrówki w kierunku jeepa.

Brat i siostra mieli sporo rzeczy do wyładowania przy domku. A może jednak powinien poczekać, aż odjadą?

Nie był w stanie, zanadto zmarzł. Wyszarpnął kluczyki z dżinsów, zastanawiając się z przerażeniem, czy elektronika w pilocie przeżyła podtopienie, czy padła, tak jak telefon. Potem przypomniał sobie, że nie zamknął diabelstwa, żeby samochód nie zapiszczał.

Ostatkiem sił ściągnął z siebie wszystkie ciuchy i położył je na plastikowych torebkach na podłodze z tyłu. Im szybciej wyschnie i się ogrzeje, tym mniejsze ryzyko zapalenia płuc.

Zasiadł za kierownicą całkiem nagi, z wyjątkiem taśmy przyklejonej na piersiach.

Cały się trząsł, musiał walczyć z zimnem, żeby uspokoić ręce. *Zachowaj spokój. Myśl. Oddychaj.* Przesunął regulację natężenia światła maksymalnie w lewo, żeby reflektory nie zapaliły się automatycznie przy uruchomieniu silnika. Przekręcił kluczyk w stacyjce. Ruszył.

Wreszcie docenił rozregulowany układ klimatyzacji w samochodzie. Kiedy ustawił grzanie na maksa, zrobiło się rzeczywiście gorąco.

hotel extended stay
plains township, pensylwania/usa
pt 26 października 2012 roku
[00:30/est]

Podczas jazdy powrotnej z czwartku zrobił się piątek. O wpół do pierwszej Ludwig zaparkował tak blisko bocznego wejścia do hotelu, jak to było możliwe. Brodaty trzydziestopięcioletni mężczyzna ze słuchawkami na uszach stał w świetle latarni i palił papierosy, kiwając się na boki. Jego przytomne, bystre spojrzenie i szczupłe ramiona przypominały Ludwigowi syna.

Kiedy mężczyzna odszedł, Ludwig wysiadł, zabrał ociekające wodą ubranie z tyłu samochodu, zamknął wóz – pilot działał – i ruszył biegiem po schodach. Nie byłoby dobrze, gdyby kogoś teraz spotkał – dla nikogo nie byłoby dobrze. Ale hotel stał na końcu świata, a Ludwig Licht był ostatnim człowiekiem, nagim w obliczu apokalipsy, dokładnie jak wtedy, gdy nadchodził brzask stworzenia.

Gdy zamknęły się za nim drzwi pokoju, poszedł prosto do łazienki i zaczął napuszczać do wanny gorącą wodę. Rozgrzane powietrze w samochodzie całkiem dobrze go rozmroziło, ale teraz znowu zaczął się trząść i gdy tylko przestawał się ruszać, czuł ból w kościach.

Wyjął z szafy kilka wieszaków i rozwiesił ubrania, żeby wyschły. Z portfela wyciągnął plik banknotów i rozłożył je na blacie kuchennym jeden obok drugiego. Nic im nie będzie, woda ich nie rusza. Twarda waluta to twarda waluta. Wizytówkę, którą dostał od Larsa Gerdsena w Darkwoods Inn, nadal dało się przeczytać, tak jak tą od Eddiego ze sklepu z piwem. Jeszcze raz zbadał telefon – żadnych oznak życia. Wyjął kartę SIM i odłożył na bok.

Dziesięć minut później zanurzył się w gorącej kąpieli, ustawiwszy wcześniej w każdym rogu wanny puszkę zimnego piwa. Drugi raz tego wieczoru zafundował swojemu ciału pierwszorzędny szok termiczny. Zrobił się purpurowy na twarzy. Serce biło mu jak szalone. Alkohol jeszcze bardziej rozszerzył naczynia krwionośne. Woreczek żółciowy przestał mu w tej chwili przeszkadzać.

Podsumowanie. Sortowanie wrażeń.

Zamknął oczy. Słyszał głos Jen Gerdsen, jakby siedziała tuż obok i szeptała mu do ucha: „Był w dobrym humorze. Coś się szykuje". Klace, to oczywiste, że chodziło jej o Klace'a.

Co miał na sobie, gdy Ludwig go zobaczył w salonie w budynku głównym? Szlafrok. O dziesiątej wieczorem. Bonżurka?

Zanurzył się głębiej i schował głowę pod wodę. Kiedy wydobył ją na powierzchnię, przetarł dłońmi twarz i odgarnął włosy do tyłu. Nie otwierając oczu, dopił resztkę piwa z puszki i przeniósł się ponownie do dusznej ładowni furgonetki.

Lars: „Wiesz, jak oni się zachowują. Szczególnie członkowie klanu".

Ludwig otworzył oczy. Zgniótł w dłoniach pierwszą puszkę po piwie i rzucił ją do kosza stojącego kawałek dalej na ceramicznej podłodze.

Jeśli nadciągał Ku Klux Klan, to kto n i e był zaproszony na „zjazd"?

Na przykład Ludwig. Jeszcze nie.

Takiej informacji nie zdobyłby ani za pomocą satelity, ani drona. Monitoring z powietrza jest świetny, jeśli się wie, na co patrzeć. Ruchy oddziałów, przemieszczanie się pojazdów, zmiany dotyczące ilości, kierunku i składu. Ale ptaki z plastiku i stali nie miały węchu. Nie miały zdolności rozeznania ani… czucia. O nie, Ludwigowi udało się coś, czego nie dokonałaby żadna maszyna: zobaczyć Melvina Hestera Klace'a w domowych pieleszach w zwyczajny czwartkowy wieczór.

Spojrzał ukosem na pierś. Musi oderwać taśmę, nie było wyjścia. Wyszedł z wanny, wytarł się, podszedł do szafy i znalazł pakiet pierwszej pomocy. Przygotowując kompres, zastanawiał się nad stopniem zabrudzenia ostrza. Oczywiście nigdy nie mył tego noża, ponieważ nigdy nie użył go przeciwko człowiekowi. Ale teraz wypróbował go na sobie, jakby uciszając jego żądzę krwi.

Tym razem odwrotna procedura: lewą ręką ściskał ranę, a prawą pociągnął tak szybko, jak mógł, żeby oderwać lepiącą się taśmę. Teraz krzyczał z bólu na cały głos. Ręką trzymającą taśmę uderzył kilka razy w umywalkę, głośno przy tym jęcząc. Potem usiadł na sedesie, polał wacik dużą ilością płynu dezynfekującego i zaczął oczyszczać ciemny, pokryty bąbelkami krwi otwór. Poczuł, jakby ktoś odessał mu całe powietrze z płuc. Był w stanie wydać z siebie tylko długi, syczący pisk. Ręce mu drżały, jakby dopiero co podniósł fortepian.

Dłuższą chwilę przyglądał się listkowi z tabletkami nasennymi, zanim zdecydował, że weźmie tylko dwie. Wyjął z lodówki jeszcze dwa piwa. Później wolno, wolniutko wszedł do wanny, w takiej pozycji, żeby nie zamoczyć kompresu.

W hotelu nigdy nie było cicho, nawet w nocy.

Otaczały go trzy warstwy hałasu o niewielkiej intensywności. Po pierwsze, gwizd klimatyzacji. Po drugie, świerszcze na zewnątrz, te zwykłe i jakieś inne, nieznany, zmutowany rodzaj, które wydawały z siebie trzy krótkie syczące chrząknięcia, jak Jason w filmach z serii *Piątek trzynastego*. A po trzecie, szum samochodów z nigdy niezasypiających autostrad biegnących dookoła. Wiły się i były rozedrgane jak ogromne, tłuste węże.

Od czasu do czasu okolicę wypełniało wycie syren policyjnych, by po chwili ucichnąć. W równych odstępach czasu nocne powietrze przeszywał daleki gwizd pociągu, przypominając dawno minione czasy, jak gdyby widmo któregoś z brytyjskich monarchów przelatywało ponad utraconymi ziemiami imperium.

Prawdziwą ciszę, wieczną i przytłaczającą, można znaleźć wyłącznie wysoko w mrocznych, zimnych górach leżących wokół. Czuć było ich ciężar i powagę, z jaką strzegły wszystkiego. Obserwowały. Czekały na stosowną chwilę. Wyczekiwały.

OPUS 14 MINUS 12 DNI

NOWI PRZYJACIELE

hotel extended stay
plains township, pensylwania/usa
pt 26 października 2012 roku
[09:00/est]

Cały poranek zszedł Ludwigowi na sprzątaniu pokoju. Niedługo spróbuje dołączyć do wilków Klace'a, więc jeśli ktoś chciałby powęszyć w jego przeszłości, na pewno przeszuka też ten pokój. Najwięcej czasu zajęło mu przejrzenie historii w wyszukiwarce w komputerze i staranne usunięcie tylko tego, co rzeczywiście mogło go zdradzić. W połowie tego zajęcia, po wypiciu dużego kubka czarnej kawy, uświadomił sobie, że takie ruchy na dysku i tak da się odtworzyć, poszedł więc do recepcji i zażądał nowego komputera pod pretekstem, że ten za bardzo hałasował w nocy. Wszystkie materiały, które dostał wcześniej, spalił na palenisku w kąciku grillowym na tyłach hotelu. Niedziałający telefon komórkowy schował do papierowej torby i wyrzucił do kosza.

Gdy wrócił do pokoju, zobaczył Harrimana na ekranie telewizora, więc zrobił głośniej.

– To tragiczne nieporozumienie zostanie wkrótce wyjaśnione – powiedział kandydat stojący na schodach jakiegoś urzędu.

– Ma pan na myśli Chrisa Warsinsky'ego, panie ambasadorze? – zawołał dziennikarz znajdujący się poza kadrem. – Chyba już czas na jakieś wyjaśnienia, prawda?

– W swoim czasie, w swoim czasie – powiedział Harriman. Uśmiechał się triumfalnie, machając ręką. – Do tego momentu będę niezmordowanie pełnił służbę na rzecz wszystkich mieszkańców naszego pięknego stanu i koncentrował całą uwagę na poprawianiu życia udręczonej klasie średniej.

„Przechodzimy do sportu". Ludwig poszedł do łazienki, żeby oczyścić ranę i zmienić opatrunek. Następne pół godziny spędził, susząc kurtkę i buty suszarką do włosów.

O wpół do jedenastej ostatni raz rzucił okiem na cały pokój i uznał, że jest w porządku. Zastosował jeszcze jeden możliwy środek zabezpieczający: nie przygotował żadnych pułapek, które mogły ujawnić, że ktoś go odwiedził (włos pomiędzy framugą a skrzydłem drzwi albo na zamknięciu szuflady, ptasie piórko na środku podłogi). Tego typu zasadzki niosły ze sobą ryzyko – mogło się okazać, że niepożądani goście je znali i odebraliby je jako sygnał, że mieszkaniec tego miejsca ma coś do ukrycia. Paranoja pomagała tylko wtedy, gdy było się większym paranoikiem niż przeciwnik.

Co nie znaczy, że Ludwiga to nie interesowało. Ale już nigdy się nie dowie, czy ktoś przeszukał mu pokój.

Wsiadł do jeepa i pojechał, żeby zgodnie z umową i przypuszczalnie po raz ostatni na dłuższy czas spotkać się z Leyą.

*

Kompleks kasyn o udziwnionej nazwie Mohegan Sun at Pocono Downs znajdował się pięć kilometrów na północ od hotelu Ludwiga. Miejsce wyglądało jak żywcem przeniesione z *Gwiezdnych wojen*: bezkształtna biała baza kosmiczna właśnie rozbiła się przy próbie lądowania i leżała bezwładnie, połyskując w promieniach słońca. Kilkanaście autobusów z turystami stało przy wejściu i wypuszczało pasażerów.

Ludwig wszedł do środka. W pobliżu wyłożonej marmurem recepcji dostał do ręki broszurkę z ofertą poradni leczącej uzależnienie od hazardu. Dwieście dolarów za godzinę terapii. Nieco zaskoczony schował ulotkę do kieszeni i poszedł dalej. Czuł się tak, jakby wchodził do skrzącego się ogromnego ciastka.

Automaty do gry każdego rodzaju stały w rzędach po kilkaset sztuk: od jednorękich bandytów w klasycznym stylu do bardziej nowoczesnych okazów nafaszerowanych brutalnymi grami komputerowymi. Po prawej stały stoliki do blackjacka i ruletki. Za nimi kolejne pomieszczenie z automatami, tyle że dla palaczy. I tak dalej, i tak w kółko. Jedno wielkie elektroniczne morze mrugających, huczących automatów, niekończące się brzdąkanie, dzwonienie i piszczenie. Wydawało się wręcz nieprawdopodobne, że Melvin Klace, właściciel zapyziałego Casino Countryside Inn, był współwłaścicielem tego luksusowego przybytku szaleństwa.

Spojrzał na zegarek i stwierdził, że zdążył na czas. Tuż przed nim górował bufet w kształcie koła, również wyposażony w automaty do gry, ale Ludwig poszedł dalej. Jedna czwarta maszyn była zajęta.

Długo nie musiał szukać. Leya siedziała na wyścielanym stołku barowym z oparciem i grała na automacie do blackjacka. Miała na sobie biały golf i kurtkę dżinsową, czyli strój kompletnie inny niż ostatnio. Jej czarne proste włosy były rozpuszczone.

Ludwig usiadł przy automacie obok.

Leya spojrzała na niego krótko i wróciła do swojego ekranu i przycisków.

– GT pozdrawia.

– To miło – odpowiedział Ludwig. – Gdzie się ukrywa? Znalazł coś?

– Jest na Islandii. Inne zlecenie.

– A ty kiedy wylądowałaś? – spytał Ludwig.

– Godzinę temu. Rejsowy samolot z przesiadką na LaGuardia. Równie dobrze mogłam przyjechać samochodem. A co u ciebie? Muszę przyznać, że wyglądasz trochę lepiej.

Ludwig wcale nie czuł się jakoś lepiej, ale kiedy widzieli się ostatnio, wyszedł właśnie z tygodniowego chlania. Biorąc pod uwagę formę, w jakiej wtedy był, teraz musiał wyglądać jak z afisza reklamowego.

– Przyzwyczaiłem się do zmiany czasu – mruknął.

– Jakieś konkrety w śledztwie? – spytała Leya.

Ludwig zdjął kurtkę, zawiesił ją na oparciu krzesła i się rozejrzał. Ludzie siedzieli jak zahipnotyzowani, karmiąc automaty kolejnymi banknotami. Wcale nie ciągnęło go do gry. To zbyt higieniczne, za bardzo kontrolowane. Dla niego hazard był rozrywką zabronioną, z której powinno korzystać się nielegalnie. Tutaj wszystko wyglądało, jakby zostało unormowane na siłę, jak targi erotyczne w Hamburgu, na które pojechał kiedyś z musu z Martinem Scheulerem, szefem swojej restauracji (była to jedna z tych chwil, kiedy Ludwig poważnie zwątpił w sens zjednoczenia Niemiec).

– Konkrety… Chyba tak, można tak powiedzieć.

Przedstawił szczegółowo wydarzenia poprzedniego wieczoru. Leya wyjęła z torebki notatnik i wszystko zapisywała. Od czasu do czasu podnosiła wzrok. Najpierw przerażona, a później coraz bardziej zaciekawiona.

– No co tak patrzysz? – spytał, gdy skończył.

– Podświadome pragnienie śmierci czy jak?

– Nie, oczywiście, że nie.

Próbował się zorientować, czy była oburzona, ale raczej nie.

– Po prostu jeden krok skutkował kolejnym – powiedział niepewnie.

– A nazwisko tego rodzeństwa…

– Gerdsen. Lars i Jen. Mają strzelnicę w White Haven i są…

Leya kreśliła coś w swoich notatkach.

– Mówiłeś, że przyjadą setki ludzi?

– Tak. Podobno trzysta pięćdziesiąt osób. Mówili o klanie, ale brzmiało to raczej tak, jakby miało tam być kilka różnych grup. Ludzie Klace'a zwożą kolejne partie amunicji i prowiantu.

– Ku Klux Klan nie jest tutaj mocno widoczny – stwierdziła Leya. Włożyła banknot do automatu, który natychmiast ożył i zaczął migać światełkami. – Są za to silni w rodzinnych stronach Klace'a, w Zachodniej Wirginii.

Rozpoczęła nową grę.

– Zaprosili mnie na strzelnicę – powiedział Ludwig – i zamierzam tam pojechać dziś po południu.

Kilku mężczyzn przeszło za ich plecami. Jeśli nadwaga była problemem klasy niższej, to amerykańska klasa niższa miała niezwykle dużo pieniędzy. Ludwig nigdy nie widział tylu stretchowych dżinsów. Co najmniej połowa gości była powyżej sześćdziesiątki, ale nie byli to opaleni na plaży emeryci z Florydy, tylko ich rówieśnicy dowiezieni autobusami z innych stanów.

– Nadal nie do końca rozumiem, jakiej tożsamości chcesz używać – spytała Leya.

– Autentycznej – stwierdził Ludwig. – Jestem właścicielem

knajpy w Berlinie, straciłem chęć do życia, jeżdżę to tu, to tam w poszukiwaniu sensu. Myślę, czy nie przeprowadzić się do Stanów i nie zacząć wszystkiego od nowa.

Leya dość długo analizowała jego słowa. Wreszcie powiedziała:

– Próbowałam zdobyć więcej informacji o Klasie, ale nie znalazłam żadnego śladu planów takiej imprezy na jego terenie.

– Czyli oficjalnym organizatorem jest ktoś podstawiony. A on jest szanowanym biznesmenem i tak dalej. Rodzeństwo Gerdsenów wspominało o jakichś zaufanych osobach. – Wytarł sobie usta. – O Sarah i... Gregu.

Leya otworzyła notatnik i zapisała imiona.

– Na dziedzińcu widziałem jakiś cholerny krzyż gigant – powiedział Ludwig. – Nie rozumiem, co to szemrane towarzystwo ma wspólnego z chrześcijaństwem. Tam, skąd pochodzę, tacy ludzie to poganie albo ateiści. Albo sataniści, jak już im całkiem odbije.

– To chrześcijanie – powiedziała z rezygnacją Leya.

– Okej. Aha, jeszcze jedna spawa, moja komórka padła. Muszę natychmiast kupić nową.

Podała mu kopertę.

– Powinno wystarczyć.

– Super – mruknął Ludwig, chowając wąską, długą kopertę. – Ale kiedy widziałem Klace'a w kościele... to słuchał kazania bez jakiegoś przesadnego zaangażowania.

– To inny rodzaj chrześcijan. – Leya walnęła w automat. – Szlag by to, przegrywam!

Ludwig uniósł brwi.

– Co to znaczy?

– Większość skrajnie prawicowych grup w tym kraju należy do ruchów tożsamościowych. Mają własną interpretację Biblii. Bardziej... białą.

– Rozumiem – potwierdził Ludwig.

Leya zachichotała.

– Nie wydaje mi się. Ale wszystkiego się dowiesz, gdy zaczniesz się z nimi zadawać. Słuchaj, tak sobie myślę: istnieje pewne ryzyko związane z tą grupą, którą infiltrowałeś w latach osiemdziesiątych, nie uważasz?

– Co masz na myśli?

– Może mieli kontakty z bratnimi duszami na Zachodzie?

– Skrajni prawicowcy w NRD nie byli zbyt ekstrawersyjni – skomentował sucho Ludwig. – Nie mieli śmiałości komunikować się z podobnymi sobie na terenie kraju, a co dopiero z ludźmi z zagranicy. Poza tym, mówiłem chyba, że wszyscy oni nie żyją.

– A ich rodziny?

Ludwig zastanawiał się przez chwilę.

– Nie. Większość nie żyła w stałych związkach, a ich krewni nigdy mnie nie widzieli.

– Jak umarli?

– Oprócz tej kobiety, o której wspominałem, wszyscy zostali zastrzeleni podczas zatrzymania.

– Stawiali opór?

– Oczywiście – odpowiedział Ludwig. – Stawiali opór samą swoją egzystencją.

– Rozumiem. Czego od nas potrzebujesz?

– Masz doświadczenie w prowadzeniu takich operacji? – skontrował Ludwig.

– Raczej nie. Tylko teoretycznie, czytałam wiele raportów.

– Świetnie.

– Mam stały kontakt z GT.

– Prawdziwym geniuszem taktyki i strategii.

Leya przekrzywiła głowę.

– Jeszcze nie do końca wiem, co o nim myśleć.

– Ja też nie. – Zastanawiał się intensywnie. – Mój przyjazd tutaj, bilet na samolot i wypożyczenie samochodu, to musi wyglądać, jakbym to ja, a nie EXPLCO, płacił za wszystko. Trzeba przeciąć wszystkie więzy. I żadnych przelewów na moje konta. Zapłatę załatwimy, jak będzie po wszystkim. Da się tak zrobić?

– Wydaje mi się, że tak.

Ludwig nie miał pojęcia, czy prywatna firma miała jakiekolwiek możliwości wpłynięcia na linie lotnicze czy wypożyczalnie samochodów, ale musiał jej uwierzyć na słowo.

– A jaki będzie przyszły… jak nazywał to GT… aha… protokół komunikacyjny? – spytała Leya. – Domyślam się, że żadne spotkania już nie wchodzą w grę.

– Postaram się mieć gdzieś schowany ekstra telefon.

– To chyba zbyt niebezpieczne.

– Zależy, gdzie go ukryję. Dobrze, że Klace ma takie wielkie areały. Gdyby mieszkał w mieszkaniu albo w dzielnicy willowej, byłoby trudniej.

Leya kiwnęła głową.

– Wyślę ci SMS-em nowy numer – kontynuował Ludwig – jak już będę miał aparat i kartę. Mam starą kartę SIM, ale nikt nie może się ze mną przez nią kontaktować, pod żadnym pozorem. Okej? I absolutnie żadnych e-maili.

Skinęła głową.

Ruszyli do wyjścia, ona pierwsza, Ludwig kilka kroków za nią. Dla obserwatora z boku musiało to wyglądać na udany podryw. Ludwig odprowadził ją do toyoty, która stała kilkaset metrów od jego jeepa.

– Zamierzam teraz, za dnia, pooglądać sobie ziemie Klace'a – powiedział, gdy byli już przy samochodzie.

Leya usiadła za kierownicą, zostawiając otwarte drzwi.

Ludwig mówił dalej:

– Później zacznę się zaprzyjaźniać z Larsem Gerdsenem.

– Dobrze. Wynajmę pokój w Ramada Inn w Wilkes-Barre i będę czekała.

– Sama?

– Będzie jeszcze kilku kolegów z firmy. Proszę. – Otworzyła schowek w desce rozdzielczej i wyjęła białą papierową torbę. – Broń, o którą prosiłeś. Prawdziwy okaz muzealny, kosztował fortunę.

– Najlepsza broń, jaką kiedykolwiek zbudowano – skomentował Ludwig, wsuwając paczkę pod ramię.

Leya podała mu też małą kartkę.

– To numer bezpośredni do mojego kontaktu w FBI. Naucz się go na pamięć.

– GT nienawidzi FBI. – Popatrzył na kartkę, powtórzył numer w pamięci i oddał ją.

– Wszyscy z CIA nienawidzą FBI – mruknęła Leya. – W naszej obecnej sytuacji ma to zerowe przełożenie. W chwili zagrożenia wojną dobrze mieć kawalerię po swojej stronie. Za granicą to inna sprawa, ale tu, na własnym terenie, decydujący głos ma FBI.

– No dobrze, w takim razie już sobie idę.

Leya rzuciła mu poważne spojrzenie.

– Zdajesz sobie sprawę, w co się pakujesz?

– Nie – odpowiedział Ludwig, odwracając się od niej. – Ale przeciwnik też tego nie wie.

*

Godzinę później w centrum handlowym Wyoming Valley Mall kupił dwa nowe telefony i jedną kartę prepaid. Zanim opuścił to miejsce, usiadł na fotelu pośrodku galerii, włożył starą kartę SIM do nowego iPhone'a, podłączył się do sieci przez WiFi i skonfigurował aparat. Przejrzał wszystkie listy połączeń, wiadomości i e-maile i powyrzucał wszystko, co pod najmniejszym choćby względem mogło wydawać się podejrzane – nie było tego wcale tak dużo.

Drugi telefon, wytrzymałą i odporną starą nokię z długo trzymającą baterią, podłączył od razu do ładowania w jakiejś kawiarni. Kiedy zainstalował kartę, wysłał do Lei SMS-a:

> To nasz nowy protokół komunikacyjny. Będę sprawdzał telefon tak często, jak to możliwe. Jak się uda, to raz na dobę. Przekaż wszystkim zaangażowanym, że pod żadnym pozorem nie wolno im korzystać ze starego numeru. Czekam na potwierdzenie, że dostałaś tę wiadomość.

Kilka minut później przyszła odpowiedź. Teraz trzeba było po prostu poczekać. Siedząc na niewygodnym składanym krześle, czekał, aż bateria się naładuje. Do czytania była tylko gazeta codzienna wydawana w Scranton Times – „Tribune". Kolejny artykuł poświęcony problemom ekonomicznym miasta. Burmistrz prowadził wojnę ze związkami zawodowymi, którym próbował odebrać dodatkowe świadczenia, ostatnio chodziło o dobrowolną składkę emerytalną pracowników ochrony parkingów. Pewna firma taksówkarska z hrabstwa Luzerne była podejrzana o oszustwo ubezpieczeniowe: na złomowisku, na którym pracował kuzyn właściciela taksówek, znaleziono kilka starych samochodów zgłoszonych jako ukradzione. No i należało się przygotować na zbliżający się chłodny front.

Gdy tylko komórka skończyła się ładować, ustawił ją w tryb samolotowy, dzięki czemu przestała wysyłać jakiekolwiek sygnały, za pomocą których można by ją było namierzyć, i wyłączył aparat. Opakowanie i ładowarkę wyrzucił do kosza. W takim stanie bateria powinna wytrzymać wiele miesięcy, a nawet gdyby musiał używać telefonu przez kilka minut każdego dnia, to powinna wystarczyć na wiele tygodni. A jeśli nie zakończy zadania do tego czasu? Będzie miał wtedy dużo poważniejszy problem.

*

Za piętnaście trzecia po południu dojechał do skrętu na drogę prowadzącą do posiadłości Klace'a. Było pochmurno i w każdej chwili mogło zacząć padać. Pierwszy raz obserwował okolicę w świetle dnia. Wszystko było znacznie większe, dużo bardziej przytłaczające. Na wysokich szarych drzewach rosnących na zboczach pozostało jeszcze wiele czerwonych liści, wyglądało to jak plamy krwi na zimnym granicie.

Równolegle do lewego pobocza drogi, od Bear Creek Lake do ogromnej tamy, płynęła rzeka. Tabliczki przybite do drzew informowały, że można polować, a podczas spacerów po okolicy wymagane jest noszenie kamizelki odblaskowej. Ludwig zatrzymał się na miejscu postojowym z widokiem na rzekę, wyjął GPS ze statywu na desce rozdzielczej, podszedł do barierki i wrzucił go do wody. Był to najbezpieczniejszy sposób pozbycia się wszelkich śladów po swoich przejazdach w ostatnich dniach, a jednak o mały włos byłby o tym zapomniał.

Zaklął pod nosem. Podstawowe zasady szpiegów były takie same jak reguły obowiązujące przestępców: nie daj się złapać, nie daj się zdemaskować, zabezpiecz sobie odwrót. Niestety, problemy też wyglądały podobnie: żadne zlecenie nie było takie samo jak poprzednie, więc gdy tylko pojawiały się nieoczekiwane komplikacje, łatwo przeoczyć coś, co powinno być zwykłą formalnością.

Pojechał dalej, znów się zatrzymał, przeszedł na drugą stronę drogi. Gdy dotarł do stosu drewna, za którym poprzedniego wieczoru schował jeepa, zaczął się uważnie rozglądać. W jednym z rogów poręby zobaczył kamienny blok wielkości walizki. Właśnie tam, po drugiej stronie głazu, zakopał nokię owiniętą w foliową torebkę. Postanowił pójść okrężną drogą w stronę jeziora. W połowie drogi minął biegnącą z północy na południe szutrówkę, której nie było na mapie. Sto metrów dalej wyszedł na polanę porośniętą młodymi pędami. Dało się jednak zauważyć wyraźne szerokie ślady opon prowadzące na środek, gdzie znajdowała się metalowa pokrywa o powierzchni wielu metrów kwadratowych. Można się było domyślać, że pod spodem znajdował się jakiś obiekt budowlany, bo pokrywę wyposażono w zawiasy.

Ludwig chciał pójść w tamtą stronę, ale w ostatnim momencie się powstrzymał: na jednym z drzew zobaczył kamerę wycelowaną w polanę. Albo chodziła na baterie, albo za drzewem znajdowały się przewody. Do czego w takim razie były podłączone na tym pustkowiu?

Podłączone do internetu kamery na baterie były niebezpieczne – łatwo je było przeoczyć, bo mogły wisieć praktycznie wszędzie. Czy któraś z nich uchwyciła go wczoraj? Z drugiej strony kamery bezprzewodowe były uciążliwe. Jeśli znajdowały się cały czas na chodzie, należało raz na dobę wymieniać w nich baterie.

Wyglądało na to, że to, co kryło się pod pokrywą, było warte dozoru. Ludwig zapamiętał położenie tego miejsca i obszedł je szerokim łukiem.

Szedł dalej, nerwowo przyglądając się drzewom i szukając na nich elektronicznych oczu.

Domek myśliwski był z drewna sosnowego w siwym odcieniu. Z dwóch kominów wydobywał się dym, ale nie dostrzegł żadnego samochodu. Panowała cisza.

Ludwig zbliżył się ostrożnie do wiekowego domu i ukucnął na jego tyłach, mając las za plecami. W ziemi widać było pękaty zawór. Można się było do niego bez problemu dostać. Delikatnie zdjął kratkę ochronną, włożył tam pistolet i dodatkowy magazynek i założył kratkę z powrotem.

Co za ironia. *Jeśli coś pójdzie nie tak, gdy będę u Klace'a, wystarczy, że szybciutko przebiegnę te trzy kilometry do domku i już będę miał w ręce pistolet do obrony.*

Do poręby, na której schował telefon, wracał tą samą drogą. Zanim przeszedł na skos ostatni kawałek lasu, kierując się w stronę głównej drogi, zatrzymał się na chwilę, żeby pooddychać ciszą, nasycić się zapachem żołędzi, pomalutku butwiejących w gęstwinie mchu opadłych liści, mokrych kawałków kory, krzewinek borówki i grzybów, których kryjówki znajdowały tylko jelenie. Ciemny, ale w najwyższym stopniu żyjący raj.

Dla innych. Dla cywilów.

*

Siedząc znowu w jeepie, odchylił oblamowanie bluzy, żeby sprawdzić, czy rana się nie otworzyła. Opatrunek wydawał się suchy. Był gotów na odwiedziny na strzelnicy Gerdsenów, położonej około pięciu kilometrów dalej na południe.

Zerwał się wiatr. Kiedy wjeżdżał do White Haven, pędzące po niebie chmury lunęły deszczem. Parking przy kościele, w którym występowała Gwen Heart, był opustoszały; po drugiej stronie, przed Mona's Liquer, stały dwa pick-upy i kamper. Ludwig zaczynał rozumieć, że w tej części kraju alkohol i grzech były przypisane do środowiska wiejskiego, a nie miejskiego. Mieszczuchy wydawały pieniądze na luksusowe zakupy i studia dla dzieci. Wieśniacy woleli polowania, alkohol i prostytucję.

Rzucił okiem na wizytówkę, którą dostał od Gerdsena w barze sportowym w Darkwoods Inn. 47 South River Road. Według mapy w telefonie jakieś pięćset metrów dalej, po drugiej stronie torów kolejowych.

White Haven było w dalszym ciągu kompletnie wyludnione, jak małe miejscowości w jego dawnej ojczyźnie. Zaraz za przejazdem kolejowym znajdowała się stacja benzynowa, obok której piętrzyła się góra worków z węglem, sprzedawanych przed zimą. Przeźroczysty dach z falistego plastiku chronił je od deszczu. Na parkingu dla klientów stały dwie ciężarówki z naczepami, ale w sklepiku stacji nie było widać ludzi, wyglądało na to, że jest raczej zamknięty.

Jeszcze sto metrów i dojechał do strzelnicy rodzeństwa Gerdsenów. Serce waliło mu jak młotem.

Strzelnicę urządzono w wydłużonym parterowym budynku z pomalowanej na żółto cegły, krótszym bokiem zwróconym w stronę drogi. Stała tam zielona furgonetka. Od razu ją poznał. Nad wejściem znajdującym się na długiej ścianie budynku umieszczono łukowaty szyld z czarnymi literami na białym tle:

GERDSEN SCHOOL OF SURVIVAL

Cała masa cholernych kamer monitoringu: wysoko na ścianach, ale również na niektórych słupach po drugiej stronie parkingu. Ludwig czuł, że przygotował się najlepiej, jak to możliwe. Ale żarty się skończyły. Teraz gra będzie się toczyć na poważnie i może kosztować go życie. Przyjechał tu na własne życzenie. To coś zupełnie innego niż na pozór przypadkowe spotkanie w Darkwoods Inn. Od tej chwili zaczną się nim interesować na serio. Sprawdzać go.

To żyjący w izolacji, pełni nienawiści ludzie, powtarzał sobie, zatrzaskując drzwi samochodu i idąc przez parking. *Chcą, żebym stał się jednym z nich. Chcą podzielić się tą nienawiścią z innymi.*

gerdsen school of survival
white haven, pensylwania/usa
pt 26 października 2012 roku
[15:45/est]

Kiedy drzwi się zamykały, za wchodzącym Ludwigiem rozległ się dzwonek. Poczuł woń świeżo pieczonego ciasta. Ściany w środku wyglądały tak samo jak na zewnątrz – tania cegła pomalowana grubą warstwą farby w kolorze kości słoniowej. Posadzka z dużych kwadratowych płyt z surowego betonu. Przy ścianie wychodzącej na drogę stała bateria automatów z napojami i słodyczami oraz zamrażarki po brzegi wypełnione lodami. Kawałek dalej ustawiono ławę i cztery niewielkie fotele, jak w biurze podróży.

Z drugiej strony, na lewo od wejścia, obok zamkniętych drzwi umieszczono ladę, na której stała kasa i kilka stojaków z zalaminowanymi ogłoszeniami: „Pielęgnacja broni dla początkujących", „Broń palna w Pensylwanii – kurs z zakresu prawa", „Tylko spróbuj – pakiet dla par", „Właściwy rodzaj amunicji – twoja pierwsza i ostatnia linia obrony". Do tego cena za godzinę, za zużycie amunicji, za grupę.

Pomieszczenie zajmowało co najwyżej jedną czwartą budynku. Pozostała część znajdowała się za drzwiami, które w tym momencie się otworzyły.

Lars Gerdsen, ubrany dzisiaj w czarne dżinsy i zielono-żółtą flanelową koszulę w kratkę, z podwiniętymi rękawami, otworzył szeroko oczy, gdy zobaczył Ludwiga.

– Niemiec! – Ruszył do niego z wyciągniętą na powitanie ręką.

– Ludwig Licht!

– Witaj, Ludwigu! Chyba nie miałeś problemu, żeby tu trafić, co?

– Oczywiście, że nie.

Zapadła kłopotliwa cisza. *Wszystko w porządku*, pomyślał Ludwig. Nawet gdyby wydawał się zakłopotany, byłoby to normalne. Zawsze tak jest, gdy dwóch dorosłych mężczyzn musi przełamać lody.

– O kurde – powiedział Lars. Podszedł do lady i zaczął niezdarnie poprawiać tabliczki informacyjne.

– Co za zapach – skomentował Ludwig.

– Co? Ano tak, od samego rana piekę placki z jabłkami, jeden za drugim. Jesteś głodny?

– Mogę coś przetrącić. Jeśli to nie kłopot.

Po obu stronach korytarza, którym przechodzili, były drzwi; wnioskując po zamkach szyfrowych i tabliczkach, musiały być za nimi magazyny broni. Doszli do poczekalni wyposażonej mieszaniną plastikowych mebli ogrodowych, starych łososiowych skórzanych kanap i dwoma prawdziwymi czerwonymi dywanami. Ściana działowa wykonana była z hartowanego szkła.

Na środku podłogi stała wieża z ustawionych jedna na drugiej niskich plastikowych skrzynek. Lars wziął dwa tekturowe talerzyki, plastikowe sztućce i dzbanek sosu waniliowego z szafki, obok której stała niska lodówka. Wyjął z niej dwa piwa Sam Adams Pumpkin Ale, które otworzył zapalniczką. Odsunął folię z najwyżej stojącej skrzynki i ukroił dwa kawałki.

– Napiekłeś cholernie dużo tego placka – skomentował Ludwig, usiadł na kanapie i kiwnął głową w kierunku stosu skrzynek.

– No. Dogadałem się z kucharzem w barze Martha's. Przy Main Street.

Na tym zakończył wyjaśnienia.

– Tak czy inaczej, całkiem nieźle – mruknął Ludwig.

Lars usiadł na plastikowym krzesełku i wypił kilka łyków piwa. Wesoła mina zniknęła w ułamku sekundy.

– Co właściwie robisz w Pensylwanii, Ludwigu?

– Zamierzałem w zasadzie pojechać do Connecticut. Mają tam co roku międzynarodowe targi gastronomiczne.

To był fakt – Ludwig to sprawdził.

– Ale? – spytał Lars.

– Ale pojechałem w przeciwną stronę.

140

Lars przypatrywał mu się dłuższą chwilę, jakby czekając na sensowne zakończenie. Ponieważ nie nastąpiło, zapytał:

– Czym się tu zajmujesz?

– Prowadzę restaurację w Berlinie. Przyjechałem tutaj poszukać… inspiracji.

– Coś takiego! – Amerykanin parsknął krótkim nerwowym śmiechem. – Czego poszukać?

Ludwig wypił duszkiem dwie trzecie piwa z butelki i stwierdził:

– Kasyno robi wrażenie. Czy twoi przodkowie nie przyjechali przypadkiem z Danii?

– To możliwe. Ojca chyba nie pasjonowała genealogia.

– Gerdsen kojarzy się z duńskim. Może holenderskim.

– Zawsze mi się wydawało, że raczej z norweskim. Jeszcze jedno piwo?

Ludwig zerknął na zegarek.

– Dlaczego nie?

– Byłeś kiedyś na strzelnicy? – spytał Lars, stawiając nowe butelki na stoliku.

– Wiele razy.

Lars kiwał głową, wpatrując się w stolik, wreszcie podniósł głowę.

– Masz ochotę?

– Oczywiście.

– Ulubiona broń?

Dopiero teraz Ludwig zdecydował, jak to rozegrać. Mógł udawać nowicjusza i pozwolić Larsowi wejść w rolę instruktora albo iść na całość i trzymać się pierwotnego planu: być sobą.

– Jeśli masz na przykład glocka dziewiętnastkę, to poproszę.

Lars się zawahał. On też musiał się zastanowić, jak to rozegrać. Nagle podjął decyzję.

– Idź się przygotować, a ja przyniosę broń – powiedział i poszedł, trzymając w ręce piwo.

Ludwig przeszedł przez otwór po lewej stronie szklanej ściany do pomieszczenia strzelnicy; pięć kabin poprzedzielanych przegrodami z pleksi, pięć tarcz strzelniczych z ustawieniem maksimum dwadzieścia pięć metrów. Ludwig nie musiał przeliczać wymiarów

141

podanych w jardach przy drążkach sterowniczych po prawej stronie stołu. Tarcze strzelnicze miały kształt ludzkiej sylwetki, ale ciekawe było to, że kartki z okręgami i punktami celowniczymi umieszczono dodatkowo na klatce piersiowej i na twarzy. Inną nowością był przycisk z symbolem fali. Kiedy Ludwig na niego nacisnął, tarcza zaczęła kiwać się na boki.

Przy jednej ze ścianek stała miotła, a na szufelce leżało mnóstwo łusek. Nauszniki i okulary ochronne wisiały na haczykach.

W kabinie było sporo miejsca, nawet dla faceta o wymiarach Ludwiga. Założył żółte okulary ochronne i ciemnozielone nauszniki, sprawdził zdalne sterowanie tarczą strzelniczą, porozciągał nadgarstki.

Lars nie przychodził. Może poszedł pogadać z kimś przez telefon? A jeśli nawet: czy to dobry, czy zły znak?

Kiedy usłyszał kroki, poczuł ucisk w żołądku. Czy nie ryzykował zbyt wiele, prosząc go o broń? To idealne miejsce, żeby zlikwidować kogoś bez śladu. Wygłuszone ściany i wszędzie pełno prochu. Odciski palców setek gości.

Ale cóż, chyba nie miał wyjścia. Każde ryzykowne posunięcie umacniało jego wiarygodność i podsycało ciekawość Larsa.

– Co my tutaj mamy? – powiedział Amerykanin. Przyniósł pomalowanego w barwy ochronne glocka 19 z pełnopłaszczowymi kulami 9 mm w pudełku American Eagle i dwa puste magazynki. Ludwig zaczął bez słowa ładować magazynek.

Lars też założył nauszniki i stanął z boku za Ludwigiem, który za pomocą pilota przesunął tarczę na dziesięć metrów. Jedną płynną sekwencją ruchów wykonywanych lewą ręką umieścił w środku magazynek, przeładował, odciągając zamek, i chwycił broń obiema rękami. W tej samej milisekundzie, w której celował – mając oczy otwarte, żeby nie stracić kontroli nad otoczeniem, czego nauczył się w trakcie wielu godzin ćwiczeń podczas szkolenia snajperskiego w czasie służby wojskowej – przeniósł energię na triceps prawego ramienia i palec wskazujący, a następnie oddał dwa strzały, najszybciej jak potrafił.

Poszło gładko. Odrzut po pierwszym podbił broń, dzięki czemu drugi strzał trafił gdzieś między szyją a czołem. Jeśli strzelec potrafił skontrować odrzut i nie dopuścić do odskoku w bok, to trafienie pierwszym pociskiem dawało prawie stuprocentową gwarancję, że drugi zakończy pracę w sposób zadowalający.

Słony, piekący dym prochowy rozproszył się szybciej niż po zgaszeniu zapałki. Nauszniki były wyśmienitej jakości. Często spotykał takie, które mogły neutralizować tylko wysokie tony, a te tutaj potrafiły również nieźle przytłumić basy.

Nie odkładając broni, Ludwig nacisnął przycisk, żeby przysunąć do siebie tarczę. Zatrzymała się pół metra od kabiny. Dziesięć punktów w pierś i dziesięć w głowę. Linia pomiędzy obydwoma punktami była idealnie prosta jak na strzały oddane przez człowieka.

– Nieźle strzelasz jak na właściciela knajpy – skomentował Lars.

– Byłem kiedyś gliniarzem.

Ludwig zobaczył, jakie wrażenie zrobiły te słowa na jego towarzyszu; Lars zmarszczył nie tylko czoło, ale praktycznie całą twarz.

– Bardzo dawno temu – dorzucił Ludwig spokojnie. – Odszedłem w tysiąc dziewięćset dziewięćdziesiątym.

Lars zareagował słabym uśmiechem.

Ludwig odsunął tablicę piętnaście metrów do tyłu, zrobił pół kroku w tył od stołu z amunicją, obniżył broń do 120 stopni i zamknął oczy. Wstrzymał oddech na sekundę, dwie sekundy. Następnie podniósł brodę razem z bronią – otworzył oczy, oddał cztery strzały.

Nadjechała tarcza. Dziesiątka w pierś, siódemka plus dziesiątka w głowę: usta i czoło.

Lars gwizdnął.

– Wygląda na to, że nie straciłeś formy.

Ludwig patrzył na tarczę z przymrużonymi oczami.

– Człowiek stara się, jak może.

– Jakiej broni używałeś na służbie?

Ludwig odłożył pistolet na stół i odwrócił głowę do swojego gospodarza.

– Makarova.

Amerykanin o rudoblond włosach stał z półotwartą buzią.

– Wschodnioniemiecka policja?

Ludwig skierował spojrzenie na tarczę. Odsunął ją na dwadzieścia pięć metrów.

– Służby bezpieczeństwa.

Pozostałe osiem pocisków skierował w sposób kontrolowany, w odstępie jednej sekundy, by uzyskać stabilizację, w pierś tarczy. Kiedy skończył mu się magazynek, nawet nie sprawdził, jak mu poszło, tylko sięgnął po nowy i strzelał dalej. Było przyjemnie; powietrze nabrało zupełnie innej masy, innego ciężaru, jakby stał na dnie oceanu. Nigdy nie wyobrażał sobie, że strzela do człowieka. Zdarzało mu się natomiast, że wyobrażał sobie, że realny człowiek, którego zastrzelił, był z kartonu.

– Ile płacę? – zapytał, gdy skończył.

– Nic, my stawiamy.

– W porządku, ale pod jednym warunkiem: że dacie się zaprosić na zwiedzanie tutejszych pubów – powiedział Ludwig, kładąc przyjaźnie dłoń na ramieniu mężczyzny.

Lars spojrzał na zegarek.

– Może być jutro wieczorem?

– Nie, pomyślałem raczej, że teraz, zaraz. Zrobiliśmy już przecież małą rozgrzewkę.

Przecież tego chcesz, pomyślał Ludwig. Alkohol był zawsze najszybszą metodą zbratania się, autostradą do męskiej przyjaźni.

– Dobra, co mi tam. – Gerdsen wyciągnął komórkę z kieszeni na piersi. – Tylko zadzwonię i pogadam z siorą, okej? Poczekaj tutaj – powiedział, wskazując palcem na kanapy.

Ludwig nie był przekonany, czy tamten rzeczywiście dzwonił do siostry, czy raczej do Melvina Klace'a. A może do obojga?

Z jednej strony poczuł ulgę, że sprawy znalazły się poza jego kontrolą. Ale z drugiej wiedział, że znalazł się pomiędzy szczękami imadła, a śruba właśnie zaczęła je dociskać.

*

Przybytek pod nazwą Capone's Bar zajmował parter trzypiętrowego drewnianego szaro-białego budynku na południowym krańcu Main Street. Jego wyposażenie można było opisać jako połączenie wyłożonego zabejcowaną na ciemno sosną domku myśliwskiego z irlandzkim pubem. W męskiej toalecie nie było drzwi; goście załatwiali swoje potrzeby pod okiem barmana, w tym przypadku piętnastoletniej dziewczyny. Bar w kształcie wydłużonej litery U zaczynał się z metr od drzwi wejściowych, a kończył aż pod przeciwległą ścianą z automatami do gry i stołem bilardowym. Dwie trzecie miejsc było wolnych.

Kiedy usiedli przy stoliku w środku lokalu, było piętnaście po piątej. Ludwig przyniósł z baru dzbanek budweisera i dwie wysokie szklanki.

W ciszy, pomijając skrzeczące odgłosy z głośnika, który rozbrzmiewał amerykańsko-irlandzką odmianą punka, opróżnili ten dzbanek, donieśli drugi i dwa shoty z jägermeistera.

Ludwig nie miał problemu z tym, żeby w milczeniu skupić się na spożywaniu alkoholu. Lars nie wytrzymał i odezwał się pierwszy.

– Fajnie, że mogę ci pokazać miasto – powiedział ponuro.

Ludwig się rozejrzał.

– Podoba mi się tu. Wszędzie lepiej niż w domu.

– Jakieś problemy?

– Ech, już mi się znudziło. Zastanawiam się, czy nie sprzedać knajpy i nie zacząć od nowa zupełnie gdzie indziej. Cholera, jestem już chyba zdesperowany, w niedzielę pognało mnie nawet do kościoła.

– Nieprzyzwyczajony?

– No jasne. Wychowałem się w totalnie ateistycznym kraju.

– Ja też przeżywałem okres niesamowitej pustki. Dopóki nie zostałem zbawiony.

Ludwig spojrzał na niego ze szczerym zaciekawieniem.

– A też – kontynuował z zapałem Lars – wyrastałem w bezbożnym społeczeństwie. Tak to wygląda. Okradziono nas z naszego dziedzictwa.

– Jakiego dziedzictwa?

Lars zagryzł wargi.

– Pogadamy o tym innym razem. Jak myślisz, co cię tak dręczy?

– Cholera wie – stwierdził Ludwig. – Że nie ma ze mnie żadnego p o ż y t k u. Przepraszam, stary, nie będę cię zanudzał swoimi smutami. Światowej sławy niemieckimi smętami.

– Nie, nie, przeciwnie! To bardzo ciekawe.

Barmanka zmieniła muzykę.

– Motörhead, jasny szlag – skomentował Ludwig, pokazując głową głośnik.

– *Killed by Death*. Wypijmy za to! Oto i ona – powiedział Lars i machnął ręką siostrze, która poszła prosto do baru i zmierzwiła barmance włosy.

– Cześć – powiedziała, wyciągając rękę na powitanie, a potem usiadła, stawiając na stole pustą szklankę. – Słyszałam, że sponiewierałeś mojego brata na strzelnicy i pobiłeś wszystkie jego rekordy. Jeśli to prawda, to jesteś mi winien drinka.

– Może być – stwierdził Ludwig i napełnił jej szklankę.

Pochyliła się, oparła łokieć o stół i położyła brodę na dłoni. Ludwig nie spuścił wzroku.

Miała takie same zielone oczy jak jej brat; ale nie miała piegów ani rudych włosów. W jej spojrzeniu nie było ciekawości. Chciała tylko pokazać, że jest silniejsza od brata i nie tak łatwo jej zaimponować.

– Pierwszy raz piję z gliniarzem – powiedziała po chwili milczenia. – Jakaś kawa od czasu do czasu się zdarzała, ale nigdy dobrowolnie. – Odwróciła głowę i spojrzała na stół bilardowy. – O Boże, przecież to Bob Harley.

Lars też się obejrzał, ale bez komentarza.

– Kiedy wypuścili tego skurczybyka? – mruknęła Jen i łyknęła piwa. – Myślałam, że dostał co najmniej piętnaście lat.

– Dzwoniłem i uprzedziłem, że dzisiaj nie będzie dostawy – powiedział Lars.

– Tak, wiem. Myślisz, że twój niemiecki kumpel postawi mi też coś takiego? – Wskazała brodą opróżnione kieliszki. – Czy to bezczelność z mojej strony?

Ludwig się uśmiechnął i poszedł do baru. Chwilę pomarudził przy zamawianiu, dając rodzeństwu czas na pogadanie.

Jen powąchała kieliszek, który przed nią postawił.

– Tylko mi nie mów, że to ten cholerny syrop na kaszel.

– Uwierz mi, dobrze ci zrobi – odparł Ludwig.

– Wierzę. – Wypiła do dna, walnęła kieliszkiem o stół i zrobiła przepisowy grymas. – O kurna. Prawdziwie żydowskie szczyny. Przynieś jeszcze jednego, skoro idziesz po nowy dzbanek.

Ludwig złapał kontakt wzrokowy z barmanką, pokazał jej pusty dzbanek i opróżnione kieliszki.

Dopiero teraz Jen zdjęła granatową kurtkę i powiesiła ją na oparciu krzesła. Pod spodem miała czarną koszulę dżinsową z obciętymi rękawami. Trochę piegów na smukłych mięśniach. Ludwig odwrócił wzrok. Nigdy nie pociągały go kobiety ze skrajnie prawicowych grup, więc teraz też nie powinien robić wyjątku.

Piwo i wódkę przyniósł im pięćdziesięcioletni mężczyzna, który pojawił się do pomocy, gdy do baru przyszło więcej ludzi.

– Jeśli chcesz, żeby dopisywać kolejne zamówienia do rachunku, to proszę, żebyś zostawił w barze kartę – powiedział niski kelner.

Ludwig wyciągnął z portfela banknot studolarowy.

– Mam inny pomysł, weź to i daj znać, gdy trzeba będzie coś dorzucić, dobra?

Mężczyzna wziął banknot bez słowa i odszedł.

– Ale macie też firmę przewozową, tak? – spytał Ludwig Larsa.

– Nie, nie mamy. Wozimy towary dobrowolnie. Dla naszego zgromadzenia.

– Aha.

– Jesteś wierzący, Ludwigu? – spytała Jen.

Ludwig wzruszył ramionami. Cały czas go sprawdzali. Gdy Jen zadawała pytanie, Lars obserwował jego reakcje.

– Nie umiałem znaleźć właściwej drogi.

– Ludwig pochodzi ze wschodnich Niemiec – wyjaśnił Lars.

Siostra kiwnęła głową.

– Aha. Komunista?

– Niestety nie – odpowiedział Ludwig z krzywym uśmiechem.
– Chyba wolałbym mieć za czym tęsknić.

Jen odwzajemniła uśmiech. Później przestała się uśmiechać i podniosła szklankę z piwem.

– Wypijmy za stare czasy.

– Za stare czasy – powtórzyli Ludwig i Lars.

Wypili.

– I za to, co nas czeka – dodała i wypiła kolejny łyk. – Gdzie mieszkasz?

– Extended Stay tam przy...

– Wiem, gdzie to jest. – Podniosła się. – Dobra chłopaki, ja idę na fajkę.

Widać było, że zakaz palenia w miejscach publicznych nie robił większego wrażenia w Capone's Bar w White Haven w Pensylwanii, ale Jen założyła kurtkę i wyszła na dwór. Żeby zadzwonić, przyszło Ludwigowi do głowy. Chcieli przeszukać jego pokój w hotelu, zobaczyć, czy nie znajdą czegoś kompromitującego. Drzwi były dość łatwe do sforsowania; wystarczy karta kredytowa albo cienki, płaski, silny elektromagnes.

Chociaż chyba jeszcze nie teraz? Trudno powiedzieć. Wszystko zależało od stopnia profesjonalizmu i paranoi. Gdyby role były odwrócone, Ludwig na pewno by to zrobił.

Tak czy siak, nic tam nie znajdą. Pokój został przygotowany na wizytę.

– Nie uważasz? – spytał Lars.

– Że co?

– *And Justice for All* czy *Metal Militia*? – Amerykanin wykonał ręką papieski gest w powietrzu.

Muzyka, chodziło o muzykę.

– A, to, bo ja wiem? Nie znam zbyt dobrze kawałków Metalliki. Moja muzyka to Motörhead i Priest.

– Judas Priest? Przecież ich solista to pieprzona ciota.

– Kampania oszczerstw – uśmiechnął się Ludwig.

Lars uśmiechał się jeszcze szerzej.

– Wredna propaganda Syjonistycznego Rządu Okupacyjnego!

– Żebyś wiedział.

Wróciła Jen. Była odprężona i faktycznie czuć od niej było papierosy. Co oczywiście nie wykluczało, że będąc na zewnątrz, z kimś rozmawiała.

– Ale ziąb – powiedziała i usiadła, nie zdejmując kurtki. – Zima przyjdzie, ani się obejrzymy.

– A w górach z zimą nie ma żartów – wyjaśnił Lars.

Ludwig wziął dwa długie łyki.

– No jasne, domyślam się.

– Trzeba więc korzystać z okazji i spędzać jak najwięcej czasu na dworze – dodała Jen. – Tak długo, jak się da. Lubisz polować, Ludwigu?

– Prawdę powiedziawszy, nigdy tego nie robiłem.

– Powinieneś spróbować. Lars twierdzi, że w pistolecie jesteś debeściak. Z ciężką bronią też idzie ci tak dobrze?

– Nie.

Czyżby na jej twarzy pojawił się cień zawodu?

– Lubisz jeździć na biwaki? – spytał pospiesznie Lars.

– Nie mam pojęcia. Tego też nie próbowałem, odkąd wróciłem z wojska.

– Musisz pojechać z nami, jak będzie okazja – stwierdziła siostra. – Wasze zdrowie, chłopaki. Jutro będzie nowy dzień.

Ludwig próbował bezskutecznie odgadnąć jej myśli.

– Aha, a jaką wy tu macie dopuszczalną liczbę promili? – spytał Ludwig.

– Promili czego? – zdziwił się Lars. – Ach to, nie, tym się nie przejmuj. Możesz spać u mnie.

– Na pewno? Bo jakby co, mógłbym poszukać jakiegoś hotelu w pobliżu.

– To i tak musiałbyś najpierw przejść kilka kilometrów – powiedziała Jen.

– Śpisz u mnie, bez gadania. Zamawiamy nową kolejkę.

Nawalili się. Zjedli Buffalo Wings z czymś, co według menu nazywało się Leah's Vinegar BBQ Special Treat. Rozmawiali o skórzanych spodniach. Jen ewakuowała się tuż po dziewiątej, mówiąc:

– Cieszę się, że Lars ma nowy męski wzór do naśladowania.

– Walnęła brata w plecy. – Ludwigu, pilnuj, żeby za bardzo się nie ululał. Do zobaczenia!

Godzinę później w lodowato chłodnym wieczornym powietrzu obaj mężczyźni przeszli dwieście metrów do znajdującego się na końcu ślepej uliczki domu Amerykanina. Padał drobny deszcz ze śniegiem. Kiedy Ludwig układał się do snu na kanapie w salonie, usłyszał dochodzące z piętra plumknięcie telefonu komórkowego Larsa. Jedno zwykłe plumknięcie, nic więcej. Później wszelkie odgłosy ucichły i zapanowała cisza, którą można spotkać tylko w miejscach takich jak to.

Zaczął rozluźniać stawy, jeden po drugim, od stóp w górę, tak jak nauczył się na swojej pierwszej i jedynej sesji terapeutycznej w połowie lat dziewięćdziesiątych, gdy szukał metody na trawiącą go bezsenność. To nie Ludwig zrezygnował z dalszego leczenia, lecz terapeuta. Miękki i lekko zszokowany zachodni berlińczyk w wełnianej kamizelce wydzierganej przez mamusię. Mięczak z obgryzionymi paznokciami, spędzający wolne wieczory w dziale Kultura i Rozrywka domu towarowego KaDeWe.

Powinien zebrać myśli, ale nie bardzo mu to szło. Niech będzie. Jakkolwiek patrzeć, wieczór okazał się udany. I nie tylko z punktu widzenia roboty. Było to chyba najbardziej normalne spotkanie towarzyskie, w jakim uczestniczył od pięciu lat.

Otoczony huczącym, nieprzepuszczalnym mrokiem gór zasnął tak samo jak zwykle: po wyłączeniu wszystkiego z wyjątkiem syczącego, wijącego się gadziego mózgu.

erie street
white haven, pensylwania/usa
sob 27 października 2012 roku
[07:00/est]

Kiedy Lars Gerdsen wstał i zaczął krzątać się po domu, było nadal ciemno. Amerykanin zaparzył sobie kawę, umył zęby, zjadł jakieś śniadanie. Ludwig odwrócił się przodem do oparcia kanapy i udawał, że śpi, aż w końcu rzeczywiście usnął.

Kiedy otworzył oczy i odwrócił się na drugi bok około wpół do dziewiątej, zobaczył na ławie książkę w kolorze pomidora. Z okładki przypominającej nieco styl komiksu patrzyła na niego kobieta z pistoletem w dłoni i mężczyzna z karabinem maszynowym: oboje stali po prawej stronie, a broń mieli skierowaną na lewo. *Dzienniki Turnera* autorstwa Andrew Macdonalda.

Obok kartka z liścikiem od Larsa: „Dzięki za super wieczór! Niestety, muszę już iść, bo obowiązki wzywają. Zaparzyłem kawę w zaparzaczu. A tu zostawiam coś do poczytania, wydaje mi się, że ci się spodoba". Na końcu podał swój numer telefonu.

Ludwig usiadł, przejrzał książkę, która była napisana w pierwszej osobie, i o ile mógł się zorientować, dotyczyła przyszłej wojny ras.

Zawierała drobiazgowe opisy praktycznych działań. Pielęgnacja broni, produkcja bomb, radiokomunikacja w terenie niezamieszkałym. Istny poradnik prowadzenia wojny partyzanckiej.

Co najmniej ćwierć miliona Amerykanów sympatyzowało ze skrajną prawicą. Szacuje się, że jakieś dwadzieścia pięć tysięcy z nich było gotowych chwycić za broń, by walczyć za własne przekonania. Ludwig pomyślał z zaciekawieniem, że jeśli tacy osobnicy mieliby

151

przeczytać w życiu tylko jedną książkę, to byłyby to niewątpliwie *Dzienniki Turnera*.

Uderzyła go jeszcze inna myśl – prawie nie miał kaca. Nie tak jak po swoich tradycyjnych tygodniach chlania. Teraz był tylko trochę ospały i przyćmiony. Tak jak większość ludzi przeżywała całe życie – z umiarem. Mimo wszelkich starań nie udało mu się przypomnieć sobie, kiedy ostatnio miał takiego kaca, który nie stanowił bezpośredniego zagrożenia dla życia.

Rozejrzał się po niewielkim salonie. Obok płaskiego telewizora stał regał z filmami DVD. Nic szczególnego, głównie filmy akcji, które ujrzały światło dzienne, gdy Gerdsen był nastolatkiem. Na honorowym miejscu na półce stała jedyna książka oprawiona w skórę. Na grzbiecie litery: AIT. Ludwig zajrzał do środka.

Tytuł był długi i prozaiczny: *Korespondencyjny kurs biblijny Amerykańskiego Instytutu Teologicznego*. Książka liczyła trzysta stron i podzielono ją na dziewięćdziesiąt pięć krótkich rozdziałów. Ich tytuły były... ciekawe.

BIBLIA NIE JEST PACYFISTYCZNA
JAKI BĘDZIE LOS NASZEJ RASY
PRAWDZIWA TOŻSAMOŚĆ SZATANA

Znalazł fragment podkreślony wielokrotnie: „wierzymy, że białe anglosaskie plemiona germańskie i wszyscy ich potomkowie są w dosłownym tego słowa znaczeniu Dziećmi Bożymi, które stanowią prawdziwy lud Izraela". Prawdziwy lud Izraela. Plemiona germańskie.

Czyli punkt centralny tego, co Leya nazwała ruchami tożsamościowymi: a mianowicie idei, że opisany w Starym Testamencie naród wybrany, plemiona Izraela, w rzeczywistości oznaczał „plemiona aryjskie". Uzasadniało to nie tylko teorię o wyższości białej rasy, ale również, jak na zawołanie, płomienny antysemityzm. No bo jeśli prawdziwym Izraelem były ludy północnej Europy, to znaczy, że Żydzi sfałszowali Pismo Święte i przywłaszczyli sobie miejsce, które należało się plemionom białych.

Z tego wynikało, że Ludwig musiał się zaprzyjaźnić z ludźmi

z organizacji owładniętej tym kompletnym nonsensem, zacietrzewionym bełkotem. Nie będzie łatwo wtopić się w tło. Musiał zmobilizować wszystkie swoje umiejętności.

Ludwig poszedł do kuchni i nalał sobie kubek kawy z pomarańczowego zaparzacza, który sprawiał wrażenie starszego niż jego właściciel. Mleko znalazł w plastikowym baniaku w lodówce.

Był zadowolony z dotychczasowych wyników. Chyba nie istniał szybszy sposób przeniknięcia do kręgów Klace'a. Problem w tym, że to za mało. Wybory miały odbyć się za dziesięć dni, a Ludwig musiał znaleźć dowody. Na domiar złego nie chodziło o dowody winy, wręcz przeciwnie: potwierdzenie, że Harriman nie miał nic wspólnego ze śmiercią Warsinsky'ego. Najlepiej coś, co dowiodłoby, że Gwen Heart zgodziła się na działania Klace'a.

Dlatego mimo zadowolenia z dotychczasowych sukcesów trudno mu było zdobyć się na optymizm. Chociaż z drugiej strony złapał trop czegoś tak wielkiego, że na pewno nie odpuści. Już dawno nie miał przed sobą tak wyraźnego celu. Było mu obojętne, czy mu się uda, czy nie. Pies myśliwski widzi przed sobą tylko zdobycz – następstwami niech się martwią inni.

Ludwig wypił trochę kawy. Była mocna, przesiąknięta smakiem zaparzacza. Przez okno ciemnej, ciasnej kuchni zobaczył sąsiadkę, siedemdziesięcioletnią kobietę, która grabiła liście w swoim miniogródku. Wysypała liście z kosza do beczki i tam je spaliła.

Wyglądało to idyllicznie. Ale Ludwig Licht nigdy już nie da się nabrać wrażeniu, że senne małe miasteczko musi być oazą spokoju i życzliwości. Pod powierzchnią czaiła się tu kipiąca, żrąca nienawiść. Nie było przed nią ucieczki. Tam, gdzie istniały wygłodzone dusze, przybywała nienawiść, żeby je nakarmić.

I nie był to żaden stymulant. Tacy ludzie, jak Lars Gerdsen, wykorzystywali swoją gorycz tak, jak Ludwig alkohol – żeby wpłynąć do spokojnej, bezpiecznej przystani. Do miejsca, gdzie życie biegło wolniej, nabierało wyrazistości. Do punktu, w którym odpowiedzi rozbrzmiewały bardziej prawdziwie.

Poczuł mdłości, wywołało je coś więcej niż kac. Może powinien przed wyjściem przeszukać dom? Tylko co by to dało? Skoro Gerdsen zostawił go tu samego, na pewno nic tu nie ma – a poza tym jeszcze nic nie wskazywało na to, żeby miał coś wspólnego ze śmiercią Warsinsky'ego.

Ludwig założył kurtkę, nagryzmolił swój numer telefonu na kartce zostawionej przez Gerdsena, wsadził czerwoną książkę do kieszeni i wyszedł.

Poranek pachniał dziegciem od spalonych liści, powietrze było zamglone i ciepłe. Stado gęsi przelatywało na południe z głośnym gęganiem. Lars nic nie pisał o kluczu, więc Ludwig zamknął drzwi na klamkę i ruszył przed siebie.

Wydawało się, że większa część White Haven nadal pogrążona jest we śnie. Osiedle domów jednorodzinnych było w fatalnym stanie; zastanawiał się, ilu mieszkańców stać na porządne ogrzewanie, gdy przyszła zima. Wiele domów miało różne elewacje na różnych bokach, jakby właściciele musieli przerwać remont w połowie roboty. Co zresztą mogło być prawdą, biorąc pod uwagę, ile osób zostało w ostatnich latach bez pracy.

Słyszał za sobą nierówny odgłos samochodowego silnika. Kiedy przechodził przez tory kolejowe, poczuł, że coś jest nie tak. Znowu ten odgłos – jadącego za nim bardzo wolno samochodu. Musiał cały czas zwalniać, żeby nie podjechać zbyt blisko. Ludwig mocno się pilnował, żeby się nie odwrócić i nie sprawdzić, kto to.

Szedł równo i bez pośpiechu, a po pięciu minutach doszedł do strzelnicy. Stał przed nią jego jeep, ale furgonetka Gerdsenów zniknęła. Lokal był zamknięty. Ludwig otworzył swój samochód, wsiadł i odjechał. W lusterku wstecznym widział teraz wyraźnie srebrnoszarego saaba. Nie dało się zobaczyć, kto nim jechał.

*

Ludwig jechał na północ z normalną prędkością, minął zjazdy do tamy i do włości Klace'a. Saab towarzyszył mu w dyskretnej odległości. Był pewien, że to ludzie Klace'a, ale zastanawiał się, o co im chodzi.

Rozpatrywał możliwe scenariusze. Co miałby robić przez cały dzień, jeśli nadal będą go śledzić? Jakie zachowanie wzbudzi w nich zaufanie, a jakie uruchomi podejrzenia?

Przy Bear Creek Lake skręcili w lewo, jak on. Pięć minut później, gdy stanął na czerwonym świetle, zmienili pas i ustawili się kilka samochodów za nim.

Świadomość, że za nim jadą, nie sprawiała mu przyjemności, ale z drugiej strony czuł ulgę, że to robią. Podejrzliwość była ich odruchem naturalnym i świadczyła o trwającej dalej weryfikacji. Był pewien, że o to właśnie chodziło – musieli go sprawdzić. Gdyby znaleźli coś kompromitującego i zamierzali go zabić, najwygodniej byłoby im to zrobić w domu Larsa Gerdsena albo na strzelnicy, czyli w miejscach, które znali i mieli pod kontrolą.

Cokolwiek by się działo, powinien robić to, na co przyjdzie mu ochota. Teraz na przykład najbardziej naturalnym zachowaniem będzie powrót do hotelu, żeby wziąć prysznic. Ludzie Klace'a sami nie wiedzieli, czego szukają. Sygnałów ostrzegawczych – to pewne. Ale Ludwig nie zamierzał wysyłać im żadnych sygnałów ostrzegawczych.

Saab śledził go całą drogę aż do zjazdu do hotelu. Dopiero gdy Ludwig czekał na zielone światło przy tabliczce z nazwą hotelu, saab podjechał tak blisko, że zobaczył siedzących w nim ludzi. Jeden miał ogoloną głowę i brodę. Drugą osobą była kobieta – ochroniarka z karabinem G3, którą Ludwig widział podczas swojej wizyty na ranczu Klace'a.

Kiedy światło zmieniło się na zielone, grupa pościgowa pojechała prosto, w stronę kasyna lub Scranton. Ludwig ruszył pod górkę do hotelu. Wysiadł, podszedł do wyjścia awaryjnego, ale nie wszedł do środka. Czekał tak z dziesięć minut, ale nie pojawił się żaden samochód. Tyle musiało wystarczyć. Wszedł po schodach, zamknął drzwi na klucz i łańcuch i poszedł pod prysznic.

Pół godziny później leżał już na kanapie i czytał czerwoną książkę.

Iskry rewolucji w tej dystopii o zdecydowanie ograniczonej wartości literackiej zostały wykrzesane przez „pakiet Cohena", ustawę, która spowodowała, że „gangi czarnuchów" mogły „wałęsać się swobodnie i gwałcić białe kobiety".

I tak dalej. Bohaterowie byli „zmuszeni" wyruszyć na ulice Los Angeles z karabinami i bagnetami, żeby oczyścić miasto z czarnych. Z Żydów. Z Latynosów.

Z homoseksualistów.

Około dwunastej Ludwig poszedł na piechotę przez stromy las w dół do Darkwoods Inn i zjadł tam lunch. Wrócił do pokoju, zrobił sobie dłuższą drzemkę, a potem czytał dalej.

Bohaterowie książki uznali, że dobrze będzie umieścić strategiczny arsenał broni atomowej na Zachodnim Wybrzeżu, żeby sprowokować wojnę atomową z Chinami.

Dzięki temu bohaterskiemu czynowi – niech Bóg okaże łaskę tym, którzy myślą inaczej – biała rasa przetrwała. A było już tak blisko do jej zagłady. Teraz znowu rozkwitnie.

Ludwig odłożył ten szajs. Następny ruch należał do Gerdsena. Ludwig zostawił mu swój numer. Prędzej czy później tamten się odezwie. Jeśli nie, Ludwig będzie musiał wrócić na strzelnicę i ponowić wysiłki. Do tego czasu musiały mu wystarczyć *Dzienniki Turnera*.

*

O szóstej po południu na dworze było już ciemno. Ludwig wstał z kanapy i poszedł do lodówki po piwo. Kiedy wypił pierwszy łyk, usłyszał pukanie do drzwi.

Spojrzał przez wizjer. Zobaczył Jen Gerdsen, była sama. Ludwig przekręcił klucz w zamku, zdjął łańcuch i otworzył.

– Czołem! – powiedziała uśmiechnięta Jen.

Sekundę później gwałtownie otworzyły się drzwi na schody przeciwpożarowe za jej plecami, wybiegli z nich dwaj mężczyźni w kominiarkach i czapkach z daszkiem i wpadli do pokoju. Ludwig zrobił kilka chwiejn   kroków w tył i próbował wyglądać na zszokowanego. Jen zamknęła za sobą drzwi.

– Pomyślałam, żeby zabrać cię na przejażdżkę – powiedziała, rozglądając się po pokoju.

– Kto to? – spytał wolno Ludwig. Wpatrywał się w zamaskowanych mężczyzn, którzy stali z rękami za plecami, jak strażnicy więzienni podczas obchodu. Mieli identyczne kurtki maskujące, identyczne czapki z daszkiem bez żadnych napisów. Broni nie było widać, ale Ludwig mógłby się założyć, że za paskiem na plecach ukrywali pistolety. Albo rewolwery. Ludzie, którzy lubili wzbudzać strach już samym sposobem, w jaki się pojawiali, zazwyczaj nosili rewolwery.

– Przyjaciele. – Usiadła na krześle przy biurku i założyła nogę na nogę. – Zapakuj trochę ciepłych ciuchów. I jedziemy.

To mogło być to, na co Ludwig czekał. To mógł też być koniec. Albo chcieli go zawieźć na spotkanie organizowane przez Klace'a, albo postanowili go wywieźć na odludzie i zastrzelić.

Ludwig patrzył badawczo na Jen. Zdarza się, że ludzie są zdecydowani, bo zawsze im się udaje. Jen Gerdsen nie należała do tej kategorii. Nie, jej upór wynikał stąd, że miała już dosyć niepowodzeń.

Skinął głową.

– Nie rozumiem tylko, dlaczego po prostu nie zadzwoniłaś – powiedział urażony. – Niezależnie od tego, o co chodzi, poradzilibyśmy sobie sami.

– Za kogo ty mnie bierzesz? Nie jestem taka. – Ani żart, ani uśmiech nie podniosły temperatury w pokoju. – Zanim pójdę z tobą na randkę, musisz pogadać z moimi braćmi.

Ludwig wkładał ubrania do papierowej torby.

– To ilu właściwie masz tych braci? – mruknął, rzucając okiem na jej towarzyszy. Wersja czapki z daszkiem na kominiarce należała do jego ulubionych form kamuflażu; człowiek nie rzucał się tak bardzo w oczy z dalszej i średniej odległości.

Jen się podniosła.

– Setki – powiedziała ze śmiertelną powagą. – Gotowy?

– Wydaje mi się, że tak.

– To dobrze. – Odwróciła się do swoich towarzyszy. – Załóżcie mu kaptur. Weź ze sobą portfel, komórkę i paszport.

Jeden z mężczyzn wyciągnął z kieszeni worek z juty. Podszedł do Ludwiga i przekrzywił głowę.

– Chyba nie zamierzasz fikać?

– Na razie nie – powiedział Ludwig.

Mężczyzna roześmiał się skrzecząco.

– Już go polubiłem, Jen.

W jego oddechu czuć było kawę, tytoń do żucia i piwo.

Ludwig wprowadził się w stan wegetatywny, żeby nie stawiać oporu. Worek wylądował mu na głowie.

Zrobiło się ciemno.

Podczas jazdy Ludwig siedział na tylnym siedzeniu, wciśnięty pomiędzy obydwu mężczyzn. Z tego, co mógł się zorientować, prowadziła Jen. Przy każdym skręcie próbował sobie wyobrażać, którędy jechali, ale szybko stracił orientację.

Minęło dwadzieścia minut – Ludwig liczył. Samochód zwolnił i wjechał na szutrówkę.

Pora odegrać atak paniki?

– Dokąd mnie, do cholery, wieziecie? – syknął. – Co jest grane?

– Jesteś straszliwym mieszczuchem, Ludwigu – spokojnie odpowiedziała Jen. – Pomyślałam, że dobrze ci zrobi trochę przyzwoitego amerykańskiego wiejskiego powietrza.

– Przepraszam, jeśli byłem zbyt natarczywy – powiedział Ludwig z rozpaczą w głosie. – Już dawno nie miałem do czynienia z tak fajnymi ludźmi i…

– Nie martw się. Zaraz będziemy na miejscu.

Pojazd zwolnił. Słyszał opuszczanie szyby. Przez worek przebił się silny strumień światła – latarka.

– Okej, możecie jechać – powiedział męski głos. Światło zgasło. Szyba podjechała do góry i samochód ruszył.

Trzy, cztery minuty. Samochód się zatrzymał. Jen zaciągnęła ręczny hamulec i zgasiła silnik.

Drzwi się otworzyły i siedzący obok niego mężczyźni wysiedli. Z daleka dochodziła głośna muzyka. Głosy, śmiech, szczekanie psów, krzyki dzieci. Strzały.

Dłuższą chwilę Ludwig siedział bez ruchu w wyziębiającym się szybko samochodzie. Przez głowę przelatywało mu w tym czasie mnóstwo różnych myśli, ale żadna nie przynosiła rozwiązania.

Usłyszał kroki. Cień na tle cieni. Zdjęto mu worek.

hotel ramada inn
wilkes-barre, pensylwania/usa
sob 27 października 2012 roku
[19:15/est]

Leya Durani nigdy nie lubiła długo spać. Albo lepiej: jej ciało nigdy nie dawało jej pospać dłużej niż kilka cennych godzin w ciągu nocy. W najlepszym razie. Czasami zdarzało jej się nie spać pięć dni z rzędu.

Dlatego odbijała sobie to, kiedy tylko mogła. W dobry dzień udawało jej się zdrzemnąć ze trzy razy po dwadzieścia minut. Ale ten dzień nie był dobry.

Stwierdziła, że nie uda jej się zasnąć, i sprawdziła na komórce, która godzina. Piętnaście po siódmej wieczorem. Wstała z o wiele za dużego łóżka w apartamencie na najwyższym piętrze hotelu, poszła umyć twarz i sprawdziła e-maile w komputerze w salonie.

O wpół do ósmej wyszła na cichy, bezludny korytarz i zapukała do drzwi pokoju obok. Dwie minuty później pojawił się w nich Boyd, jeden z jej podwładnych. Czarnoskóry mężczyzna miał około czterdziestu lat, ale wyglądał na znacznie starszego. Weteran wojenny, ekspert od spraw eksfiltracji z doświadczeniem wyniesionym z wojskowych sił specjalnych. Nieznikające nigdy głębokie bruzdy na twarzy sprawiały wrażenie, jakby cały czas trawił go niepokój, co mogło być prawdą.

– Tak? – spytał uprzejmie.

– Zaczynamy za dziesięć minut. – Leya odwróciła się i poszła z powrotem do apartamentu. – Idź po Hazlita – zawołała przez ramię.

Dziesięć minut później Boyd i Hazlit przyszli do jej saloniku.

Włączyła wiszący na ścianie sześćdziesięciocalowy telewizor, podłączyła do niego komputer i zaświeciła wskaźnikiem na ekranie. Czerwona kropka poruszała się po jego powierzchni.

– Tak wyglądały włości Klace'a dobę temu. Boyd, zadzwoń do Albany i sprawdź, czy gotowe są nowe zdjęcia satelitarne. Hazlit. Hazlit?

Hazlit – biały trzydziestolatek, technik łączności floty morskiej – był dość niemrawy. Może skorzystał z miniaturek w minibarze w swoim pokoju? W końcu to sobota.

– Tak? – odchrząknął.

– Ty dzwonisz po kawę.

Kiwnął głową i podszedł do telefonu stacjonarnego.

Boyd stał kawałek dalej z komórką w ręce i próbował dzwonić na różne numery.

– Dzwoń do skutku – powiedziała Leya, siadając przy komputerze. – Płacimy tej cholernej firmie majątek za zdjęcia, więc muszą nam dostarczać, co mają, migusiem.

Boyd kiwnął głową, nie odrywając wzroku od ekranu telewizora.

Leya odnotowała ze zdziwieniem, że mężczyźni rzeczywiście robili, co im kazała. Kiedy zatrudniała się na okres próbny jako asystentka do spraw zbierania danych, nie spodziewała się, że będzie kierować operacjami. Ale GT nadal nie wrócił z Islandii, gdzie prowadził mediacje w sprawie niezrozumiałego konfliktu pomiędzy jakimś bankiem a spółką armatorską, które były klientami EXPLCO i oskarżały się nawzajem o oszustwo.

Dziesięć minut później pojawił się kelner z kawą i bułeczkami z ciasta francuskiego. Boyd zajadał się właśnie ciastem, gdy ktoś wreszcie odpowiedział po drugiej stronie linii.

– Tak, wiem – mruknął przepraszającym tonem. – Ale to diabelnie pilne. Prześlijcie na e-maila, dobra?

Leya dopiła kawę i pospieszyła do komputera. Wysokiej rozdzielczości zdjęcia przysłano na jej adres e-mailowy w postaci chronionych hasłem linków do serwera FTP. Załadowała jedno po drugim, przeklinając po raz kolejny ślimaczą prędkość hotelowego łącza.

– Musimy uruchomić łącze satelitarne – powiedziała, patrząc z wyrzutem na Hazlita.

– Jutro – odpowiedział. – Obiecuję.

Dopiero po ściągnięciu wszystkich trzech fotografii otworzyła je na dużym ekranie.

– Z tego, co widzę, nie ma zmian. Chociaż nie, jest mniej samochodów.

Wpatrywali się w zdjęcie lotnicze rancza Klace'a i porównywali je z poprzednim.

– Tak – powiedział Hazlit – na podwórku jest tylko jeden samochód zamiast trzech.

Leya przerzuciła na kolejne zdjęcie pokazujące cały wielki teren majątku ziemskiego należącego do Klace'a. Nabrała powietrza. Zrobiła duże powiększenie, ale zdjęcie nie straciło ostrości.

Jedno z pól zmieniło się w parking dla ustawionych w równych rzędach około setki samochodów.

– Niezły najazd gości. A to co? – spytała, podchodząc do ekranu.

– Dom? – stwierdził Boyd.

– Wcześniej nie było tu domów, tylko ta stara stodoła. Nie, raczej namiot.

– W takim razie zjazd już się zaczął – powiedział Hazlit, ocierając okruszki z ust. – Tak jak powiedział twój Niemiec.

– Nie spodziewałam się, że to się zacznie już teraz – odpowiedziała Leya. – Musimy sprawdzić, czy Ludwig tam jest. Jedź do hotelu.

Boyd kiwnął głową.

– Jaki ma samochód?

– Czarny jeep liberty. Tablice z Massachusetts.

– A jeśli samochód jest na miejscu?

Leya zastanawiała się.

– To pójdziesz i zapukasz do drzwi. Pokój dwieście siedemnaście.

– A jeśli nie otworzy? Może mieć towarzystwo.

– Powiesz, że... powiesz, że masz dla niego wiadomość z kasyna.

– Mam wejść do środka?

Zawahała się.

– Tak – powiedziała w końcu. – Jeśli da się to zrobić bez większej sensacji.

Boyd uśmiechnął się chłodno.

Wyszedł. Leya stanęła przy panoramicznym oknie i patrzyła na oszczędnie oświetlone Wilkes-Barre. Przejechały trzy ciężarówki, jedna za drugą.

Pora na pogawędkę. Jeśli czegoś nauczyła się na terapii, to właśnie tego, że im bardziej jej zdaniem rozmowa była pozbawiona sensu, tym bardziej doceniali ją zwykli ludzie.

Odchrząknęła.

– Słyszałeś o aferze benzynowej?

– Nie, nic o niej nie wiem – mruknął Hazlit, spacerując w tę i z powrotem po pokoju i pochłaniając drugą bułeczkę.

Mężczyźni mający problem z agresją – a większość mężczyzn, których Leya spotykała na polu zawodowym, go miała, inaczej nie robiliby tego, co robią – obdarzeni byli nieprawdopodobną przemianą materii. Oczywiście widać było, że Hazlit ćwiczył, ale wydawało jej się mało prawdopodobne, żeby możliwość bezkarnego opychania się śmieciowym jedzeniem wynikała tylko z tego.

– Kilka lat temu w tym miłym mieście – powiedziała – gmina miała specjalny magazyn paliwa, w którym tankowały wszystkie pojazdy urzędowe: policja, straż pożarna, karetki pogotowia, służby ratownicze. Burmistrz zorganizował taki przekręt, że danego dnia o jakiejś godzinie duża pusta ciężarówka stawała na tym terenie w taki sposób, że zasłaniała widok wszystkim kamerom monitoringu. Wtedy kuzyn burmistrza, właściciel firmy transportowej w Hazelton, mógł podjeżdżać i tankować za darmo swoimi samochodami.

– Jezu! I co się stało, gdy odkryli przekręt?

– Zawiesili jeszcze jedną kamerę.

– A burmistrz?

– Za dziesięć dni zostanie wybrany ponownie.

Hazlit roześmiał się i pokręcił głową.

– Cholerna dziura, nie ma co.

– No właśnie – zgodziła się Leya i poszła po dolewkę kawy.

– À propos, widziałaś prognozę pogody? Wydaje się, że warunki do nocowania pod namiotem niedługo się skończą.

– Tak, widziałam. – Leya stanęła pośrodku pokoju z opuszczonymi rękami i wpatrywała się w ekran. – Muszą być nieźle stęsknieni za spotkaniem.

Po trzech kwadransach wrócił Boyd.

– Jeep stoi na parkingu, ale Niemca nie ma w pokoju – powiedział, zdejmując skórzaną kurtkę.

– Jesteś pewien?

– Byłem w środku. Miał gości. Zabłocone ślady na wykładzinie, różne rozmiary butów. Najprawdopodobniej kilka godzin temu, bo inaczej sprzątaczka by to wyczyściła.

Leya spuściła wzrok, jakby chciała poszukać tych śladów na podłodze. Wzięła głęboki wdech i powiedziała:

– To znaczy, że po niego przyjechali.

– Tak – potwierdził Boyd. – Tylko gdzie go zabrali?

– Tam. – Leya kiwnęła głową w kierunku ekranu. – A przynajmniej tak zakładamy.

– Mogli go zawieźć dokądkolwiek, a następnie strzelić mu w łeb.

– Wiem. – Wpatrywała się w niego intensywnie. – Tak, wiem!

– Okej. – Boyd opadł na fotel. – W takim razie zakładamy, że jest na wsi, uczy się rozpalać ogień krzesiwem i tropić wiewiórki. No i słucha opowieści o ludzkich robalach.

Leya się uśmiechnęła.

– Jakich robalach? – zdziwił się Hazlit.

– Takich jak ja i pani Durani – odparł Boyd. – Kreaturach bez duszy. Stworzonych przez Boga w ramach świata zwierząt. Czasami mylonych z prawdziwymi ludźmi.

– Z prawdziwymi ludźmi, mówisz? – Twarz Hazlita rozjaśnił szeroki uśmiech. – Aha, znaczy białymi, tak?

Boyd wypił łyk kawy i wyszczerzył zęby.

– Mam wrażenie, że w głębi duszy wszyscy biali lubią takie gadanie.

– Jasne – potwierdził Hazlit. – Ja uwielbiam. Tylko zabrakło mi czasu, żeby się tym na poważnie zająć.

– To ciągle masz na co czekać – skomentowała Leya.

Okrążyła cały apartament. Minęła ósma. Sytuacja wydawała się klarowna. I co z tego? Siedzieli tutaj, na bardzo odległym miejscu na widowni.

las wolf hall
white haven, pensylwania/usa
sob 27 października 2012 roku
[20:10/est]

Ludwig przesunął dłońmi po twarzy i przetarł oczy. Drzwi samochodu były otwarte. Zanim wzrok przystosował się do otoczenia, nie widział wiele więcej oprócz kilku ognisk pięćdziesiąt metrów dalej. Snopy czerwonych iskier wzbijały się w czarne niebo. Wiatr przyniósł zapach grilla. W świetle latarni, na tle namiotów, widział sylwetki ludzi, setek ludzi. Muzyka z pół tuzina głośników wprawiała w drgania powietrze dookoła.

– No chodź – powiedziała Jen, odchodząc.

Ludwig wysiadł. Samochód był zaparkowany na polu, wśród całego morza pick-upów i jeepów. Dwaj towarzyszący im mężczyźni zniknęli.

Pospieszył za Jen, która nie oglądając się, szła w kierunku obozowiska.

Dobiegł do nich niski, pulchniutki mężczyzna z ogromnymi wąsami i gotową do pracy kamerą. Miał na karku co najmniej pięćdziesiąt lat, a ubrany był w biały sweter żeglarski i polarową kamizelkę w kolorze limonki. Z plecaka wystawał mu statyw i kawałki poplątanych kabli. Zaczął filmować Ludwiga, który bez słowa wpatrywał się w obiektyw. Poważna mina kamerzysty zmieniła się nagle w szeroki uśmiech.

– Witaj w nowym życiu, bracie. Witamy w Zgromadzeniu.

– Dziękuję – odpowiedział Ludwig.

Mężczyzna przypominający Ludwigowi skorumpowanego holenderskiego ministra, do którego ochrony go kiedyś wyznaczono, oczekiwał widocznie więcej. Ludwig odchrząknął.

– Jestem taki podekscytowany, że nie wiem, co powiedzieć.

Mężczyzna mruczał coś pod nosem. Ludwig zorientował się, że tamten nagrywał własne komentarze przed obróbką nagrania. Kamerzysta odszedł w kierunku obozowiska.

Ludwig doszedł do Jen, stała przed ogromnym namiotem. Obozowisko było zorganizowane w rzadko porośniętej części lasu. Korony potężnych buków i dębów tworzyły latem znakomitą ochronę; teraz większość liści opadła. Namioty – około setki – były identyczne: ciemnozielone, wysokie, tak że bez problemu dało się w nich stać, i na tyle duże, że mieściły od czterech do ośmiu osób, zależnie od wymagań. Albo Melvin Klace poinstruował uczestników, żeby kupili identyczne namioty, albo sam je zafundował. Ludwig przychylał się do tej drugiej możliwości.

– Tak się cieszę, że będziesz mógł to zobaczyć – Jen starała się przekrzyczeć muzykę. Machnęła zamaszyście ręką przed sobą.

Ludwigowi najpierw rzuciły się w oczy flagi. Zwykłe flagi stanów południowych, zmodyfikowane flagi stanów południowych z błyskawicami i mieczami. Zwykłe czarne flagi ze skomplikowanymi białymi girlandami z kwiatów. Flagi ze swastyką w stylu klasycznym i w stylu bardziej eksperymentalnym – najdziwniejsza była niebieska z białym krzyżem, flaga Szkocji, w środku ozdobiona białym kwadratem, na którym widniała czarna swastyka.

Poszli w stronę centralnej części tego wzorcowego obozowiska. Wszędzie siedzieli ludzie – w wielu przypadkach całe rodziny – na stałych drewnianych ławkach wokół ognisk, których paleniska wygrodzono kamieniami. Średnia wieku, pomijając dzieci, oscylowała około czterdziestki. Wszystkie kobiety miały długie włosy. Wszyscy mężczyźni nosili jakąś formę brody. Ale nie do końca przestrzegano tradycyjnego podziału ról między płciami: Ludwig widział mężczyznę karmiącego łyżeczką dwuletnie dziecko i wiele kobiet, które czyściły broń.

Bo drugą, po plątaninie flag, rzeczą, która go zadziwiła, była ilość broni. Noże, maczety, pistolety, rewolwery, karabiny maszynowe, broń myśliwska – Ludwig jeszcze nigdy czegoś takiego nie widział. Ludzie trzymali je na widoku, nonszalancko oparte o ławki i plecaki, w sposób przypominający zachowanie nudystów na przeznaczonej dla nich plaży: cieszyli się, że wreszcie mogą to zrobić.

Wszędzie unosiła się aura... zaufania. Większość kiwała głowami i uśmiechała się do Ludwiga. W obozie panował niezwykły spokój, jakby uczestnicy po długiej, trudnej podróży wreszcie dotarli do domu. Muzyka białych ekstremistów ucichła jak na rozkaz. Ludwig spojrzał na zegarek: dokładnie wpół do dziewiątej. Na pewno obowiązywała taka zasada. Koniec końców, był to przecież chrześcijański obóz rodzinny.

Pośrodku było największe ognisko, przy którym siedziało piętnastu mężczyzn bez kobiet i dzieci. Jeden z nich, co najwyżej dwudziestopięcioletni, miał na sobie długą białą szatę – brakowało tylko kaptura. Na jego piersi wisiał czerwony krzyż Ku Klux Klanu.

– To Ludwig – powiedziała Jen. – Jeden z trzech nowicjuszy w tym roku.

Najstarszy mężczyzna przy ognisku się podniósł. Sześćdziesiąt pięć lat, potężna postać, zbitka tłuszczu i mięśni. Dwudziestocentymetrowa broda i długie włosy utrzymywane w ryzach przez bandanę. Krzywe nogi kowboja. Prawdopodobnie całe życie spędził na motocyklu. Podszedł do Ludwiga i zaczął mu się przyglądać.

– Jesteś gotów? – warknął.

Ludwig spojrzał na Jen. Zanim zdążył odwrócić się z powrotem do starszego siłacza, ten zacisnął dłonie na jego krtani. Zakręcił się kurek z powietrzem. Został uniesiony kilka centymetrów nad ziemię, więc mógł patrzeć motocykliście prosto w oczy.

Było to cholernie bolesne, bo żelazny uścisk dopadł go w chwili, gdy zrobił wydech. Zapas tlenu mu się kończył. Sekundy mijały, Ludwigowi przed oczyma pojawiły się szare plamki.

Nie ma co kalkulować dłużej. Zadziałały odruchy. Chwycił za brodę mężczyzny i mocno pociągnął, uderzając go jednocześnie z całych sił kolanem w krocze. Uchwyt na szyi zwolnił się natychmiast – Ludwig upadł na plecy, a jego przeciwnik zgiął się wpół. Obydwaj łapali powietrze jak ryby, ale Ludwig odzyskał oddech jako pierwszy. Zrobił dwa kroki w przód i uderzył mężczyznę otwartymi dłońmi w uszy, jak pokrywkami od garnka. Był to klasyczny sposób na uniemożliwienie przeciwnikowi dalszej walki bez robienia mu większej szkody.

Facet zawył i klęknął na ziemi. Ludwig patrzył wokół dzikim wzrokiem. Pozostali siedzący przy ognisku, a także Jen, zaczęli się głośno śmiać.

– Kto tu ma być gotowy na kogo, Lynn! – wrzasnął młodzieniaszek w stroju klanu.

Ten rodzaj poczucia humoru, tak jak i większość rzeczy w tych stronach, były Ludwigowi całkiem obce. Ale najwyraźniej przeszedł właśnie jakiś rodzaj rytuału inicjacji. Pomacał dłonią bolące jabłko Adama.

Jego przeciwnik popatrzył na niego z ziemi, a Ludwig po chwili wahania podszedł i wyciągnął do niego rękę. Tamten chwycił ją i się podniósł. Próbował zamaskować szyderczym uśmiechem strach, który malował się na jego twarzy.

– Co, do cholery, chciałem cię tylko trochę wypróbować – powiedział, poprawiając skórzany płaszcz.

Ludwig lekko się skrzywił.

– Następnym razem daj mi buzi, zanim zaczniesz macać.

Obaj uśmiechnęli się blado i sprawa była zamknięta. Jen walnęła tamtego w plecy. Pokazała Ludwigowi, żeby poszedł za nią.

Zbliżali się do krańca obozu. Przy jednym z namiotów czekał na nich Lars Gerdsen.

– Do zobaczenia jutro – powiedziała Jen. – Świetnie sobie poradziłeś. Nabrali do ciebie szacunku.

Odwróciła się na pięcie i poszła. Ludwig poszedł dalej do jej brata.

– Cześć, Ludwigu! – zawołał Lars. – Dobrze cię widzieć. Wszystko w porządku?

– Powitanie mnie powaliło. – Ludwig stał bez ruchu. – Nie bardzo mi się podoba ten układ.

– To znaczy?

– Co to za idiotyzm, że przyjeżdżają po mnie ludzie w kominiarkach?

– Rozumiem. Ale i ty musisz zrozumieć, tego wymaga bezpieczeństwo. Okej? Chyba nikt ci nic nie zrobił?

– Nie.

– To w porządku. Możesz stąd odjechać w każdej chwili. Ale naprawdę uważam, że powinieneś skorzystać z szansy, która się pojawiła. Nawet sobie nie wyobrażasz, jak wielu chciałoby być na twoim miejscu.

– No tak, jeśli popatrzeć na to z tej strony, to rozumiem.

– No widzisz – stwierdził z ulgą Lars. – To twój namiot. Będziesz spał razem z pozostałymi nowicjuszami.

Przy najbliższym ognisku siedział chudy pięćdziesięciolatek z gołym torsem. Miał na karku ręcznik i golił sobie głowę, a jego młodszy kolega, w dużo lepszej formie niż on, trzymał przed nim lustro. Całe plecy były w tatuażach – Ludwig miał wrażenie, że to fregata z osiemnastego wieku – które powstawały podczas wielu bolesnych sesji.

– Jutro przejdzie chrzest – wyjaśnił Lars. – Wayne, to jest Ludwig.

Wayne, rechocząc na widok fryzury na Mohikanina, którą jak dotąd udało mu się stworzyć, spojrzał na Ludwiga w lustrze. Ludwig skinął głową.

– Musi się ogolić przed chrztem? – szepnął.

– Nie, nie musi – wyjaśnił Lars. – To jego własny pomysł. Chce spotkać się z Panem, będąc nowym człowiekiem.

Zaczął wnerwiać Ludwiga swoimi gadkami w stylu New Age. Miał ochotę rzucić jakąś złośliwością, ale pomyślał, że nie można przesadzać. Już wyraził swoje wątpliwości. Czas pokazać swoje nieznane oblicze – głód wspólnoty, wolę współuczestnictwa.

– Zazdroszczę mu – powiedział, gdy Lars oprowadził go po namiocie.

– Znalazł wśród nas swój dom – potwierdził Amerykanin. – Otacza go prawdziwa aureola, nie?

– Tak – skłamał Ludwig, wyglądając przez szparę. – Masz rację.

Choć aureola otaczała raczej Larsa, szczególnie wtedy, gdy stwierdził:

– Świat myśli, że wszystko, co robimy, opiera się na nienawiści. Ale tutaj chodzi też o miłość, do Boga i do ludzi takich jak my.

Ludwig nie wiedział, co powiedzieć. Na szczęście jego kumpel był tak natchniony tym, co przed chwilą powiedział, że nie zauważył braku reakcji.

– Fajnie to wygląda – wybąkał wreszcie, rozglądając się po namiocie.

Były tam trzy łóżka, materace ze śpiworami i poduszkami. Dzięki promiennikom ciepła pod dachem namiotu temperatura w środku była przyjemna. Klace musiał mieć gdzieś w pobliżu agregat prądotwórczy.

Lars usiadł na składanym krześle stojącym przy niskim składanym stoliku, o który oparte były dwa plecaki.

– Jak się czujesz? – spytał.

– Nie wiem – odparł Ludwig. – To wszystko jest takie skomplikowane. Tyle rzeczy trzeba przemyśleć.

– Tak, rozumiem.

Potrzebny jest przełom. Wydawało się, że Lars był najsłabszym ogniwem w łańcuchu Klace'a, i Ludwig musiał to wykorzystać.

Może zaatakować jego własną bronią?

– Czy mogę ci ufać, Lars?

Wędrujący w tę i z powrotem po namiocie Ludwig zatrzymał się nagle i spojrzał na Amerykanina.

– Tak, oczywiście, że tak – odparł Lars.

Wrócił do wędrowania. Ludwig wymruczał coś pod nosem.

– Co? – spytał Lars.

– Nie jest mi łatwo się odsłonić.

– Spróbuj. Jak nie poćwiczysz, to się nie nauczysz.

– Kiedy tak siedziałem w samochodzie z workiem na głowie, całe życie przebiegło mi przed oczami – powiedział Ludwig i spojrzał na tamtego szklistymi oczami. – Nie był to przyjemny widok. Mam…

Usiadł ciężko na swoim łóżku.

– Tak? – zachęcał go Lars. – Mów dalej.

– Muszę być pewien, że mogę ci zaufać.

– Możesz mi zaufać, nikt tutaj nie chce zrobić ci krzywdy.

Pauzy należało odliczać liczbą uderzeń serca, Ludwig nauczył się tego dawno temu. Przeczekał dziesięć uderzeń, a potem powiedział:

– Mam na sumieniu ludzkie życia, Lars.

– Ile?

– Nie wiem.

– Musisz wiedzieć, choćby mniej więcej.

– Dwadzieścia pięć osób. – Ludwig schował twarz w dłoniach.

– Trzydzieści? Może jeszcze więcej.

– Zasłużyli na to?

– Nie wydaje mi się. Nie bardziej niż większość ludzi.

Lars patrzył w sufit ze zmarszczonym czołem. Wstrzymał oddech.

– Boli cię to, że dotychczas twoje życie nie miało kierunku, wiesz? Nie potrafiłeś dostrzec sensu tego, co robiłeś, bo to n i e m i a ł o sensu. Nie dla ciebie.

– Robiłem za innych najgorszą robotę – skwitował Ludwig słabym głosem.

– No właśnie. Jesteś tego świadomy, ale nigdy nie miałeś okazji, żeby to g ł o ś n o p o w i e d z i e ć.

Po raz kolejny Ludwig zwrócił uwagę na tę cechę Amerykanina. Kiedy Lars cytował słowa jakiegoś autorytetu – kogoś z biblijnych ksiąg albo może Melvina Klace'a – zmieniał mu się głos i sposób mówienia. Swoiste naśladownictwo. Nie był to przejaw braku zrozumienia wypowiadanych przez siebie słów. Raczej poczucie, że sam nigdy by nie wpadł na takie sformułowanie.

To dość powszechne zjawisko. Człowiek, który nie potrafi śpiewać, zachwyca się głosem śpiewaka. Człowieka czynu mogą pociągać zacofane dogmaty.

– Myślę, że masz rację – stwierdził Ludwig. – Tylko że ja się tak straszliwie… boję.

– Czego się boisz?

Ludwig chciał coś powiedzieć, ale się zawahał. Gdzie jest wejście, gdzie jest klucz do tych ludzi? Co należało dać sekcie, która miała już wszystko? Miała pieniądze Klace'a, jego broń, jego amunicję, jego namioty, prąd, jedzenie i Bóg jeden wie, jakie jeszcze rzeczy. Ludwig pokazał, że nieźle radzi sobie z bronią, ale to za mało. Co jeszcze mógłby zaoferować, żeby rzucić ich na kolana?

Myśli kłębiły mu się w głowie jak szalone, analizował wszystko, co zdarzyło się w tym tygodniu. Wreszcie doznał objawienia.

Moim największym atutem, pomyślał, *jest to, że nie mam nic do stracenia.*

Taki człowiek jest im potrzebny. Wrak. Zdewastowany grunt, na którym mogą zbudować coś nowego.

Powiedział cicho:

– Dwa dni temu wszedłem do sklepu z bronią w Kingston. Sprzedawca nie przywiązywał wielkiej wagi do formalności, mogłem kupić praktycznie wszystko, co tylko chciałem. O mały włos tego nie zrobiłem. A potem wystarczyło pojechać w góry i skończyć z tym syfem.

Lars kiwnął głową.

Ludwig ukrył twarz w dłoniach.

– Strasznie mi wstyd, że ci to powiedziałem, to...

– Tak bywa – powiedział Lars.

Zapadła cisza.

Z zewnątrz dochodziły salwy śmiechu Wayne'a i reszty towarzystwa. Lars westchnął.

– Stary, myślisz, że nigdy nie byłem w takim samym stanie jak ty? Siedziałem na werandzie z butlą gazu i flaszką wódki i chciałem... Tak to bywa. Nie rozumiesz? Tak się z nami dzieje, gdy tracimy łączność z tym, co święte.

Naśladował czy nie – ten facet wierzył w to, co mówił. W każdziutkie słowo.

– Mówisz, że dostanę nową szansę – stwierdził Ludwig. – A ja się boję, że jestem za bardzo poobijany.

Siedząc na podłodze, objął się ramionami jak zziębnięte dziecko. Kierował się teraz czystym instynktem – chciał wyglądać jak ktoś maksymalnie podatny na zranienie, a przez to wiarygodny.

– Musisz być poobijany, żeby przejrzeć na oczy – powiedział Lars. – Musisz spaść na samo dno, żeby poczuć chęć odbicia się i wypłynięcia na powierzchnię.

Ludwig przełykał ślinę, nieustannie pocierając twarz dłońmi. Przedstawienie szło jak na razie rewelacyjnie, Lars wierzył we wszystko. Możliwe, że mało jeszcze doświadczony Amerykanin po raz pierwszy wziął na barki rolę spowiednika – a nawet mentora.

Nadszedł czas, żeby polały się łzy. Ludwig wydał przewlekłe chrząknięcie.

– Niech to szlag, siedzę tutaj i się mażę – mruknął, uśmiechając się z zawstydzeniem.

Wiedział z doświadczenia, że prawdziwe łzy nie są potrzebne.

Wystarczyło wyglądać na udręczonego i prosić o wybaczenie, żeby wszyscy byli przekonani, że polały się też łzy.

– To żaden wstyd – pocieszył go Lars. Podszedł do Ludwiga i kucnął przed nim. – Ten, komu przytrafiła się stłuczka, staje się lepszym kierowcą.

Ten, komu przytrafiła się stłuczka, staje się lepszym kierowcą? Ludwig nie cierpiał takich frazesów. Postanowił skanalizować tę frustrację, przełożyć ją na zbolały ton głosu.

– Uważasz, że mój los może jeszcze się odwrócić? – wyszeptał. – Naprawdę myślisz, że mam jakąś szansę?

– Jestem pewien, że tak. Musisz tylko odrzucić ten cynizm.

Skończyć z cynizmem, żeby zdobyć akceptację chrześcijańskich nazistów? Za dwa tysiące dolarów za dzień człowiek jest gotów na wiele, ale to było chyba najbardziej pokręcone zlecenie w jego życiu.

Jeszcze raz musiał sobie przypomnieć, że wszyscy w tym obozie, bez żadnego wyjątku, uważali się za dobrych ludzi. Wszyscy byli idealistami. Nikt nie budził się rano z zamiarem zniszczenia świata. Oni chcieli ten świat uratować.

– Masz rację – powiedział. – Moje czarnowidztwo zaprowadziło mnie na manowce. Muszę się otworzyć na nowe możliwości.

Lars triumfował. Był ewidentnie poruszony tym, co mu się przytrafiło, nie potrafił znaleźć słów.

– Spróbuj trochę odpocząć, przyjacielu – powiedział w końcu. – Jutro wielki dzień.

Pożegnał się i wyszedł. Ktoś na zewnątrz podkręcił swój sprzęt grający na cały regulator. Ale już pięć sekund później muzyka ucichła.

*

Ludwig leżał w namiocie z dłońmi splecionymi za głową. Oddychał z ulgą, zastanawiając się nad swoimi postępami.

Zostało mu dziesięć dni na ustalenie, kto popełnił morderstwo. Kilkakrotnie próbował sobie wyobrazić, jak Lars Gerdsen przytrzymuje Chrisa Warsinsky'ego i wstrzykuje mu w ramię śmiertelną dawkę heroiny, ale bez skutku. Lars Gerdsen był zasadniczo skreślony z listy podejrzanych.

Ludwig musiał brnąć dalej – dochrapać się wyższej pozycji w strukturze, dotrzeć bliżej Melvina Klace'a. Ale jak to zrobić w tak krótkim czasie? Nie miał wyboru, musiał liczyć na to, że Lars opowie Klace'owi o jego załamaniu i efektach rozmowy. Najtrudniejszym do ujarzmienia parametrem operacyjnym był czas. Ludwig musiał wierzyć, że mu go wystarczy.

las wolf hall
white haven, pensylwania/usa
nd 28 października 2012 roku
[08:20/est]

Kiedy Ludwig się obudził, był w namiocie sam. Śpiwór był ciepły, puchowa poduszka wygodna, materac zaskakująco miękki. Promienniki ciepła działały bez zarzutu. Żadnego porównania z nocowaniem na poligonie podczas służby wojskowej.

Usłyszał dźwięk odsuwanego suwaka i pojawił się Lars Gerdsen. Miał identyczną zimową kurtkę maskującą jak mężczyźni, którzy zabierali Ludwiga z hotelu poprzedniego wieczoru; taką samą jak strażnicy, których widział na ranczu Melvina Klace'a. Amerykanin trzymał w ręce blaszany kubek.

– Wyspałeś się?

Ludwig usiadł i wziął od Larsa kubek.

– Jak najbardziej. Słuchaj, strasznie mi głupio, że wczoraj się tak rozkleiłem.

– Niepotrzebnie. A właśnie, masz. – Położył portfel Ludwiga na składanym stoliku.

Ludwig wydostał się ze śpiwora i zaczął się ubierać.

– A mój telefon?

– O rany, zapomniałem. Ale tu jest tak słaby zasięg, że to bez znaczenia.

– Jaki jest plan na dziś?

– Cierpliwości, wszystko w swoim czasie. – Lars pokazał palcem opatrunek Ludwiga. – A to co takiego?

– Jeden z twoich rodaków chciał ode mnie kasy – odpowiedział

Ludwig, jakby te słowa cokolwiek wyjaśniały. Założył dżinsy i wyprostował się swobodnie; namiot był faktycznie wysoki.

– I co?

– No a ja byłem w kiepskim humorze, więc doszło do swoistego zderzenia kultur.

Lars się roześmiał.

– Mogę to sobie wyobrazić. Mam nadzieję, że on jest bardziej poobijany niż ty.

– To nie było pierwsze spotkanie z nakręconym czarnuchem z nożem w ręce. W Berlinie też takich mamy, tyle że tam przyjeżdżają prosto ze źródła.

Ludwig pomyślał, że wcale nie tak trudno wczuć się w sposób patrzenia na świat charakteryzujący Larsa i jego kolegów. Wystarczyło obserwować otoczenie przez pryzmat wyższości białej rasy. Było to jednak trudne – Ludwig miał na koncie różne grzechy, ale na pewno nigdy nie przyszłoby mu do głowy, że urodził się jako przedstawiciel wyższej rasy.

– Jak to ze źródła? – spytał Lars.

– Z Afryki. – Ludwig założył golf i wyszedł na świeże powietrze. Lars ruszył za nim.

Było pochmurno, około pięciu stopni. Na terenie całego obozu panował wzmożony ruch. Kamerzysta chodził tam i z powrotem, tworząc dokumentację i przeprowadzając wywiady. Ogniska ciągle się paliły; wokół nich siedziały grupki ludzi popijających poranną kawę. Na obrzeżach obozu kilku nastolatków ćwiczyło strzelanie z łuku pod okiem chudej sześćdziesięcioletniej kobiety.

Ludwig odwrócił się do Larsa, mówiąc:

– Sam pomyśl. Dzisiaj rano są u siebie w Afryce. Leżą na piasku i ostrzeliwują transporty pomocowe w Somalii.

Było wiele teorii, na których wspierała się wielowiekowa tradycja rasizmu Europejczyków i prehistoryczna nienawiść do ciemnoskórych. Mimo najszczerszych chęci Ludwig nie potrafił ich zrozumieć. Ale robił to, co zwykle robią aktorzy: szukał w sobie podobnych emocji – w tym wypadku pogardy i wstrętu – i dostosowywał ton głosu i mimikę do potrzeby chwili.

– Aż tu nagle, po południu – ciągnął dalej – stoją, trzęsąc się z zimna, pod Burger Kingiem na Alexanderplatz i są zdziwieni, że nikt nie daje im jedzenia. Dostają od tego szajby. Nie są tak udomowieni, jak ci u was.

– Ci tutaj wcale nie są tak udomowieni, jak się wydaje – powiedział po chwili namysłu Lars.

– Taka jest prawda.

Ludwig poczuł się zażenowany. Nie czuł się komfortowo, używając takich słów jak „czarnuch". Tyle że ci ludzie tak przecież mówili. Byli jak pedofile zebrani w grupę: palący się do rozmowy na tematy, o których nie mogli porozmawiać ze zwykłymi ludźmi. Trudno było odróżnić ulgę przeżywaną podczas obcowania z podobnymi sobie osobami od dręczącej ich agresji seksualnej. Pod tym względem książka, którą Ludwig dostał od Larsa, wydawała się wręcz demaskatorska. Każdy wiersz był jakby zatruty chorobliwym poziomem hormonów płciowych.

Kolejny raz podczas wykonywania tego zadania Ludwig czuł porażający wstręt. Ale nie wolno mu się było temu poddać. Nie wolno było mu tego okazać.

Lars się przeciągnął. Wydawało się, że jest w świetnym humorze. Pełen oczekiwania, a jednak spokojny.

– Adam nie był pierwszym człowiekiem.

– Co proszę? – zdziwił się Ludwig.

Lars się uśmiechnął.

– Ale był pierwszym białym człowiekiem.

Podczas gdy Ludwig analizował te słowa, Amerykanin otoczył go ramieniem.

– Bardzo się cieszę, że tu jesteś, Ludwigu. Przed tobą tyle przeżyć.

– Pod warunkiem, że będą lepsze niż to, co mam za sobą.

– Będą.

Ruszyli na spacer po terenie. Uczestników obozu można by ściągnąć z dowolnego Walmartu. Byli biali, wielu miało rodziny. Choć, z nielicznymi wyjątkami, nie spotykało się wśród nich ludzi otyłych. Byli raczej żylaści, twardzi, jakby przygotowani na przeżycie kilku miesięcy w dzikim terenie – i zdawali sobie z tego sprawę.

Na jednym z namiotów, które Ludwig i Lars mijali, wisiała tabliczka oznajmująca:

WHITE STUDIES
ŻEBY NASZE DZIECI POTRAFIŁY ZROZUMIEĆ
SWOJE DZIEDZICTWO.

Wyróżniała się tylko jedna grupa – członkowie klanu. Było ich ze dwadzieścia tuzinów, poruszali się po obozie w pełnym rynsztunku, z wyjątkiem kapturów na głowach. Ludwig pomyślał, że jeśli cały ruch ekstremalnej prawicy był ogarnięty psychozą agresji seksualnej, to Ku Klux Klan musiał być jej fetyszystycznym centrum – reakcjonistami tak ekstremalnymi, że przebierali się za średniowiecznych templariuszy.

Ludwig zanurzył się tak głęboko w swoje wielopoziomowe analizy, że gdy rozległa się strzelanina, kompletnie go to zaskoczyło. Wczołgał się za wielką plastikową beczkę, szukając po omacku pistoletu, którego nie miał przy sobie. Strzały ucichły. Lars był lekko rozbawiony i zmieszany.

– Spokojnie – powiedział, kręcąc głową. – Jezu, nie jesteśmy na polu walki.

– Kto strzela, do cholery? – warknął Ludwig, podnosząc się. – Nie ma jeszcze dziewiątej.

Lars pokazał ręką. Dwie ubrane po cywilnemu kobiety i mężczyzna, każdy ze swoim G3 – Klace musiał kupić większą partię tej broni – celowali do tarcz strzelniczych przybitych do drzew znajdujących się trzydzieści metrów dalej.

Znowu rozpoczęli ogień ciągły, jakby amunicja była za darmo. Akurat w tym wypadku rzeczywiście tak było.

Ludwig się skrzywił, ruszył w ich kierunku, a oni opuścili broń i patrzyli na niego ze zdziwieniem.

– Na kolano – powiedział Ludwig. – W taki sposób.

Wziął ostrożnie karabin mężczyzny, ukląkł na jedno kolano i zmienił spust na strzały pojedyncze. Załadował. Zanim oddał strzał, powiedział:

– Jeśli tylko macie możliwość, trzeba przyjąć taką pozycję. Im niżej umieszczony jest punkt ciężkości, tym łatwiej ogarnąć odrzut. I kiedy jesteście niżej, unoszenie się lufy podczas odrzutu tak bardzo nie przeszkadza. To nie przypadek, że żołnierze z jednostek elitarnych zawsze noszą ochraniacze na kolana.

Cała trójka kiwała głowami z takim podziwem, że Ludwig stracił wątek.

– No co? – spytał.

– Mów dalej – poprosiła jedna z kobiet. Pod okiem miała siniaka.

Ludwig wycelował, patrząc przez znakomity, cholernie drogi celownik optyczny, i oddał pięć pojedynczych strzałów, jeden za drugim.

– Nauczcie się tak strzelać – powiedział, podnosząc się – zanim zaczniecie kosić na ślepo dookoła. Nie ma ekstra punktów za najwięcej oddanych strzałów. Okej?

Oddał mężczyźnie jego karabin.

Poszli dalej. Z wyjątkiem członków klanu pozostałe grupy nie różniły się za bardzo między sobą, choć ludzie Klace'a nosili identyczne kurtki. Dotychczas Ludwig naliczył ich piętnaścioro, w tym cztery kobiety. Jedną z nich była Jen Gerdsen. Siedziała przy stoliku i rozdawała książki. Ludwig poznał po skórzanej obwolucie, że był to kurs biblijny, taki sam, jaki stał na półce w domu Larsa.

Poszedł z Amerykaninem do pick-upa po pudełka z amunicją. Gdy wrócili do obozu, ogniska były już wygaszone i trwały ogólne przygotowania.

Tuż przed dziesiątą Ludwig i Lars zjedli świeżo usmażone naleśniki z syropem klonowym podawane na papierowych talerzach. Człowiek, który je smażył, miał co najmniej siedemdziesiąt pięć lat i był na wpół ślepy. Ramiona miał całkowicie pokryte tatuażami, z których musiał być bardzo dumny, bo mimo chłodu nosił tylko biały podkoszulek na ramiączkach. Motywem przewodnim były gęsto splątane gałęzie jakiegoś pnącza, którego kwiaty zamieniono na żelazny krzyż.

Lars rzucił okiem na zegar i wyrzucił talerze do jednego z koszy na śmieci ustawionych w równych odległościach na całym terenie.

– Nabożeństwo zaczyna się za dziesięć minut.

*

Olbrzymia stodoła, w której nie było żadnych miejsc do siedzenia, wypełniła się bardzo szybko. Mniej więcej trzysta osób tłoczyło się w jej wnętrzu w kompletnej ciszy. Tworzyli dwa prostokąty z przejściem pośrodku, jak legion rzymski przed przeglądem prowadzonym przez dowódcę. Stali każdy w swojej grupie. Nasrożeni, małomówni surwiwalowcy z Montany, wyróżniający się na ich tle gadatliwością, tęskniący za południowym stylem życia członkowie partii National States Rights Party z Kentucky, wojowniczy przeciwnicy podatków z Militia Vanguard z Vermont. Wielu miało ze sobą sztandary, których drzewce opierali o podłogę. Z politycznego punktu widzenia było to wielokolorowe zgromadzenie. Całe to towarzystwo łączyła religia.

Było ciepło i mroczno. Gołe żarówki zwisające na kablach z sufitu dawały przytłumione, przyjemne światło. Najwyraźniej zainstalowano sterownik mocy oświetlenia. To nie jedyny element, który odróżniał tę stodołę od innych. Nie było w niej żadnych narzędzi rolniczych, żadnych beli siana. Przypominała raczej hangar na lotnisku. Na samym końcu znajdowała się niska scena, na której postawiono mównicę. W tej chwili rozbłysły dwa wiszące na drążku reflektory i oświetliły podium. Jednocześnie wyłączono oświetlenie w pozostałej części sali. Podczas odsuwania bramy z blachy falistej rozległ się przeciągły zgrzyt.

Lars pociągnął za sobą Ludwiga do przodu. Stali teraz w pierwszej ćwiartce publiczności, blisko przejścia. Byli tam dopiero co wygolony Wayne i jego kolega, a także trzeci z poszukujących, wyróżniający się tym, że założył na tym odludziu garnitur i krawat do koszuli.

Kilka metrów dalej zgromadzili się członkowie klanu. Tym razem mieli na sobie kaptury. Stali z rękami skrzyżowanymi na piersiach. Emanowali podniosłym spokojem i widać po nich było, że mieli tego świadomość.

Zrobiło się cicho, słychać było tylko pojedyncze szepty. Korzystając z bocznych schodków, na scenę wszedł Melvin Hester Klace. Publiczność przywitała go jednogłośnym wrzaskiem.

Klace był ubrany w białą koszulę, czarną kamizelkę i czarne spodnie. Długie siwe włosy miał rozpuszczone. Przez kilka sekund stał obok mównicy, patrząc na zgromadzonych. Dopiero gdy zapadła cisza, podszedł do mikrofonu.

– Mam pytanie – zaczął z uśmiechem. – Jesteście na nie gotowi?

Publiczność kiwała twierdząco głowami.

– Myślicie, że Bóg jest nudny?

Wszystko zamarło.

– Tak myślicie? Wydaje się wam, że siedzi na tronie, robi na szydełku rękawiczki i czeka na następny sezon *Amerykańskiego Idola*?

Klace przymknął oczy i zaczął się lekko kołysać. Wreszcie podniósł palec i powiedział:

– Posłuchajcie słów Pana, jak mamy postępować z bezbożnikami, z tymi, którzy muszą ustąpić nam miejsca! „To bez litości zabijesz mieszkańców tego miasta o s t r z e m   m i e c z a, obłożysz je klątwą i wszystko, co w nim jest, także jego b y d ł o, zabijesz ostrzem miecza. A cały jego łup zgromadzisz na środku placu i doszczętnie s p a l i s z   c a ł e   m i a s t o wraz z całym jego łupem, jako ofiarę całopalną dla Pana, Boga twego, i pozostanie na wieki ruiną, nie będzie już odbudowane"*. I pozostanie na wieki r u i n ą, nie będzie już odbudowane. Czy ten Bóg jest nudny? Jak wam się wydaje? Czy to jest Bóg, który uważa, ż e   m u s i m y   s i ę   c i e - s z y ć   t y m,   c o   m a m y? – Wytarł sobie usta. – Pytam jeszcze raz, słyszeliście słowa Pana?

– Słyszeliśmy! – krzyknęli zgromadzeni.

– Czy też może uwierzyliście w te bzdury o… o… Bogu j u - d e o c h r z e ś c i j a ń s k i m?

– Nie!

– Co to jest za Bóg, jak myślicie, czym jest ten… Bóg judeochrześcijański?

– Wymysłem Żydów! – padła pierwsza odpowiedź.

– Bożek jadowitych węży! – krzyknął jakiś starszy człowiek.

– I co odpowiemy tym, którzy mówią o Bogu judeochrześcijańskim?

Zapadła cisza.

– Nie wiecie, co odpowiedzieć? – spytał Klace. Podwinął ręka-

---

* Tłumaczenie Biblia Warszawska – V Mojż 13, 16 (przyp. tłum.).

wy koszuli. – Jest aż tak źle? To posłuchajcie, co wam powiem. Jest tylko jeden Bóg, a Izrael jest jego ludem. Tym ludem jesteśmy my!

– Biały lud Izraela! – wrzeszczała publiczność, a Lars Gerdsen wraz z nią.

Ludwig pomyślał o wykrzykiwanym w jego starej ojczyźnie haśle *Wir sind das Volk**.

– Teraz rozumiesz – szepnął mu do ucha Lars. – Zdajesz sobie sprawę, co ci odebrano?

Ludwig patrzył nieruchomo przed siebie. Rozumiał przynajmniej jedno: miłość, jaką obdarzali Klace'a zgromadzeni tu ludzie, była wyjątkowa. Przemówienia, które Ludwig słyszał w czasach NRD, również dostawały należną porcję braw i aplauzu, ale to tutaj było całkiem inne: wyraźnie dało się usłyszeć, że słuchacze wyrażali uznanie buntownikowi, a nie tyranowi. Tak to musiało wyglądać podczas wczesnych spotkań z Castro albo na początku kariery Mugabe. A może nawet podczas spotkań z Walterem Ulbrichtem – zanim Ludwig stał się świadomym obserwatorem polityki, zanim ludzie się zorientowali, że przewidziano dla nich rolę poddanych – dało się usłyszeć coś w rodzaju obywatelskiej miłości do przywódcy? Ale coś takiego? To było coś więcej niż mityng polityczny. To był kult.

– Co powiedzieliście? – Klace podkręcał publiczność.

– Biały lud Izraela! Biały lud Izraela!

– Biały lud Izraela! – zgodził się Klace. – Tak brzmi nasza odpowiedź. Nasze plemiona rozlokowały się na północ i na zachód od kraju Zbawiciela. W krainach Franków, Anglosasów, Germanów i Skandynawów. I tam zbudowano naszą cywilizację. Pan r a d o w a ł s i ę z ich pracy. Pan r o z k o s z o w a ł s i ę ich tworami. Pan wypełnił ich siłami, którym nikt nie mógł się oprzeć. I co się stało? Jak lud pański odwdzięczył się za te cudowne dary?

Zrobiło się cicho jak makiem zasiał.

– Boicie się odpowiedzieć? – wyszeptał Klace. – To ja odpowiem za was. Słabością i zdradą! Pomieszaniem ras i zwątpieniem!

---

* Naród to my (niem.) (przyp. tłum.).

– Droga do zagłady! – krzyczeli słuchacze.

– Teraz rządzą więc Żydzi – kontynuował Klace spokojniejszym tonem. – Żydzi dostali to, czego pragnęli. Zwiedli nasze kobiety, które teraz dopuszczają do siebie negroidów i azjatyckich karłów. Zbudowali swoje... banki światowe, swoje armie światowe, swoją ś w i a t o w ą k u l t u r ę. Zatruli nasze ustawy swoimi „prawami", a my dobrze wiemy, co one znaczą... To prawo do zaśmiecania naszej rasy! Prawo do socjalizmu i zabijania nienarodzonych!

– Dzieło szatana! – krzyknęła jakaś kobieta.

Wszyscy natychmiast podchwycili jej słowa.

– Natomiast od nas – powiedział Klace, uciszając zebranych podniesieniem dłoni – od nas oczekuje się, żebyśmy się posunęli. Zrobili im miejsce. My mamy schodzić im z oczu, dzielnica po dzielnicy, dom po domu, aż w końcu trafimy, drżąc ze wstydu, gdzieś na południe od samego piekła! Ja mówię na to: nigdy.

– Nigdy! – wrzasnęli zgromadzeni.

Klace otarł usta zewnętrzną stroną dłoni.

– Powiedziałem: nigdy!

– Nigdy! Nigdy! Nigdy!

Ludwig starał się mocno kiwać głową, popatrując przy tym na stojących obok. Teraz mieli w oczach moc, jakby ktoś wymienił im baterie. Bez tego mężczyzny byli nic niewarci, byli marnotrawstwem miejsca, wędrującą nienawiścią do siebie samych. Teraz stali się częścią jego ruchu. Faktycznie można im zazdrościć.

– Ani milimetra więcej – stwierdził sucho Klace, przystawiając do siebie kciuk i palec wskazujący. Nabrał powietrza i wydał z siebie kolejny okrzyk bojowy: – Nie będzie już żadnego ustępstwa bez oporu!

– Opór! – wyła sala. – Opór do ostatniego człowieka!

– Noe był pierwszym surwiwalowcem! – krzyczał Klace. – Myślicie, że ludzie z niego nie drwili? Że nie wyzywali go od głupków, że go nie opluwali? Pinchas jako pierwszy odmówił płacenia podatków! Powiem wam coś i musicie to sobie wbić do głów! Jezus był pierwszym członkiem organizacji paramilitarnej!

Publiczność dopowiedziała:

– Jezus Chrystus, syn Jahwe!

Klace popatrzył z zadowoleniem na swoją trzódkę, kiwnął głową i zrobił kilka wdechów.

– Wiem, że aż do dziś musiałem pozostawać w ukryciu. Nie, pozwólcie mi skończyć. Zdaję sobie sprawę. Domyślam się, że niektórzy z was mogli wątpić w moje oddanie. Ale jestem tu dziś, żeby wam powiedzieć, że moje życie wkracza w nową fazę. To czas, żebym wyszedł z cienia i stanął u waszego boku. Poprowadził was, jeśli będziecie tego chcieli.

Publiczność zareagowała dzikim wrzaskiem i porykiwaniem. Po chwili tłum zaczął skandować:

– Biały lud Izraela! Biały lud Izraela! Biały lud Izraela!

Po przetrawieniu słów Klace'a Ludwig wyciągnął na szybko kilka wniosków. Jeśli można wziąć jego słowa na poważnie, ten poważany biznesmen zamierzał zdjąć maskę. Była to zarazem dobra i zła wiadomość. Dobra, bo szaleniec zacznie bardziej ryzykować i łatwiej będzie go dopaść. Zła, bo nie pozwoliłby sobie na odsłonięcie starannie uplecionej siatki maskującej, gdyby nie miał czegoś większego.

Rozejrzał się i przeraził własnych myśli. W normalnych ugrupowaniach opozycyjnych powtarzał się zawsze ten sam model. Jedno skrzydło należało do realistów, inne do utopistów. Realiści obawiali się oskarżenia o tchórzostwo i dlatego zarzucali przeciwnikom eskapizm; utopiści obawiali się posądzenia o głupotę, więc obwiniali przeciwników o brak wiary. Ci ludzie nie przypominali jednak normalnej opozycji. Byli gotowi umrzeć za sprawę. Nie wyczuwało się tu antagonizmów pomiędzy tchórzami a marzycielami; wszyscy byli odważni, bezwzględni i szaleni.

– No to już wiemy, kto co myśli – powiedział cicho Klace i pomachał ręką, żeby uciszyć zgromadzenie. – Wiemy, na czym stoimy. Ale doszły mnie słuchy, że jest kilku nowych braci, którzy chcieliby przystąpić do naszej wspólnoty. Zgadza się?

Spojrzał na stojący przed nim tłum.

– Wyjdźcie naprzód.

Po kilku sekundach Ludwiga zmroziła myśl, że ten szaleniec mówił o nim.

– No idź – mruknął Lars.

Ludwig wyszedł bez przekonania na środek, gdzie było przejście pomiędzy zgromadzonymi.

– Jeden z naszych teutońskich braci! – wykrzyknął Klace. – Podejdź tutaj, bracie!

Ludwig ruszył w kierunku podium.

W stodole panowała śmiertelna cisza.

Ludwig wszedł na scenę. Klace uśmiechał się do niego promiennie.

– Ludwig, prawda? – spytał.

– Tak, zgadza się – potwierdził Ludwig. Odchrząknął. – To ja.

– Przybyłeś tu, żeby odnaleźć siebie wśród takich jak ty? Żeby poznać siłę ukrytą w twojej czystej aryjskiej krwi?

Stali pół metra od siebie.

Zielonoszare oczy Klace'a błyszczały jak u triumfującego drapieżnego ptaka. Wąskie siwe brwi podniosły się do nasady włosów, a prosty, dumny nos mógł w jednej i tej samej chwili wyrażać pogardę i wzbudzać zaufanie. Ludwig pomyślał, że takiemu człowiekowi nie było łatwo trzymać się przez te wszystkie lata na uboczu: miał wrodzony dar porywania za sobą szaleńców i wyrzutków.

Ludwig kiwnął głową. Wiedział, czego od niego oczekują. Najważniejsze, żeby nie zepsuć kaznodziei przedstawienia.

– Przybyłem, żeby odnaleźć siebie – powiedział głośno.

– Znalazłeś to, czego szukałeś? – kontynuował Klace.

– Wydaje mi się, że tak.

– Znalazł drogę! – wrzasnęli zgromadzeni. – Znalazł drogę! Klace skinął głową.

– Jesteś gotów przyjąć twojego białego zbawcę?

Ludwig przełknął ślinę.

– Jestem gotów – mruknął.

– Powiedz to tak, żeby wszyscy usłyszeli! – krzyknął Klace, wyrzucając ręce do przodu w stronę sali.

– Jestem gotów!

Z tłumu wyszło czterech mężczyzn – jednym był motocyklista, z którym Ludwig bił się poprzedniego wieczoru. Wkroczyli na podium, zniknęli za czarną zasłoną, a po chwili wrócili z podłużną ocynkowaną wanną wielkości trumny, bardzo ciężką, sądząc po ich stękaniu. Kiedy postawili ją na skraju podium, publiczność wpadła w coś w rodzaju wyczekującej duchowej ekstazy.

Ludwig spojrzał z niepokojem na wannę. Była do dwóch trzecich wypełniona ciemnym płynem.

Krew?

Tragarze wrócili do zgromadzenia, pojawił się Lars Gerdsen.

– Ręczysz za tego człowieka? – spytał gromko Klace.

– Ręczę za niego – skinął głową Lars.

Ludwig gapił się na niego, próbując zgadnąć, co czai się w jego głowie.

Klace mówił dalej:

– Widziałeś jego tęsknotę za zbawieniem i walką?

– Tak, widziałem – odpowiedział Lars.

– Czy jest naszym bratem?

– Jest naszym bratem w walce o biały lud Izraela.

Publiczność wrzeszczała:

– Walka o biały lud Izraela!

– Rozumiesz, jaka zmiana dokona się za chwilę w twoim życiu? – zwrócił się Klace do Ludwiga. – Dostrzegasz drogę, która się przed tobą otwiera? Wybierasz tę drogę? Tu i teraz?

– Wybieram ją tu i teraz – powtórzył Ludwig tak pewnym głosem, że aż sam się zadziwił.

Przez dłuższą chwilę on i Klace przyglądali się sobie. Zgromadzenie ucichło.

– Nagi pójdziesz na spotkanie z białym Zbawicielem – powiedział Klace.

Ludwig kiwnął głową.

Minęło kilka sekund.

Lars puknął go lekko w bok, szepcząc:

– Rozbierz się.

– Co? – zdziwił się Ludwig.

Rozejrzał się po sali. Wszyscy patrzyli na niego uważnie. Chyba nie miał wyjścia. Zdjął z siebie wszystko.

– Wiesz, co masz zrobić, bracie – powiedział Lars.

Ludwig popatrzył na Larsa, który pokazywał mu głową cynkowaną wannę.

Poczuł mrożący krew w żyłach fizyczny strach. Czy w wannie była krew? W co on się pakował, do cholery?

Bez słowa wszedł do wanny. Stał w letnim płynie, patrząc pytająco na Larsa, a potem na Klace'a.

– Jeśli cała twoja istota jest gotowa – powiedział z naciskiem przywódca – pokaż to tu i teraz, całym swoim ciałem.

Lars pokazał Ludwigowi, że ma usiąść w wannie.

Ludwig się wahał. Ale doszedł już tak daleko, że nie było odwrotu. Opierając się na brzegach wanny, zanurzył ciało w gęstej krwi. Na wpół leżał, a płyn dochodził mu do piersi. Teraz poczuł metaliczny, mdły smród. Myślał, że nie opanuje mdłości, ale jakoś udało mu się odzyskać kontrolę nad całym ciałem, z wyjątkiem dłoni, które drżały przyciśnięte do dna wanny.

Lars uśmiechał się szczęśliwy i powiedział coś, czego Ludwig nie usłyszał – może mówił tylko, że wszystko będzie dobrze.

Ludwig zamknął oczy.

– Przyjmij go – usłyszał szept Klace'a tuż za uchem. – Przyjmij białego Chrystusa. Czeka na ciebie.

Ludwig zrobił głęboki wdech i schował głowę pod powierzchnię.

Dwie silne ręce chwyciły go za ramiona i trzymały w gęstej mazi. Trzy, cztery sekundy, pięć, sześć sekund. Dziesięć sekund. W piersi czuł piekący kamień paniki, ale starał się nie robić gwałtownych ruchów, zachowywać się spokojnie. Minęło kolejnych pięć sekund. Kiedy właśnie zamierzał się podnieść, trzymające go ręce zniknęły. Usiadł gwałtownie, odczekał kilka sekund i – stanął wyprostowany.

W tej samej chwili wszyscy zgromadzeni zaczęli głośno wyrażać swoją aprobatę.

Metr dalej stał Klace z umazanymi rękami. Czyli to on go przytrzymywał, a nie Lars.

Ludwig zwrócił się w stronę sali. Ludzie ucichli. Głośno dysząc, podniósł wolno obie ręce do nieba, jak bokser ubrudzony krwią pokonanego przeciwnika.

Owacjom nie było końca. Ludwig widział płaczących mężczyzn, dzieci wpatrujące się jak zaczarowane w coś, co w ich mniemaniu było tym cudem, o którym tyle mówili dorośli, widział Jen Gerdsen kiwającą z szacunkiem głową, jakby prześcignął jej oczekiwania.

Każdemu oddechowi towarzyszył ból woreczka żółciowego. Po twarzy spływała mu krew, ale powstrzymał się przed jej wycieraniem. Chciał, żeby stado Klace'a zapamiętało go właśnie takiego. Dzikusa z krwią kapiącą z brody.

Podszedł Lars, okrywając go białym ręcznikiem kąpielowym. Po chwili był już czerwony jak fartuch rzeźnika.

– Chcesz coś powiedzieć? – spytał Klace, robiąc gest w kierunku mikrofonu.

Ludwig nie przygotował sobie żadnej mowy. Wyrzucał sobie teraz własną głupotę. Nie mógł jednak odpuścić.

Podszedł do mikrofonu. Publiczność ucichła. Słychać było pojedyncze łkanie.

Najważniejsza chwila. Udało mu się nie zepsuć przedstawienia Klace'a, to był priorytet numer jeden. A teraz musi przeciągnąć ten tłum na swoją stronę. Musi przyzwyczaić się do myśli, że jest jednym z nich. Przemówienie nie może być zbyt krótkie.

– Okradziono nas wszystkich – zaczął, patrząc z uznaniem na Larsa. – Teraz to rozumiem. Kiedyś miałem swoje życie. Pewną strukturę. Zwykle… w lutym z   ¹ᵃ kupowałem gałązki mimozy i zanosiłem je do domu. Moja żona uwielbiała jej zapach.

Było cicho. Ludwig sam się zastanawiał, dokąd zmierza ta historia.

– Ją też mi ukradziono – mówił dalej. Uśmiechnął się. – Zrobił to ksiądz katolicki.

– Nie! – ktoś zaprotestował.

– Pederaści i glob aliści! – krzyknął ktoś inny. – Precz z klerokracją! Chrystus na ‹ ι! Precz z cholernymi papieżami!

– A ja – powiedział Ludwig, rozkładając ręce – czy stawiałem opór? Brak odpowiedzi.

– Czy ruszyłem ręką w obronie mojej własności? Nie. Bo byłem stracony. Praktycznie rzecz biorąc, martwy. Aż do teraz czułem się wypalony i obumarły. Niedawno wsiadłem do samochodu i pojechałem przed siebie. Jechałem i jechałem, aż dojechałem tutaj, w góry.

– Bóg cię do nas przyprowadził! – krzyknął jakiś chudzielec.

Klace spojrzał na Ludwiga z uznaniem, sygnalizując jednocześnie, że czas na podsumowanie. Ludwig miał właśnie otworzyć usta, gdy uświadomił sobie, że coś w tej gromadzie mu nie pasuje.

Coś nie gra, jakiś element odstaje. Wśród słuchaczy stał mężczyzna, który wydawał się kompletnie obojętny. Nie bił braw, nie krzyczał, nie zmieniał wyrazu twarzy. Swoją nieufność wyrażał skrzyżowanymi na piersiach rękami. Miał ogoloną głowę i krótką kozią bródkę. Po kilkunastu sekundach Ludwig wreszcie sobie przypomniał, skąd go znał. Craig Winston – facet, którego GT podejrzewał o zainstalowanie pluskiew w biurach sztabu kampanii Harrimana. Teraz Ludwig dostrzegł też wytatuowane pazury na szyi.

Nie wolno się na niego gapić. Skończ to przedstawienie, skup się na tym.

Oderwał wzrok od ponurej miny obcego i wrócił do swojej mowy.

– Nie wiedziałem, czego szukam – powiedział głosem pełnym wiary i spokoju. – Teraz już wiem. To Bóg mnie szukał. I wreszcie mnie znalazł!

– Amen!

– Chcę wszystkim podziękować. Daliście mi powód, by dalej żyć.

I jak wiele innych kłamstw w życiu Ludwiga, również to było jednocześnie prawdą: rzeczywiście miał teraz po co żyć. Nawet jeśli miałoby to być jego ostatnie zadanie, zamierzał powstrzymać Melvina Klace'a.

las wolf hall
white haven, pensylwania/usa
nd 28 października 2012 roku
[11:30/est]

Mężczyźni, z którymi Ludwig dzielił namiot, zostali ochrzczeni zaraz po nim. Ich przemówienia nie dorównywały klasą przemowie gettysburskiej Lincolna, ale podniosła atmosfera w stodole została utrzymana.

Lars zaprowadził Ludwiga, nadal owiniętego zakrwawionym ręcznikiem, do stojącej na tyłach przyczepy kempingowej. Był tam prysznic z ciepłą wodą. Chyba jeszcze nigdy w życiu Ludwig nie szorował się tak dokładnie.

Kiedy skończyła się msza, a Ludwig miał znów na sobie swoje ubranie, chodził z Larsem po obozie i rozdawał porcje placka z jabłkami z papierowych kartonów umieszczonych na taczkach. Ludzie poklepywali go po plecach, ściskali mu dłoń.

– Jestem pod ogromnym wrażeniem – powiedział do Larsa. Mówił prawdę, nadal nie wyszedł z szoku. Wyrażenie „krwawa łaźnia" będzie już zawsze miało dla niego nowe znaczenie.

– Wszyscy przeszliśmy tę drogę – odparł Amerykanin.

Lars wydawał się zadowolony z uczuć, jakie obudziły się w Ludwigu, bo znaczyły, że przebudzenie religijne było autentyczne. Ludwigowi to pasowało, bo nie musiał nic mówić.

Nieustannie wypatrywał wśród ludzi obcego, który stał na mszy wśród publiczności i przewiercał go wzrokiem. Pół godziny i całą masę porcji placka z jabłkiem później obcy sam go znalazł.

– Licht – zawołał, wychylając głowę z namiotu. – Witamy w naszej wspólnocie.

W głosie brak oznak radości, ani śladu uśmiechu na zaciśniętych wargach. Ton głosu i mina pasujące do policjanta z drogówki, który recytował kategorie przewinień drogowych.

– Dzięki – powiedział Ludwig, podając mu rękę.

– Greg Wesley. Miło mi. – Odwrócił się do Larsa. – Co byś powiedział na wspólną kolację nad jeziorem?

– Świetnie – stwierdził Lars. – Sprawdzę tylko, czy Jen nie jest zajęta.

– I zabierz ze sobą nowicjusza. – Jego głos brzmiał autorytarnie, choć twarz wyrażała niepewność. Spojrzał na Ludwiga.

– Mam powiedzieć pozostałym nowicjuszom? – spytał Lars.

– Nie, tamtych już znam.

Ludwig milczał.

– Myślę, że skoro pochodzimy z różnych stron świata i w ogóle – powiedział do niego Greg – to powinniśmy mieć o czym gadać.

Jego spojrzenie było lodowate, ale stanowczo nie martwe. Trudno było wyczuć, o co mu tak naprawdę chodziło.

– No jasne – potwierdził Ludwig.

– Dobrze! Przyniosę piwo – powiedział Greg, spoglądając na przylizanego chłopaka, który siedział dwadzieścia pięć metrów od nich i czytał Biblię. – Przecież nie jesteśmy w klasztorze.

*

Ludwig miał już dość dobry obraz posiadłości Klace'a. Samo ranczo, budynki otoczone murem, znajdowało się w południowej części prostokąta o powierzchni wielu hektarów. Na północy i zachodzie rozciągały się lasy, jezioro, w którym Ludwig pływał trzy dni temu, uciekając z furgonetki Larsa i Jen, znajdowało się natomiast kilka kilometrów na wschód.

Tuż przed siódmą wieczorem Ludwig, Lars i Jen poszli przez las na plażę, gdzie czekał na nich Greg Wesley z kartonem schłodzonego, bo stojącego w jeziorze piwa. Rozpalił też niewielkie ognisko. Sto metrów dalej znajdował się domek myśliwski, obok którego Ludwig ukrył pistolet.

Lars rozłożył zapasy jedzenia: wędzona gicz jagnięca z sałatką coleslaw i grillowaną kukurydzą.

– Niezłe, co? – spytał Lars.

– Super. – Ludwig odłożył papierowy talerz i wypił kilka łyków piwa.

Greg Wesley, w sztabie wyborczym Harrimana znany jako Craig Winston, zrobił identycznie, a potem wyciągnął paczkę papierosów z kieszeni na piersi ocieplanej kurtki dżinsowej.

– I jak się czujesz? – spytała Jen.

Pod kurtką maskującą miała podkoszulek z mało pochlebnym zdjęciem prezydenta i tekstem:

GDYBYM WIEDZIAŁ
SAM BYM SOBIE NAZBIERAŁ CHOLERNEJ BAWEŁNY

– Jestem cały czas zszokowany – odpowiedział Ludwig.

– To normalne – powiedział Greg. Mówił dialektem podobnym do dialektu Klace'a, innym niż tamta dwójka. – Ja też tak miałem, gdy przeszedłem chrzest. Wielka sprawa. Na początku człowiek się wstydzi tego, kim jest, a potem zaczyna być dumy ze swojego pochodzenia.

Ludwig kiwnął głową, nie odrywając wzroku od jeziora. Od czasu do czasu wiatr zmieniał kierunek i porywał ze sobą trochę dymu, który piekł w oczy. Było już ciemno, w pofalowanej powierzchni wody tańczyły refleksy światła półksiężyca.

Jego towarzysze gawędzili sobie dalej, plotkowali o różnych podgrupach w obozie. Grega szczególnie irytowali członkowie Militia Vanguard, wrogowie podatków, nazwał ich „rozwodnionymi libertarianami". Ludwig obserwował całą trójkę, próbując uporządkować swoją wiedzę na ich temat. Pytań było dużo więcej niż odpowiedzi. Dlaczego bractwo skrajnie prawicowych fundamentalistów przejmuje się tym, kto wygra wybory do Kongresu? Różnica między Ronem Harrimanem a Gwen Heart, czyli w zasadzie między demokratami a republikanami, musi być dla nich niezauważalna. Ludwig przypomniał sobie znudzoną minę Klace'a na spotkaniu wyborczym Heart w kościele. Nie widać było, żeby pałał entuzjazmem na myśl o jej kandydaturze. Jakie znaczenie dla tych ludzi miało, kto zdobędzie jedno ze stu miejsc w Izbie Reprezentantów w Waszyngtonie? Przecież marzyło im się raczej, żeby zrównać Waszyngton z ziemią.

Oczywiście jego rozumowanie opierało się na założeniu, że Gwen Heart rzeczywiście była tą, za którą się podawała. A może prawda była całkiem inna? Może była koniem trojańskim, może działała w zmowie z Klace'em i jej zadaniem była infiltracja Kongresu?

Ludwig postanowił przewekslować rozmowę na bardziej produktywne tematy:

– Jak myślicie, kto wygra w wyborach?

– Znowu wygra wielki kosmopolita – zaczęła Jen. – Po jego stronie są Żydzi z Wall Street, Żydzi z mediów, a wielkomiejską hołotę przekupuje kartkami na jedzenie i bezpłatną opieką zdrowotną.

– A tu, u was?

– Wygra Heart – powiedział Greg. – Jej przeciwnik to pedał. Heart go zmiażdży.

– A ona jest sensowna?

Greg prychnął. Jen się roześmiała.

– Należy do zwolenników klerokracji, jak oni wszyscy – stwierdziła. – Choć trzeba przyznać, że przynajmniej opiera się na zdrowych instynktach. Tyle że jest częścią judeochrześcijańskiego kastrowania kultury. Mainstreamowa cipa.

– Wypijmy za to – powiedział Greg, rzucając Jen przeciągłe spojrzenie.

– No ale pewnie jest lepsza od Harrimana? – ciągnął temat Ludwig.

Greg wpatrywał się teraz w noc.

– Właściwie to nie – odpowiedział. – Świadomość rewolucyjna ma lepsze warunki rozwoju, jeśli przy władzy są zdeklarowani wrogowie ludu.

Greg był kompletnie inny od Larsa. Jego widzenie świata dużo bardziej opierało się na zależnościach politycznych niż religijnych. Lars był co prawda właścicielem strzelnicy, ale z pewnością nikogo nigdy nie zabił. Przeciwnie niż Greg – Ludwig miał co do tego tak silne przeczucie, że nie mógł się mylić. Ten facet brał udział w walce. Dowodziło tego jego mroczne, rozbiegane spojrzenie, napięcie, ciągle zmieniająca się mimika. To był żołnierz. A na dodatek żołnierz myślący.

Ludwig przypomniał sobie teraz słowa, które Lars wypowiedział do siostry tamtego wieczoru, w furgonetce: „Tylko Sarah i Greg mają wgląd w jego plany".

Lars kiwał potakująco, wydawało się, że imponuje mu Greg i jego interpretacja teorii rewolucji Lenina. Ich relacja była jednoznaczna: Lars na dole, Greg na górze. Ludwig ułożył układankę. Greg Wesley musiał znajdować się na samej górze łańcucha pokarmowego.

Greg lekko się skrzywił.

– Myślę, że wystarczy tego gadania o republikańskim tak zwanym prawym skrzydle. To mnie tylko wkurza. Ludwigu, brałeś udział w walce tam u siebie?

– Nie – odpowiedział Ludwig bez wahania.

– Jak to możliwe? – głos Grega brzmiał bardzo miękko.

– Tam nie ma żadnej walki.

Greg spochmurniał.

– Co masz na myśli? – spytał cicho. Jeszcze przed chwilą jego wzrok błądził niespokojnie po otoczeniu, teraz patrzył na Ludwiga z jawną wrogością. Zmiana nastąpiła bardzo szybko, zbyt szybko. Tak jakby cały czas tylko czekał, aż nadarzy się okazja.

Dzwonki ostrzegawcze w głowie Ludwiga zaczęły dzwonić jak szalone.

– Tam, skąd pochodzę, walka zakończyła się prawie siedemdziesiąt lat temu – wyjaśnił. – Naszą przegraną, cały świat o tym wie.

– Dlaczego twoim zdaniem przegraliście?

– Bo Rosjan było więcej. A do tego wy, Amerykanie, walczyliście po ich stronie.

– Czyli teraz ludzie w waszych bogatych krajach siedzą na tyłku i użalają się nad swoim losem.

Greg świadomie prowokował, a Ludwig nie mógł udać, że tego nie słyszy. Bardziej niż kiedykolwiek musiał z wyczuciem budować wiarygodną legendę.

– Byłeś tam kiedyś, Greg?

– Nie.

– To może zamkniesz dziób.

Jen i Lars przyglądali się tej wymianie zdań z rosnącym niepokojem.

– Zawsze jesteś taki przewrażliwiony? – spytał Greg.

– Zawsze jesteś taki ciekawski?

Nie spuszczali z siebie wzroku.

Ludwig zobaczył to, co chciał zobaczyć. Czy trudno było sobie wyobrazić Grega w roli zabójcy szesnastoletniego chłopaka? Nie trudniej niż zmieniającego wycieraczki w samochodzie.

Twarz Grega złagodniała, ale chłód w głosie pozostał:

– Melvin jeszcze nigdy tak szybko nie zaakceptował nowego.

A więc o to chodzi. Greg obawiał się o swój rewir.

– Nie należę do ludzi wpychających się tam, gdzie ich nie chcą – mruknął Ludwig.

– Słyszałeś o procesach czarownic? – spytał Greg. – Kiedy wrzucali ludzi do wody, żeby zobaczyć, czy woda ich utrzyma.

– Masz ochotę na kąpiel? – Ludwig machnął ręką w stronę jeziora, w którego lodowatej wodzie musiał pływać trzy dni wcześniej.

Greg uśmiechnął się półgębkiem.

– Melvin powiedział, że zaimponował mu twój rodowód.

– Aha – mruknął Ludwig, udając obojętność. W środku paliło go tak, jakby połknął łyk sody kaustycznej.

– Poręczyli za ciebie Jen i Lars – łysiejący Amerykanin kontynuował swój opis stanu faktycznego.

Ludwig milczał.

Greg wypił łyk, wcisnął butelkę w piasek i beknął.

– A ja nie jestem za bardzo przekonany.

– To słychać – potwierdził Ludwig.

Lars postanowił zainterweniować.

– Spokojnie, panowie.

– Ja jestem spokojny – odparował Greg.

– Świetnie – stwierdził Lars.

– A ty? Jesteś spokojny? – spytał Greg, gapiąc się na Ludwiga. Skrzydełka nosa poruszały mu się jak u psa kilka sekund przed atakiem.

– Tak, raczej tak – odpowiedział Ludwig.

Greg poszedł do jeziora i przyniósł kolejne piwo dla każdego. Kiedy usiadł, zaczął się znowu badawczo przyglądać Ludwigowi. Przez chwilę wyglądał, jakby mu przeszło. W końcu wypalił:

– Zobaczymy, do czego się nadajesz.

– Zwróciłeś uwagę na pewną charakterystyczną rzecz? – zaczął Ludwig, strzelając palcami. – Im mniejszy pies, tym głośniej szczeka. Wystarczy, że ktoś stanie za drzwiami, a ten już ujada jak opętany. Dlaczego tak jest, jak myślisz, Greg? Chce zaznaczyć swoją obecność, to jasne. Myślę jednak, że chodzi o coś więcej. – Pochylił się. – Skurczybyk jest śmiertelnie przestraszony, że do rodziny wejdzie większy pies.

Greg wpatrywał się w niego bez ruchu. Oddychał głośno przez na wpół otwarte usta.

Minęło kilka sekund. Jen się podniosła, stanęła przy Gregu, który nadal świdrował Ludwiga spojrzeniem.

– Dajcie sobie spokój – powiedziała. – Obydwaj.

Lars spojrzał w inną stronę, podrapał się po karku i zaczął się bawić otwieraczem.

Greg spojrzał na Jen.

– Jasne – odpowiedział. – Dajemy sobie spokój. – W jednej chwili zmienił mu się wyraz twarzy, uśmiechnął się i wyciągnął rękę do Ludwiga.

Ludwig ją przyjął.

– Ostatnio prawie nie piję – powiedział Greg. – Od razu wali mi w czerep. Bardzo mi przykro.

Ten fałszywy drań kłamie tak samo jak ja, pomyślał zafascynowany Ludwig. *Trzyma się jak najbliżej prawdy.*

– Nie ma problemu – stwierdził Ludwig.

– No właśnie – powiedziała Jen i podeszła do wody.

Uśmiech Grega utrzymywał się odrobinę za długo. Ale sytuacja była opanowana. Ludwig spojrzał w przeciwną stronę.

Postanowił zmienić temat.

– Słuchajcie, muszę zadać to pytanie – powiedział. – Co to była za krew, ta w wannie?

Lars wzruszył ramionami.

– Z tym jest różnie.

Ludwigowi nie udało się wyciągnąć z niego nic więcej, więc odchylił się, opierając łokciami o piasek, i spojrzał w niebo.

– Słyszeliście o nadchodzącej wichurze? – spytał Lars. – Mówią, że będzie prawie huragan.

– E tam, tutaj nie dotrze. – Greg przestał wreszcie gapić się na Ludwiga i odwrócił się do Larsa. – Przecież zawsze tak jest, nie? Straszą, gadają, a jak przyjdzie co do czego, to wali w Południowe Wybrzeże i zmiecie do wody kilka kaktusów i paru czarnuchów.

– Obyś miał rację – stwierdził Lars. – Bo inaczej będzie kupa roboty ze zwinięciem całego obozu.

– Jak to mówi Melvin: miej ufność!

Lars się uśmiechnął.

– Tam, skąd pochodzisz, chyba nie ma orkanów, co, Ludwigu?

– Nie ma.

– Powinniście się cieszyć.

Przysunęli się jeszcze bliżej ognia. Temperatura spadła do dwóch, trzech stopni, więc przy każdym wydechu z ich ust wydobywały się obłoczki pary. Nagle usłyszeli z oddali alarm samochodowy, który ucichł jeszcze szybciej, niż się zaczął.

Przy linii wody stała Jen Gerdsen, obejmując się ramionami. Patrzyła na wodę. Zaczesała palcami włosy za uszy. Ludwig poczuł magnetyczną, hipnotyczną chęć, by podejść do niej, stanąć obok i objąć ją ramieniem. Próbował myśleć o tym, kim była; c z y m była. Ale słowo „szkodniki", które pojawiło się podczas rozmowy z Leyą, nie pasowało mu w tym przypadku: nie mógł tak patrzeć na Jen, chociaż powinien. Widział taki sam typ ludzi zbyt często – krzyczeli najgłośniej, bo najmniej czuli. Poobijani, wypaleni, a przez to śmiertelnie niebezpieczni. Taka Gudrun Ensslin z Grupy Baader-Meinhof albo Magda Goebbels wśród grubych ryb Hitlera.

Czyżby miał kompleks Mesjasza? To żałosne. Przeklinał swoją słabość, próbował zająć głowę czymś innym.

– Wracamy? – spytał Lars. – O wpół do dziewiątej mam prowadzić kurs.

Greg rozejrzał się dookoła.

– O wpół do dziewiątej?

– Polowanie z noktowizorami.

198

Zgasili ogień i posprzątali po sobie. Gdy byli gotowi do wymarszu, dołączyła do nich Jen. Podczas spaceru przez ciemny las Ludwig czuł na karku ich spojrzenie: i Jen, i obu mężczyzn. Nie miał wyjścia, musiał brnąć w to dalej.

hotel ramada inn
wilkes-barre, pensylwania/usa
nd 28 października 2012 roku
[23:15/est]

Półgodzinną ciszę w apartamencie w Ramada Inn przerwała wreszcie Leya.

– Nie, to bez sensu. – Jej głos brzmiał metalicznie.

Boyd i Hazlit otworzyli szeroko oczy.

– Szanse, że Licht zdąży zdobyć konieczne informacje w tak krótkim czasie, są minimalne – mówiła dalej. – Wybory za dziewięć dni. Musimy nastawić się na najgorsze. Boyd, jaki masz plan eksfiltracji?

– Wywiezienie przez policję – stwierdził Boyd. – Jedziemy tam w mundurach i udajemy aresztowanie. Musi się wiele zdarzyć, żeby ludzie zaczęli strzelać do policjantów.

– Nie potrzebujesz do tego samochodów policyjnych?

– Scranton wyprzedaje połowę floty.

– Jedź tam jutro rano i kup ze dwa. Ja zadzwonię do GT, żeby przysłał więcej ludzi. Ilu nam potrzeba?

– Dwa samochody, po trzech policjantów w każdym. Jakoś tak. I blachy dla wszystkich.

– Okej. Jest was dwóch. Powiem, żeby przysłali jeszcze czterech. I potrzebujemy oczu.

– EXPLCO ma dwa drony – powiedział Hazlit. – Stoją nieużywane w hangarze w Maryland.

– Dlaczego? – spytała Leya.

– W oczekiwaniu na nowe wytyczne z Urzędu Lotnictwa. Mają się pojawić w dwa tysiące piętnastym roku. Do tego czasu nie można nimi latać w amerykańskiej przestrzeni powietrznej.

201

– Jestem ciekawa, czy GT przejmuje się przestrzeganiem przepisów – stwierdziła Leya.

– Patrząc na zbliżający się huragan – wtrącił Boyd – jest to chyba pytanie teoretyczne.

– Prędzej czy później huragan minie – powiedziała Leya. – Połącz mnie z GT.

– Na Islandii jest trzecia w nocy – powiedział Hazlit, wybierając numer. – Tak tylko mówię, żebyś była przygotowana.

las wolf hall
white haven, pensylwania/usa
pon 29 października 2012 roku
[08:45/est]

Kiedy rankiem następnego dnia po ceremonii chrztu Ludwig gotował kawę na kocherze, wiatr szarpał połami namiotu. Ponieważ tabletki nasenne zostawił w hotelu i źle spał, nasypał do kubka sporą dawkę kawy rozpuszczalnej, żeby jakoś zacząć funkcjonować. W garnku zostało mu dużo gorącej wody. Znalazł termos w wojskowych barwach, wrzucił do niego kilka czubatych łyżek brązowego proszku, zalał parującą wodą, zakręcił korek i potrząsnął.

Brak tabletek i alkoholu był katastrofą. Pocieszało go jedynie to, że woreczek żółciowy wreszcie przestał mu dokuczać swoim ćmiącym bólem.

Nie było mleka, więc pił tłustą, gęstą czarną maź. Trzymając w ręce niebieski metalowy kubek, przeszedł się po obozie. Widać było, że ludzie martwią się pogodą, ciągle spoglądali na wiszące nad nimi ciemne chmury. Z włączonego radia popłynął komunikat: „Superorkan Sandy dotarł do stanu New Jersey. Gubernator Christie ogłosił stan klęski żywiołowej, a stany Nowy Jork, Delaware, Wirginia i Maryland prawdopodobnie zrobią to w najbliższym czasie. Również w Pensylwanii władze apelują do mieszkańców, żeby szukali schronienia i przebywali w budynkach w trakcie ataku sztormu, który, jak się przewiduje, potrwa dwa dni".

Nie widział nikogo spośród najbliższych pomagierów Klace'a. Ludzie biegali w tę i z powrotem, zastanawiali się, gdzie się skryć, próbowali uciszać dzieci. Około dziesiątej, gdy Ludwig wrócił do punktu wyjścia, zaczął padać deszcz ze śniegiem. Wszyscy uciekali do namiotów. Po piętnastu minutach przestało padać. Ciemne niebo uspokoiło się jak w dniu sądu ostatecznego. Od razu zrobiło się bezwietrznie. Jedna czwarta sklepienia nieba była mlecznobiała, a reszta czarna, poruszająca się jak płynny dziegieć.

Z tego nadnaturalnego półświatła wyłonił się Melvin Klace. W długim baranim kożuchu zbliżał się do Ludwiga z groźną miną i wkroczył bez słowa do jego namiotu. Ludwig obejrzał się za siebie, rozpiął kurtkę i poszedł za nim.

W związku ze sztormem niewątpliwie trzeba będzie ewakuować obóz i jeśli Klace liczył przy tym na pomoc Ludwiga, to miał właśnie okazję go wypróbować. Pytanie tylko, jaki raport na temat wczorajszego wieczoru na plaży złożył mu Greg Wesley.

Wysoki Amerykanin usiadł z szeroko rozstawionymi nogami na rozkładanym krześle reżyserskim. Przez tkaninę spodni, których nogawki podsunęły się do góry, ukazując zabłocone czarne sznurowane buty, widać było zarys chudych kolan. Obiema rękami pogładził mokrą brodę i wbił wzrok w Ludwiga, jakby dopiero teraz uświadomił sobie, że nie jest sam.

– Kawy? – spytał Ludwig, podchodząc z termosem w ręce.

Mimo braku odpowiedzi nalał kawy do kubka. Klace wziął go bez słowa i się napił.

– Rozumiesz, co się wczoraj zdarzyło? – zapytał w końcu siwowłosy mężczyzna.

– Tak. To było niesamowite przeżycie.

– Ateiści przeżywają zawsze największe olśnienie, gdy wreszcie zobaczą światło.

Ludwig usiadł na podłodze ze skrzyżowanymi nogami.

– Jakbym umarł, a teraz… zaczął się na nowo budzić.

Klace otworzył szeroko oczy. Chciał coś powiedzieć, ale zagryzł wargi. Po chwili kiwnął głową i stwierdził:

– Dobrze.

– Mam pięćdziesiąt sześć lat – kontynuował Ludwig. – Nigdy o siebie nie dbałem. Przy dobrych wiatrach zostało mi jakieś piętnaście lat życia.

– Jest aż tak źle?

– Tak, jest aż tak źle. Nie mogłem spać dziś w nocy. Przemyślałem wiele spraw. Postanowiłem, że czas, który mi został, muszę wykorzystać na coś pożytecznego. Tutaj, u was, jeśli mnie przyjmiecie. Albo gdzie indziej.

Klace zamknął oczy. Kiedy je ponownie otworzył, jego twarz się zmieniła, uspokoiła.

– Jakich miałeś zleceniodawców przez te wszystkie lata, Ludwigu?

– Stasi. CIA. Duński PET, chyba tylko raz. Włosi.

– Więc nie zaprzeczasz, że pracowałeś dla federalnego rządu Ameryki.

– Przecież mieszkałem w kraju komunistycznym! To nie była praca dla kogoś, tylko praca przeciwko kryminalnemu reżimowi.

– Mogę zrozumieć, że w różnych sytuacjach człowiek jest zmuszony do współpracy z... mało apetycznymi wspólnikami. Coś o tym wiem. Ale moje źródła twierdzą, że pracowałeś dla CIA nawet po upadku komunistów.

– Tak. Prowadzenie restauracji nie do końca odpowiadało moim oczekiwaniom.

Klace uśmiechnął się z przekąsem.

– To prawda, nie ty jeden masz takie odczucia.

Jego źródła twierdzą. Jakie ten skurczybyk miał źródła? Kontakty w Niemczech? Ktoś z CIA? Ten drugi scenariusz był jak najbardziej prawdopodobny. Jakiś emerytowany urzędnik CIA o osobliwych sympatiach politycznych. Ktoś taki mógł sporo wiedzieć, pod warunkiem, że pochodził z jednostek operacyjnych. Po przeanalizowaniu przeszłości Ludwig nie znalazł niczego takiego w ostatnich dwudziestu latach, co mogłoby odstraszyć Klace'a.

Musiał postawić na jak największą otwartość. Może to pierwsze i ostatnie spotkanie w cztery oczy z przywódcą.

– Panie Klace...

– Mów mi Melvin.

– Melvinie, to prawda, że kilka razy wykonałem czarną robotę na zlecenie CIA. Dla pieniędzy. Nie miałem za bardzo w czym wybierać, więc przyjmowałem wszystko, co wpadło w ręce.

– I co?

– Więc jeśli nie masz dla mnie żadnych zadań, to podziękuję i pojadę dalej, może gdzieś znajdę kogoś, kto mi coś zaproponuje. Ale już nie dla pieniędzy. Z tym już skończyłem.

– Moje stale rosnące zapotrzebowanie na ludzi, którzy coś potrafią – powiedział Klace, krzyżując ręce na piersiach – niestety idzie w parze z rosnącą potrzebą...

– ...bezpieczeństwa operacyjnego – dokończył za niego Ludwig.

– Tak to można nazwać, rzeczywiście.

Ludwig podniósł się z podłogi, podszedł do wyjścia i wyjrzał na zewnątrz. Nie odwracając się, powiedział:

– Przeanalizowałem twoją organizację. Jeden brak rzuca się wyjątkowo w oczy: przy tylu różnych grupach i frakcjach nie da się utrzymać rozsądnego poziomu bezpieczeństwa.

– Zgromadzenie jest organizacją parasolową – powiedział po namyśle Klace. – Nie da się zmusić wszystkich, żeby na każdy temat myśleli tak samo. I nie ma takiej potrzeby, dopóki wszyscy są zgodni co do kierunku.

– Ale nie masz bladego pojęcia, kogo przyjmują do siebie poszczególne frakcje.

– Nie. Ale mam bardzo dobre rozeznanie, jeśli chodzi o ich przywódców. Nigdy by mnie nie zdradzili.

Ludwig odwrócił się, mówiąc:

– Mam nadzieję, że się nie mylisz.

Teraz i Klace podniósł się z krzesła.

– Nie mylę się. Ale o tym porozmawiamy innym razem, Ludwigu. Zacznijmy od tego, że pomożesz ulokować moich gości w bezpiecznym miejscu. Huragan dotrze tu za kilka godzin. Musimy przeprowadzić ewakuację.

– Jaki jest plan? Co z nimi zrobić?

– Mam schron – powiedział Klace z taką nonszalancją, jakby mówił o ogródku warzywnym. – Greg ci pokaże.

– A więc masz schron – powtórzył Ludwig. Przypomniał sobie mistyczną klapę chronioną kamerami monitoringu, którą widział na polanie kilka dni wcześniej.

Klace wyszedł z namiotu.

– Dopilnuj, żeby zachowali spokój. Niektórzy będą chcieli zaryzykować, wsiąść w samochody i odjechać. To nie jest dobry pomysł. Trzeba im przemówić do rozsądku.

Po tych słowach odszedł w stronę pola, na którym zaparkowane były samochody uczestników.

Wiało coraz gwałtowniej. Wiatr unosił iskry i popiół z pobliskich ognisk. Niskie czarne chmury poruszały się coraz szybciej, a biały fragment nieba skurczył się do wąskiego paska nad północnym horyzontem. Ludwig zapiął kurtkę i poszedł wydać swój pierwszy rozkaz.

– Gasić ogniska! – Wziął do ręki gruby patyk, szedł od namiotu do namiotu i walił w nie patykiem. – Gaście ogniska i pakujcie swoje rzeczy.

*

O drugiej wszystkie namioty były złożone. Ludwig i Greg instruowali uczestników, żeby zanieśli oprzyrządowanie namiotowe do samochodów i wrócili do obozu.

– A pozostałe graty? – zawołała pierwsza z kobiet, które wróciły.

Ludwig spojrzał na Grega, który odpowiedział, przekrzykując wiatr:

– Z wyjątkiem namiotów wszystko zabierzecie tam, gdzie zaraz pójdziemy.

Wyjący wicher targał czubkami drzew. Spadający z nieba deszcz ze śniegiem ciął ich po twarzach jak rój rozwścieczonych os.

– A dokąd właściwie pójdziemy? – spytała kobieta.

– O to się nie martw – uspokoił ją Greg. Zwrócił się do Ludwiga: – Chyba zrobimy odmarsz.

– Gdzie jest Klace? – zapytał Ludwig. – Ludzie są przerażeni. Chyba nie zaszkodziłoby, gdyby…

– To nieelegancko pytać, gdzie jest gospodarz – odpowiedział Greg. Z oddali usłyszeli łoskot; jakieś drzewo nie wytrzymało naporu i się złamało. – Chodź.

Trzystu trzydziestu dwóch członków zgromadzenia – Ludwig liczył ich najpierw rano, a potem jeszcze raz przed odmarszem – w szybkim tempie maszerowało na zachód, oddalając się od rancza Klace'a i jeziora. Szli w dwóch szeregach, trzymając się głębokich kolein wyżłobionych przez traktor; na czele Greg i pięciu innych pomagierów Klace'a, Jen i Lars pośrodku. Na samym końcu Ludwig z dwoma mężczyznami, którzy zabrali go z hotelu. Pilnowali, żeby żadne dziecko się nie pogubiło. Nie było to wcale łatwe, bo widoczność pogarszała się z każdą chwilą.

Jacyś idioci zaczęli śpiewać amerykańską wersję *Pieśni Horsta Wessela*, starego hymnu SS. Ludwig nie wierzył własnym uszom i z całej duszy życzył im śmierci. Nagle jakiś pięciolatek poślizgnął się na błocie i zaczął wrzeszczeć. Kiedy Ludwig pobiegł naprzód, żeby pomóc maluchowi, zobaczył coś oczywistego – w pełni zrozumiały strach w oczach dziecka. Wszyscy ci szaleńcy też kiedyś byli dziećmi. Ta myśl była straszliwie deprymująca. Bo pewnego dnia te dzieci przejmą pałeczkę i pociągną dalej to wariactwo.

Pół godziny później doszli do polanki z klapą w ziemi. Kilka młodych drzewek na obrzeżu poręby wygięło się tak mocno, że gałęziami prawie zamiatało ziemię.

Greg krzyczał, stojąc na czele grupy, z ręką w górze.

Kilku mężczyzn podniosło wspólnymi siłami wielką klapę, która spadła z hukiem do tyłu. Ludwig przecisnął się przez tłum.

– Świetnie, poprosimy naszego niemieckiego brata, żeby zajął się tworzeniem kolejki – powiedział Greg. Jego koledzy się roześmiali. Jednym z nich, Ludwig zobaczył to dopiero teraz, był mężczyzna, którego Klace uderzył w twarz podczas zebrania wyborczego Gwen Heart w kościele. On też odnosił się do nowego z dużą rezerwą.

Ludwig lekko się skrzywił.

– Szkoda, że nie rozumiem tego typu dowcipów.

Greg poklepał go po plecach, odwrócił się i zaczął schodzić po betonowych schodach kryjących się pod klapą. Na dole czekały szare stalowe drzwi i terminal do zamka szyfrowego. Amerykanin wytarł ręce w spodnie i wbił kod.

Przesuwne drzwi rozsunęły się bezszelestnie. Rozbłysły świetlówki na poręczy. Greg kiwnął do niego głową.

– Uwaga, ruszamy po kolei, spokojnie! – krzyczał Ludwig do tłumu. – Jedna rodzina za drugą. Bez przepychanek. Ostrożnie.

Jak strażnik krainy zmarłych Ludwig stał z rękami rozłożonymi na boki tuż przy pierwszym, śliskim schodku. Machnął dłonią. Ludzie zastanawiali się, dokąd właściwie idą. W końcu wszyscy, jeden przemoczony i prawowierny Aryjczyk za drugim, zeszli do osobistej wersji podziemia stworzonej przez Melvina Klace'a.

OPUS 14 MINUS 7 DNI

BOSKI RUCH SPOŁECZNY

Orkan Sandy niczym wygłodniałe zwierzę szalał przez dwie doby po północno-wschodnich regionach kraju. Wkroczył na ląd w rejonie New Jersey wczesnym rankiem dwudziestego dziewiątego października i wyzionął ducha w pobliżu granicy z Kanadą. Po drodze były Wyoming Valley i Pensylwania.

W schronie dało się usłyszeć, jak huczy i wyje na górze. W kanałach wentylacyjnych nieustannie rozlegały się głośne trzaski, jakby ktoś usiłował dostać się do środka. Od czasu do czasu świetlówki mrugały ostrzegawczo, ale najdłuższa przerwa w dostawie prądu trwała zaledwie piętnaście sekund, potem uruchomił się generator awaryjny i sytuacja została opanowana.

Schron był wysoki, miał ściany wyłożone kafelkami w kolorze kości słoniowej i pomalowane na biało betonowe posadzki. W dwóch dużych salach, gdzie zakwaterowano ludzi, stały słupy wyłożone takimi samymi kafelkami jak ściany. Zamocowane w suficie świetlówki dawały ciepłe żółte światło. W jednej sali był projektor i ekran. Pierwszego wieczoru odbył się pokaz *Pasji*. Większość uczestników obozu pozwoliła swoim dzieciom oglądać rozwlekłe sceny tortur, wyjaśniając im po cichu kwestię zła.

Długie korytarze pełne były drzwi prowadzących do mniejszych pokoi, wyposażonych w przymocowane do ścian stalowe regały. Większość drzwi była pozamykana, ale w otwartych pomieszczeniach magazynowych Ludwig widział spore zapasy wody, żywności, leków, akumulatorów i latarek. Domyślał się, że za zamkniętymi schowano broń i amunicję. Klace mówił przecież w swoim kazaniu, że pierwszym surwiwalowcem był Noe.

213

Pięćdziesięciometrowy korytarz główny kończył się rozgałęzieniem w kształcie litery T. Wędrując korytarzem pozbawionym drzwi, po kilkuset metrach w jedną lub drugą stronę dochodziło się do końca. Ludwig zakładał, że zamknięte na klucz drzwi, które napotkał na obu krańcach korytarza, prowadziły do takich samych schodów i klapy jak te na polance. Był to rodzaj wyjść awaryjnych. W schronie przebywali wszyscy z wyjątkiem Klace'a. Ludwig patrolował korytarze i zaglądał do sal, w których uczestnicy obozu leżeli na cienkich materacykach. Koców wystarczyło dla wszystkich, ale był wielki problem z poduszkami: wielu zostawiło je w samochodach, razem z namiotami, które Klace im podarował, i teraz musieli zadowolić się ręcznikami frotté pod głową. Drugim problemem była ciepła woda. Wody w zbiorniku wystarczało na dziesięć pryszniców, potem należało poczekać godzinę, żeby nagrzała się kolejna porcja.

Ludzie zachowywali się spokojnie. Panował porządek. Większość okazywała zadowolenie typowe dla kogoś, kto uniknął katastrofy i docenia to, co niezbędne w życiu. Innymi słowy, czuli wdzięczność wobec swojego przywódcy i gospodarza.

*

Zaraz po lunchu we wtorek trzydziestego października, następnego dnia po zejściu do schronu, Ludwig postanowił skomunikować się z Leyą. Przeszedł korytarzem głównym, minął sale noclegowe i dotarł do drzwi. Natychmiast usłyszał za sobą kroki.

Odwrócił się i zobaczył uradowane spojrzenie Grega Wesleya.

– Dokąd się wybierasz? – spytał Amerykanin.

– Muszę wyjść na powietrze. Zaczynam świrować w tych murach. Możesz wbić kod?

Greg spojrzał w górę.

– Dzisiaj wieje jeszcze gorzej niż wczoraj. Najostrzej jak się da. Dlatego uważam, że najlepiej będzie, jeśli wszyscy zostaniemy na dole.

Odwrócił się na pięcie i odszedł.

Cała ta sytuacja mogła wprowadzać w błąd. Ludwig musiał

ciągle występować w charakterze cierpliwego strażnika więzienne-go wobec członków zgromadzenia. Prawie zapomniał, że jedynym więźniem w tym schronie był on sam.

```
hrabstwo lackawanna, countryhouse square
      scranton, pensylwania/usa
      czw 1 listopada 2012 roku
            [10:45/est]
```

Pięć dni, pomyślał Ron Harriman, stojąc na schodach sądu przed niewielkim parkiem. Był to piękny budynek z dziewiętnastego wieku, prawdziwa murowana katedra z wieżyczkami i innymi ozdobami. Większość konferencji prasowych odbywała się tu, a nie przed ratuszem, bo to miejsce było najpiękniejsze w całej starej części Scranton. Mimo to miał moment zawahania, czy powinien występować na tle sądu, jakby właśnie z niego wyszedł, usłyszawszy wyrok uniewinniający oparty na niuansach proceduralnych.

Nie miał na sobie garnituru, uważał, że wypadłoby to niestosownie w chwili, gdy zamierzał zamanifestować współczucie dla ofiar huraganu. Był ubrany w dżinsy koloru khaki, trapery i granatową kurtkę operatorkę. Bardziej niż kiedykolwiek wyglądał jak prezydent na krótkim urlopie w Camp David.

Wybory za pięć dni. Uda się. Jeszcze mnie nie wykończyli.

Przez przypadek cyfra pięć oznaczała również liczbę dziennikarzy przybyłych na konferencję, czyli mniej więcej jedną piątą tego, czego oczekiwał jego sztab. Trzech gryzipiórków z lokalnej prasy, jeden reporter telewizyjny z drugiej co do wielkości lokalnej stacji plus jego kamerzysta.

Wszędzie, nawet na schodach, leżały porozrzucane konary, gałęzie i liście. Na trawniku walały się śmieci z przewróconych przez wiatr koszów.

U boku Harrimana stał burmistrz z Partii Demokratycznej, którego obecność nie wnosiła raczej nic istotnego, ale jego nieobecność

217

byłaby jeszcze gorsza. Odchrząknął. Na szczęście słońce wyjrzało właśnie zza chmur po raz pierwszy od trzech dni, więc Harriman postanowił wykorzystać ten moment i rozpocząć oświadczenie.

– Stoimy tu w naszej Pensylwanii zjednoczeni siłą – powiedział z marsową miną. – Zawsze tak było. Dziś modlimy się za tych, których straciliśmy podczas orkanu, i obiecujemy sobie nawzajem, że podejmiemy usilne działania, żeby Waszyngton pomógł nam przy usuwaniu skutków wichury. Stany Zjednoczone stracą rozpęd bez Pensylwanii!

Ten ostatni, zaimprowizowany naprędce okrzyk nie wzbudził zainteresowania znudzonych dziennikarzy. Dwaj uśmiechnęli się tylko ironicznie.

Kobieta z telewizji machnęła ręką. Harriman kiwnął głową.

– Jaki wpływ na pana szanse wyborcze ma perspektywa ciągnącego się w nieskończoność procesu z rodziną Christophera Warsinsky'ego?

Zgodnie z radą, którą dostał od żony Harriman, wstrzymał oddech i policzył do czterech. Potem odpowiedział:

– Nie ma żadnego powództwa. Wydaje mi się, że wszyscy się opamiętali i zaprzestali… Myślę, że sprawa przestała być rozpatrywana w tych kategoriach.

– Rozmawiałam z tą rodziną nie dalej jak wczoraj – uśmiechnęła się lodowato dziennikarka. – I odniosłam wrażenie, że mają inne zdanie na ten temat, panie ambasadorze.

– Może wszystko zależy od tego, jak postawić pytanie? – bronił się Harriman.

– Zapytałam, czy zamierzają iść z tym do sądu, a oni odpowiedzieli, że tak.

Harriman przekrzywił głowę, spojrzał przez przymrużone oczy na słońce i… milczał. Nastąpiła blokada. Dostał tyle rad i przestróg od Liz i sztabu kampanii. Było tyle rzeczy, których pod żadnym pozorem nie mógł powiedzieć, że nie potrafił znaleźć żadnego dozwolonego sformułowania.

Odpowiedź, która mu przyszła do głowy, opierała się na czystej logice.

– Jak wiadomo, policja już dawno umorzyła postępowanie. Nie doszło do złamania prawa. A z punktu widzenia prawa doprowadzenie kogoś do samobójstwa nie jest czynem zabronionym, nie stanowi też podstawy do żądania odszkodowania.

Teraz obudzili się pozostali dziennikarze, jakby ktoś wypalił z armaty tuż przy ich głowach.

– Panie ambasadorze! Czyli przyznaje się pan, że doprowadził pan Chrisa do samobójstwa?

– Złamał mu pan serce?

– Jak długo trwał wasz związek? Czy to była miłość?

– Co na to pana żona, panie ambasadorze? Rozmawiał pan o tym z córką?

Harriman miał kłopoty z oddychaniem. Słońce świeciło mu prosto w oczy, nie widział stojących przed nim dziennikarzy. Tłuścioch burmistrz zrobił niepostrzeżenie kilka kroków w bok i stał już dość daleko od niego.

– Źle mnie państwo zrozumieli! – wyskrzeczał po chwili. – Próbowałem tylko przedstawić sytuację prawną.

– Czy poczuł pan ulgę, gdy policja zamknęła dochodzenie?

– W takim razie na pewno popiera pan małżeństwa jednopłciowe, prawda, panie ambasadorze?

– Od jak dawna pociągają pana młodzi mężczyźni?

Padały kolejne pytania, ale Harriman ich nie słyszał. Podszedł do niego szef kampanii wyborczej i odciągnął go stamtąd. Dwie minuty później siedzieli już w jego lincolnie town car i jechali na południe.

– Mam nadzieję, że miałeś dzisiaj rano rozległy wylew krwi do mózgu – syknął mężczyzna, który formalnie był pracownikiem Harrimana, ale teraz miał nad nim przewagę. – Inaczej nigdy ci tego nie wybaczę.

Harriman siedział wpatrzony w krajobraz za przyciemnianymi szybami i skrobał rozpaczliwie paznokciami po skórzanej tapicerce.

– Już nie mogę. – Nie był w stanie powiedzieć nic więcej.

– Oczywiście, że możesz. Ale musisz się, do cholery, ogarnąć.

– Wydawało mi się, że wszystko jest już załatwione – powiedział Harriman, potrząsając głową. – Gdzie, do diabła, jest GT i jego ludzie? Musimy wreszcie wydostać się z tej opery mydlanej z fiutem w roli głównej. Dawaj telefon.

*

GT, którzy przyleciał z Islandii z koszmarnie długim międzylądowaniem w Nowym Jorku, gdzie musiał czekać na poprawę pogody, wylądował o wpół do piątej. Z lotniska w Wilkes-Barre pojechał taksówką bezpośrednio do domu Harrimanów w Bear Creek Lake. Był głodny, po dwóch dobach prawie bez snu. Na szczęście Leya przyjechała swoim wynajętym białym samochodem tuż po tym, jak wysiadł z taksówki, i nie musiał długo czekać u Harrimana na podjeździe.

Stanęli z boku, na trawniku od strony drogi, pod jednym z dębów szkarłatnych. Za zasłonami w oknach w wysokim żółtym domu poruszały się jakieś cienie.

– A gdzie dokładnie jest teraz Ludwig? – spytał GT.

– Piętnaście kilometrów stąd – odpowiedziała Leya. – A przynajmniej taką mamy nadzieję.

– Kiedy ostatni raz się odzywał?

– W piątek spotkałam się   w kasynie.

– Czyli sześć dni temu, niech to szlag.

– Tak. To denerwujące. Ostatnią rzeczą, jaką ustaliliśmy, jest to, że Klace przyjął w swojej posiadłości kilkuset gości. Mamy zdjęcia samochodów i namiotów. Ale później nie dało się latać z powodu pogody.

– To wiem, poczu łem to na własnej skórze – wtrącił GT. Siedział na lotnisku JFK .terdzieści dwie godziny, czekając, aż samoloty znowu zaczną latać.

– Wychodzimy z założenia, że w sobotę wieczorem Ludwig został uprowadzony ze swojego hotelu, trudno ocenić, czy z użyciem siły, czy bez. Pięć dni temu.

– Jak się zachowywał, gdy się z nim ostatnio widziałaś?

– Myślę, że jak zwykle. Co dokładnie masz na myśli?

GT zniżył głos.

– Był trzeźwy?

– Tak.

– To wszystko trwa za długo. Harriman szaleje.

– Tak, wiem.

– Czyli Ludwig nie skorzystał z tego telefonu, który miał gdzieś tam ukryć?

– Nie. – Leya spojrzała na niebo pokryte ciężkimi, czarnymi kłębami chmur. – Co słychać w sprawie drona?

– Jutro startuje – powiedział GT. – Cholernie droga zabawka, ale przekonałem zarząd, że ten wydatek jest niezbędny.

– Jak ci się to udało?

– Bułka z masłem. – GT uśmiechnął się z dumą. – Powiedziałem im, że nigdy nie będziemy mogli się zmierzyć ze służbami wywiadowczymi, jeśli nie potrenujemy, używając prawdziwych narzędzi.

– A sytuacja prawna?

– Rozwiązałem to dzięki zdolnościom dyplomatycznym. Kluczową postacią jest tutaj operator. A właściwie operatorka mieszkająca w jakiejś szopie w Belle Glade na Florydzie. Z ogromnymi antenami satelitarnymi na dachu, dzięki którym sąsiedzi myślą, że jest badaczem UFO. A nie jest. Nie ma też uprawnień, a tych rzeczy nauczyła się jakoś przy okazji. Zawodowo zajmuje się fotografią i technologią komputerową. Dowództwo wojskowe od dawna próbuje namówić ją do współpracy, chcieli ją zatrudnić w dziale rozwoju produktów, ale ona traktuje sektor publiczny z dużą niechęcią. Nasze pieniądze jej na szczęście nie śmierdzą.

– W jaki sposób stała się kluczową osobą dla naszej operacji?

– Zadzwoniłem do znajomego z lotnictwa wojskowego i dostałem zielone światło. Wojsko oczywiście nie wie, o co chodzi w naszej operacji, powiedziałem tylko, że chcemy przetestować system obrazów SAR. Można więc powiedzieć, że mamy coś w rodzaju pozwolenia.

– Co to znaczy: „coś w rodzaju pozwolenia"?

– Że nikt nie zestrzeli drona, a powietrzne siły zbrojne wezmą odpowiedzialność na siebie, gdy Urząd Lotnictwa zadzwoni i zapyta, co to za pojazd latający wisi nad naszymi głowami. W zamian za to powiemy powietrznym siłom zbrojnym, co nasza operatorka myśli o sprzęcie, na który oni zamierzają niedługo wydać kilka miliardów. Nie muszę chyba dodawać, że operatorka nie ma pojęcia o tych szczegółach. A zasadniczo wszyscy wygrywają… No dobrze. My wygramy.

Leya gwizdnęła.

– Sprytne rozwiązanie. Teraz rozumiem, dlaczego EXPLCO zatrudnia takich jak ty.

– Od lat sześćdziesiątych ratuję świat przed kolejnymi katastrofami – sapnął GT. – To tutaj to betka.

– Będę miała bezpośredni interfejs wideo w hotelu?

– Oczywiście. Będziesz widzieć wszystko, co widzi dron. A wierz mi, on widzi naprawdę dużo. Fantastyczna rozdzielczość.

– Nareszcie będziemy mieli oczy w powietrzu – powiedziała Leya. – Bardzo się martwię o Lichta.

– Oj tam, da sobie radę. Jest jak generał Patton, nie umrze, zanim wojna się nie skończy. A ona za cholerę nie chce się teraz skończyć.

– Twoje żarty są czasami dziwaczne.

– Proszę?

– Twoje dowcipy są niekiedy dziwaczne – powtórzyła Leya, jakby problem komunikacyjny miał związek ze słuchem GT.

– Mam to przyjąć jako osobistą krytykę? – spytał GT.

– Nie, dlaczego?

GT westchnął.

– Macie plan ewakuacji Ludwiga?

– Tak.

– I on go zna?

– Nie. – Leya wyglądała na zakłopotaną. – Przez cały czas musieliśmy improwizować, a ty byłeś na Islandii.

– Czy to dobry plan?

– Tego nie powiedziałam. Możesz poprosić Boyda, żeby ci o nim opowiedział, gdy wrócimy do hotelu.

– Dobrze – powiedział GT. – Zamartwianie się niczemu nie służy. A tak w ogóle to moje dowcipy nie są takie złe.

Pokręcił głową i ruszył w stronę drzwi domu. Leya poszła za nim. Wpuścił ich ktoś ze sztabu Harrimana. Kandydat czekał w salonie. Stał przy oprawionym w ołowiane ramki wielkim oknie i patrzył na jezioro.

Do wysokości dwóch trzecich ściany pokryte były boazerią ze szlachetnego drewna. Powyżej wisiały obrazy malarzy z połowy dziewiętnastego stulecia. W jednym rogu stał czarny fortepian. Już same poduszki czteroosobowej seledynowej kanapy, ozdobione wzorkiem w kaczki, musiały kosztować kilka miesięcznych pensji.

Tak mieszkają obrońcy robotników, pomyślał GT. Był w zasadzie republikaninem, ale w miarę radykalizowania się tej partii zaczął głosować na demokratów. Po osobistym bohaterze GT, czyli Johnie McCainie, nie było żadnego ważnego polityka prawicowego godnego szacunku.

Leya usiadła w fotelu przy przeszklonych drzwiach, którymi weszli do salonu. GT podszedł do Harrimana i stanął obok niego bez słowa.

Dopiero minutę później kandydat odwrócił się, mówiąc:

– Dziękuję, że przyjechałeś.

– Nie ma sprawy – powiedział GT.

– Przepraszam za temperaturę w domu, niestety, prąd odzyskaliśmy dopiero po lunchu. Ale, ale… Myślę, że już czas, żebyśmy zaczęli rozmawiać bez ogródek.

– Zaczynaj.

– Z mojego punktu widzenia wygląda to tak: wolę wziąć kogoś, komu zapłacę i kto wykona robotę jak trzeba, niż kogoś, kto za darmo będzie pracował na odwal się, Clive.

GT opanował się i powiedział miłym głosem:

– To nie jest praca na odwal się, Ron.

– A jak to inaczej nazwać? Dlaczego nic się nie dzieje?

– Nasz człowiek prowadzi w tej chwili akcję. Nie mogę powiedzieć nic więcej. Dla bezpieczeństwa nas wszystkich.

– Wybory za pięć dni. Pięć dni!

– Mhm.

– Jaki jest plan?

– Plan jest taki, że będziemy nadal pracować jak dotychczas. Robimy duże postępy, Ron. Olbrzymie postępy!

– Chyba się ze mną zgodzisz, że im bliżej wyborów, tym mniej mi pomogą jego rewelacje, niezależnie od tego, co uda mu się wygrzebać.

– Mylisz się. – Wąsy GT podniosły się na policzki, gdy uśmiechnął się od ucha do ucha. – Sęk w tym, że im bliżej dnia wyborów wyskoczymy z taką informacją, tym efekt będzie większy. Heart nie zdąży przygotować linii obrony. A wtedy ty, Ronie, ją zmiażdżysz. Wdusisz w glebę. Nawet się nie zorientuje, o co chodzi.

– Tak myślisz?

– Masz przed sobą świetlaną przyszłość – wyjaśnił GT z emfazą.

– Czyli mam się nie poddawać?

– Oczywiście, że nie. Jeszcze raz nie! Ale spróbuj porządnie odpocząć.

– Mam więc po prostu bezczynnie czekać? To niesprawiedliwe! – poskarżył się żałośnie Harriman.

GT patrzył na ten luksus, którego źródłem była scheda żony kandydata, Liz, jedynej spadkobierczyni wypasionego konglomeratu przemysłowego, który zdążył sprzedać swoje huty stali w odpowiednim terminie. Ktoś powinien przywalić szanownemu Ronowi w gębę.

Harriman zobaczył minę GT i nie wytrzymał:

– Gówno cię obchodzi, czy wygram, czy nie! Albo wygram ja i wtedy w Kongresie będzie ktoś, kto ma wobec was zobowiązania, albo wygra ta cholerna wiejska krowa, a wtedy będziecie mieli po swojej stronie kogoś, kto sam jeszcze nie wie, że was popiera!

Zanim GT zdążył odpowiedzieć, podeszła Leya i położyła uspokajająco rękę na ramieniu Harrimana.

– Licht pracuje pod ogromną presją czasu – powiedziała wolno. – Odezwie się, gdy tylko będzie mógł.

Harriman spojrzał na nią zagubionymi oczyma.

– A wy nie możecie się z nim skontaktować?

– Nie – powiedział GT. – Nie możemy.

Leya nadal trzymała rękę na jego ramieniu.

– Na tym etapie groziłoby mu to śmiercią.

– To co ja mam robić? – jęknął Harriman. – Moi pracownicy zaczynają myśleć, że tracę zmysły.

GT popatrzył na niego z uwagą.

– Miałeś im nie mówić o Lichcie.

– Nie mówiłem. Nie, nie. I właśnie dlatego nie rozumieją, co się tu dzieje. Myślą, że całkiem, kurde, ześwirowałem. A tak właściwie to co robi ten Niemiec? Czy rzeczywiście uda mu się znaleźć jakieś dowody?

– Człowiek, o którym mówimy, jest pod każdym względem najlepszy – powiedział GT bez cienia wahania. – Bezkonkurencyjny, jak maszyna nie do zatrzymania. Rozwiązywał takie problemy, przy których twoja sytuacja wydaje się zwykłą wymianą żarówki w lampie.

– Dobry Boże – nie wytrzymał Harriman. – Myślisz, że nie znam tej twojej gadki? Słuchałem jej dzień po dniu w Berlinie, może już zapomniałeś? Twoje zapewnienia są niewiele warte.

Odsunął się od Lei, położył się na boku na kanapie, plecami do nich. GT pomyślał, że to absolutny rekord świata, jeśli chodzi o dziecinadę. Może nauczył się tego chwytu od nastoletniej córki.

– Ron – powiedział GT – teraz, do cholery, musisz się ogarnąć.

– Zostaw mnie – mruknął Harriman prosto w poduszkę kanapy. – Przyjdź, kiedy będziesz miał coś konkretnego. Okej?

– Jasne – odparł GT i pociągnął za sobą Leyę do wyjścia.

*

W drodze powrotnej do Wilkes-Barre Leya prowadziła w milczeniu, czekając, że może GT coś powie. Wreszcie zmęczyła ją cisza, więc włączyła radio: „…nie może jednak zagwarantować wszystkim mieszkańcom dostaw prądu wcześniej niż w ciągu dwóch dni. W Hazelton doszło dziś rano do wybuchu w stacji trafo, co zmusiło personel techniczny do zwolnienia tempa prac mających na celu przywrócenie dostaw. Policja apeluje do mieszkańców o unikanie przez jakiś czas mniejszych dróg lokalnych, dopóki nie zostaną zakończone prace związane z usuwaniem powalonych drzew. A teraz najnowsze doniesienia z kampanii wyborczej. Ron Harriman, kandydat do Kongresu z ramienia demokratów w jedenastym okręgu wyborczym, podczas zorganizowanej parę godzin wcześniej konferencji prasowej w Scranton złożył oświadczenie na temat…".

GT prychnął i wyłączył radio. Patrzył na brudną białą furgonetkę, która stała porzucona w błotnistym rowie.

Kiedy cisza zaczęła wręcz świdrować w uszach, wybuchnął:

– Nienawidzę go.

– Wiem – mruknęła Leya.

– Od momentu znalezienia zwłok tego chłopaka jego szanse wyborcze spadły z poziomu „całkiem nieźle" do poziomu „zero przecinek zero". Mimo to mu pomagamy, i to za darmo. A on tu wyskakuje z brakiem postępów.

– Co robimy?

– Jeśli Ludwig nie odezwie się w najbliższym czasie, musimy go odbić.

– A jeśli nie żyje?

– Żyje – powiedział GT. – Wierz mi. Może wszyscy inni w tej głuszy są już teraz martwi, ale nie on. Oczywiście może mu się nie udać. Ale nie może umrzeć.

```
                    ranczo melvina klace'a
                    white haven, pensylwania/usa
                    pt 2 listopada 2012 roku
                            [10:45/est]
```

Ludwig wszedł do schronu w poniedziałek po południu, a teraz było już piątkowe przedpołudnie. Prawie cztery dni zmarnowane. Przez ostatnie godziny chodził razem z Jen Gerdsen, rozdając kanistry z benzyną – w wiadomościach ostrzegano przed brakiem paliwa i ludzie chcieli uniknąć wielogodzinnych kolejek na stacjach na terenie dotkniętym wichurą. Ostatni obozowicze właśnie odjechali. Jedno było pewne: Melvin Klace przygotował się na każdą okoliczność.

Teraz Ludwig stał razem z Jen na ogromnym wybrukowanym podwórku ukrytym za murem, w miejscu, gdzie tydzień wcześniej ukrył się w furgonetce Larsa. Oświetlony listopadowym słońcem czarny krzyż, stojący kawałek dalej po lewej stronie, rzucał długi, blady cień. Równolegle do dłuższego boku muru, naprzeciwko bramy, którą właśnie weszli, ulokowany był duży dom mieszkalny i stojące ukośnie dwa mniejsze domy. Nawet z odległości dwudziestu pięciu metrów Ludwig rozpoznał Grega Wesleya i Melvina Klace'a, którzy rozmawiali, stojąc przy oknie sięgającym od podłogi do sufitu. Widać było, że zażarcie się kłócą, obaj gwałtownie gestykulowali, ale Greg bardziej.

– Co byś powiedział na kubek kawy? – spytała Jen.

Nie spodziewał się tej propozycji. Właśnie się zastanawiał, pod jakim pretekstem mógłby dostać się do tego domu. Miał już pod ręką kilka pomysłów – od wizyty w toalecie, przez atak pragnienia, aż do potrzeby opatrzenia rany na piersi. Nie musiał już z nich korzystać. Zawołał więc:

– Bardzo chętnie, po takiej harówce z przyjemnością.

Rozciągnął się i pomasował sobie odcinek lędźwiowy kręgosłupa.

– Dobrze się spisałeś – pochwaliła go Jen. – Wszyscy cię chwalili.

– Muszę powiedzieć, że jestem pod wrażeniem organizacji. Wygląda na to, że Melvin jest przygotowany na wszystko.

– Miejmy nadzieję, że tak – stwierdziła Jen, idąc w stronę drzwi. Zanim je otworzyła, odwróciła się i uśmiechnęła. – Słyszałam, że zbliża się dzień sądu.

Ludwig szedł za nią. Po wejściu do środka poczuł uderzenie ciepłego powietrza, a puls mu przyspieszył. Wreszcie dostał się do jaskini lwa.

Jen przeszła przez szerokie wejście prosto do kuchni. Ludwig rozglądał się po przedpokoju. Po lewej stronie był korytarz z kilkoma drzwiami i schodami na piętro. Po drugiej stronie otwarta przestrzeń pomieszczeń na parterze.

Najpierw jadalnia z kominkiem zamykanym przeszklonymi drzwiczkami, dalej wielki salon z kanapami pokrytymi jasnobrązową skórą. Właśnie tam byli Klace i Wesley.

Ludwig powiesił kurtkę na jedynym w pobliżu krześle, o który oparto karabin maszynowy.

Wytarł buty i ruszył przez jadalnię do salonu. Widok przez przeszkloną ścianę przypominał fotografię panoramiczną w lakierowanych katalogach agencji nieruchomości: za murem otaczającym zabudowania Klace'a piętrzyły się góry Pocono, wyjątkowo w tej chwili niezakryte mgłą ani chmurami. Lśniące szczyty podświetlone chłodnym przedpołudniowym słońcem.

Ludwig się zastanawiał, jak to jest mieszkać w miejscu, w którym samemu można sobie wybrać materiały i rozwiązania. Bywał już w domach ważnych ludzi, ale to byli politycy, wojskowi, ludzie ze służb. To tutaj to zupełnie coś innego: luksusowy zapach owoców sukcesu, szczegóły zdradzające dbałość o każdy detal podczas budowy. Melvin Klace osiągnął w życiu sukces, powiodło mu się w branży, w której Ludwig miotał się od kredytu do kredytu.

Klace zauważył go w chwili, gdy wpatrywał się jak zauroczony w osiemdziesięciocalowy telewizor Loewe za piętnaście tysięcy dolarów.

– Ludwigu, wejdź, siadaj – powiedział przywódca, wskazując jedną z kanap. – Właśnie skończyliśmy rozmawiać – dodał, wymieniając spojrzenie z Gregiem.

– To wielki błąd, Melvinie – odparł Wesley. Jego spojrzenie było pochmurne, a twarz wyrażała ból, może nawet rozpacz.

– Wszyscy purytanie mają coś wspólnego – skomentował Klace, który z kolei był wyraźnie poirytowany. – Przegrywają.

– Wszyscy będziemy tego gorzko żałować. Są pewne granice, jeśli chodzi o to, z kim chcielibyśmy być kojarzeni, a… a nasz wizerunek ucierpi po prostu katastrofalnie.

– Skończyłeś? – spytał rozdrażniony Klace.

Greg nabrał gwałtownie powietrza. Potem zagryzł wargi.

– To dobrze – stwierdził Klace. – Wiemy, na czym stoimy.

Greg skinął głową w stronę Ludwiga i wyszedł. Przy drzwiach wyjściowych zabrał swój karabin i przewiesił go przez ramię.

Ludwig usiadł na kanapie. Pomieszczenie było bardzo wysokie, półtora raza wyższe od standardowych współczesnych domów. Wydawało się, że jasne drewniane panele na suficie wiszą na potężnych czarnych stalowych belkach. Pociągnięte dziegciem dębowe deski na podłodze mieniły się w słońcu różnymi odcieniami szarości i czerni.

Klace stał nadal odwrócony do niego plecami, spoglądając na góry. Jego długie włosy były dzisiaj zebrane w kucyk, a szary sweter z podwójnym rzędem guzików czynił jego sylwetkę jeszcze szczuplejszą i wyższą.

– Chciałbym ci podziękować za pomoc przez te dni – powiedział.

– Dobrze, że mogłem się na coś przydać.

– Mieliśmy z Gregiem długą rozmowę. Między innymi o tobie.

Ludwig milczał.

– Nie jesteś ciekaw? – Klace odwrócił się i spojrzał na niego zmrużonymi oczyma. – Tak czy inaczej, wydaje mi się, że uzgodniliśmy pewne rozwiązanie.

– Rozwiązanie czego?

– On twierdzi, że brakuje ci prawdziwego ducha walki. Ja uważam, że się myli. Dlatego dyskusja nam się przeciągnęła. Wreszcie wpadłem na pewien pomysł. Jutro będziesz miał szansę pokazać, czy jesteś wart, by do nas dołączyć.

Standardowa reakcja Ludwiga to galopująca nerwowość: lekko zbladł i zacisnął zęby tak mocno, że poczuł pulsowanie w skroniach. Potrafił jednak zachować obojętny wyraz twarzy. Widział, jak to wygląda na filmie z brutalnego przesłuchania podczas trzytygodniowego szkolenia w CIA, które przeszedł na Hawajach, gdy był poprzednim razem w USA.

– W jaki sposób? – spytał opanowanym głosem.

Klace roześmiał się cierpko.

– Mój przyjacielu, jeśli to ma być próba, to nie możesz nic wiedzieć.

– No to co mam powiedzieć? Nawet nie bardzo wiem, o co chodzi.

– Interesuje mnie nie to, co mówisz, tylko to, co robisz.

– To brzmi logicznie. – Ludwig podrapał się po karku. – Czy coś jeszcze mógłbym teraz zrobić, w czymś pomóc? Bo jeśli nie, to zadzwonię po taksówkę i...

– Jak to, gdzie ci się tak spieszy?

Klace opuścił swą pozycję przy oknie i usiadł na drugiej kanapie.

– Właściwie to nigdzie – odpowiedział Ludwig. – Tylko fajnie by było wrócić do hotelu i przespać noc w prawdziwym łóżku.

– W moim szeregowym domku dla gości jest pełno prawdziwych łóżek – odezwał się Klace, wskazując przez ramię jeden z mniejszych domów. – Wyślę kogoś po twoje rzeczy do hotelu.

Ludwig kiwnął głową, wyjął z kieszeni portfel i położył na stole kartę zbliżeniową otwierającą drzwi hotelowego pokoju.

Przyszła Jen, niosąc na tacy dwie filiżanki espresso i talerzyk z ciasteczkami brownie.

– Pojedziesz po rzeczy Ludwiga? – spytał Klace, wskazując kartę.

– Oczywiście. Potrzebujesz czegoś jeszcze, Ludwigu?

– Na razie nic nie przychodzi mi do głowy.

Jen wzięła kartę i wyszła.

Klace wypił kawę jednym haustem.

– Jestem dziś rozkojarzony – powiedział, odstawiając filiżankę na tacę. – Tyle się dzieje naraz. Może powinienem był posłuchać ostrzeżeń o orkanie.

Kluczem jest tu słowo „może", przemknęło Ludwigowi przez głowę. Pomyślał ze zdziwieniem, że załamanie pogody przyniosło Klace'owi same korzyści: mógł pokazać setkom wyznawców, jakimi zasobami dysponuje, a poza tym uratował ich w chwili zagrożenia życia, mieli więc teraz wobec niego dług.

To facet, który kazał zbudować pod swoją posiadłością potężny schron, czerpiący prąd z generatorów tej samej klasy co na statkach towarowych. To człowiek, który trzymał w jednym z pomieszczeń pięćdziesiąt porządnie ustawionych kanistrów z benzyną. Ludwigowi trudno było uwierzyć, że ktoś taki mógłby nie zwrócić uwagi na prognozy pogody ostrzegające przed najgorszym huraganem od niepamiętnych czasów.

– Nie ma tego złego, co by na dobre nie wyszło – stwierdził Ludwig. – To doświadczenie trochę ludzi do siebie zbliżyło.

Klace uśmiechnął się lekko.

– No właśnie.

Przez dłuższą chwilę przyglądał się swojemu gościowi.

Ludwig wypił łyczek kawy i zjadł ciasteczko.

– Twój ojciec – zaczął Klace, opierając ręce na oparciu kanapy jak sęp. – Karl-Otto Licht.

Ludwig patrzył na niego bez słowa.

– Był w Waffen-SS – ciągnął dalej Klace.

– Tak.

– Podczas ćwiczeń używali ostrej amunicji, wiedziałeś o tym?

– Tak.

– Prawdziwi faceci. Miałeś z nim dobry kontakt?

– Nie.

– Szkoda. Ale myślę sobie, że to się często zdarza. Kiedy wrócił z Rosji? W pięćdziesiątym trzecim?

– Tak.

– Musiał być wtedy w kiepskim stanie, co?

– Raczej tak.

– Pokazywał ci odznaczenie?

– Nie, nigdy go nie widziałem.

– Krzyż Żelazny z Liśćmi Dębu. Twój stary był prawdziwym rycerzem. No to pewnie nie wiesz, jak na niego zasłużył?

– Nie.

Słońce przesunęło się o centymetr w lewo i zaczęło świecić Ludwigowi prosto w oczy. Gdzieś w budynku słychać było dzwonek telefonu komórkowego. Klace założył nogę na nogę, splótł dłonie i zaczął opowiadać:

– Kilkadziesiąt kilometrów na wschód od Stalingradu jest... była... pewna wieś. Za rosyjskimi liniami. Był wrzesień czterdziestego drugiego. We wsi aż roiło się od sowieckich enkawudzistów, oficerów propagandy przygotowujących dziennikarzy do wejścia do strefy objętej działaniami wojennymi. Twój ojciec zgłosił się na ochotnika i poprowadził oddział, który miał zdobyć świetnie chronioną wioskę. Karl-Otto wpadł na pewien pomysł. Znalazł dwóch... jak to się mówi... *hiwich*, sowieckich dezerterów, starych Ukraińców, którzy zgodzili się wziąć w tym udział. Wślizgnęli się do środka i polali słomiane dachy benzyną. Na skraju wioski, rozumiesz. Później wystarczyło tylko poczekać. I wykosić wszystkich, którzy uciekali od ognia.

Ludwig przełknął ślinę. Jeśli to była kolejna próba, musiał zrobić wszystko, żeby nie okazywać emocji. Dopił swoją kawę.

– Skąd o tym wiesz? – zapytał cicho.

– Karl-Otto należał do grupy byłych wojowników – odpowiedział Klace. – Możesz wierzyć lub nie, ale kilku ich jeszcze zostało. Lubią dzielić się wspomnieniami.

– Rozumiem.

– Chyba cię to trochę poruszyło, co?

Ludwig próbował się schować przed słońcem.

– Dla mnie był zawsze bezwartościowym, zachlanym zerem.

– Nie ma się co dziwić, że się później załamał, bo przyszło mu żyć w kraju okupowanym przez wroga i rządzonym przez trzeciorzędnych żydowskich ideologów.

Ludwig nie wiedział, co powiedzieć. Przez całe życie próbował się powstrzymać przed zgłębianiem historii życia swojego ojca – im mniej wiesz, tym spokojniej śpisz. Teraz ktoś zrobił to za niego. Rzucono mu w twarz jego nazistowską przeszłość jak kawałek zgniłego mięsa. Zrobiło mu się niedobrze.

– Koledzy twojego ojca na pewno nie będą mieli nic przeciw-

232

ko, żeby podać więcej szczegółów, gdybyś chciał z nimi pogadać – podsumował Klace.

Szum walkie-talkie uratował Ludwiga przed koniecznością odpowiedzi.

Klace wstał, podszedł do regału i wcisnął przycisk.

– Melvin? – odezwał się trzeszczący głos w ukrytym głośniku. – No więc przyjechała Gwen Heart. Jest w samochodzie przed bramą. Chce z tobą porozmawiać.

– Co ona tu, do cholery, robi?

– Nie wiem.

– Jest sama?

– Tak.

– Wpuść ją.

– Heart? – zdziwił się Ludwig. – Czy to ta kandydatka w wyborach?

Klace nie odpowiedział. Rozejrzał się po pokoju, ten widok wyraźnie go zadowolił, więc usiadł.

Ludwig patrzył przez okno. Brama wjazdowa się otworzyła i na wybrukowany dziedziniec wjechał należący do Gwen Heart niebieski ford escape, który wyglądał, jakby spędził poranek w kąpieli błotnej. Heart wysiadła i ruszyła w kierunku drzwi. Klace siedział bez ruchu.

Ktoś – prawdopodobnie Jen – otworzył drzwi. Kobieta weszła do salonu, całkowicie zignorowała Ludwiga i zatrzymała się przy stoliku między kanapami.

Miała na sobie krótką czerwoną ocieploną kurtkę, biały szalik i dżinsy. Ludwig pomyślał, że pod pozorem luzu kryje się jednak pewna surowość, coś na kształt prawdziwego przekonania. Niekoniecznie nienawiść, raczej przekora.

– Siadaj, Gwen – powiedział Klace.

– Nie życzę sobie więcej rozmów z twoimi ludźmi, Melvinie.

– Ktoś do ciebie dzwonił i sapał do mikrofonu?

– Nie chcę twojej pomocy. Nigdy nie chciałam, dobrze o tym wiesz. Nie chcę telefonów, nie chcę, żebyś ty albo któryś z twoich goryli jeździł za mną i fotografował mnie lub moich ludzi, nie chcę niczego, co mogłoby ci przyjść do głowy.

– Chcemy tylko, żebyś wiedziała, że czuwamy nad tobą, Gwen. Że nam zależy, żebyś wygrała.

Heart straciła panowanie nad sobą, była bliska wybuchu, ale odzyskała samokontrolę i powiedziała spokojnie:

– Do wyborów zostały cztery dni i powtarzam ci po raz ostatni: trzymaj się jak najdalej od mojej kampanii. Damy sobie radę sami, wierz mi.

– Skoro tak mówisz.

Ludwig studiował fakturę beżowego dywanika pod kanapą. Mógł od razu skreślić jedną z teorii: mianowicie tę, że Klace kierował poczynaniami Heart z tylnego siedzenia.

Ciekawe, ile ona wie o zdarzeniu z Warsinskim?

– Zostaw mnie w spokoju – powiedziała Heart do Klace'a. – W przeciwnym razie zawiadomię władze. Zrozumiałeś?

– Jak najbardziej. Przepraszam, że byłem nadgorliwy, Gwen. – Rozłożył ręce i uśmiechnął się promiennie. – Nie codziennie ma się okazję wspierać kandydata twojego kalibru!

Gwen spojrzała ku niebu.

– Brzydzę się tobą, Melvinie. Zawsze mnie mierziłeś.

– Jak mi przykro...

– Słyszysz, co mówię?

– Każde twoje słowo. – Uśmiech zniknął. Patrzył na nią jak na powiększający się wykwit pleśni na ścianie domu. – Kawy?

– Nie, dziękuję. Wychodzę.

Klace wstał. Kiedy zrobił pierwszy krok w stronę Heart, ta zareagowała krokiem w tył, ale później się opanowała. Stanął przed nią z ramionami skrzyżowanymi na piersiach, wysoki jak góra.

– Myślę, że zrobimy tak, Gwen – powiedział, patrząc ponad jej głową. – Nie będzie kolejnych telefonów. A ty już nigdy więcej nie wypowiesz słowa „władze" swoimi parszywymi ustami. Czy taka umowa ci pasuje?

Heart kiwnęła głową.

– Słucham? – spytał Klace.

– Umowa stoi.

– To świetnie. Jedź ostrożnie. Słyszałem, że poziom wody w strumieniach cały czas się podnosi. A droga jest śliska od błota.

– Mam napęd na cztery koła.

– To na pewno pomaga, jak już zjedziesz z drogi, ale nie chroni przed poślizgiem.

– Idź do diabła, Melvin.

Odwróciła się na pięcie i poszła. Ludwig zastanawiał się, jak się czuła, siadając za kierownicą i ruszając w powrotną drogę przez las Klace'a.

– O co jej chodziło?

– Wkurza się, bo pomogliśmy jej trochę poprawić jej sytuację – odpowiedział Klace, patrząc na forda wyjeżdżającego przez bramę w stronę lasu.

Ludwig nie był pewien, czy powinien ciągnąć temat dalej, ale stracił już wystarczająco dużo czasu. Musiał wyrobić sobie jakiś obraz sytuacji, zanim będzie za późno.

– Jak to pomogliście? – spytał, starając się ze wszystkich sił, by nie zabrzmiało to zbyt nachalnie.

Brama się zamknęła.

– Podsłuchiwaliśmy Rona Harrimana, jej przeciwnika z Partii Demokratycznej, i przekazywaliśmy jej cenne informacje. O planowanych krokach rywala, o nie do końca przekonanych sponsorach, których zamierzał przeciągnąć na swoją stronę, o jego strategiach na wspólne debaty i tak dalej.

– Tylko tyle? – Ludwig uśmiechnął się. – Takie rzeczy zdarzają się ciągle podczas kampanii.

– Nie, nie tylko to. Dobrze, że nie wie wszystkiego.

– Opowiedz – rzucił Ludwig z uśmiechem. – Strasznie jestem ciekawy, co się dzieje za kulisami kampanii wyborczej w kraju, który w okienku telewizora jest wzorem praworządności.

Klace spojrzał na niego uważnie.

– Innym razem, teraz musisz odpocząć. Chodź, pokażę ci domek dla gości.

Ludwig był wściekły – kiedy wreszcie rozmowa zbliżyła się do właściwego tematu, Klace po prostu ją zakończył.

Wyszli. Nadal silnie wiało, ale temperatura się podniosła.

W szeregowcu stojącym na lewo od budynku głównego były trzy mieszkania gościnne, każde z własnym wejściem. Pokój miał dwanaście, trzynaście metrów. Na podłodze dywanik korkowy, a pod ścianą pojedyncze łóżko. Łazienka z wanną.

– Fantastycznie – ocenił Ludwig. – Chyba zrobię sobie kąpiel.

Klace położył mu dłoń na ramieniu.

– Wielu ludzi uważa, że cały świat kręci się wokół nich – powiedział posępnie. – Na przykład Gwen Heart.

– Tacy są politycy – skomentował Ludwig.

– Myślę, że na swój sposób też taki jestem – kontynuował Klace. – Różnica między mną a Heart jest taka, Ludwigu, że ja mam rację. Przynajmniej teraz. Świat kręci się wokół tego, kto stara się wypełnić zadanie powierzone mu przez Boga.

– Nigdy nie masz wątpliwości? – spytał Ludwig z czystej ciekawości. Nigdy wcześniej nie spotkał kogoś takiego jak Melvin Klace. Odstręczającego, budzącego obrzydzenie i strach, ale bardzo interesującego. Wroga nieznanego rodzaju.

– Każdy ma czasami wątpliwości – odparł Klace. – Liczy się jednak tylko to, jak się zachowamy w decydującej chwili.

– Pocieszająca perspektywa – powiedział Ludwig. – Zapamiętam to sobie.

– No to ja już sobie pójdę – powiedział Klace, przenosząc dłoń na klamkę.

– Mam jeszcze jedną sprawę – powiedział Ludwig.

Sprawiał wrażenie skrępowanego. Jego rola zagubionego restauratora została zapomniana podczas wydarzeń ostatnich dni, atrakcji religijnych i ewakuacji obozu. Musiał odbudować swoje przykrycie.

– Czy mógłbym liczyć na twoją pomoc, gdybym chciał tutaj założyć firmę?

– Pomoc z pozwoleniem na pobyt, tak?

– Tak. I może ze znalezieniem odpowiednich inwestorów.

– Jasne. – Klace wyglądał na rozbawionego. – O tym właśnie marzysz, Ludwigu? Żeby zacząć od zera tutaj, w tym kraju?

– Nie wyobrażam sobie, żebym musiał teraz wracać do dawnego życia.

Klace skinął głową.

– Mogę cię zatrudnić, to dostaniesz pozwolenie na pobyt i zobaczymy, czy znajdziesz jakieś miejsce, które mógłbyś sobie kupić. O inwestorach pogadamy później.

– Będę ci dozgonnie wdzięczny.

– Już powinieneś – rzucił Klace. – Za to, że poprowadziłem cię do Zbawiciela.

Te słowa wcale nie zabrzmiały jak żart.

Ludwigowi to pasowało. Temat zielonej karty i poszukiwania inwestorów mógł wzbudzić w Klasie podejrzenia, że Ludwig był poszukiwaczem szczęścia, dolarowym oportunistą – co było dużo lepsze, niż gdyby miał podejrzewać go o coś innego.

– Tego nie zapomnę – powiedział potulnie Ludwig. Chciał, żeby Klace już sobie poszedł i żeby mógł zebrać myśli.

– Dobrze. Zapamiętaj to na zawsze. A o twoich prywatnych planach pogadamy kiedy indziej. Dopiero co zrobiłeś ogromny krok, największy w życiu. Skup się na tym. I przygotuj się na jutro. Pojedziesz z Gregiem w pewne miejsce, żeby odebrać dla mnie pewną rzecz. To będzie dość długa podróż.

Przywódca wyszedł, a Ludwig zamknął drzwi.

Człowiek odgrywający rolę infiltratora musiał liczyć się z tym, że prędzej czy później będzie musiał przejść konkretną, ostateczną próbę. To nieuniknione. W niektórych odłamach Ku Klux Klanu standardowym zadaniem rekrutów było zlinczowanie wroga czystości rasowej, w kryminalnych gangach motocyklowych zazwyczaj należało usunąć jakiegoś świadka albo zamordować kogoś z konkurencyjnego gangu. Przyjęcie do grupy wymagało przekroczenia pewnej granicy, stania się współsprawcą.

Ludwig nie zamierzał się zastanawiać, co wymyślili dla niego Klace i Greg. Nadal traktowali go jak tymczasowego gościa. Jeśli zda jutrzejszą próbę, stanie się członkiem rodziny.

ranczo melvina klace'a
white haven, pensylwania/usa
pt 2 listopada 2012 roku
[17:50/est]

Podczas długiego oczekiwania na nadejście zmroku Ludwig starał się nie myśleć o niczym. Wychodziło mu to kiepsko. Gdy tylko zamknął oczy, w jego głowie pojawiały się obrazy z ostatnich tygodni, przewijane w przyspieszonym tempie w przód i w tył, w przód i w tył. Coś musiał przeoczyć. Czuł to tak samo intensywnie jak narastający ból głowy.

Na razie miał całkowitą pewność co do dwóch rzeczy. Po pierwsze, to Klace zabił Warsinsky'ego. Po drugie, Heart nie miała o tym pojęcia. Ta śmierć pomogła jej w kampanii, ale o to nie prosiła ani o tym nie wiedziała.

Dlaczego więc Klace to zrobił?

Trudno powiedzieć, żeby ci dwoje pałali do siebie sympatią. Podczas niezapowiedzianej wizyty widać było raczej wyraźną i wzajemną nienawiść. Dlaczego Klace chciał jej pomóc?

W pokoju był mała lodówka, ale bez piwa. Tylko woda mineralna. Ludwig zaklął z powodu przymusowej abstynencji – nie wypił ani kropli alkoholu od wieczoru na plaży – i położył się na łóżku. Sufit, który dokładnie przestudiował w ciągu tego popołudnia, wyłożony był takimi samymi drewnianymi panelami co w domu Klace'a.

Jego mózg włączał się i wyłączał jak uszkodzona świetlówka. Pytania, cały czas nowe pytania. O co kłócili się Greg z Klace'em? Jacy ludzie byli aż tak nieapetyczni, że nawet Greg nie chciał mieć z nimi do czynienia?

I żadnych odpowiedzi. Kilka razy Ludwig odpłynął w krótki

239

sen. W pewnym momencie śniło mu się, że się obudził i zobaczył swojego ojca stojącego przy oknie z butelką wódki. Zmęczenie na twarzy starego niepostrzeżenie przeobraziło się w szyderczy uśmiech.

*

Około szóstej zrobiło się całkiem ciemno. Ale dokładnie w chwili, gdy Ludwig zamierzał wyjść do lasu, żeby skomunikować się z Leyą, przyszedł do niego Lars z wielką pizzą, którą zjedli razem w milczeniu.

– Co myślisz o Melvinie? – spytał Amerykanin, gdy już poskładał karton.

– To wielki człowiek. – Ludwig uśmiechnął się ponuro. – Niestety, wydaje mi się, że nie do końca mi ufa.

– Tak? – Lars usiadł na składanym krześle przy oknie. – Mnie się wydaje, że wziął cię pod... jak to się mówi? Pod swoje skrzydła.

– Zobaczymy. A właśnie, jutro mam gdzieś jechać z Gregiem. Coś o tym wiesz?

Lars odsunął zasłonkę i wyglądał na puste podwórze, nie licząc jego furgonetki i mercedesa Klace'a.

– Z Gregiem? Ten to na sto procent ci nie ufa. Bądź ostrożny. To nie zabawa.

– Tyle to sam rozumiem – mruknął Ludwig. Próbował rozgryźć, w jakim humorze znajdował się Amerykanin. Zanim do czegoś doszedł, tamten wybuchnął:

– Nie zadajesz żadnych pytań. Chyba to jest w tobie najdziwniejsze. Dlaczego o nic nie pytasz?

Ludwig uniósł brwi.

– A o co twoim zdaniem miałbym pytać?

Przez długą chwilę Amerykanin siedział z przybitą miną, wyglądając przez okno. Później odpowiedział tonem człowieka, który właśnie pogodził się z myślą, że jego dom doszczętnie spłonął:

– Zapytaj, dokąd to wszystko zmierza.

Lars Gerdsen sprawiał tego wieczoru zupełnie inne wrażenie. Był nie tylko przygnębiony, ale wręcz... przerażony.

Ludwig chwycił go za przegub.

– Co się będzie działo, Lars?

– Nie wiem. – Gerdsen spojrzał na niego. Mimo uśmiechu strach nie zniknął z jego twarzy. Ludwig go puścił. – Melvin dzieli i rządzi, nikt nie ma wglądu w cały plan. Wczoraj o mało co nie zemdlałem, gdy ktoś zapukał do mnie do domu. Piję tylko wodę z butelek, prawie nic nie jem. Kto wie, może chcą zabić tylko mnie. Albo mnie i całą masę innych.

Paranoja, którą zademonstrował teraz Lars, nie była w takich grupach niczym nadzwyczajnym. W jego przypadku wydawała się jednak mieć podstawy, i to było niezwykłe. Ludwig czuł gorączkowy, nerwowy nastrój zagłady od czasu, gdy wszedł w tę grupę. To coś więcej niż zwykła choroba trawiąca sektę, to... profesjonalne budowanie spirali tajemnic.

– Jeśli czekałeś na okazję, żeby zagrać w otwarte karty – powiedział Ludwig – to się doczekałeś. Czego tak bardzo się boisz?

– Zgromadziliśmy mnóstwo broni i amunicji. Melvin ciągle kontaktuje się z ludźmi z zagranicy, kryminalistami z Meksyku i Hongkongu. Wszyscy ciągle coś gadają, nie wiem już, kogo mam słuchać, czy to prawda, czy tylko takie pieprzenie. Wiesz, o czym mówię?

– Nie.

Lars ściszył głos do absolutnego minimum i prawie bezgłośnie powiedział:

– Wydaje mi się, że planujemy jakiś masowy mord.

Spuścił wzrok, wpatrywał się w blat stolika, wydawało się, że znalazł się gdzie indziej – w utraconym raju albo, co bardziej prawdopodobne, na straszliwym końcu, gdzieś w przyszłości.

Ludwig przełknął ślinę. W żołądku czuł powiększający się lodowy kamień. W pokoju zapanowała nieprzyjemna cisza, jakby ktoś przed chwilą umarł.

– Jadę teraz do domu – powiedział Lars. Wstał.

Ludwig miał wrażenie, że Lars przyszedł do niego po pomoc. Czyżby chciał odejść z grupy? Ludwig chciał go jeszcze chwilę zatrzymać.

– Zostań, pogadajmy jeszcze – zaproponował po przyjacielsku.

– Nie – powiedział Lars. – I tak powiedziałem już za dużo. Muszę zająć się swoim życiem. Może to ja, a nie ty, powinienem zacząć zadawać pytania.

– Gdybyś się rozmyślił, wiesz, gdzie mnie znaleźć. Będę czekał.

– Naprawdę? – rzucił na odchodne Lars. Otworzył drzwi, zasunął suwak kurtki i wyszedł.

Ludwig siedział, gapiąc się przed siebie. To zlecenie nie ma końca. Przybierało nową postać i ciągnęło się dalej. Coraz dalej. Jak odradzający się ciągle, nieśmiertelny potwór.

*

Chwilę później Ludwig założył kurtkę i buty i wyszedł na podwórze. Latarnie sprawiały, że otoczenie wyglądało przytulnie i zachęcająco, jak klub golfowy opłacany ze składek członkowskich wielkości średniej rocznej pensji. Brama była zamknięta.

Ludwig podszedł do niej. W murze był telefon z głośnikiem, nacisnął przycisk.

– Co jest? – usłyszał nieznajomy głos.

– Tu Ludwig. Chciałem się przejść po lesie.

– Poczekaj.

Minęła minuta. Ludwig zaczął się martwić, że traktują go jak więźnia. I co miałby zrobić, gdyby nie chcieli go wypuścić? Musiałby poczekać jeszcze trochę i w środku nocy przejść przez mur.

Wreszcie usłyszał brzęczyk i brama zaczęła się otwierać.

Na zewnątrz stała kobieta ochroniarz, którą widział w poprzednim tygodniu. Trzymała na smyczy rottweilera.

– Dobry wieczór – powiedziała, mocno przytrzymując smycz.

– Mam na imię Reggie. Potrzebujesz towarzystwa na spacerze?

Reggie, a nie Sarah. Lars i Jen mówili, że jedynymi zausznikami Klace'a byli Greg i Sarah, a jak dotąd Ludwig nie spotkał żadnej Sarah.

– Nie ma takiej potrzeby – powiedział Ludwig i ruszył przed siebie.

– Poczekaj.

Odwrócił się.

– Weź to – rzuciła, podając mu latarkę.

– Dziękuję.

– Długo cię nie będzie?

– Z pół godziny, maks.

– Tylko się nie zgub. – Uśmiechnęła się. – I uważaj na niedźwiedzie.

– Będę pamiętał.

Ruszył w dół, w stronę jeziora. Stał z dziesięć minut na plaży przy domku myśliwskim, rozważając jedną myśl: *Wezmę pistolet i powybijam wszystkich tych skurwieli, jednego po drugim.* Wyobrażał sobie, jak to robi. Do środka przez bramę z pistoletem w spodniach na plecach. Poczeka, aż minie północ. Zacznie od Klace'a w jego sypialni, a potem będzie szukał kolejnych.

Ilu ich teraz jest? Reggie z rottweilerem, Greg – Greg był gdzieś blisko – facet, z którym rozmawiał przez domofon, i Klace. Minimum czworo. Na pewno jeszcze ktoś w domu głównym i może jeszcze jakiś ochroniarz po drugiej stronie muru. Powiedzmy siedmioro, może ośmioro.

Miał trzy magazynki. Trzydzieści kul. Jego broń, colt woodsman z końca lat siedemdziesiątych dwudziestego wieku, należała do najcichszych na świecie. Piękny pistolet – przypominał trochę lugera, ale był bardziej elegancki, opływowy. Mimo dość niskiej prędkości wyjściowej precyzja strzału była znakomita, o ile cel znajdował się w miarę blisko. Odrzut minimalny.

A zatem, gdyby zabrał sobie broń ze studzienki z zaworem obok domku, będzie dysponował trzydziestoma kulami. Ale tam nie poszedł. W jego zleceniu nie było mowy o przerzedzeniu stada drapieżników w północno-wschodniej Pensylwanii. Miał uratować kampanię wyborczą Rona Harrimana, a przeprowadzenie takiej masakry prawdopodobnie by tego nie ułatwiło.

Dlatego wbrew instynktowi odwrócił się plecami do domku i odszedł. Postanowił zrobić coś innego: uaktywnić protokół komunikacyjny. Uświadomił sobie, że Leya i GT mogli trochę się o niego niepokoić.

Obszedł szerokim łukiem ranczo Klace'a i dotarł do miejsca z ułożonymi stertami drewna, gdzie ukrył telefon. Upewniwszy się, że nikt go nie śledzi, rozgrzebał ziemię patykiem, wyjął telefon z foliowej torby, włączył go i czekał.

Telefon się uruchomił. Siedząc za stertą drewna, napisał SMS-a do Lei:

Mieszkam w domku gościnnym Klace'a. Była tu dziś Gwen Heart. Jest wrogo nastawiona do Klace'a, mówi, że nie chce od niego pomocy. Nic nie wie o Warsinskim, tylko o podsłuchu. Moi nowi koledzy coś planują. Jeden mówił o masowym morderstwie. Wybory są tylko częścią układanki. Może jutro się czegoś dowiem: jadę na północ z najbardziej zaufanym człowiekiem Klace'a, Gregiem Wesleyem (alias Craig Winston).

Odpowiedź przyszła po dwóch minutach.

UAV na miejscu (wys. 6 km, 2 drony na zmianę 100% pokrycia) od dzisiejszej nocy. Będzie ci towarzyszył jutro w podróży. Jeśli nie dostaniemy od ciebie kolejnej wiadomości najpóźniej do 11:00 w pon 5 listopada, zaczniemy EXFIL – policja przyjedzie po ciebie na ranczo. Cieszymy się z twoich sukcesów i życzymy powodzenia. Pamiętaj, że jest już NAPRAWDĘ MAŁO CZASU. Wybory za cztery dni. /L

„Cieszymy się z twoich sukcesów"? Ludwig mało co nie parsknął śmiechem. Leya nie nadawała się raczej do pisania przemówień, to było widać.

Wykasował wysłaną i odebraną wiadomość i zakopał ponownie telefon.

Nie było go przez czterdzieści minut. Gdy wrócił, kobieta z rottweilerem stała pod bramą, paląc papierosa. Wydała polecenie przez walkie-talkie, żeby ją otworzyli.

– Dobrych snów, serdeńko – krzyknęła, gdy odchodził.

Były to ostatnie słowa, jakie Ludwig usłyszał tego wieczoru. W pokoju czekała go cisza, przerywana jedynie jego nierównomiernym oddechem.

Zapadła noc.

*

Siedem godzin później obudził się radar z syntetyczną aperturą w dronie należącym do EXPLCO – MQ-9 Reaper firmy General Atomics – który zajął pozycję na wysokości sześciu tysięcy metrów i zaczął krążyć ukośnie nad ranczem. Pojazd miał zaledwie jedenaście metrów długości, niecałe dwa razy większą rozpiętość skrzydeł i ważył bez wyposażenia mniej więcej tyle, co większy samochód osobowy. W tej chwili aktywowały się wzmacniacze obrazu w połowie kamer. Latająca kostucha zaczęła rozglądać się po okolicy tuż przed świtem.

pig oak drive
clewiston, floryda/usa
sob 3 listopada 2012 roku
[12:35/est]

Cathy Marcela, operatorka sterująca dronem, bardzo wolno żuła czwartą tego dnia tabletkę kofeinową i wypiła ostatni łyk wody z butelki. Była w niezłej formie jak na trzydziestoośmiolatkę, która ostatnie lata spędziła głównie na siedząco, ale teraz zaczęły jej mocno dokuczać plecy i kolana. Na szczęście jej żołądek nadal wszystko wytrzymywał.

Za chatą wzniesioną na śmierdzącej moczarami polanie dwadzieścia kilometrów na południe od Clewiston na Florydzie słońce stało w zenicie, a temperatura sięgała trzydziestu stopni w cieniu. W budynku, który Marcela nazywała domem, dużym, rozwalającym się baraku z blachy falistej i z podłogą z liści palmowych, klimatyzacja pracowała na pełen gwizdek. Mimo to nie dostawała żadnych rachunków za prąd; pobierała go nielegalnie prosto z przebiegającego pod ziemią kabla wysokiego napięcia, do którego podłączyła się samowolnie wiele lat wcześniej.

Siedziała w skórzanym czekoladowym fotelu ze starej taksówki przed dwoma dużymi monitorami: na górnym widać było mapę z GPS-em i trasami lotów, a pod spodem – na wysokości twarzy – strumień obrazów z drona latającego nad celem w Pensylwanii. Na konsoli przypominającej deskę rozdzielczą w samochodzie miała dwa mniejsze wyświetlacze, na których mogła wybierać informacje do pokazania. Drążki sterownicze i inne mechaniczne regulatory lotu znajdowały się na krawędziach konsoli, na środku natomiast była odwrócona myszka i skonfigurowana pod nią klawiatura.

Jeszcze jej się nie znudziło, choć na ziemi pod jej statkiem nie-wiele się działo. Właśnie przyjechał samochód osobowy, ktoś z niego wysiadł, wszedł do budynku głównego. Ale interpretowanie danych było zadaniem jej zleceniodawcy. Ją zahipnotyzowała technika, którą mogła się pobawić. BAE przeszło samo siebie. Kamera – a właściwie kamery, bo było tam 600 oddzielnych sensorów do obróbki obrazu, osiągających nadzwyczajną rozdzielczość 2,6 gigapikseli. Można było z sześciu kilometrów skadrować ptaka w locie i uzyskać obraz, który pozwoli fachowcowi rozpoznać gatunek.

Ludzie myśleli, że drony to coś nowego, podczas gdy statki bezzałogowe istniały od drugiej wojny światowej i nie były niczym więcej, jak potwornie drogimi samolotami sterowanymi przez radio. Przełomem, tym, co przekształciło je w znakomitą broń, było połączenie superczułej elektrooptyki z przenoszeniem danych w czasie realnym. Dzięki pojawieniu się nowych technologii odkurzono stary pomysł i wyposażono bezzałogowy sprzęt w większe zbiorniki paliwa, zdalne pociski i fantastyczny wzrok.

Czy to dąb, czy klon? Zrobiła zoom na koronę drzewa. Nie, nie dało się tego rozpoznać. Gdyby mogła obniżyć statek o tysiąc metrów... Ale nie mogła. Pod tym względem GT był bardzo stanowczy.

Wprawdzie Cathy Marcela siedziała spocona na ziemi w blaszanej chacie na bagnach, ale tak naprawdę była w siódmym niebie.

*

– Ilu widzieliśmy do tej pory? – zapytała głośno Leya. Stała kilka metrów od komputera w apartamencie hotelu Ramada Inn i mówiła do mikrofonu urządzenia.

– Jednego, który przyjechał samochodem – usłyszała głos Cathy Marceli. – Dwóch uzbrojonych ochroniarzy, w tym jednego z psem. Czwarta osoba jakąś godzinę temu zrobiła kółko po podwórku.

– I jesteśmy pewni, że nie był to kierowca samochodu?

Pięć sekund później połowę wielkiego ekranu zajęło skadrowane zdjęcie kierowcy. Był łysy. Pokazało się drugie zdjęcie, na którym widać było koński ogon.

– Kobieta? – spytała Leya.

– Odpowiedź brzmi nie – wyjaśniła operatorka. – Proszę spojrzeć na cień, jest dłuższy niż kierowcy.

– Melvin Klace – powiedział Boyd, podnosząc wydrukowane zdjęcie.

Leya kiwnęła głową.

Hazlit spytał, wpatrując się w ekran:

– Czy to prawda, że daje jeden koma osiem gigapikseli?

– Możesz prawie podwoić tę rozdzielczość – odpowiedziała operatorka. – Jeden koma osiem ma poprzednia generacja, Argus--IS. Ta, którą lotnictwo wojskowe i flota zaczęły instalować standardowo na swoich gobal hawkach. A tu mamy system przyszłości. Dwa koma sześć gigapikseli i sześćset sensorów, w głowie się nie mieści, co?

– Jakim cudem widzi przez chmury? – Hazlit patrzył jak zaczarowany.

– Jak dotąd niestety nie było chmur. Nie mogłam sprawdzić funkcji SAR na maksa. Ale radar z syntetyczną aperturą wychwytuje tyle fotonów, ile się da, a potem składa je do kupy ze wszystkimi innymi danymi i tworzy n i e z w y k l e prawdopodobny domniemany obraz. Dlatego moc procesora jest tak samo ważna jak…

– Do jasnej cholery! – wrzasnęła Leya. – Kogo to obchodzi?

Hazlit rozłożył ramiona.

– Mnie.

Leya spojrzała na Boyda, który podszedł do Hazlita i posadził go na krześle.

– Albo skupisz się na zadaniu, albo wyrzucę twojego idiotycznego nexusa przez okno – powiedział, pochylając się nad technikiem.

– Mam szansę się czegoś nauczyć.

– Jesteśmy na siódmym piętrze – powiedział Boyd, wskazując panoramiczne okno.

– Widzicie? – spytała Marcela.

Wszyscy troje odwrócili się do monitora. Z jednego z mniejszych domów wyszedł niespiesznie jakiś mężczyzna. Zoomowanie kamerą. Zielona kurtka parka, jasne włosy, silna budowa ciała. Przeciągnął się, spojrzał przez chwilę w niebo, obszedł dookoła szary samochód, który przyjechał na teren trochę wcześniej.

– Czy Licht wie, że jesteśmy na miejscu? – spytała Marcela.

– Tak, zawiadomiłam go wczoraj wieczorem – odparła Leya.

– Okej. No to go macie, uwiecznionego dziesięć sekund temu. Zdjęcie w bezruchu wypełniające jedną trzecią ekranu rozwiewało wszelkie wątpliwości. Jeden z niepowtarzalnych półuśmiechów Ludwiga Lichta.

– Jest katolikiem? – zapytała Marcela. – Wygląda jak kupa nieszczęścia.

– Nie, nie jest katolikiem. – Leya ściszyła głos. – To ostatni kowboj z Berlina.

Z budynku głównego wyszedł inny mężczyzna. Wsiadł do samochodu po stronie pasażera. Licht usiadł za kierownicą. Samochód ruszył.

*

Dwadzieścia minut później wóz zatrzymał się na parkingu przed hotelem Ludwiga. Obydwaj wysiedli.

– Co oni robią? – spytał F.

– To auto Lichta. – Boyd pokazał palcem czarnego jeepa, do którego zmierzali mężczyźni. – Zmieniają pojazd.

Było piętnaście po drugiej. Jeep wycofał, wrócił na drogę 315, skręcił w lewo, po chwili znowu w lewo i wylądował na drodze międzystanowej 81 – w kierunku na północ.

droga międzystanowa 81
watertown, new york/usa
sob 3 listopada 2012 roku
[18:10/est]

Ludwig prowadził, Greg siedział obok. Prawie dwie godziny – przemierzając północno-wschodnią Pensylwanię i zachodnią część stanu Nowy Jork – w ogóle się nie odzywali. Ludwig zapytał, dokąd jadą, usłyszał, że ma się zamknąć, więc się zamknął.

Tuż po czwartej Greg powiedział, żeby zjechał z drogi na parking przy niskim jasnozielonym centrum handlowym ze sklepami sprzedającymi sprzęt myśliwski i wędkarski.

Greg otworzył drzwi.

– Chodź ze mną, pomożesz mi coś przynieść – powiedział.

Ludwig wyłączył silnik i wysiadł.

Zanim zdążyli dobrze wejść przez próg sklepu Mac's Great Outdoors Experience, przykuśtykał do nich czterdziestoletni mężczyzna wsparty na kulach.

– Zapraszamy! Jestem Mac, a ponieważ niedługo mam urodziny, obniżyłem ceny na cały...

– Mam odebrać zamówienie – przerwał mu Greg. – Dzwoniłem w ubiegłym tygodniu.

– Co oni, do cholery, robią? – nie wytrzymała Leya.

Licht i jego pasażer dźwigali w stronę jeepa jakiś podłużny przedmiot. Umieścili go na dachu samochodu i przymocowali linami.

Obraz zmienił się w mętną zupę pikseli.

– Co się dzieje? – zawołała Leya do operatorki.

Marcela odpowiedziała spokojnie:

– Cień radiowy spowodowany przez satelitę przemieszczającego się nad dronem. Obraz powróci za trzy... dwa... jedną... jest.

– To kajak – stwierdził Boyd.

Leya kiwnęła głową.

– Prawdziwi entuzjaści życia na łonie przyrody – skomentował Hazlit.

– Marcelo – zaczęła Leya. – Jaki mamy zasięg?

– Paliwa wystarczy jeszcze na trzy godziny rejsu – powiedziała operatorka. – Potem muszę poprowadzić samolot do Maryland.

Leya pocierała oczy. Gapiła się w ogromny ekran przez wiele godzin, a wygląda na to, że to się prędko nie skończy.

– Przyprowadź tam drugiego drona i zamień je – powiedziała. – Chyba że to jakiś problem. Dasz radę zrobić to sama, znaczy sterować obydwoma naraz?

– Zaraz sprawdzimy – mruknęła Marcela.

Leya zagryzała paznokcie. Drony były wprawdzie używane, ale EXPLCO zapłaciło za nie cztery miliony dolarów.

– Może potrzebujesz kogoś do pomocy?

Operatorka się roześmiała.

– Przecież żartuję. One są połączone w pary, wszystko jest wcześniej zaprogramowane. Jezu!

Leya zwróciła się do Hazlita i Boyda:

– Po co im kajak?

*

Około piątej zaczęło się ściemniać, a Ludwig i Greg zatrzymali się przy Burger Kingu i poszli coś zjeść. Wnioskując po drogowskazach, znajdowali się na południowych przedmieściach Watertown. Tuż obok była stacja benzynowa, na której Greg zatankował paliwo.

– Tutaj nasze drogi się rozchodzą – powiedział Amerykanin, gdy napełnił zbiornik.

Ludwig rozejrzał się w zimnym niebieskim świetle wyświetlaczy dystrybutorów.

– To znaczy?

– Dalej na północ pojedziesz sam. Jedź ciągle tą drogą, aż przekroczysz granicę.

– Do Kanady? Po co?

– Zaraz za przejściem granicznym jest Thousand Islands Skydeck. Wieża widokowa z restauracją, na pewno ją zauważysz. Zabierzesz stamtąd jednego gościa. Ma szalik klubowy Edmonton Oilers i czeka na dole w kiosku z pamiątkami. Rozpozna cię, kiedy powiesz: „Znalazłem pana kajak". Wsadzisz...

– Chwila, moment, nie tak szybko!

Dłoń Grega przeleciała tuż przed nosem Ludwiga, jakby tamten chciał mu dać w twarz, ale się rozmyślił.

– Pojedziesz w ustronne miejsce – powiedział cicho – i wsadzisz go do kajaka. On się na to zgodził, więc nie będzie problemów. Lepiej, żebyś nie wracał przez to samo przejście graniczne, więc pojedziesz drogą czterysta jeden na północny wschód, około pół godziny, i dotrzesz do Johnstown, bo tam jest most, po którym można wrócić na amerykańską stronę. Stamtąd wrócisz tu po mnie. Zakładam, że powinieneś być za maksymalnie trzy godziny. Są pytania?

Ludwig pokręcił głową; żeby wyrazić w ten sposób konsternację, a nie odpowiedzieć na pytanie.

Edmonton Oilers?

– Ale... kim jest gość, którego mam zabrać?

– Gdyby na granicy coś się skiepściło – powiedział z naciskiem Greg – opowiesz historię w stylu: facet łapał okazję, zatrzymałeś się, on chciał do USA. Zrobiło ci się go szkoda i zgodziłeś się mu pomóc. Za kasę. Masz.

Wyjął zwitek kanadyjskich studolarówek plus paszport Ludwiga.

Sprytne, pomyślał Ludwig. To nie tylko próba, to przerzucenie na niego całego ryzyka. Teraz zrozumiał, dlaczego podróżowali jego samochodem. Gdyby wpadł i odpowiadał za przemyt ludzi, przestępstwa nie dałoby się połączyć z Gregiem Wesleyem i całą grupą.

– Tylko tyle wiesz – ciągnął dalej Greg. – Tylko tyle wiesz. Okej? Zabrałeś ze sobą autostopowicza. Jedno słowo o mnie, Melvinie albo kimkolwiek ze zgromadzenia, a zabijemy wszystkich, których znasz w Niemczech.

Paląca nerwowość Ludwiga przeobraziła się w coś w rodzaju szoku termicznego całego organizmu.

Zagryzł wargi.

– To było cholernie niepotrzebne, Greg.

– Wszystkich, których znasz w Niemczech... I w Polsce – dodał Amerykanin.

W Polsce – to tam mieszkał syn Ludwiga z żoną i dzieckiem. Ludwig skinął głową.

„Zdajesz sobie sprawę, w co się pakujesz?" – zapytała go Leya. Jak widać, było to w pełni uzasadnione.

– To dobrze – stwierdził Greg. – Jak coś się spieprzy, wiesz, co robić. Jeśli zrobisz co trzeba i wykonasz zadanie, zasłużysz na zaufanie Melvina.

– Okej – mruknął Ludwig i wsiadł do jeepa.

*

Do mostu wiodącego do Kanady dojechał w dwadzieścia minut. Po lewej stronie rozciągało się jezioro Ontario, z którego wypływała rzeka Świętego Wawrzyńca. Kawałek dalej na wschód było przejście graniczne.

Ludwig zakładał, że przez cały czas jest obserwowany przez drona. Ale gdy przejedzie przez granicę państwa? Chyba nie bardzo.

Pięćset metrów przed granicą zatrzymał się przy przydrożnym barze, wszedł do środka, położył na ladzie banknot pięćsetdolarowy i poprosił o drobne do telefonu.

Leya odpowiedziała, zanim wybrzmiał pierwszy dzwonek.

– Chcą, żebym kogoś przemycił przez granicę – zaczął Ludwig.

– Kogo?

– Nie wiem. Może jakiegoś zbiegłego więźnia, który jest członkiem zgromadzenia, nie mam pojęcia. Mam go odebrać po drugiej stronie granicy i przewieźć do USA innym przejściem, w Johnstown.

– Mostem na rzece Świętego Wawrzyńca – powiedziała Leya po kilku sekundach. – Dobrze. W takim razie poczekamy dronem po amerykańskiej stronie. Będziemy cię też widzieć kawałek za granicą. Masz go przemycić w kajaku?

– Mhm.

– Dowiedziałeś się jeszcze czegoś?

– Nie, właściwie to nie. Lars Gerdsen jest kłębkiem nerwów. Mówi o masowym morderstwie.

Długa cisza.

– Ale facet, którego zostawiłeś na stacji benzynowej, to nie Gerdsen?

– Nie, to Greg Wesley. Myślę, że to stary żołnierz. Sprawdźcie to.

Leya powtórzyła informację komuś innemu.

– Mam pytanie – zaczął Ludwig, przyglądając się ruchom znudzonego barmana.

– Tak?

– Czy właścicielem drona jest firma, czy do sprawy włączyły się jakieś instytucje?

– Firma.

– Dobrze. Czyli to, co widzicie, pozostaje... do wiadomości firmy?

– Chyba nie do końca podoba mi się to pytanie.

– Może się zdarzyć, że będę musiał improwizować. Przyspieszyć ten proces.

– Zmieniam temat – powiedziała głucho Leya.

– Proszę bardzo.

– Gregory Wesley, urodzony w tysiąc dziewięćset sześćdziesiątym ósmym roku w Alabamie. Navy SEALs od tysiąc dziewięćset dziewięćdziesiątego dziewiątego do dwa tysiące piątego, oddział trzeci. Wysłany na front do Iraku, udział w czterech misjach. Falludża, Bagdad, Ramadi. Odszedł z floty po rozprawie w sądzie wojskowym.

– Za co?

– Niewłaściwe wykonanie obowiązków podczas ostrzału.

– Skosił jakichś cywili?

– Coś w tym stylu. Ludwigu, mam wrażenie, że jesteś roztrzęsiony. Może to zakończymy? Im więcej o tym myślę, tym bardziej jestem przekonana, że powinniśmy to przerwać.

Ale jej głos nie brzmiał przekonująco. Ludwig pomyślał, że może cierpieć na to samo zawodowe zakażenie krwi co on: jest zbyt ciekawa, za bardzo opętana pościgiem. Zatrzymanie akcji było ostatnią rzeczą, o jakiej myślała.

Ludwig pochylił się i oparł łokieć o bar.

– Wesley zdobył informacje na temat moich krewnych w Niemczech. Nie mogę teraz odejść.

– To może być ostatnia szansa.

– Muszę sobie zapewnić większą swobodę ruchu.

Metaliczny głos w słuchawce kazał mu wrzucić więcej monet. Nie zrobił tego.

*

Po drugiej stronie środkowej poręczy, tuż przed podporą mostu, znajdowała się amerykańska kontrola pojazdów nadjeżdżających z Kanady. Kolejki były długie, ale wyglądało na to, że samochody przejeżdżały dość szybko. Ludwig pojechał kilkaset metrów dalej, przejechał przez krótki most i dotarł do kanadyjskiej kontroli. Zwolnił i ustawił się na pasie dla samochodów osobowych. Stało przed nim z dziesięć aut, a po chwili i za nim pojawiły się kolejne. Na trzech pasach po prawej stronie czekały ciężarówki i autobusy.

Jaskrawożółty szlaban podskoczył do góry i samochód przed nim przejechał na drugą stronę. Strażnik graniczny kiwnął na Ludwiga, który wolniutko do niego podjechał i zatrzymał samochód dziesięć centymetrów od szlabanu, teraz znowu opuszczonego.

Ludwig otworzył okno. Strażnik uśmiechnął się służbowo.

– Dobry wieczór panu. Poproszę o paszport.

Ludwig podał mu dokument.

– Widzę, że przyjechał pan do USA z Niemiec, tak?

– Tak, dokładnie – odpowiedział po francusku Ludwig.

Strażnik zmienił język.

– A co pana sprowadza do Kanady?

– Słyszałem, że jest tutaj lepsza kawa – uśmiechnął się Ludwig.

– Ha! Oczywiście, że lepsza. – Mężczyzna zwrócił mu paszport.

– Witamy w Kanadzie, monsieur. Proszę jechać ostrożnie.

Ludwig posłuchał rady. Droga skręcała gwałtownie w prawo. Po pięciuset metrach zobaczył wieżę widokową z okrągłym, przeszklonym zakończeniem. Na samej górze znajdował się otwarty taras, nad którym powiewała kanadyjska flaga. Przypominało mu to wieżę telewizyjną na Alexanderplatz, choć budynek był trochę niższy i opleciony spiralnymi rudoczerwonymi schodami. Teraz wieczorem wieża była oświetlona reflektorami zamontowanymi na ziemi.

Ludwig zaparkował przy sklepie z pamiątkami, niskim budynku z czerwonawymi drewnianymi panelami ozdobionymi stylizowanymi liśćmi klonu. Do wejścia prowadziły betonowe schody sąsiadujące po jednej stronie ze stokiem góry, a po drugiej z rabatką pokrytą korą.

W środku po lewej stronie były drzwi do windy. W sklepiku zobaczył tylko ekspedientkę za ladą i jakiegoś Araba przy półce z kubkami do herbaty i filiżankami do kawy. Mężczyzna miał na sobie jasnoniebieski szalik w białe pasy, z żółtoczerwonymi frędzlami oraz symbolem w kształcie kropelki oleju i hasłem: „Go Oilers!".

Ludwig podszedł do niego. Spojrzeli sobie w oczy.

Mężczyzna miał czterdzieści lat i wypielęgnowaną brodę z pasemkami siwych włosów. Nosił prostokątne okulary w stalowych oprawkach i krótki czarny wełniany płaszcz. Był wyraźnie wystraszony i spięty: uśmiechnął się z nadzieją do Ludwiga i od razu wydał się młodszy i sympatyczniejszy.

– Znalazłem pana kajak – powiedział bez wiary Ludwig.

– *Heil Hitler* – wyszeptał mężczyzna.

Ludwig doznał takiego szoku, że stracił pokerową twarz. Wreszcie uzmysłowił sobie, że Arab prawdopodobnie chciał być miły.

– Jasne – odpowiedział, kiwając głową. – W drogę.

Zanim wyszli, Ludwig kupił duży szary koc i cztery kubki do herbaty z sylwetką wieży. Wsadził koc pod pachę, wziął w rękę przezroczystą siatkę z kubkami i ruszył do wyjścia. Mężczyzna poszedł za nim. Ludwig otworzył mu drzwi od strony pasażera.

– Myślałem, że będę jechać w tym – powiedział Arab, patrząc na kajak na dachu samochodu.

– Nie teraz. Wskakuj.

Zaraz potem ruszyli. Ludwig miał duży problem, żeby skoncentrować się na prowadzeniu.

Co to, do cholery, jest?

Ale nie mógł się skupić z pasażerem siedzącym obok. Musiał poczekać, aż zapakuje go do kajaka.

Przejechali przez długi, piękny most z turkusowymi żelaznymi okuciami. Przecinał kilka mniejszych wysepek archipelagu, na dole na wodzie pobłyskiwały latarenki na barkach i żaglówkach. Po drugiej stronie Ludwig skręcił w prawo drogą wzdłuż plaży. Działał niezgodnie z instrukcjami Grega – miał zjechać dużo dalej i jechać autostradą – ale tutaj było bardziej ustronnie i dopóki widział wodę, był pewien, że nie przegapi mostu, którym miał wrócić.

– Tu będzie dobrze – powiedział po pięciu kilometrach, zwolnił i zjechał na drogę gruntową w las. Sto metrów dalej zatrzymał się i wyłączył silnik.

– Ludwig – powiedział, wyciągając rękę. – Ludwig Licht!

– Abu al-Awari – powiedział pasażer. – To wielki zaszczyt.

– Tak, to prawda – powiedział Ludwig i otworzył swoje drzwi. – Zastanówmy się, jak to zrobić.

Nie było problemu. Ludwig zostawił otwarte drzwi, żeby al--Awari mógł wejść na siedzenie kierowcy i podciągnąć się na dach, gdzie przełożył najpierw jedno kolano przez poręcz. Wreszcie udało mu się wejść do kajaka. Ludwig rzucił mu koc.

– Będzie dość zimno – zawołał. – A na przejściu granicznym mają kamery monitoringu, więc musisz być przez cały czas przykryty. Okej?

– Okej – usłyszał przytłumiony głos mężczyzny z wnętrza aluminiowego kadłuba.

– Umawiamy się tak: jeśli ja pukam w dach, to chcę wiedzieć, czy wszystko jest okej – powiedział Ludwig. – Ty pukasz dwa razy na tak i cztery razy na nie.

– Dwa razy tak, cztery razy nie. Rozumiem.

– Jeśli puknę trzy razy, to znaczy, że straż graniczna chce zajrzeć do kajaka.

– Trzy razy, okej.

– Wtedy musisz być gotowy do ucieczki – powiedział niepewnie Ludwig. To nie był najlepszy plan.

– Nie, jeśli tak będzie, przegryzę kapsułkę.

Jaką kapsułkę…?

Facet miał kapsułkę z cyjankiem.

Ludwig uruchomił napęd na cztery koła i wycofał kilka metrów, żeby zawrócić. Gdy znalazł się z powrotem na drodze wiodącej wzdłuż plaży, zaczekał chwileczkę i ruszył dalej. Teraz, kiedy nikt go nie obserwował, poczuł, że ma trudności z oddychaniem.

Kim był Abu al-Awari – jeśli to jego prawdziwe nazwisko – i dlaczego został zaproszony przez amerykańskich nazistów? Ludwig nie znał się na profilowaniu rasowym, ale Greg Wesley mówił o grupach, które nawet w jego opinii miały fatalnie wpłynąć na ich wizerunek.

Czy to możliwe, że za chwilę przemycę do USA żołnierza Al--Ka'idy?

Fundamentaliści, fanatycy, antysemici – gdyby szukać ruchu, z którym Zgromadzeniu byłoby najbardziej po drodze, to dżihad wymieniłby jako pierwszy. Ludwig pocierał sobie twarz, jakby dopadł go świerzb. Przymknął oczy. Dwa szybkie wydechy, jeden wolny wdech. Dwa krótkie, jeden długi. Jeden, dwa, trzy... jeden, dwa, trzy...

*

Do Johnstown dojechał po pół godzinie. Wyjazd z Kanady nie stanowił problemu; wystarczyło przejechać przez znacznie wyższy od pozostałych most, na którym był dozwolony ruch ciężarowy. Kontrola amerykańska znajdowała się sto metrów za podporą mostu po drugiej stronie. Kolejki nie były aż tak długie, jak przy poprzednim przejściu, ale i tak musiał czekać dziesięć minut.

Strażniczka graniczna w zielonym ocieplanym ubraniu, blada kobieta w wieku trzydziestu pięciu lat, długo i starannie oglądała jego paszport. Świeciła mu latarką prosto w twarz.

– Pan jest obywatelem niemieckim, panie Licht?

– To prawda.

– Chciałabym zobaczyć pańskie prawo jazdy i dowód rejestracyjny pojazdu.

Ludwig pochylił się w stronę schowka i wyciągnął dokument, potem wyjął z kieszeni portfel i prawo jazdy.

Kontrolerka rzuciła pobieżnie okiem na dokumenty i oddała je z powrotem.

– W jakiej sprawie odwiedzał pan Kanadę?

– Zamierzałem wypróbować pewien strumień, o którym wiele słyszałem – powiedział Ludwig, pokazując na wiosło i kamizelkę ratunkową na tylnym siedzeniu. – Ale było za dużo ludzi.

Kobieta spojrzała na siatkę z kubkami do herbaty.

– Ma pan towary do oclenia?

– Nie – odparł Ludwig, podnosząc siatkę.

Spojrzał przed siebie, jakby uznał, że teraz już będzie mógł pojechać dalej.

– Siedzi jak trzeba? – spytała kobieta.

– Proszę?

– Chodzi mi o kajak – wyjaśniła i zaczęła nim kiwać.

– Jest stabilny jak skała – odpowiedział Ludwig. I znowu zaczął wpatrywać się w drogę przed sobą.

Kolejka za jeepem robiła się coraz dłuższa. Usłyszeli trzaski w walkie-talkie i kobieta odeszła kilka metrów w tył. Ludwig nie słyszał rozmowy.

Kobieta kiwnęła głową, powiedziała coś. Wreszcie pochyliła się i powiedziała:

– Może pan jechać. Witamy z powrotem w USA.

Wrzucił bieg i ruszył. Gdzieś tam znajdował się punkt, po którym nie ma już odwrotu. Równie daleko, co światła martwej gwiazdy na firmamencie.

droga międzystanowa 81
watertown, new york/usa
sob 3 listopada 2012 roku
[19:30/est]

– Najwyższy czas – przywitał go Greg Wesley, czekający przy wejściu do sklepu na stacji benzynowej. Ale zarówno dobór słów, jak i jego mina świadczyły o tym, że mu ulżyło, a może nawet się ucieszył.

Ludwig się rozciągnął i wcale nie musiał udawać, gdy głęboko odetchnął. Ruszyli do samochodu.

– Z powrotem ty prowadzisz – powiedział. – Trochę mnie trzęsie. Myślałem, że narobię w gacie podczas kontroli.

– Wszystko z nim dobrze? – spytał Greg, wskazując głową kajak.

– O ile nie zamarzł.

Greg rzucił kurtkę na tylne siedzenie, usiadł za kierownicą, przesunął siedzenie do przodu, wyregulował lusterka. Gdy ruszali z powrotem na południe, było wpół do ósmej wieczorem.

– Jesteś pewien, że nic mu nie jest? – zapytał Amerykanin, gdy wyjechali na autostradę.

Ludwig puknął pięścią w sufit. Sekundę później usłyszeli dwa stuknięcia.

Greg uniósł brwi.

– Czuje się dobrze – powiedział Ludwig. – Jeśli się martwisz, możemy mu powiedzieć, żeby zszedł i usiadł z tyłu.

– Nigdy nie byłem fanem integrowania się w środkach komunikacji.

– A ty jak, popierasz zintegrowane… operacje?

Greg zesztywniał.

– Ufam w osąd Melvina.

– Słyszałem, jak się kłóciliście.

– Nie kłóciliśmy się. Wypełniłem swój obowiązek i podzieliłem się z nim kilkoma wątpliwościami.

Jego postawa zdecydowanie się zmieniła. Rozmawiał z Ludwigiem jak z równym sobie. Trzeba było kuć żelazo, póki może nie całkiem gorące, ale przynajmniej ciepłe.

– Jaki jest plan, Greg?

– Myślisz, że wiem?

– Musisz wiedzieć!

Greg nie odpowiadał. Ludwig poczekał kilka minut – to była niezawodna metoda, gdy chciało się zachęcić kogoś do zwierzeń. No i się doczekał.

– Wierzę, że nie jesteś gliną. Udowodniłeś to. Ale skąd mam wiedzieć, czy jesteś gotowy pójść na całość?

Ludwig zaryzykował:

– Jeśli się dobrze domyślam, to właśnie przeszmuglowałem terrorystę. Co jeszcze miałbym zrobić, żebyś mi uwierzył?

– Powiedzmy, że… – mruknął Greg. – Wyobraź sobie, że… dzwoni telefon i proszą cię, żebyś pojechał do pewnego motelu. W pokoju leży młody chłopak. Pił, połknął tabletki nasenne, które ktoś mu wcisnął jako najbardziej rozweselające dragi na świecie. Proszą cię, żebyś wstrzyknął mu dawkę heroiny. Śmiertelną dawkę.

Ludwig wpatrywał się w ciężarówkę, której siedzieli na ogonie, a której Greg z jakiegoś powodu nie chciał wyprzedzić. Chwila prawdy. Lepsza okazja do trzymania gęby na kłódkę nie trafiła mu się przez całe pięćdziesięciosześcioletnie życie. Gdyby tylko miał mikrofon i mógł nagrać tę rozmowę.

– Co byś wtedy zrobił, Ludwigu?

– A kim jest chłopak?

– Śmierdząca ciota. Ale to bez znaczenia. Co wtedy robisz?

– Kto mnie prosi o przysługę?

– Przecież wiesz.

Ludwig ważył odpowiedź, zastanawiał się, przeredagowywał ją – jakby siedział nad klawiaturą. Wreszcie doznał objawienia.

– Jeśli mu ufam… jeśli wierzę, że to posunie sprawy do przodu, to wykonuję zadanie. Pewnie nie bez wątpliwości. Ale na pewno bez wyrzutów sumienia po fakcie.

Greg kiwnął głową.

– No właśnie.

– Twój tatuaż – powiedział Ludwig. – Co to jest, smok?

– Potwór z Loch Ness.

– Zrobiłeś go w wojsku? Byłeś w marynarce?

– Tak. SEALs. – W głosie wyraźna mieszanka dumy i goryczy.

– Tak myślałem – potwierdził Ludwig. – Że musiałeś służyć.

– A co to ma do rzeczy? – mruknął Greg, spojrzał w lewo na martwe pole i nareszcie wyprzedził ciężarówkę.

– Obaj wiemy, jak to jest, gdy się odkryje, że służy się złym ludziom, złemu systemowi. Musiałeś to kiedyś poczuć, bo inaczej nadal brałbyś udział w akcjach i ryzykował życie dla kraju, który ma cię w dupie, który wyszydza twoją rasę i twoje dziedzictwo.

– To prawda.

– A kiedy człowiek spotka właściwych ludzi, którym może służyć, to nie ogląda się za siebie – kontynuował Ludwig. – Prawda?

– Masz rację. Absolutnie.

– To miało pomóc Heart?

Greg zesztywniał. Zapadła cisza.

– Była wczoraj u Melvina, strasznie się piekliła – brnął dalej Ludwig. – Mówiła, że ma już dosyć waszej pomocy. Nie jestem taki głupi, wiem, o czym mówisz, Greg. Zabiliście tego chłopaka, Warsinsky'ego, żeby udupić konkurenta Heart.

– I co?

– Po co to zrobiliście? Zastanawiasz się, czy jestem gotów pójść na całość, ale jak mam to wiedzieć, skoro nie mam o niczym pojęcia?

– Ja też nie mam obrazu całości – odpowiedział niejasno Greg.

Ludwig nie był pewien, czy Wesley kłamie, czy nie.

– Założę się, że masz.

– Nie mam. Zaczęło się od rozważań hipotetycznych… Melvin testował na mnie różne idee. A przynajmniej tak mi się zdawało. I nagle się okazało, że zaczął realizować niektóre z tych pomysłów. Powiem tak, jak to zwykle mówią w filmach: mogę zajrzeć w przy-

263

szłość, ale do wyboru jest zbyt wiele możliwych wersji. Nawet ja nie wiem, na którą się w końcu zdecydował.

Ludwig mógł go dalej przyciskać, ale stwierdził, że to nie jest właściwy moment. Postanowił tamtego nagrodzić.

– Nawet nie wiesz, jak się cieszę, że zaczęliśmy ze sobą rozmawiać jak ludzie, Greg. To dla mnie dużo znaczy.

Greg prychnął, ale bez niechęci.

– Zamknij jadaczkę, zaczynasz gadać jak Lars, gdy złapie go wirus Jezusa.

Ludwig wyszczerzył zęby. Milczał.

Analiza sytuacji:

Udało mu się wypełnić zadanie. Już wie, jak umarł Warsinsky. Klace uwiódł chłopaka, podsunął mu tabletki nasenne i kazał Gregowi zakończyć sprawę. Podżegacz i pomocnik, obaj równie winni.

Fenomenalnie, tyle że pozostały jeszcze dwie kwestie. Po pierwsze, nie było dowodów oczyszczających Harrimana. Po drugie, musiał przeszkodzić śmiertelnie niebezpiecznej, dobrze zorganizowanej grupie nienawistników w przeprowadzeniu jakiejś akcji, której zasięgu na razie tylko się domyślał. Nie chodziło tylko o moralność. Jak na razie był współsprawcą. Jego sumienie potrafiło znieść wiele, ale nie to, że bardziej im pomógł, niż przeszkodził.

W samochodzie nadjeżdżającym z naprzeciwka kierowca rozmawiał przez telefon. W taki oto sposób zalągł się w głowie Ludwiga plan – było to jak objawienie, jak gorący podszept. Prosty i brutalny. Plan w jego stylu, wykorzystujący najważniejszą broń w jego prywatnym arsenale – bezwzględność. Im dłużej o nim myślał, tym bardziej się uspokajał. Jakiej broni można było zawsze użyć przeciwko silniejszemu przeciwnikowi? Zaskakującej brutalności.

Był w środku, w sekcie. Był jednym z zaufanych. Najwyższy czas wyjść z inicjatywą i robić to, co było jego prawdziwą specjalnością – wyrządzać szkody.

hotel ramada inn
wilkes-barre, pensylwania/usa
sob 3 listopada 2012 roku
[20:45/est]

Leya zaczynała mieć dosyć. Ta bezsilność, to nieszkodliwe przyglądanie się. Czuła się jak anioł, któremu przykazano obserwować, ale nie ingerować. Coś okropnego.

– Co, do diabła, mamy robić? – spytała, patrząc raz na Boyda, raz na Hazlita.

Świeży, zatankowany do pełna dron pokazywał im na ekranie ciągle ten sam nic niemówiący im strumień obrazów czarnego jeepa z kajakiem na dachu, stale poruszającego się na południe przez wieczorny mrok.

– Udało mu się dwukrotnie nawiązać kontakt – stwierdził Boyd.

– Są postępy. Wydaje mi się, że musisz się uzbroić w cierpliwość.

Leya krążyła po pokoju, wymachując rękami w powietrzu.

– Jeśli chodzi o eksfiltrację, przechodzimy do następnej fazy. Zarezerwowałeś domek?

– Domek jest zarezerwowany, a samochody kupione. Stoją w wynajętym garażu w Kingston.

– Nadal mają oznaczenia? – Leya musiała się upewnić.

– Tak, musiałem co prawda podpisać papier, w którym zobowiązałem się do polakierowania samochodów w ciągu dwóch tygodni. Jeśli tego nie zrobię, dostaniemy zakaz poruszania się nimi po drogach.

– Okej. Weź pozostałych i jedźcie do domku. Przykryjcie samochody...

– Mam już plandeki.

– Dobrze. Jedźcie tam i poczekajcie na dalsze instrukcje. Jak daleko jest stamtąd do rancza Klace'a?

– Możemy tam dotrzeć w osiem minut od twojego rozkazu.

– Ja też mam jechać? – spytał zmartwiony Hazlit.

– Nie denerwuj się – odpowiedziała kwaśno Leya. – Zostaniesz tutaj, żeby transmisja się nie spieprzyła.

*

O wpół do dziesiątej Greg zjechał z autostrady na stację benzynową.

– Muszę do kibla – wyjaśnił. – Chcesz coś? Kawę?

– Tak, poproszę kawę – powiedział Ludwig.

Greg wysiadł, pomacał ręką tylną kieszeń, sprawdzając, czy ma ze sobą portfel, i zniknął za drzwiami stacji – jego kurtka została w samochodzie. Ludwig nie miał zwyczaju dziękować za coś siłom wyższym, więc i teraz tego nie zrobił. Ale uśmiechnął się tak, jak potrafią tylko starzy mordercy.

Spojrzał kontrolnie przez okna, wyciągnął się do tyłu i wygrzebał go – telefon komórkowy Wesleya. Wybrał z pamięci numer telefonu do człowieka w FBI, który jest kontaktem Lei.

– Clark – odezwał się męski głos.

– Jestem kolegą Lei Durani – powiedział Ludwig. Mówił bardzo szybko, właściwie szepcząc każde słowo, żeby nie usłyszał go pasażer w kajaku. – To ona dała mi ten numer. Proszę zrobić, o co pana poproszę. Proszę nie odkładać słuchawki, zanim nie minie piętnaście sekund.

– Kto mówi, do cholery?

– Może pan później zadzwonić do Lei i zapytać o Ludwiga Lichta. Ale proszę się nie rozłączać. Potrzebuję tych piętnastu sekund. Bardzo pana proszę. A kiedy w ciągu najbliższych godzin ktoś do pana zadzwoni z tego telefonu, proszę odpowiedzieć: „Agent Clark, jednostka antyterrorystyczna FBI". Od tego zależy moje życie. Proszę zadzwonić do Lei, gdy tylko się rozłączę. Okej. W takim razie się rozłączam. Dziękuję.

Wrzucił komórkę z powrotem do kurtki Grega. Uruchomił radio. Standardowa gadka o pogodzie i raporty na temat nierozwiązanych problemów z dostawą energii elektrycznej i powodziami. Ani słowa o kampanii wyborczej, która chyba też miała przymusową przerwę z powodu orkanu.

Greg wrócił, niosąc dwa kubki kawy. Ludwig podziękował, wypił kilka głębokich łyków i zaproponował, że może prowadzić przez resztę trasy. Greg się nie zgodził. Do rancza Klace'a została im godzina jazdy.

*

Leya rzuciła się do telefonu. Na wyświetlaczu pojawił jej się Booker Clark. Naszły ją złe przeczucia pomieszane z nadzieją.

– Cześć, Booker.

– Kim, do cholery, jest Ludwig Licht? – spytał jej stary zleceniodawca z FBI.

– Nasz człowiek w terenie, działa w ramach pewnej operacji. Obawiam się, że nie mogę powiedzieć nic więcej.

– Chyba nie będziesz miała wyjścia, moja droga. Przed chwilą do mnie zadzwonił i powołał się na ciebie. Numer należy do… Gregory'ego Wesleya.

– Co takiego? Co powiedział?

Clark streścił tę krótką i osobliwą rozmowę.

– Jezu – jęknęła Leya. – Szykuje pułapkę.

– A tak właściwie co jest grane? – spytał Clark.

– Musisz zrobić to, o co cię poprosił, proszę, Booker. Czy możesz mi to obiecać?

– Powiedzieć, że jestem z jednostki antyterrorystycznej?

I tak już hiperaktywne, pobudzone kofeiną synapsy Lei zaczęły łączyć się i rozłączać, dotykały się w kołyszącym tańcu jak fale na morzu. Utworzyło się nowe połączenie. W chwili gdy do tego doszło, usłyszała nieomal coś jak kliknięcie.

– Właśnie tak – potwierdziła. – A jeśli w słuchawce będzie cisza, zapytaj, czy to Greg. Nie, chwileczkę. Zapytaj o Craiga. Craiga Winstona.

– Coś mi tu strasznie śmierdzi, Leyo.

– Błagam cię.

Długa cisza.

– No dobra, właściwie to chyba nikomu nie może zaszkodzić – mruknął.

Całkowicie nietrafiony wniosek.

*

Greg wysadził Ludwiga przed Extended Stay Hotel pod Wilkes--Barre, dając mu kluczyki do swojego saaba. Pozostałą część drogi do rancza Klace'a al-Awari także przeleżał w kajaku. Ludwig jechał z tyłu, utrzymując pewien odstęp, żeby w spokoju przeszukać skrytkę, ale nie znalazł nic interesującego. Kilka minut przed jedenastą byli na miejscu.

Na podwórzu czekał na nich komitet powitalny: Melvin Klace, Lars i Jen Gerdsenowie, fan motocykli Lynn, z którym Ludwig miał drobną bójkę w czasie obozu, hałaśliwy młody zwolennik Ku Klux Klanu, kamerzysta filmujący wszystko dookoła i Reggie z rottweilerem. Klace kazał nawet zapalić kilka wielkich pochodni wokół krzyża. Stał teraz oparty plecami o drzwi. Był zadowolony, może nawet więcej – promieniał z dumy. Pozostali nie wydawali się przekonani, w jakim powinni być nastroju.

Lynn podszedł do samochodu i razem z Ludwigiem i Gregiem pomogli zejść z dachu przemarzniętemu i blademu al-Awariemu. Ludwig naciągnął mężczyźnie koc na ramiona i spojrzał mu w oczy.

– Dobrze się czujesz?

Al-Awari kiwnął głową.

– Panie al-Awari. – Klace podszedł do mężczyzny i go objął.

– Nareszcie. Witam w mojej ziemskiej twierdzy.

Pozostali popatrywali na siebie z konsternacją. Ludwig zauważył to zmieszanie – nie mieli pojęcia, kogo oczekiwali.

– To wielki zaszczyt. – Al-Awari szczękał zębami. Podniósł prawe ramię. – *Heil Hitler!*

– *Heil Hitler!* – odpowiedzieli jednogłośnym mruknięciem zebrani. Nikt nie podniósł ręki. Trudno powiedzieć, czy brak żaru wynikał z różnorodnych opinii na temat wielkości Führera, czy z nieprzyzwyczajenia do wielokulturowego życia towarzyskiego.

– Mamy wiele spraw do omówienia – powiedział Klace. – Reggie, pokaż wszystko naszemu gościowi. I przygotuj mu gorącą kąpiel.

Reggie zaprowadziła al-Awariego do domu dla gości, drugie drzwi w bok od pokoju Ludwiga.

– Świetnie sobie poradziłeś – zwrócił się Klace do Ludwiga.

– Melvinie, mamy problem – przerwał mu cicho Ludwig. – Duży problem.

– Co takiego? – Klace rozejrzał się dookoła. Członek klanu i kamerzysta pogrążyli się w rozmowie, Jen i Lars bawili się z rottweilerem, a Greg był przy jeepie i razem z Lynnem zdejmował kajak.

– Jakąś godzinę temu zatrzymaliśmy się na stacji benzynowej – wyszeptał Ludwig. – Gdy wszedłem do toalety, Greg stał i gadał przez telefon. Nie wiem, może rozmawiał z tobą?

Z twarzy Klace'a zniknęło zadowolenie.

– Nie. Nie ze mną.

– Bo jak tylko wszedłem, natychmiast się rozłączył, a potem zachowywał się przez resztę drogi dość nerwowo.

– Słyszałeś, o czym rozmawiał?

– Tak, dlatego pomyślałem, że chyba nie rozmawiał z tobą, bo mówił, że musi wszystko jeszcze raz przemyśleć i odezwie się jutro.

– Mówił o naszym gościu?

– Nie wiem, ale chyba nie zdążył powiedzieć za dużo. Z drugiej strony przecież o niczym nie wiem, więc trudno mi ocenić.

Klace przestał wpatrywać się w wybrukowany dziedziniec, spojrzał najpierw w lewo, potem w prawo. Potem jego wzrok spoczął na Gregu. Ruszył w stronę jeepa.

– Greg – powiedział. – Mogę zobaczyć twoją komórkę?

Greg zmarszczył nos.

– Dawaj telefon – rozkazał Klace.

Greg wzruszył ramionami i wyciągnął telefon. Klace wyrwał mu go z ręki.

– Czyj to numer, Greg?

Podstawił mu wyświetlacz pod nos.

– Nie mam pojęcia – odpowiedział zaskoczony Greg. – Naprawdę nie wiem.

– Dzwoniłeś na ten numer przed godziną.

– Nie, nigdzie nie dzwoniłem przez cały dzień.

– Długość połączenia osiemnaście sekund. Z kim rozmawiałeś?

Spojrzenie Grega zatrzymało się na zbliżającym się do nich Ludwigu.

– Powiedziałem, co się stało, Greg – powiedział spokojnie Ludwig. – Nie ma sensu, żebyś zaprzeczał.

– Że co się niby stało? Co ty gadasz?

– W toalecie. Słyszałem, jak rozmawiałeś, Greg. Więc nie ściemniaj.

Całe towarzystwo stało wokół nich i wpatrywało się w Grega, jakby był trędowaty.

– Co się dzieje, Greg? – spytała Jen.

Greg pokręcił głową i zwrócił się do Klace'a:

– Melvinie, nie mam bladego pojęcia, co to za numer. A on kłamie!

– No to sprawdźmy to – powiedział Klace i dotknął ekranu. Włączył tryb głośnomówiący.

Dwa sygnały, trzy. Później zaspany głos:

– Agent Clark, FBI, wydział antyterrorystyczny.

Cisza.

– Halo?

Klace zamknął oczy, czekał.

– To ty, Craig? – odezwał się mężczyzna. – Craig Winston?

Ludwig o mało nie przysiadł z wrażenia. Jedyne sensowne wyjaśnienie, jakie mu przychodziło do głowy, to Leya – musiała poinstruować faceta z FBI, żeby wykorzystał pseudonim Grega, co znacznie wzmocniło wiarygodność tej historii. To logiczne, że na początku kontaktów z FBI Greg wolałby korzystać z fałszywego nazwiska, a nie prawdziwego. A Klace oczywiście znał ksywkę podwładnego. Leya była geniuszem.

Klace się rozłączył. Kiedy w końcu otworzył oczy, w jego spojrzeniu nie było wrogości. Patrzył na Grega ze smutkiem, zdumieniem, nieudawanym bólem – ale nie z nienawiścią.

Za to Greg aż kipiał tym uczuciem. Gdyby spojrzenie mogło zabijać, Ludwig już by nie żył.

– Ty pieprzona mendo! – syknął. – Ty kuta…

– Lynn! – zawołał Klace.

Fan motocykli zamknął Grega w żelaznym uścisku i trzymał go od tyłu.

Klace zastanawiał się przez moment. Później otworzył telefon i wyciągnął baterię. Rzucił kartę SIM na ziemię i zdeptał ją obcasem.

Greg wił się jak piskorz, kopał nogami w powietrzu, ale Lynn trzymał go jak w imadle.

– Na krzyż z nim – powiedział Klace. Pokazał ręką leżące obok koła kawałki linki i powiedział do Ludwiga: – Przywiąż go.

Lynn zaczął wlec wrzeszczącego Grega na środek dziedzińca. Ludwig spieszył za nimi z kawałkami elastycznej linki, którą przymocowany był kajak. Krzycząc, Lynn podniósł swojego byłego towarzysza broni. Ale poprzeczne ramię krzyża było zbyt wysoko. Musiał postawić go przy krzyżu plecami i związać mu ręce z tyłu.

– Nie słuchajcie go! – wrzeszczał Greg. – Jak możecie ufać temu pieprzonemu przybłędzie? Halo, co się z wami dzieje?

Klace poszedł do domu i po chwili wrócił z potężnym nożem myśliwskim. Podszedł do Larsa Gerdsena, który był w takim szoku, że mógł w każdej chwili zemdleć.

– Twoja kolej – stwierdził Klace. – Zawsze narzekasz, że nie daję ci żadnych odpowiedzialnych zadań. No to proszę, to jest odpowiedzialna misja.

Lars wziął nóż i trzymał go w dłoniach jak rannego ptaka.

Ludwig prychnął.

– Ja mogę to zrobić – powiedział. – Mnie będzie łatwiej, nie znam go.

W oczach Larsa zapaliła się iskierka nadziei.

– Co?

– Dawaj! – krzyknął Ludwig i wyrwał nóż z rąk Amerykanina. – Ja to zrobię.

Oczy Klace'a płonęły.

– Jesteś pewien?

– W takich sytuacjach trzeba słuchać instynktu samozachowawczego – odparł Ludwig. Taka była dzisiejsza prawda.

Klace wyprostował się, skrzyżował ramiona i powiedział do wszystkich:

271

– Zobaczcie, jak kończy zdrajca. Przypatrzcie się dokładnie, a zobaczycie, co się dzieje, gdy człowiek odwróci się plecami do boskiego ruchu społecznego.

Ludwig kiwnął głową. I tak by do tego doszło. Mógł stać z boku i się gapić – albo zrobić to sam, wtedy jego akcje u Klace'a poszłyby jeszcze w górę. Była to najprostsza, najszybsza droga do zdobycia informacji o jego planach. A jeśli nawet nie dałoby się w ten sposób uratować Rona Harrimana, to przynajmniej mógł pomścić Chrisa Warsinsky'ego.

Podszedł go przywiązanego do krzyża Grega.

– Melvinie, nie możesz mi tego zrobić! – krzyczał Amerykanin. – Melvinie! Posłuchaj, do cholery! On kłamie! Nie dzwoniłem do żadnego pieprzonego...

Ludwig złapał lewą ręką za brodę mężczyzny i uciszył go, ściskając mu szczęki.

– Mój kraj zniszczyły takie świnie jak ty – szepnął Ludwig. – Powiedz diabłu, że niedługo przyjdą do niego twoi następcy.

Kiedy przeciągał nożem po szyi mężczyzny, nie widział przed sobą twarzy Grega Wesleya, tylko Karla-Ottona Lichta. Wreszcie przyszedł czas, żeby umarł naprawdę.

Pewnym ruchem Ludwig przeciął Gregowi tętnicę szyjną. Wesley próbował krzyczeć, ale spowodowało to tylko, że rana po prawej stronie bardziej się otworzyła, a krew popłynęła jeszcze mocniej. Po piętnastu sekundach rzężenia Greg Wesley przeszedł na tamtą stronę, a Ludwig odzyskał oddech.

Spokojne wdechy i wydechy. Cieszył się, że jest trzeźwy. Delektował się tym, że oddał światu przysługę.

Za jego plecami panowała cisza. Nie odwracał się. Dwoma szybkimi ruchami wytarł nóż o kurtkę Grega.

Podszedł do niego Klace.

– Jesteś naszym bratem – powiedział głośno i wyraźnie, z dumą człowieka, który chwali sam siebie. – Byłem pewien, że nie mylę się co do ciebie. Jesteśmy ci winni wdzięczność. Greg mógł wszystko popsuć.

– Ludzie są słabi – powiedział Ludwig z autentycznym zmartwieniem w głosie. Podał nóż Klace'owi. – Jak przychodzi co do czego, wszyscy są cholernie słabi.

– Teraz rozumiem, dlaczego był nastawiony do ciebie tak negatywnie. – Klace wpatrywał się w ostrze. – Czuł, że odkryjesz jego zdradę.

– Pewnie tak. A może to moja obecność go do tego sprowokowała?

– Obwiniasz siebie?

Ludwig pokręcił głową.

– Nie, masz rację. To nic nie da.

– Zabierz stąd tę świnię – rozkazał Klace Lynnowi. Potem spojrzał na Larsa.

Jego piegi całkiem wyblakły. Mrugał powiekami i zachowywał się jak pies, który boi się bicia – oblizywał wargi, drapał się.

– Pomóż mu – polecił Gerdsenowi rozsierdzony Klace. – Wsadźcie go na razie do chłodni w schronie. Znasz kod?

Lars kiwnął głową i mruknął coś pod nosem. Wzięli się z Lynnem do roboty.

– Jen – powiedział Klace, kiwając na nią ręką. – Idź sprawdzić, co u naszego gościa.

Nie była aż tak roztrzęsiona jak Lars, ale też poruszona.

– Jest w wannie – powiedziała ze ściśniętym gardłem. Patrzyła na Ludwiga zmrużonymi oczami, niepewnie, jakby nie wierząc w to, co przed chwilą widziała.

Klace poprawił marynarkę i koszulę.

– Sprawdź, czy tego nie widział.

Jen przyglądała się Ludwigowi. Była zszokowana i trudno było powiedzieć, co myślała o facecie, który przed chwilą poderżnął gardło jej koledze. Ludwig wiedział, że jakoś sobie z tym poradzi. Jej nienawiść, stale obecna, zwróci się ku Gregowi i jego zdradzie wobec ruchu – jego zdradzie wobec niej.

Pospieszyła w stronę domku dla gości, otworzyła drzwi i wsadziła głowę do środka. Kiedy wróciła do Klace'a, powiedziała:

– Słychać wodę z prysznica. Wydaje mi się, że nic nie zauważył.

– Dobrze. Idź do jego pokoju i pogadaj z nim, gdy wyjdzie z łazienki. Tego by jeszcze brakowało, żeby obleciał go strach.

Jen poszła z powrotem.

– Samochód – powiedział przyciszonym głosem Ludwig, pokazując Klace'owi dyskretnie należącego do Grega saaba.

Klace wzruszył ramionami.

– Nieważne. Minie z tydzień, zanim ktoś zacznie go szukać. A wtedy już i tak będzie po wszystkim.

Co znaczy, że wtedy już i tak będzie po wszystkim? Tylko ludzie śmiertelnie chorzy albo samobójcy widzieli rzeczy w tak krótkiej perspektywie.

Ludwig rzucił okiem na Grega – zwisał jak zużyta zabawka. Był zaskoczony euforią, którą poczuł. Oczywiście nie po raz pierwszy Ludwig chciał kogoś zabić, ale tym razem nie tylko tego chciał, ale też to zrobił. W pozostałych przypadkach działał raczej instynktownie albo wbrew swojej woli – na rozkaz, z konieczności, w obronie koniecznej. To było jednak coś innego. Nie tylko go to nie obeszło, ale wręcz… zadowoliło.

Może to efekt przebywania z tymi potworami, chodzącymi beczkami prochu, uosobieniem zapiekłej nienawiści. Całe ich jestestwo było nastawione na walkę, na wojnę, na rzeź. Byli jak zarażona wścieklizną, chora część stada; w końcu człowiek nie mógł się oprzeć chęci pozbycia się zarazy. Czyż nie tak myśleli o „wrogach czystości rasowej", gdy otwierali rano oczy?

Humoru nie popsuła mu jednak nawet ponura myśl, że zarazili go swoją żądzą krwi. To odurzenie miało swoją cenę, rozumiał to równie dobrze, jak człowiek, który pierwszy raz zażył heroinę. Ale wciąż trwało. Przykre następstwa czekały dopiero za rogiem.

hotel ramada inn
wilkes-barre, pensylwania/usa
sob 3 listopada 2012 roku
[23:20/est]

Leya jeszcze nigdy nie doświadczyła takiej ciszy – nie dało się powiedzieć, że zapadła, raczej… eksplodowała. Nie można było się przygotować na to, co rozegrało się na ekranie telewizora. A teraz pojawiła się kompletna pustka.

Straciła równowagę i opadła na fotel. Hazlit i Boyd zaczęli krążyć po pokoju, jakby w poszukiwaniu wyjaśnienia dla sceny, której byli świadkami.

– Wyjdźcie – powiedziała Leya.

Nie usłyszeli. Klasnęła trzy razy w dłonie.

– Wychodzić stąd! Wynocha!

Zatrzymali się, spojrzeli na nią i pokręcili głowami, jeden po drugim.

– Już was tu nie ma – powiedziała trochę spokojniej.

Wyszli. Gdy tylko zamknęły się za nimi drzwi, powiedziała:

– Marcelo.

– Tak?

– Usuń to z twardego dysku. Nie chcę żadnego nagrania.

Zapadła cisza. Potem operatorka powiedziała:

– Piętnaście lat.

– Proszę?

– Mogę dostać piętnaście lat, jeśli zniszczę dowody, które mogą doprowadzić do wyroku skazującego w sprawie o morderstwo.

– Masz to natychmiast skasować. I zniknie nie tylko ten problem, ale i wiele innych.

– Ile?

Leya westchnęła.

Pilotka nie dawała za wygraną:

– Powiedzmy: tysiąc za każdy rok więzienia, który mi grozi? Piętnaście tysięcy dolarów? Drobiazg. Ale Leya milczała dłuższą chwilę, jakby uważała, że to dużo.

– No dobra – zgodziła się ostatecznie. – Piętnaście tysięcy dolarów. Skasowałaś?

– Zniknęło jak kamfora.

Leya zadzwoniła do GT, który odebrał w swoim domu w Alexandrii.

– Niezależnie od tego, co teraz robisz – powiedziała, rzucając okiem na ekran – to ta sprawa jest ważniejsza. Musisz tu przyjechać. Wsiadaj jak najszybciej do prywatnego jeta.

Zobaczyła, że ciało zdjęto z krzyża, wsadzono do plastikowego worka i ułożono na pace pick-upa. Pojazd wyjechał przez bramę do lasu. Leya nie musiała nic mówić, Marcela sama nastawiła kamerę tak, żeby podążała za samochodem.

– Bardzo bym chciał – powiedział GT. – Ale jutro rano mam ważne spotkanie z…

Leya mówiła spokojnie i metodycznie:

– Nasz człowiek na pustkowiu właśnie zastawił skuteczną pułapkę i ustrzelił zdobycz. I nie wydaje mi się, żeby to miał być koniec. Chyba jest… bardzo świadomy celu.

– Rozumiem – potwierdził GT.

– Nie.

– Co?

– Nie, nie rozumiesz. Musiał wpaść na trop jakiejś potężnej sprawy. Czegoś dużo większego, niż myśleliśmy na początku. W takim momencie nie możesz po prostu przerzucać na mnie odpowiedzialności. Niedawno byłam po prostu twoją asystentką do spraw zbierania danych.

GT nic nie mówił.

– Kiedy to się skończy – kontynuowała Leya – chcę odpowiadać za operacje i mieć własny wydział. Jeśli nie, odchodzę w trybie natychmiastowym. Mam już dość tego, że zrzuca się na mnie najgorszą robotę, a potem wypluwa, gdy wszystko jest już załatwione. Koniec z umowami o dzieło, koniec zleceń na usługi konsultingowe, żadnych umów na okres próbny. Mam czterdzieści sześć lat, do cholery. I doszłam do ściany.

– Masz rację – powiedział GT. – Dopilnuję, żebyś dostała bezpieczne stanowisko w firmie.

– Mądra decyzja. Mam coraz lepszy wgląd w operację. Obecnie wiem dużo więcej niż ty o tym, co się dzieje w ramach naszego zlecenia.

– Nie jestem pewien, czy zauważyłaś, ale już wygrałaś tę bitwę – powiedział rozwścieczony GT.

– Do zobaczenia jutro – zakończyła rozmowę Leya.

Jej wściekłość była autentyczna – tak jak przyjemność, którą teraz odczuwała. Zawsze była myśliwym. Wreszcie mogła zajmować się tym, do czego była stworzona.

                          north main street
            wilkes-barre, pensylwania/usa
                  nd 4 listopada 2012 roku
                          [13:15/est]

GT wylądował około południa następnego dnia. Spotkał się z Leyą w Starbucksie w księgarni Barnes & Noble w Wilkes-Barre.

Sklep był dużo większy, niż można by się spodziewać, pewnie dlatego, że było to, jakkolwiek na to patrzeć, miasto uniwersyteckie. W Berlinie, do którego GT czasami mimowolnie tęsknił, tak często odwiedzana kawiarnia byłaby zlokalizowana w bibliotece albo w centrum sztuki. Amerykańska młodzież, która chciała gdzieś podyskutować o swoich radykalnych poglądach i nienawiści, musiała bez wątpienia więcej zapłacić za kawę.

Leya wyglądała jak swój własny cień i GT nie omieszkał jej o tym powiedzieć.

– Nie pamiętam, kiedy ostatnio spałam – wyjaśniła. – Może uda mi się dziś po południu, mam nadzieję.

GT rozglądał się wokół. Siedzieli obok siebie na przymocowanej do ściany kanapie i mogli rozmawiać tak, że nikt ich nie słyszał.

– Co takiego zrobił nasz Ludwig?

Leya opowiedziała mu o wszystkim, co działo się od chwili, gdy razem z GT odwiedzili Harrimana u niego w domu trzy dni wcześniej. O SMS-ie od Ludwiga, w którym pisał, że Heart nic nie wiedziała o Warsinskim, jego ostrzeżenie w tym samym SMS-ie, że ktoś w grupie mówił o mającym nastąpić masowym morderstwie; przejeździe do Kanady, wplątaniu do akcji Bookera Clarka z FBI, egzekucji na Gregu Wesleyu.

– A zatem byliśmy świadkami dwóch poważnych przestępstw

popełnionych przez grupę – podsumowała. Przemyt ludzi i morderstwo. W obu przypadkach głównym sprawcą był Ludwig.

GT zastanawiał się nad tym, co usłyszał.

– To niezbyt szczęśliwa sytuacja – przyznał w końcu.

– Ale rozumiem, dlaczego to zrobił. W wieczór przed wyjazdem do Kanady Ludwig napisał, że Greg Wesley był drugi po Bogu w organizacji Klace'a. Dyskredytując go, a potem... osobiście wymierzając karę... przesunął się w hierarchii tak blisko Klace'a, jak to tylko możliwe w tak krótkim czasie.

GT siorbnął ostatnie łyki sojowego latte. Trzeba go podziwiać, bez dwóch zdań. Czy należało się martwić o jego zdrowie psychiczne? I jak ostatnie zdarzenia odbierała Leya, czyli osoba z zupełnie innego świata niż Ludwig i on sam?

– Mamy niedzielę, wybory we wtorek – powiedział. – Harriman jest ugotowany.

– Jak on się czuje?

– Tak jak przedtem, tylko gorzej. Na szczęście wpadł w katatonię. Leży na kanapie z kocem na głowie. Mam nadzieję, że to się nie zmieni. Nie możemy dopuścić, by wpadł w amok na jakiejś konferencji prasowej i zaczął opowiadać o Gwen Heart i Melvinie Klasie, dopóki Ludwig infiltruje tę grupę.

– To prawda – powiedziała Leya.

GT zauważył, że jego koleżanka przerzucała w tę i z powrotem czyste kartki w swoim notatniku.

– Musimy jakoś ogarnąć koszty – powiedział GT. – W przeciwnym razie dostaniemy po uszach i ty, i ja.

– Jakie koszty?

– EXPLCO prowadziło tę operację *pro bono*, postrzegając wygraną Harrimana w perspektywie politycznej. Jak uzasadnić kontynuowanie akcji, gdy już wiemy, że jest bez szans? Co będziemy z tego mieć?

– To nasz... obywatelski obowiązek! – wybuchnęła Leya. – Jeśli grupa Klace'a zamierza...

– Wiesz, co się zmieniło od czasów, gdy pracowałem w CIA? Kolor mojej przepustki do kwatery głównej w Langley. Kiedy oddałem niebieską przepustkę, dostałem prawie identyczną, tylko zieloną. Ale nadal jestem tam mile widziany. Przynajmniej raz w tygodniu rozkładam macki w kawiarni i próbuję zwerbować ludzi. Nikt w Langley nie zabrania odwiedzin ludziom z sektora prywatnego, bo wszyscy pracujący w CIA potajemnie marzą, żebyśmy ich uratowali i stamtąd zabrali.

– Do czego zmierzasz?

GT westchnął i zaczął od początku:

– Powiedzmy inaczej: prawdziwa zmiana w moim życiu polega wyłącznie na jednym, a mianowicie na tym, że miernikiem wyniku nie są jakieś abstrakcyjne punkty w politycznej grze o tron na rynku międzynarodowym. Nie, teraz wszystko jest dużo prostsze. Miernikiem są pieniądze. Obiecałem naszej kochanej szefowej, że zrobimy to dla Harrimana. Nie wyszło. Musimy więc ograniczyć koszty, żeby ten cyrk nie stał się jedną katastrofalną ujemną pozycją w bilansie firmy.

Leya kiwnęła głową.

– Ktoś musi zapłacić – mruknęła.

– Mhm. Ktoś musi. – GT zmienił temat: – À propos, ten przykry incydent z Ludwigiem i nożem chyba nie został nagrany?

– Został wykasowany.

– Jesteś pewna?

– Podniosłam wynagrodzenie Marceli o piętnaście tysięcy, żeby załatwiła sprawę.

– Świetnie. W pełni zasłużyłaś na przyszły awans.

Leya wypiła kilka łyków zielonej herbaty i oparła brodę na dłoni. Jej wzrok zasnuł się mgłą, jakby zasnęła z otwartymi oczami.

– Jestem taka szczęśliwa, Clive.

GT spojrzał ze zdziwieniem.

– Szczęśliwa?

– To najlepsze, co mnie w życiu spotkało.

– Masz do tego smykałkę, to pewne.

– Nie chcę robić nic innego.

– Aha – powiedział GT, oczami duszy spoglądając wstecz, na własną przeszłość. – Czyli ugryzienie zadziałało. Witamy w krainie wampirów. To faktycznie przebija wszystko.

Chwila wzajemnego zrozumienia trwała kilka sekund. Potem zadzwonił telefon Lei. Spojrzała na wyświetlacz.

– Booker Clark – powiedziała do GT.
– Super. – GT wyciągnął rękę po aparat. – Dawaj telefon. Czas, żebym pogadał z nim o interesach.

*

Trochę później tego samego dnia Ludwig poszedł na spacer. Zastanawiał się, czy nie wygrzebać telefonu z ziemi i nie zadzwonić do Lei, ale uznał, że nie ma o czym raportować – skończyłoby się na tym, że zaczęłaby zadawać miliony pytań o ostatnie wydarzenia, a on miał za mało nowych danych. Podczas następnego kontaktu z kwaterą główną musi przekazać coś, co pozwoliłoby wszystkim zapomnieć o drastycznym zdarzeniu z Wesleyem.

Dzień mijał wolno. Al-Awariego nie było nigdzie widać.

Ludwig zjadł lunch i kolację razem z innymi, czyli wszystkimi oprócz Klace'a. Jednym posunięciem Ludwig zmienił swoją pozycję, z przybłędy, człowieka podlegającego weryfikacji stał się kimś, kogo trzeba się obawiać, prawie przełożonym. Było to co najmniej równie wyczerpujące – może nawet bardziej, ponieważ nikt mu nic nie mówił.

Najdziwniej zachowywał się Lars Gerdsen, który cały czas starał się unikać jego spojrzenia. Musiał być śmiertelnie przerażony po egzekucji – co nie takie dziwne, zważywszy na ich szczerą rozmowę dwa wieczory wcześniej.

– Co się dzieje z Melvinem? – spytał Ludwig, gdy skończyła się kolacja. Było piętnaście po siódmej wieczorem, wszyscy siedzieli przy długim stole. Jen i Lars, kamerzysta Phil, Lynn i członek klanu Andy.

– Pracuje – odparła Jen.

Ludwig nie zdążył zadać kolejnego pytania, bo gospodarz pojawił się we własnej osobie. Miał rozpuszczone włosy i zmęczoną twarz. Nadrabiał miną, ale widać było, że jest wykończony, jakby spędził całą dobę przed ekranem komputera.

– Skończyłem mój manifest – powiedział, siadając przy krótszym boku stołu. – Lynn, czy al-Awari jest przygotowany?

– Wszystko gotowe – odpowiedział Lynn, wycierając usta rękawem.

– Kolejny gość jest w drodze – powiedział Klace. – Weź Andy'ego do schronu i czekajcie.

Ludwig spojrzał pytająco na Klace'a, lecz ten omijał go wzrokiem. Przywódca zapatrzył się w ogień płonący za szybą w kominku. W końcu powiedział:

– Jeśli wszystko się powiedzie, odmienimy bieg historii świata.

– Melvinie – zaczęła Jen – po co nam ten piaskowy czarnuch? Wczoraj staraliśmy się być mili, bo nam kazałeś, ale dzisiaj musisz...

– Zabrakło ci wiary we mnie? – Klace'a tak oczarowały płomienie, że nawet na nią nie spojrzał. – Komuś jeszcze? Jeszcze ktoś zwątpił?

Lynn i Andy skorzystali z okazji, żeby wypełnić polecenie Klace'a i wyjść.

Phil powiedział:

– Nikt nie zwątpił, Melvinie! Tyle tylko, że nic nie wiemy.

– Dostaliśmy wczoraj nauczkę – stwierdził Klace. – Greg mógł wszystko zepsuć. Od teraz muszę być wyjątkowo ostrożny i rozdzielać informacje jak najoszczędniej. To dobra wiadomość, bo oznacza, że wszyscy mogą się czuć bezpiecznie. Nikt nie będzie podejrzany o to, że rozmawiał z obcymi, bo nie będzie miał o czym mówić.

Dopiero teraz spojrzał na siedzące przed nim towarzystwo. Nie wyglądał groźnie; nie musiał.

Jen odezwała się pierwsza:

– Ufamy ci. Pójdziemy za tobą.

Phil kiwnął głową. Lars wpatrywał się w blat stołu, gdy mówił:

– Nerwy nie wytrzymują.

– Słucham? – syknął Klace.

– To naturalne – odparł Lars. – Ciągłe napięcie.

– Masz problem z utrzymaniem nerwów na wodzy? – spytał Klace, gromiąc go spojrzeniem.

Lars pokręcił głową.

Ludwig odchrząknął.

– To co teraz?

– Teraz czekamy – odpowiedział Klace. – A za kilka godzin będziemy wiedzieć, czy się udało.

– Dziękuję. – Lars wstał od stołu. – Mogę włączyć telewizor?

Klace machnął ręką w stronę salonu, mrucząc:
– Proszę bardzo.

*

– A to co? – spytała Leya piętnaście minut później.
– Samotny spacerowicz – usłyszeli głos Marceli, która zrobiła powiększenie.
GT wstał z kanapy i podszedł do monitora.
– Skąd się, do diabła, wziął?
– Skoncentrowałam się na tych dwóch na polanie – odparła Marcela.
– Może powinnaś odpocząć? – spytała z wściekłością Leya.
Sama cierpiąc na bezsenność, dręczyła inną osobę. GT obrzucił ją rozbawionym spojrzeniem.
– Od czasu do czasu robię sobie drzemki, jak się nic nie dzieje – przyznała operatorka. – Przecież i tak mnie ciągle budzicie.
Leya stała tuż przy GT i wpatrywała się w monitor, który emanował teraz nieco chorobliwyn.   'no-czarnymi tonami. Trzeba było bez przerwy korygować optykę noktowizyjną w zależności od światła księżyca, zachmurzenia i innych czynników.
– Mężczyzna czy kobieta?
– Tak czy inaczej, ktoś potężnej postury – stwierdziła Marcela.
Piechur szedł w stronę dwóch ludzi Klace'a, którzy czekali przy dużym wyrębie w lesie Leya i reszta towarzystwa wiedzieli tylko, że nie ma tam Ludwig   idzieli, jak godzinę wcześniej wchodził do budynku głównego na ranczo i nadal stamtąd nie wyszedł.
– To tam zawieźli ciało wczoraj wieczorem? – spytał GT, wskazując ekran.
– Nie rozmawiamy o wczorajszym wieczorze – mruknęła Marcela.
– Czy tak trudno odpowiedzieć na proste pytanie?!
– Tak, to prawda.
– A co to właściwie, do cholery, jest? Jakiś schron?
– Proszę popatrzeć – stwierdziła Marcela.
Mężczyźni otworzyli wielką klapę w ziemi i jeden z nich zszedł po schodach. Stanął i robił coś z boku drzwi. Odsunęły się. Pojawi-

ło się zimne światło, tworząc jaśniejącą kulę ponad punktem zoomowania.

– Teraz nic nie widać – burknął GT.

– Chwila, muszę wyregulować wzmacniacz obrazu – powiedziała cicho operatorka.

Obraz pojawił się znowu po dziesięciu sekundach. Polanka była pusta, klapa zamknięta; piechur zniknął pod ziemią.

*

Cała czwórka czekała w napięciu przez dwie godziny: Leya, GT, Hazlit i Marcela. W tym czasie nie poruszył się nawet listek.

– Wychodzą – powiedział GT. – Pobudka!

Leya wstała z fotela jak oparzona.

– Marcelo! – wrzasnęła.

Brak odpowiedzi.

– Obudź się, do cholery!

– Jestem, jestem. – usłyszeli zaspany głos operatorki. Natychmiast ustawiła zoom na klapę na polanie.

Ta sama para, która przyjechała tam samochodem. Ale piechura nie było.

– Musiał zostać na dole – stwierdził GT.

Leya wzięła głęboki wdech i pokręciła głową.

– Albo jest inne wyjście. Niech to szlag. Zmniejsz powiększenie!

Pilotka spełniła polecenie. Ale im większy obszar widzieli, tym bardziej obserwacja traciła sens, bo wszystkie szczegóły się zacierały. Równie dobrze mogli patrzeć na martwą papierową mapę.

*

Kiedy Lynn i Andy wrócili do domu i weszli do salonu, zastali tam wszystkich pozostałych: Ludwiga, Klace'a, Phila, Jen i Larsa. Klace złapał za pilota i wyłączył telewizor.

– No i? – Podniósł się z kanapy.

Lynn się uśmiechnął.

– Stu procentowy sukces, tak przynajmniej powiedział nam Arab.

Klace skinął głową.

– Poszedł sobie?

– Pokazaliśmy mu drogę do północnego tunelu i daliśmy kod – odparł wielkolud. – Powiedział, że ktoś go odbierze po drugiej stronie. Ktoś z jego ludzi. Cholera, Melvin, jesteś geniuszem! Nigdy nie przypuszczałem...

– A nasz drugi gość?

– Według Araba czuje się dobrze. Korzysta z południowego tunelu.

Ludwig zastanawiał się po raz kolejny, kim mógł być ten drugi gość. Był pewien, że nikt nie wchodził na teren posiadłości. Usiadł tak, żeby mieć widok na bramę.

– Panie i panowie – powiedział cicho Klace.

Wszyscy patrzyli na niego uważnie. A on wyprostował się i powiedział głośniej:

– Za niecałe cztery dni oddamy pierwszy strzał w nowej batalii. Nie możemy przegrać. Pan czuwa nad naszą świętą wojną!

– Amen! – odpowiedzieli zgromadzeni wraz z Ludwigiem, który miał lekki poślizg.

– Musimy to uczcić – powiedział Lynn. – To prawda, że nie masz tu ani kropli alkoholu?

Klace lekko się skrzywił.

– Nie ma alkoholu.

Ludwig dostrzegł szansę dla siebie. Wstał.

– Czy możemy porozmawiać na osobności, Melvinie? – spytał.

Wyszli do dużej kwadratowej kuchni z bordowymi kafelkami i dwoma kuchenkami gazowymi. Klace stanął plecami do Ludwiga i patrzył przez okno na mur znajdujący się kilka metrów dalej. Pomiędzy domem a murem były rabatki z ziołami.

– Musisz pozwolić im się zabawić – zaczął Ludwig. – Niezależnie od twoich zasad w tym względzie. Rozumiesz?

– Odurzenie powinno się czerpać z walki.

– Daj spokój. Mogę pojechać na dół i przywieźć jakieś napoje.

Klace nic nie mówił.

– Zaufaj mi, Melvinie. Nie wszyscy są tak silni jak ty.

Po dłuższej chwili Klace burknął:

– Masz rację. Zadzwonię do jednej z moich restauracji i powiem, żeby coś przywieźli.

– Lepiej będzie, jeśli ja to załatwię. Chciałbym, żeby zaczęli mnie kojarzyć z czymś innym niż tylko z wczorajszą historią z Gregiem. Jeśli pozwolisz, to zorganizuję dla nich imprezę. Prawdziwą imprezę.

– Zasłużyłeś na szacunek. Odbiór może być tylko pozytywny.

– Teraz nadszedł więc czas, żebym się nimi zajął, pokazał, że ich rozumiem. Stary, przecież wiesz, jak to działa. Najpierw budzisz w nich strach, a potem głaszczesz po głowie. Mówimy o wikingach, Melvinie. Gdy jest zadanie, oczekujesz od nich nadludzkich wyczynów, i tak ma być. Ale daj mi się zająć ich odpoczynkiem. Jeśli pozwolisz im się rozluźnić pomiędzy akcjami, będą dużo lepszymi żołnierzami.

– Co rozumiesz przez „prawdziwą imprezę"? – spytał Klace.

– Coś, czym nie musisz się przejmować.

Ludwig wpatrywał się w szczupłe plecy Melvina. Przez szarą bawełnianą koszulę widać było wystające łopatki, a siwy kucyk dawał nura, gdy Melvin odchylał głowę.

– Masz rację – powiedział Amerykanin, nie odwracając się. – Pan mi powiedział, żebym wsłuchiwał się w twój głos.

– A powiedział coś o tym, żeby wprowadzić mnie bliżej w twoje plany? – Ludwig pomyślał, że nie zaszkodzi spróbować.

– Nie. Jeszcze nie.

– To w takim razie skoncentruję się na tym, do czego mogę się teraz przydać – stwierdził Ludwig i wyszedł.

Bez pośpiechu przez salon. Bez pośpiechu przez dziedziniec. Bez pośpiechu jeepem przez bramę, która już stała otworem. Bez pośpiechu przez las.

W trochę szybszym tempie, gdy wyjechał na drogę główną i ruszył w kierunku hotelu Ramada Inn w Wilkes-Barre. Rozmawiał z Leyą w kasynie dziewięć dni temu, zanim zaczął infiltrację. Równie dobrze mogło to być dziewięć lat.

hotel ramada inn
wilkes-barre, pensylwania/usa
nd 4 listopada 2012 roku
[23:50/est]

Ludwig zapukał. Otworzyły się drzwi apartamentu. Leya i GT stali jak warta honorowa – widzieli, jak jechał do miasta. W jednym z foteli siedział wysoki, szczupły czarnoskóry mężczyzna w okularach i beżowym garniturze.

– Poproszę telefon – powiedział zasapany Ludwig, zamykając za sobą drzwi.

Leya wskazała mu stacjonarny szary aparat na sekretarzyku. Ludwig podszedł tam i wybrał numer.

– Halo, tu Eddie – odezwał się facet ze sklepu z piwem. Mimo że zbliżała się dwunasta, nie sprawiał wrażenia, jakby dopiero co się obudził.

– Cześć, Eddie, mówi twój ulubiony klient z Niemiec. Pamiętasz?

– Jak najbardziej.

– Chciałbyś zarobić tysiaka za transport do Wilkes-Barre?

– Tysiąc dolarów? Za taką kasę mogę załatwić transport do Nikaragui, jeśli tylko chcesz.

– W takim razie weź dziesięć kartonów schłodzonego budweisera, pięć butelek bourbona i porządną paczkę jakiegoś koksu i przywieź wszystko do hotelu Ramada Inn. Na parkingu dla gości stoi tam czarny jeep liberty. Otwarty. W skrytce leżą pieniądze. Zapakuj całe gówno do samochodu, weź kasę i jesteś wolny. Jakieś pytania?

– Hm, czy to musi być koks?

– Skombinuj cokolwiek, okej?

– Dostaniesz coś naprawdę ekstra, spoko! Już pakuję.

Ludwig się rozłączył.

– Ktoś musi załatwić kasę – powiedział do Lei.

Kobieta kiwnęła głową do jednego z podwładnych, który natychmiast ruszył do drzwi.

Wszyscy patrzyli na Ludwiga.

– Nie mam czasu na wyjaśnienia – powiedział.

– Cześć, Ludwigu – powiedział GT, obejmując go. – Jak się masz? Ludwig stał jak niepyszny, czekając, aż ten przypływ czułości minie. W tym czasie przyglądał się facetowi w garniturze na fotelu.

– Kto to, do cholery, jest? – spytał, oswobodziwszy się z uścisku GT.

– Booker Clark, FBI – odpowiedział mężczyzna. Wstał z fotela i wyciągnął rękę na powitanie. – Rozmawialiśmy wczoraj przez telefon.

– W takim razie muszę panu podziękować za pomoc – mruknął Ludwig, uścisnął jego dłoń i rozejrzał się niepewnie po pokoju.

Przed chwilą zamawiał przez telefon narkotyki, nie wiedząc, że w pokoju jest gliniarz. Kto z tutaj obecnych widział, jak zabijał Wesleya?

– Przyjechałem dwadzieścia minut temu – powiedział Clark. – Dostałem ogólny raport na temat sytuacji i muszę przyznać, że operacja robi wrażenie. – Zrobił zamaszysty gest w stronę ekranu, na którym obecnie widać było ranczo. Trudno było ocenić, czy mówił to z ironią, czy nie.

GT i Leya się nie odzywali, więc Ludwig też milczał.

– Taka konkurencja ze strony sektora prywatnego to coś nowego – kontynuował Clark. – Naprawdę. A na dodatek jesteście samodzielni.

– Mamy kompleksową licencję na prowadzenie prywatnych działań dochodzeniowych we wszystkich stanach – powiedział nieśmiało GT.

– Kompleksową? – prychnął Clark.

– Jest interes do obgadania – dodał GT. Taki szeroki i rozbrajający uśmiech trzeba było trenować przez wiele dziesięcioleci. Przyzwyczaił się do tego, że ludzie go nie doceniają, bo jest gruby i nosi wąsy, więc nauczył się podrasowywać wyraz twarzy, żeby w pełni odpowiadał ludzkim oczekiwaniom.

– Najpierw muszę wiedzieć, w co mnie wciągnęliście – powiedział Clark, odwracając się do Ludwiga. – Wiem zbyt mało. Może jesteś z natury hojniejszy od swoich kolegów?

– Wątpię – ocenił Ludwig.

Clark pokręcił głową.

– Nie ruszę się stąd, dopóki nie będę miał choć minimalnego pojęcia, co się dzieje. To pewne.

– Booker – powiedziała Leya. – Mogę wyjaśnić, dlaczego...

Clark nie patrzył w jej stronę.

– Jak się miewa Greg Wesley? – zapytał Ludwiga.

– Zniknął.

– Ach tak? Zniknął.

– Mhm.

Leya postanowiła się wtrącić.

– Kogo przewiozłeś przez granicę?

– Właśnie po to tu jestem – powiedział Ludwig, który więcej niż chętnie zmienił temat. – Abu al-Awari. Jeśli mam poskładać do kupy te klocki i zrozumieć, co oni tam robią, muszę wiedzieć, kto to jest.

Z twarzy Bookera Clarka zniknęło zadęcie i wrogość.

– Co pan powiedział?

– Abu al-Awari.

– Dobry Boże. – Clark poszedł do swojej torby na ramię opartej o ścianę, wyjął laptopa, położył na sekretarzyku i otworzył klapę. Zalogował się do jakiejś bazy danych.

Na monitorze pojawiła się twarz. Ludwig od razu poznał tego człowieka.

– Wyłącz u siebie mikrofon – rozkazał Clark Lei, pokazując na jej komputer stojący tuż obok jego laptopa.

Leya wypełniła polecenie, mówiąc:

– Nasza operatorka akurat śpi.

– To ją może obudzić – bąknął Clark. Spojrzał na Ludwiga i dodał: – Patrząc na twoją minę, rozumiem, że poznałeś tego człowieka?

Ludwig kiwnął głową. GT podszedł do nich.

Dwa szybkie puknięcia do drzwi. Wrócił podkomendny.

– Włożyłeś pieniądze do samochodu? – spytał Ludwig.

– Tak, załatwione.

– Dzięki, Hazlit. – Leya pomachała ręką. – Możesz sobie iść. Idź, prześpij się.

Hazlit patrzył skonsternowany na zgromadzenie przy laptopie Clarka, skinął głową i wyszedł.

Clark wziął głęboki wdech.

– Przedstawiam Abu al-Awariego alias Abdu Husseina al--Walahiego. Urodzony i wychowany w chrześcijańskiej rodzinie w Jemenie. Przeszedł na islam w dwa tysiące pierwszym, w tym samym roku, po zrobieniu dyplomu lekarza i odbyciu praktyki lekarskiej w Omanie, zaczął studiować teologię na uniwersytecie al Iman w Jemenie. Prawdziwe objawienie Al-Ka'idy na Półwyspie Arabskim i jeden z najgroźniejszych obecnie producentów bomb.

*

Przez trzy minuty panowała śmiertelna cisza. Ludwig próbował przeanalizować całe dotychczasowe zadanie od samego początku; chciał znaleźć jakieś specyficzne zdarzenie, konkretną chwilę, w której powinna mu się zapalić czerwona lampka. Ale zawsze było tak samo: żadne zlecenie nie było łatwe i proste, żadne nie rozwijało się tak, jak by się na początku wydawało. Tym razem jednak istniała zdecydowana różnica: nie musiał się zastanawiać, kto jest wrogiem. To ogromna ulga.

Coś przejęło kontrolę nad jego ciałem. Adrenalina to jedno, ale w grę wchodziło coś jeszcze… Zupełnie nowe paliwo, rekonfiguracja całego systemu nerwowego. O mało nie eksplodował od środka.

Chcę tam wrócić! Chcę z powrotem do miejsca, gdzie zdobycz siedzi w rządku i czeka, aż ją wykończę.

– Przeszmuglowałeś do naszego kraju poszukiwanego terrorystę – zakończył Booker Clark. Spojrzał na Ludwiga tak, jakby zastanawiał się, jaki rozmiar ciuchów więziennych będzie na niego pasował.

Ludwig, który teraz trząsł się od stóp do głów, uzmysłowił sobie, że musi się bronić.

– Nie miałem pojęcia, o kogo chodzi. Poza tym działałem pod groźbą.

– Przecież byłeś sam, gdy go odbierałeś.

- Grozili mojej rodzinie w Niemczech.
- Jakiej rodzinie? Jakim cudem wiedzą o twojej rodzinie? – spytał zbolały Clark.
- Nie zdążyliśmy sfabrykować mu fałszywej tożsamości – powiedziała Leya.
Clark pokręcił głową.
- Co za syf – wymamrotał. Wyciągnął telefon komórkowy.
- Zaczekaj chwilę – wtrącił się GT. – Do kogo chcesz dzwonić?
- Musimy natychmiast uderzyć – stwierdził Clark.
- Zwariowałeś? – GT rozłożył ramiona. – Wszystko zepsujemy!
- Booker – powiedziała Leya. – Posłuchaj mnie.
Clark popatrzył chłodno na byłą koleżankę.
- To przypomina zwalczanie chwastów – kontynuowała Leya.
- Nie wystarczy zerwać zielonej części roślinki, sam przecież wiesz! Trzeba podważyć, przekopać dookoła, wyciągnąć wszystko do korzenia. W przeciwnym razie efekt będzie zerowy.
- Musimy...
- Nie – powiedziała Leya. – Wcale nie musimy. Nie wiemy nawet, czy al-Awari jeszcze jest na ranczu. Czemu miałaby służyć taka zbrojna interwencja? Wtedy nigdy się nie dowiemy, co planowali.
Clark potarł brodę.
- Moglibyśmy im przeszkodzić wprowadzić plan w życie.
- Czy aby na pewno? – spytała Leya. Ściszyła głos do szeptu, co nadało jej słowom większego ciężaru. – Możliwe, że Jemeńczyk zbudował dla nich bombę, a oni już wysłali ją dalej. Najpierw pomyśl, potem działaj, do cholery!
- Poza tym nie mam na razie żadnych konkretnych dowodów przeciwko Klace'owi i pozostałym – dodał Ludwig. – Jak przekonacie sędziego do wydania nakazu aresztowania?
Clark poderwał się z fotela.
- Proszę?
- Jedyne, co macie, to moje zeznanie, że przywiozłem tu Jemeńczyka – ciągnął dalej Ludwig. – A ja nie złożę tego zeznania, dopóki nie będę pewien, że dosięgnie ich ręka sprawiedliwości, wszystkich, bez wyjątku.
Kątem oka zobaczył, że GT kiwa z zadowoleniem głową.

– Klace i jego ludzie zabili Grega Wesleya – powiedział oficer FBI. – Prawda?

Ludwig milczał.

Clark zniżył głos.

– Myślisz, że nie wiem, że zastawiłeś na niego pułapkę? Myślisz, że nie wiem, co zrobiłeś?

Dobrze, że jednak nie wiesz, pomyślał Ludwig.

– Chyba: co zrobiliśmy, tak? O to ci chodzi? – Ludwig uparcie nie odwracał wzroku. – Ty i ja zastawiliśmy tę pułapkę razem. Jeśli chcesz ciągnąć ten wątek, to pomyśl o logice wydarzeń.

Clark się wycofał, w przenośni i dosłownie. Zapadł się w fotel i patrzył przed siebie.

– Po cholerę im producent bomb z Al-Ka'idy? – spytał głucho.

– Skrajnie prawicowe grupy się pod tym względem różnią – powiedziała mechanicznie Leya. – Nowo powstające grupy są antymuzułmańskie. W tych bardziej klasycznych natomiast podstawową ideologią jest antysemityzm. Ogromnie imponują im sukcesy dżihadystów w Iraku i Afganistanie, ich taktyka walki partyzanckiej okazała się niezwykle skuteczna w starciu z najsilniejszą armią świata. Inne grupy szukają takich inspiracji, niezależnie od podstawowej filozofii, jaką się kierują.

– Fantastycznie – stwierdził zniesmaczony Clark. – Aż miło posłuchać.

GT stał ze skrzyżowanymi ramionami i wpatrywał się z ciekawością w oficera FBI.

– Razem możemy ich powstrzymać – powiedział łagodnie. – My będziemy kontynuować infiltrację, a wy będziecie nas w tym wspierać jako obserwatorzy.

– Za pieniądze? – spytał Clark.

– Oczywiście moglibyśmy przekazać teraz sprawę władzom. – GT postanowił udać, że nie słyszał pytania. – Ale wątpię, czy uda się wam wprowadzić do organizacji infiltratora w tak krótkim czasie. To jasne, że wszyscy skorzystają na tym, że to my, jak dotychczas, będziemy prowadzili działania operacyjne.

Clark kręcił się nerwowo w fotelu.

– Mów dalej.

– Później na was spadną zaszczyty – dodał szybko GT. – FBI rozbiło grupę terrorystyczną. Jeden zero dla FBI w wiecznej rywalizacji z CIA i NSA.

Wyglądało na to, że Clark to kupił. Splótł dłonie i zamyślił się nad optymistycznym scenariuszem. Kiedy wrócił do rzeczywistości, powiedział do GT:

– Możliwe, że twój pomysł jest interesujący.

– Alternatywne rozwiązanie byłoby dość przykre – kontynuował GT. – Musielibyśmy powiadomić media, że przekazaliśmy FBI te wszystkie informacje, a FBI i tak nie dało rady powstrzymać terrorystów. Wolałbym tego oczywiście uniknąć. Ale nie mogę odpowiadać za swoich przełożonych. W podbramkowej sytuacji mogą zachować się kompletnie niedorzecznie. Jeśli więc ta sprawa ma się zakończyć tak, jak chcemy, potrzebna mi twoja pomoc.

Clark pokręcił głową. Zanim jednak zdążył zaprotestować przeciwko wcale nieskrywanej groźbie, GT zrobił zwrot o sto osiemdziesiąt stopni i powiedział pojednawczo:

– Ale nie myślmy o takich scenariuszach. Możemy wspólnie doprowadzić do tego, że wszyscy wygrają. Nasza firma natknęła się na coś, czego rozmiarów nie byliśmy świadomi, i od razu, gdy to odkryliśmy, skontaktowaliśmy się z FBI. A FBI jest obecnie nowoczesną instytucją, agencją, która nie wali na oślep tylko dlatego, że akcję zaczął ktoś z sektora prywatnego. Mamy rok dwa tysiące dwunasty. Koordynacja i elastyczność!

– O jakich pieniądzach mówimy? – spytał Clark.

– Ech, ułamek tego, co musielibyście wydać, gdybyście sami musieli przeprowadzić akcję zgodnie z wszystkimi zasadami sztuki. Poświęciliśmy temu kilka tygodni pracy, w sumie wcale nie tak wiele roboczogodzin, jak by się wydawało. Aha, no i koszt eksploatacji dronów i obsługi operatora, ale to i tak niewiele.

Teraz Ludwig zobaczył przed sobą starego GT – mistrza manipulacji, załatwiacza światowej klasy, człowieka, który potrafiłby sprzedać izbę tortur Amnesty International.

Ludwig postanowił dorzucić coś jako przynętę.

– Jemeńczyk ma kapsułkę z cyjankiem – powiedział do Clarka. – Bądźcie więc ostrożni, gdy będziecie go zatrzymywać... Oczywiście jeśli chcecie mieć go żywego. Chociaż może byłoby dobrze, gdyby zabijaniem islamskich producentów bomb zajmowali się nie tylko Mossad i CIA. Może pora na FBI?

Twarz Clarka pojaśniała.

– Ma cyjanek? To na pewno tańsze od zdalnego pocisku.

Pojawił się chyba duch porozumienia. Leya przedstawiła twarde argumenty policyjne, GT mozolnie obrabiał gościa metodą kija i marchewki, a Ludwig... Ludwig przyrządził jedną z tych marchewek i podał ją w postaci wykwintnej uczty.

– Moja szefowa chętnie tu przyjedzie – dodał GT. – Cudownie rozsądna kobieta, pod każdym względem. Na pewno dogadacie się co do wysokości kwoty i uzgodnicie warunki. Kto wie, może będziecie chcieli nas częściej zatrudniać? Możesz mi wierzyć lub nie, ale bardzo by nam zależało na długofalowej, stabilnej współpracy.

Podszedł do Clarka, który co prawda nie wstał, ale uścisnął dłoń GT. Porozumienie było blisko.

Ludwig usłyszał to, co najważniejsze. Teraz musiał wracać na ranczo.

*

Leya wyszła za nim na korytarz.

– Widzieliśmy kogoś, kto przyszedł na pieszo i zszedł po schodach – powiedziała. – Może wiesz, kto to mógł być?

– Klace mówił coś o drugim gościu – odparł Ludwig.

– Dokąd prowadzą te schody?

– Ma tam ogromny schron. Wszyscy siedzieliśmy w nim podczas huraganu.

– Ile ma wyjść?

– W sumie trzy.

Leya kiwnęła głową.

– Grupa eksfiltracyjna jest kilka kilometrów od rancza. Mają samochody policyjne i mundury, tak jak pisałam ci w SMS-ie. Gdy nadejdzie pora, pojadą na ranczo Klace'a i będą udawać, że cię zatrzymują. Okej?

– Świetny plan – powiedział Ludwig. – Jeśli zależy wam na

spektakularnej masakrze. Klace i jego ludzie będą się bić do ostatniej krwi. Mają tyle broni, że wystarczyłoby na zakończenie wojny w Afganistanie.

Leya wzruszyła ramionami.

– Mówimy o ostatniej desce ratunku. Oczywiście najlepiej byłoby, gdybyś sam zwiał, gdy tylko dowiesz się, o co chodzi.

– Dobrze. Muszę lecieć.

– Poczekaj. Dlaczego pomogli Gwen Heart? – Leya pokręciła głową. – Nie potrafię tego poskładać.

– Ja też nie – potwierdził Ludwig. – Greg Wesley powiedział mi, że to on zabił Warsinsky'ego, na polecenie Klace'a. To musi być jakoś powiązane z tym Jemeńczykiem. Tak, na pewno. Trzeba zmienić priorytety. Teraz skupiamy się tylko na tym, żeby ich powstrzymać.

– Jak się czujesz? – spytała.

– Robię, co mogę.

– Nie o to mi chodzi.

– W porządku. Ale strasznie mnie męczy, że cały czas jestem o krok z tyłu.

Leya kiwnęła głową.

– Musisz wyciągnąć od Klace'a, co będzie się działo. Musi czuć, że jesteś mu niezbędnie potrzebny.

– Już to wie – powiedział Ludwig. – Ale na razie bez efektu. Nie chce nic powiedzieć. Zapytałem go o to wprost.

– No to musisz cały czas być przy nim – stwierdziła Leya. – Niezależnie od tego, jak to się rozwinie.

Ludwig spróbował wyobrazić sobie przyszłość. Ale widział jedynie krew w wannie, w której go ochrzcili.

– Przez cały czas, aż do jego grobu.

– Bylebyś sam do niego nie wpadł. Byłoby szkoda.

Ludwig doszedł do windy. Rzucił przez ramię:

– Jesteś tego pewna?

bear creek boulevard/droga 115
bear creek township, pensylwania/usa
pon 5 listopada 2012 roku
[01:10/est]

Z nasilającym się stopniowo bólem głowy Ludwig pędził sto na godzinę po ciemnej, wijącej się drodze 70. Nie było go na ranczu przez półtorej godziny. Wkrótce myślał już tylko o tym, że jeep wyładowany jest piwem i mocnym alkoholem. Ten okres trzeźwości trwał już o wiele za długo.

Kiedy wnosił do domu lekko rozmiękłe na dole kartony z piwem, został przywitany jak bohater. Nawet Klace uśmiechnął się do niego, zanim udał się do swojego gabinetu na drugim piętrze. O wpół do drugiej otworzyli pierwsze butelki. Czterdzieści pięć minut później rozległy się nowe okrzyki radości, gdy Ludwig zaczął usypywać białe kreski na stole w jadalni.

Proszek śmierdział kocimi sikami: to nie była kokaina, tylko amfetamina. Oprócz proszku w torebce były różne tabletki i kilka skrętów, które Ludwig postanowił zachować na później.

Sam wciągnął pierwszą kreskę. Poczuł pieczenie błony śluzowej. Wydmuchał powietrze ustami. Znowu wdech. I wtedy to poczuł, chłód błyskawicznie rozchodzący się po żyłach. A potem ciepło. Serce biło mu jeszcze szybciej, ale bardziej głucho, słabiej, jakby przez tłumik.

Wcześniej był cały czas uważny, teraz mógł schronić się w oku cyklonu. Chciał wykorzystać ten moment na odpoczynek. Nie bardzo mu się to udało.

Reszta poszła w jego ślady, z wyjątkiem Lynna, który przygotował sobie porcyjkę i owinął ją kawałeczkiem papieru toaletowego. Połknął ją i powiedział podniosłym tonem:

– Tam, skąd pochodzę, cenimy sobie cierpliwość. – Rozsiadł się wygodnie na kanapie i czekał.

Ludwig zaczął pić, ale bez większego efektu, bo działanie amfetaminy było silniejsze. Próbował racjonalizować swoje zachowanie i tłumaczyć sobie, że w ten sposób osłabia siłę rażenia Klace'a, ale nawet jeśli to była prawda, to jednocześnie osłabiał i siebie. A jednak rozkoszował się tą sztuczną podnietą, która dawała mu tyle samo nowej energii co zamroczenia. Mieszanka piwa, whisky i stymulanta działała jak prawdziwy wehikuł czasu – wrócił do lat, gdy był nie do pokonania... i z powrotem, do końcowego etapu tej operacji, kiedy miał się przekonać, czy nadal tak jest.

Narkotyk różnie działał na imprezowiczów. Lars zaczął aktualizować i segregować kanały telewizji kablowej w ogromnym telewizorze Klace'a. Jen zaczęła gadać coś o wojnie w Wietnamie i produktach strukturyzowanych, opcjach sprzedaży kakao i soku pomarańczowego. Phil czyścił soczewki swoich aparatów, a Andy... Trudno było powiedzieć, co robił Andy – chyba odprawiał jakiś rytuał religijny, bo padł na kolana i mamrotał coś o „białej kamelii".

Kilka godzin później Ludwig siłował się na rękę z Lynnem na stole w jadalni i przegrał piętnaście pojedynków na piętnaście. W pewnym momencie imprezy pieprzył się z Jen w domku dla gości. Wiele godzin po wschodzie słońca leżał na dywanie przed kominkiem w jadalni jak przeżarty golden retriever, wycieńczony, ale całkowicie przytomny, z wytrzeszczonymi oczami i pełną kontrolą nad sytuacją; wydawało się, że świat wokół wpadł w coś w rodzaju letargu.

*

A kiedy słońce zaszło, zabarwiając granatowe niebo na czerwono, zrobili powtórkę, zaczynając od kilku nowych kresek na ławie w salonie Klace'a.

Lars wsypał proszek do jakiejś ziołowej herbaty. Lynn połknął kolejną kulkę speeda, a Ludwig poszedł w jego ślady. Efekty przyszły po dziesięciu minutach. Amfetamina jest podobno kokainą dla biedoty, ale dużo mocniejszą i o dłuższym działaniu.

Mijały godziny. Obserwował wszystkich dookoła, ich ruchy, miny. Nie wyciągał żadnych wniosków, ale cały czas patrzył. Pojawiła się Jen i zabrała go ze sobą do domku gościnnego. Chciała się znowu kochać, ale tym razem jego sprzęt nie zadziałał. Nadawała bez przerwy, a Ludwig cały czas się pilnował, żeby milczeć, milczeć, milczeć, i liczył deski w suficie.

Nagle był z powrotem w domu, a Jen robiła kółka wokół stołu w jadalni, Phil wyjął baterie z pilota, co rozwścieczyło Larsa, a Andy całkiem się obrzygał, zupełnie się tym nie przejmując.

– Hej, stary, coś mi się przypomniało – zawołał Ludwig do Lynna, kiedy wpadli na siebie przed łazienką. – Co się stało z Arabem?

– Zniknął. Poszedł sobie tamtego wieczoru, gdy tylko skończył.

– Skończył? Co skończył? – Ludwig przyciskał palcem jedną połowę nosa, żeby nie stracić resztek proszku, który wciągnął pięć minut wcześniej.

– Tak dokładnie to nie wiem – powiedział Lynn, kołysząc się na boki. Wyszczerzył zęby w uśmiechu. – Mam nadzieję, że zbudował dla nas wielką, fajną zabawkę.

– No i gdzie ona jest? Mamy tu bombkę?

– Nie, nie, nie! Jest już w drodze.

– Jak to w drodze? Dokąd?

– Melvin ci nie mówił?

Ludwig wzruszył jednym ramieniem.

– Nie było kiedy pogadać, odkąd wróciłem z Kanady.

Lynn pochylił się bardzo niestabilnie i szepnął:

– Opus 14, bracie.

– Nie nadążam – odparł Ludwig. Próbował udawać rozbawionego, jakby jego ciekawość była efektem chęci działania.

– Wielkie bum będzie w środę. Ragnarök, prawdziwy zmierzch bogów.

Olbrzym poczłapał korytarzem do salonu, do pozostałych.

Zbliżała się wpół do drugiej w nocy. Był już wtorek.

OPUS 14 MINUS 1 DZIEŃ

WYRYWANIE
Z KORZENIAMI

mieszkanie rona harrimana
bear creek lake, pensylwania/usa
wt 6 listopada 2012 roku
[20:05/est]

Wreszcie koniec. O ósmej wieczorem wiadomości telewizyjne podały spodziewany wyrok. Chwilę później Ron Harriman przeszedł z salonu przez korytarz do drzwi wyjściowych. Na zewnątrz czekało kilku reporterów. U jego boku stała żona, Liz. Przez cały wieczór nie powiedziała ani słowa, a on świetnie wiedział, jak tłumaczyć sobie to milczenie – miała szczerze dosyć związku z wyszydzanym nieudacznikiem.

A jednak teraz wzięła go za rękę i trzymała mocno. Harriman patrzył w silne światło kamer telewizyjnych, mrużył oczy, chrząkał.

– Chciałbym pogratulować Gwen Heart zdecydowanego zwycięstwa – zaczął swoje krótkie wystąpienie. – Przed chwilą dzwoniłem do niej, zamierzałem złożyć jej gratulacje osobiście, ale było zajęte. – Uśmiechnął się krzywo. – Nie ma się co dziwić, teraz wszyscy chcą z nią rozmawiać. Życzę naszej nowo wybranej reprezentantce do Kongresu wszystkiego, co najlepsze, i jestem przekonany, że zrobi wiele dobrego dla naszego wspaniałego stanu. I dla USA, naszego błogosławionego miejsca na ziemi.

Reporterzy zaczęli mechanicznie zadawać standardowe pytania. Harriman machnął ręką, rzucił ostatni hamletowski uśmiech, odwrócił się i wszedł z powrotem do domu. Tam czekali na niego Booker Clark z FBI razem z szefową EXPLCO – Beth Hayeford.

Harriman spotykał się z nią dwukrotnie w Nowym Jorku, zawsze w barze hotelowym The Library przy Park Avenue. Pielgrzymowało tam wielu demokratów, którym wróżono błyskotliwą karie-

305

rę, żeby nawiązywać kontakty i żebrać o pieniądze u ofiarodawców z pełnymi portfelami. Dziś, jak zawsze, ubrana była w nienaganny czarny kostium i szpilki. Apaszka Louis Vuitton, tak samo jak futerał na komórkę. Była piętnaście lat starsza od Liz, ale w ogóle nie było tego widać, może z wyjątkiem czujnego spojrzenia.

– Bardzo dziękujemy, że nie ujawniłeś prawdy – powiedziała, podchodząc do niego. – Masz moje słowo, Ronie, że zrobimy wszystko, żeby to wyjaśnić.

– W jaki sposób? – Harriman był tak apatyczny, że brzmiało to bardziej jak skarga na niesprawiedliwość losu niż pytanie.

– Teraz musisz nadal udawać, że akceptujesz to, co się stało. Kiedy zakończymy operację infiltracji, będziesz mógł upublicznić całą sprawę, a wtedy mogę ci prawie zagwarantować, że będziesz miał nową szansę na wygraną w wyborach uzupełniających.

– Prawie zagwarantować. – Harriman wzniósł oczy do nieba. – To brzmi prawie jak poezja.

– Nikt nie mógł tego przewidzieć – rzuciła zdecydowanie Hayeford.

– Najbardziej na świecie żałuję, że zgodziłem się, żebyście poprowadzili tę sprawę za darmo. Teraz nie możemy więc was nawet pozwać.

– Jak mówiłam – Hayeford wygładziła poły żakietu – w najbliższym czasie wiele się wydarzy.

Przegrany kandydat patrzył to na Hayeford, to na Clarka.

– Proszę, żebyście zostawili mnie teraz w spokoju.

– Wyjdziemy, gdy tylko odjadą dziennikarze – wyjaśnił Clark.

Nie musieli długo czekać. Reporterzy spieszyli się z powrotem do swoich redakcji w Scranton i Wilkes-Barre, gdzie przeprowadzano analizy przebiegu wyborów. Pora poświęcić uwagę zwyciężczyni, Gwen Heart.

W ciągu pięciu minut ekipy dziennikarskie spakowały się i odjechały. Harriman usunął się w głąb domu, żeby w spokoju lizać rany. Zaraz po odjeździe przedstawicieli mediów Hayeford i Clark wyszli z domu w wieczorny chłód i wsiedli do czarnej limuzyny, którą tu przyjechali.

W drodze na lotnisko Hayeford powiedziała do Clarka:

– Bardzo się cieszę, że uzgodniliśmy warunki umowy. To początek długiej i owocnej współpracy pomiędzy nami i FBI. Na pewno nie będziecie żałować.

– EXPLCO dostanie pieniądze tylko wtedy, jeśli operacja zakończy się sukcesem – wtrącił Clark.

– To jasne, przecież nie pracujemy w służbie zdrowia.

Hayeford obserwowała traktor, który ciągnął za sobą drzewo wyrwane z korzeniami przez huragan. Ziewnęła, a potem stwierdziła:

– Proszę mi uwierzyć, my naprawdę potrafimy skoncentrować się na efektach.

*

W tym samym czasie Ludwig wszedł do głównego budynku na ranczu. Poziom serotoniny w jego organizmie gwałtownie spadł po stałej nadprodukcji podczas przedłużonej imprezy, a jednak czuł się stosunkowo trzeźwy na umyśle. Dzięki potężnemu jointowi i trzem tabletkom nasennym spał przez całe piętnaście godzin.

W salonie siedział samotny Klace i oglądał telewizję. Ludwig myślał, że znajdzie tam ślady legendarnej imprezy, ale ktoś wszystko porządnie wysprzątał. Miał jakieś mgliste wspomnienia związane z Larsem Gerdsenem, który wpadł w stan maniakalnej potrzeby sprzątania i wyrzutów sumienia.

– Harriman właśnie uznał swoją przegraną – powiedział Klace, wskazując telewizor.

– I co nam to daje? – Ludwig usiadł na kanapie metr od Klace'a.

Na ekranie widać było Gwen Heart wpatrzoną w morze cieszących się zwolenników. W sali balowej największego hotelu w Scranton wypuszczono w powietrze czerwone, białe i niebieskie balony. Około osiemdziesięcioletni oddany wielbiciel wolności doczepił do swojego sztandaru wypchanego orła, którym machał przed kamerami, ku wielkiej uciesze ich operatorów, wykonując swoisty taniec rytualny.

Klace ściszył dźwięk i przełączył na Fox News, na którym transmitowano przemówienie zwycięskiego prezydenta. Siwy mężczyzna patrzył na czarnoskórego prezydenta USA jak zaczarowany.

– Godny przeciwnik – skomentował cicho. – W naszym społeczeństwie nigdy by się oczywiście nie urodził. Aborcja jest zabroniona w każdym przypadku. Z wyjątkiem jednego: kiedy jest obowiązkowa.

Ludwig zastanawiał się przez chwilę nad tokiem takiego rozumowania.

– Mieszanie się ras – powiedział neutralnie.

– Dokładnie tak – odparł Klace i wyłączył telewizor.

– Co takiego będzie jutro, Melvinie? – spytał Ludwig.

Klace udał, że nie słyszy. Powiedział:

– I jak wasza imprezka, udała się?

– Nadzwyczajnie.

– To dobrze. Jak oceniasz morale wojska?

– Bardzo wysoko.

Klace odłożył pilota do małego chińskiego pudełeczka na ławie.

– Jutro rano jedziemy do Waszyngtonu.

Wstał i wyszedł.

W związku z tym nie widział konsternacji na twarzy Ludwiga. *Do Waszyngtonu?* Przed oczami przeleciała mu liczba potencjalnych celów. Rzucając granatem, można było trafić w Biały Dom, Pentagon, MSZ, kolosalny budynek FBI, kwaterę główną CIA w Langley, abstrahując od wszystkich pomników i muzeów tuż za rogiem. Musi natychmiast powiadomić Leyę.

Od momentu pojawienia się w Zgromadzeniu był przekonany, że właśnie ranczo Klace'a będzie ostatecznym miejscem walki. Przestudiował każdy kąt budynku, nauczył się procedur postępowania ochroniarzy, zaglądał do małego pomieszczenia z ekranami, które pokazywały obraz monitoringu, znalazł skrzynkę rozdzielczą i kable telefoniczne. Teraz okazuje się, że pole bitwy będzie gdzie indziej. Minimalna przewaga, którą sobie wypracował, zniknęła w jednej chwili.

*

Ludwig odczekał piętnaście minut i wyszedł na dwór. Lynn i Jen stali i palili przed budynkiem gościnnym.

Najlepszą obroną jest atak. Ludwig podszedł do nich i wyszczerzył zęby, mówiąc.

– Jak się macie w ten piękny wieczór?

Lynn lekko się skrzywił, pokazując, że męczy go kac. Miał ogromne źrenice i widać było, że nie zmrużył oka.

Jen upuściła papierosa i przydepnęła go czubkiem trzewika. Ona też wyglądała okropnie.

– A co u ciebie, staruszku? – spytała.

– Całkiem, całkiem, do cholery – odparł Ludwig. – Idę na spacer, może później coś razem zjemy?

– Iść z tobą, Ludwigu? – spytała Jen.

Ludwig nie zdążył się jeszcze zastanowić nad tym, do czego doszło między nimi na imprezie. Patrzył na nią, próbując sobie przypomnieć jej dotyk, jej oddech – ale jedyne, co pamiętał, to fakt, że jej wtedy nienawidził. Teraz już nie, ale musiał o niej myśleć jak o obcym elemencie, przeciwniku, takim jak cała reszta.

– Wrócę za dwadzieścia minut – powiedział lodowato.

Zanim zdążyła coś odpowiedzieć, wyszedł przez bramę i ruszył drogą przed siebie.

Czuł ulgę, że mógł od nich na chwilę odejść. Ludwig wciągnął rześkie powietrze intensywnie pachnące wilgotną korą i butwiejącymi liśćmi. Szedł bez pośpiechu, wiedząc, że jego układ nerwowy potrzebował spowolnienia. Na początku poczuł ulgę, która jednak szybko zmieniła się w rozpacz.

W połowie drogi do ukrytego telefonu usłyszał hałas, a kiedy podszedł bliżej do poręby ze stosami drewna, zobaczył dwie koparkoładowarki z migającymi żółtymi światłami. Klace zatrudnił robotników leśnych, żeby posprzątali drzewa przewrócone przez huragan. Mimo późnej pory pracowicie zwozili tam nowe drewno i cięli na krótsze kawałki.

W ciągu wielu godzin intensywnej pracy ułożyli potężne stosy okrąglaków i grubych gałęzi. Kamień, pod którym leżał telefon, był niewidoczny. Zniknął pod kilkoma tonami drewna, czyli stał się równie niedostępny dla Ludwiga, jakby leżał na dnie Atlantyku.

Podczas każdej operacji zdarzało się mnóstwo drobnych rzeczy, których nie można było przewidzieć, ale ta sprawa biła wszelkie rekordy. Ludwig pokręcił głową, zaklął w duchu i odwrócił się na pięcie.

W tym momencie przyszedł mu do głowy pewien pomysł. Przecież może się skomunikować z kwaterą główną bez użycia telefonu. Dron zobaczy to, co zamierzał zrobić, a wtedy komunikat ukaże się na całym monitorze Lei.

Wyciągnął z rowu gruby patyk i narysował wiadomość na żwirze – litera za literą, z odstępem metra pomiędzy kolejnymi zdaniami.

DC ≈ 12 H
BOMBA => DC
OPUS 14?

*

W apartamencie w Wilkes-Barre Leya i GT zerwali się z foteli i rzucili do monitora. Licht, którego sylwetkę rozpoznawali już teraz bez problemu, pisał do nich list, używając ziemi jako papieru listowego.

– Waszyngton równa się około dwanaście? – czytała Leya. – Bomba strzałka DC. Opus 14 znak zapytania.

– Waszyngton za mniej więcej pół doby – poprawił ją GT. – Używa naszego standardowego systemu.

– Chce powiedzieć, że dotrą na miejsce za dwanaście godzin?

– Nie – stwierdził GT. – Wtedy napisałby: ETA dwanaście godzin. Nie wie, kiedy dojadą. Wie, że wyruszą mniej więcej za dwanaście godzin, co innymi słowy oznacza… jutro rano.

Postać w kurtce chodziła teraz po drodze i zamazywała napis stopą.

GT zdjął okulary, przetarł oczy i pogładził wąsy. Zaczął spacerować po pokoju.

– A Opus czternasty? Co to może być, do cholery?

– Myślę, myślę – mruknęła Leya. – Sonata księżycowa? Nie, to jest Opus dwudziesty siódmy, sonata numer czternaście. Może Bach?

GT wrócił do monitora i przyglądał się zdjęciu z wiadomością umieszczonemu przez operatorkę w rogu na górze ekranu.

– Nie mam pojęcia – odpowiedział posępnie. – Ludwig najwyraźniej też tego nie wie. Bo postawił znak zapytania. To musi być kod… operacji.

– Opus czternasty… – powtórzyła Leya. – Boże, to przecież nie może być takie trudne. Gdzie, do cholery, jest Hazlit?

– Myślę, że najpierw powinniśmy się skoncentrować na środkowej części wiadomości – powiedział GT. – Bomba. Strzałka. DC. Leya zbladła.

– Bomba porusza się… bomba jest już w drodze do Waszyngtonu.

– No właśnie. – GT ciężko oddychał. – Tak.

– Więc i my musimy zaraz wyruszać.

teatr forda, 10th street
waszyngton, dc/usa
śr 7 listopada 2012 roku
[03:10/est]

W stolicy kraju poranek był przejmująco zimy i wilgotny. Deszczowe chmury gromadziły się, tworząc coraz grubszą armadę na ciemniejącym niebie, błysnął jeszcze ostatni promyk słońca i po chwili szary kożuch się zamknął. Waszyngton przeżywał ciągle coś w rodzaju wstrząsu wtórnego po orkanie Sandy, który spowodował powodzie i długie przerwy w dostawach prądu na wielkich obszarach miasta. Teraz wszystko było już na szczęście uprzątnięte, zdrenowane i uszczelnione. Miasto, jak i cały kraj, wróciło do normalności.

Tuż po dziewiątej ostatni dojeżdżający komunikacją miejską dotarli do pracy. Ruch samochodowy wyraźnie zelżał, w metrze zaczęły się godziny tańszych przejazdów. Niedaleko wielkich pomników i atrakcji turystycznych – od Memoriału Lincolna na zachodnim krańcu, przez wysoki obelisk pomnika Waszyngtona i Biały Dom, aż do Kapitolu na wschodzie miasta – dreptały jak na razie niewielkie grupki turystów. Za godzinę będzie ich wielokrotnie więcej.

Mobilna centrala łączności EXPLCO, długi srebrnoszary autobus, wykorzystywany od czasu do czasu do ochrony osobistej ważniejszych gości, zwolnił i zatrzymał się przed starym, odrestaurowanym budynkiem teatru Forda przy 10th Street. W 1865 roku zamordowano w nim prezydenta Lincolna. Czekający przed budynkiem Leya, GT i Booker Clark zjedli właśnie wspólnie ciche, nerwowe śniadanie. Wiedzieli, że przed nimi długi dzień, i mieli na tyle doświadczenia, żeby nie tracić energii na pogaduszki.

313

Zanim wsiedli do pojazdu, Leya popatrywała to na swojego byłego szefa, Clarka, to na obecnego, GT. Zewnętrznie wszystko ich różniło. Clark był czarnoskóry, wysoki i szczupły, miał starannie wygoloną twarz pooraną zmarszczkami będącymi efektem ciągłego wewnętrznego niepokoju; GT był biały, niski i tłusty, nosił wąs morsa, który ironicznie podkreślał setki drobnych zmarszczek śmiechowych wokół oczu. Ale obaj znajdowali się teraz w tym samym stanie psychicznym, otaczała ich ta sama wstrząsająca cisza przed burzą i mieli pełną świadomość, że mogą stać się niedługo przedmiotem federalnego dochodzenia w sprawie katastrofy, która nastąpiła, gdy nie udało się powstrzymać terrorystów z Pensylwanii, którzy przyjechali uderzyć w samo serce kraju.

Na dachu dwunastometrowego autobusu zamontowano dwie anteny satelitarne; niewtajemniczeni mogli łatwo uznać ich za jedną z ekip telewizyjnych, które ciągle krążyły po mieście, albo za ekipę filmową w drodze na plan. Mylące wrażenie mogło być też efektem fikcyjnej nazwy firmy wypisanej wysokimi na pół metra granatowymi literami:

DC METRO MEDIA CONGL.

Drzwi po prawej stronie autobusu się rozsunęły i wysunęły się krótkie schodki, po których Leya i pozostali wsiedli na pokład.

W środku panował półmrok – szyby były pozasłaniane – więc potrzebowali chwili, żeby przyzwyczaiły im się oczy. Większość siedzeń została usunięta, z wyjątkiem kilku rzędów na samym przodzie. Pozostała część autobusu wypełniona była stacjami roboczymi z monitorami i przymocowanymi na śruby do podłogi krzesłami obrotowymi.

Przez godzinę autobus jeździł bez planu po okolicy. Technikowi Lei, Hazlitowi, który zaczął pracę o ósmej, wreszcie udało się uruchomić połączenie z pracującą na Florydzie operatorką drona Marcelą.

– Próba połączenia – usłyszeli jej charakterystyczny głos. – Słyszycie mnie? Macie obraz?

– Odpowiedź brzmi następująco: jeśli chodzi o głos... jest tak sobie – powiedział Hazlit. – Jeśli chodzi o obraz, zobaczymy, czy uda mi się to poprawić.

Skorygował ustawienia jednej z anten i cicho zaklął, gdy zobaczył, że nic to nie dało.

Leya czytała „Washington Post" na swoim iPadzie, GT sprawdzał poziom cukru – ukłuł się w palec czymś w rodzaju długopisu i kapnął kropelkę krwi na pasek z czipem. Booker Clark wydawał rozkazy stałym oddziałom taktycznym FBI w stolicy. Dopóki nie było wiadomo, dokąd ich wysłać, dyskusje toczyły się raczej na temat priorytetów dotyczących sprzętu i innych spraw logistycznych.

– No wreszcie! – wykrzyknął Hazlit, pokazując na monitor. – Tutaj są.

Zobaczyli dwa samochody jadące na południe drogą międzystanową 81, które zbliżały się do Harrisburga w Pensylwanii. Mercedes terenowy Melvina Klace'a i wynajęty jeep liberty Ludwiga Lichta. Byli w połowie drogi do Waszyngtonu.

– Szacunkowy termin przyjazdu do DC? – spytał GT.

– Chwileczkę – powiedziała operatorka. – Przy tej prędkości za dwie godziny i dziesięć minut.

– Kiedy będziesz musiała wycofać drona? – spytał Hazlit.

– Jeśli wleci w przestrzeń powietrzną nad DC, zostanie natychmiast zestrzelony – odpowiedziała Marcela. – Po jedenastym września piloci bojowi latający w patrolach nad Nowym Jorkiem i Waszyngtonem mają stały rozkaz zestrzelenia każdego statku powietrznego, co do którego istnieją jakiekolwiek wątpliwości. Nie muszą nawet pytać o zgodę nikogo wyżej. Dolecę do Baltimore, a potem muszę się wycofać.

GT zwrócił się do Lei.

– A jak ci idzie z Opusem czternastym?

– Na pierwszy rzut oka sprawa nie jest trudna. Liczba czternaście jest święta w kręgach nazistowskich. Wynika to z pewnego fragmentu w *Mein Kampf*, który zasadniczo składa się z osiemdziesięciu ośmiu słów, ale które David Lane z nazistowskiej grupy terrorystycznej The Order skrócił do czternastu.

– Osiemdziesięciu ośmiu? – wtrącił się Hazlit. – Przecież Heil Hitler, czyli HH, to ósma litera alfabetu razy dwa?

– Oba te odniesienia są aktualne – powiedziała Leya. – Cała numerologia jest...

GT podniósł dłoń.

– Czy mógłbym wreszcie usłyszeć te czternaście słów?

Leya się skoncentrowała.

– Hm… Musimy postarać się zabezpieczyć byt naszego ludu i zapewnić przyszłość dla wszystkich białych dzieci. Jakoś tak. W zasadzie to dokładnie tak.

– Aha – mruknął GT. – Zabezpieczyć byt naszego ludu i przyszłość dla białych dzieci. Niewiele to mówi.

Było cicho. Po chwili zastanowienia Leya stwierdziła:

– Może tak, a może i nie. To deklaracja programowa, pod którą podpisują się wszystkie skrajnie prawicowe grupy. Jej kwintesencją jest zgoda na wojnę z pobudek rasowych. A cel uświęca środki, bo wszystko, co zrobimy, wynika z obrony koniecznej. Należy za wszelką cenę ochronić aryjskie dzieci. Im dłużej o tym myślę, tym większą mam migrenę. Zastanówmy się nad wszystkimi możliwymi celami w centrum. Ci ludzie nienawidzą wszystkich i wszystkiego. Narodowe Muzeum Lotnictwa i Przestrzeni Kosmicznej? Jest tam wiele wynalazków żydowskich naukowców, nie mówiąc już o całej rzeszy mniej lub bardziej nazistow   ' Niemców, którzy przeszli na służbę Ameryki po wojnie i dlatego są traktowani jak zdrajcy rasy. A może ogromne Narodowe Muzeum Indian Amerykańskich, które jest naprzeciwko? Dla nazistów to jedno wielkie przypomnienie, że znaczna większość obywateli USA zrozumiała, że ich kraj został zbudowany na ludobójstwie i wyzysku.

Booker Clark usia ł na wolnym krześle i włączył się do dyskusji:

– A jeśli po   ' ać to jak najbardziej dosłownie? Dajmy na to dzieci… Szkoły?

GT był niezwykle skoncentrowany.

– Nie potrafię przestać myśleć o tym, że w Białym Domu pracuje czarnoskóry prezydent. Właśnie wygrał kolejne wybory.

– Biały Dom jest ekstremalnie chroniony – powiedział Clark.

– Podwoiliśmy ochronę i zwiększyliśmy promień zakazu ruchu drogowego.

– Może celem są dzieci prezydenta? – wtrąciła Leya.

– Dobry pomysł – powiedział GT. – Do której szkoły chodzą?

Clark nie odpowiedział. Tylko podniósł nadajnik i wydał rozkaz:

– Wzmocnić ochronę wokół szkoły Sidwell Friends School przy Wisconsin Avenue. Blokady dwie przecznice od szkoły. Przeszukać wszystkie pojazdy, które chcą przejechać.

– Chociaż niekoniecznie – powiedziała Leya. – Zabezpieczyć przyszłość dla białych dzieci... Musi tu raczej chodzić o usunięcie zagrożenia dla białej rasy.

Hazlit wpatrywał się w świecącego w półmroku iPada Lei. Z otwartymi ustami pokazał tytuł wyróżniający się tłustą czcionką.

– Będzie nadzwyczajne posiedzenie Kongresu – powiedział cicho.

Puknął kłykciem w monitor.

– Prezydencki projekt nowej ustawy o szkolnictwie – przeczytała na głos Leya. – Będzie dziś głosowany w Kongresie.

– Co zapowiadał rzecznik prezydenta, gdy omawiali propozycję tej ustawy na wiosnę? – przypominał sobie Clark. – Że zlikwiduje pozostałości segregacji rasowej?

– Głosowanie jest po lunchu – stwierdziła Leya. – Za trzy godziny.

– Przypuszczalnie znamy cel – powiedział Clark przez radio.

– Powtarzam, przypuszczamy, że znamy cel ataku. – Popatrzył pytająco na Leyę. – Cały Kongres?

Pokręciła głową.

– Myślę, że celem musi być Izba Reprezentantów, bo tam odbędzie się głosowanie. Południowe skrzydło.

– Izba Reprezentantów – mówił Clark. – Celem jest Izba Reprezentantów.

*

Ludwig siedział w jeepie z przodu jako pasażer, prowadził Lynn. Z tyłu miejsca zajęli Andy i Phil, obydwaj mocno sfatygowani od niedoboru płynów i snu. Klace, Lars i Jen jechali w mercedesie przed nimi. Wyruszyli dwie godziny temu. Było po wpół do dziesiątej.

– Mamy ten penthouse? – spytał Lynn.

Phil zaszeleścił papierami.

– Pokój numer sześćset, hotel Capitol Skyline – przeczytał głośno.

– Ale czy to apartament na ostatnim piętrze? – spytał poirytowany Lynn.

– Tak, mam nadzieję, że tak. – Andy oglądał wydruk ze wszystkich stron. – No musi być, przecież bulimy dwa tysiące dolarów.

– Ale miałeś poprosić, żeby to był...

– Tak, do cholery! Dzwoniłem do nich dwa tygodnie temu,
a teraz zaczynam się gubić, jak tak naciskasz.

– Będzie jakaś przerwa na kawę po drodze? – wtrącił się Ludwig.

– Amen – dołączył się Andy. – Zadzwonię i spytam Melvina.

Zatrzymali się dziesięć minut później, każdy z innej strony parkingu przed McDonaldem. W restauracji siedzieli przy oddzielnych
stolikach, pili kawę i jedli donutsy. Klace nakazał im rygorystycznie,
żeby zachowywali się jak nieznajomi.

Zadzwonił telefon Lynna. Ludwig spojrzał na tę drugą grupę i zobaczył, że Klace trzyma przy uchu komórkę. Lynn odebrał.
Klace coś powiedział.

– Myślę, że jest tyle, że wystarczy – odpowiedział Lynn bez
przekonania. – Ale mogę pójść i sprawdzić, jeśli chcesz.

Odłożył słuchawkę.

– Melvin pytał, ile mamy benzyny.

– Pójdę sprawdzić – zaoferował się Ludwig.

Wyciągnął rękę, a Lynn podał mu kluczyki.

*

– Tylko zobacz – powiedział Hazlit do Lei, wskazując monitor.
Ludwig siedział sam w czarnym jeepie. Długie światła włączały
się i wyłączały. Potem wysiadł, zatrzasnął drzwiczki, nacisnął pilota
i wrócił do restauracji.

– Marcelo – powiedziała Leya do mikrofonu – czy możesz mi
to jeszcze raz pokazać?

Kilka sekund później na monitorze otworzyło się oddzielne
okienko. Ale mruganie było za szybkie.

– Jeszcze raz, w zwolnionym tempie – powiedziała Leya.

– To alfabet morsa – powiedział Hazlit, łapiąc za pióro. – Pokaż jeszcze raz.

I przeczytał.

– C-A-P-I-T-O-L… S-K-Y-L-I-N-E… P-6-0-0.

– Co to jest, punkt widokowy? – spytała Leya.

Hazlit poszukał w komputerze i pokręcił głową.

– Nie. Capitol Skyline to hotel. Osiemset metrów na południe od Kongresu.

Przyszedł Booker Clark i stanął za jej plecami.

– Co się dzieje?

– Zadzwoń do hotelu Capitol Skyline i zapytaj, kto mieszka w pokoju numer sześćset – poprosiła Leya. – To może być cel.

Marcela postanowiła się wtrącić:

– Ja mogę to sprawdzić, nie będziecie musieli dzwonić.

– Proszę? – Clark był zdziwiony.

– Mam tutaj normalny terminal – wyjaśniła kobieta siedząca na Florydzie – więc mogę się włamać do systemu hotelowego. To chyba nie powinno być takie trudne.

Clark pokręcił głową.

– Okej, to kto mieszka w pokoju numer sześćset?

Pół minuty później przyszła odpowiedź:

– Pokój numer sześćset to taki penthouse, apartament na dachu. Nikt tam teraz nie mieszka. Ale jest zarezerwowany, goście wprowadzą się dzisiaj. Firma MK Enterprises.

– Melvin Klace – mruknęła Leya. – Hotel nie jest celem, ale ich bazą.

– Z widokiem na południowe skrzydło Kongresu – podkreślił Hazlit, wskazując ekran komputera.

Teraz doszedł do nich GT. Kołnierzyk koszuli rozpięty, krawat zniknął. Zaczął się pocić.

– Teraz musimy pomyśleć – powiedział, masując przeciążony kręgosłup lędźwiowy.

– Możemy się przygotować – stwierdził Clark. – Dojadą tam dopiero za półtorej godziny. Możemy nafaszerować apartament pluskwami… żeby mieć i dźwięk, i obraz.

– Takie rzeczy łatwo zauważyć – skomentował GT. – Personel może być podenerwowany.

– Personel też możemy wymienić.

GT pokręcił gwałtownie głową.

– To zbyt skomplikowane. Pomyśl tylko: ktoś spyta, o której serwują śniadanie albo jakie jest hasło do internetu, a oni nie będą potrafili odpowiedzieć i będzie kicha. Nie, posłuchaj, Licht pokazał, że potrafi komunikować się i bez tego.

– Tak, dotychczas był bardzo pomysłowy – zgodził się w połowie Clark. Jeszcze raz spojrzał na Leyę, szukając akceptacji.

– GT ma rację – powiedziała. – Poza tym nie wiemy, czy grupa nie ma już kogoś, kto pracuje w hotelu. Ostatnią rzeczą, jakiej chcemy, jest to, żeby ktoś wszczął alarm. Nasza jedyna przewaga polega na tym, że nie wiedzą o naszej asyście.

– Niech to jasna cholera – przeklął Clark. – Chciałbym zatrzymać ich teraz, od razu.

– Wcale byś nie chciał – skomentowała Leya. – Najpierw musimy się dowiedzieć, gdzie jest bomba.

– Jesteś tego pewien? – Clark zwrócił się do GT. – Jesteś pewien, że twój człowiek sobie poradzi?

– Licht i ja mamy za sobą długą drogę razem – stwierdził GT. – Da radę. Wiem, jak on myśli.

Za to ostatnie nie dałby sobie uciąć ręki, ale musiał to powiedzieć. GT bardziej ufał Ludwigowi niż FBI, którego nienawidził bezprzytomnie przez całe swoje zawodowe życie.

Leya ruszyła mu na pomoc.

– Czy ci się to podoba, czy nie – powiedziała do Clarka – musisz to potraktować jak operację CIA. Licht przeszedł właśnie taki trening, tylko to umie. Powinien zakładać, że nie zrobimy ustawki w hotelu, prawda? – Pytanie skierowała do GT.

– Dokładnie – odpowiedział. – I odwrotnie, on wie, jak ja myślę. Pozwólcie nam poprowadzić ten taniec po staremu. Nieźle nam to wychodzi po takim treningu.

Clark chodził w tę i z powrotem po ciasnym wnętrzu. Autobus skręcił, a on musiał się przytrzymać oparcia fotela, na którym siedział Hazlit.

– Oczywiście – powiedział. Na twarzy pojawił mu się cień uśmiechu. – Taniec białych morsów, to będzie nawet ciekawe. Ale wyślę tam oddział specjalny.

Wszyscy przytaknęli. Clark wziął do ręki radiotelefon i powiedział:

– Poślijcie Team Leopard w rejon hotelu Capitol Skyline, natychmiast. Z widokiem na apartament na ostatnim piętrze.

– Okej... – rozległ się sceptyczny głos. – Jest tam jakiś odpowiedni budynek, w którym mogliby się zakwaterować?

Clark o mało nie stracił panowania nad sobą. Wolno i na tyle spokojnie, jak potrafił, odpowiedział:

– Myślisz, że powinienem to sprawdzić?

– Nie, szefie.

– Co to jest Team Leopard? – szepnął GT do Lei.

– Najlepsi strzelcy wyborowi FBI – odpowiedziała. – Fundament ochrony dzielnic wokół Białego Domu. Większość to byli wojskowi służący wcześniej w JSOC.

Czyli w Połączonym Dowództwie Sił Specjalnych, podległym bezpośrednio prezydentowi. Miało pod sobą takie formacje, jak Navy SEALs, Delta Force i inne grupy, które broniły śmiertelników.

– Banda emerytów? – spytał GT.

Leya się uśmiechnęła.

– Tak, mniej więcej czterdziestolatkowie. Prawdziwe niemowlaki w porównaniu z naszym człowiekiem w akcji.

Clark zakończył dyskusje przez radiotelefon. Spojrzał dookoła i dodał:

– Po co im ten apartament w hotelu? Zakładaliśmy przecież, że zamierzają zaatakować Kongres.

– Chcą rozkoszować się widokiem, kiedy wszystko walnie – odpowiedziała Leya. Wskazywała ekran Hazlita, na którym nadal widoczna była mapa 3D. – Okna tego apartamentu wychodzą na Kongres. Zarezerwowali sobie najlepsze miejsca widokowe.

– A może do hotelu dotrze tylko jeden samochód, a drugi pojedzie do Kongresu? – Clark prowadził wewnętrzne rozważania na głos.

– Gdyby bomba była w jednym z samochodów – powiedział GT – Ludwig by nam to zasygnalizował.

– No i jak tu nie zwariować? – stwierdził Clark. – Zero kontroli.

Witam w moim świecie, cholerny gliniarzu, pomyślał GT.

Leya zerwała się z krzesła i zaczęła coś wystukiwać na klawiaturze.

– To jest nadzwyczajne posiedzenie Kongresu... Dajcie mi ich dzisiejszą listę gości! Muszę coś sprawdzić.

Clark wyciągnął komórkę i zadzwonił do biura łącznikowego policji, a konkretnie do USCP – policji stołecznej. Jej ośmiuset funkcjonariuszy podlegało bezpośrednio Kongresowi i odpowiadało za bezpieczeństwo w środku i wokół Kapitolu. Choć USCP była formalnie niezależna od FBI, wszyscy wiedzieli, że ich własne służby wywiadowcze są wyjatkowo kiepskiej jakości. Dlatego bardzo pielęgnowali swoje relacje z trzema najważniejszymi graczami na rynku – NSA, CIA i FBI – dzięki którym uzyskiwali pojęcie o zagrażających Kongresowi niebezpieczeństwach. Sygnał od wysoko postawionego szefa biura, jak Clark, powodował natychmiastową reakcję.

– Właśnie przesyłają ją e-mailem – powiedział po rozłączeniu rozmowy. Podszedł do jednego z terminali i się zalogował.

– Może po prostu zamknijmy ten burdel? – zaproponował GT.

Kręcący się na fotelu Clark spojrzał na niego badawczo.

– Kongres? – Zaczął się głośno śmiać. – Gdybyśmy mieli przeprowadzać ewakuację za każdym razem, gdy pojawia się alarm bombowy, to trzeba by było zrezygnować z demokracji. Wiesz, ile wpływa takich zgłoszeń w ciągu tygodnia? Wydałem rozkaz o zaostrzeniu obserwacji, trzykrotnie zwiększyliśmy obsadę na punktach kontroli bezpieczeństwa, żeby zdążyli przeszukać każdego ręcznie, przy każdym wejściu mamy dodatkowe psy do wyszukiwania bomb. Więcej zrobić się nie da.

– Ci ludzie zaangażowali do zrobienia bomby człowieka Al--Ka'idy. – Głos GT brzmiał spokojnie, ale wyraz jego twarzy świadczył o tym, że jest strasznie zdenerwowany.

Zanim Clark zdążył odpowiedzieć, nadszedł e-mail. Leya stanęła przy nim i zajrzała mu przez ramię.

– Strasznie długa ta lista – stwierdził ponuro Clark.

– Pokaż tylko południowe skrzydło – powiedziała Leya. – Celem jest na pewno Izba Reprezentantów.

– W zasadzie Klace i jego ludzie mogą przecież wystrzelić z hotelu pocisk rakietowy – zaczął spekulować Hazlit. – Oczywiście jedna rakieta nie spowoduje jakichś spektakularnych szkód, ale wymiar symboliczny będzie ogromny. Kto wie, jeśli wystrzelą kilka pocisków, może się nawet zawalić kopuła dachu.

– Nie, na pewno nie. Gdyby taki był plan, Licht już dawno by o tym zameldował – ocenił GT. – Chodzi o bombę, to bezsprzeczne. O bombę, która jest w drodze. Może zresztą jest już na miejscu.

– Możesz wierzyć lub nie – powiedział Clark, uruchamiając wydruk załącznika. – Jeśli jakiś faszysta wystawi cokolwiek przez okno hotelu, jego mózg rozpryśnie się na ścianie od strzału naszych ludzi.

Poszedł razem z Leyą do drukarki. Leya złapała kartki i zaczęła czytać. Pół minuty później wymamrotała:

– A niech mnie szlag...

– Co tam? – GT stanął obok niej.

Leya zaczęła czytać na głos:

– Nowo wybrana reprezentantka z Pensylwanii, wizyta przygotowująca przed ceremonią w styczniu, czwartego.

Wszyscy wpatrywali się w nią uważnie. Kilka żetonów wpadło w swoje przegródki w tej supergłębokiej ciemnej studni.

– Gwen Heart – powiedziała Leya na wdechu. – Gwen Heart jest w drodze do Kongresu.

kapitol
waszyngton, dc/usa
śr 7 listopada 2012 roku
[12:05/est]

Matowa srebrnoszara limuzyna przejechała wolno przez strzeżone bramki w Capital Hill i podążała dalej na parking dla personelu Kapitolu. Za przyciemnianymi szybami siedziała Gwen Heart i jej świta z Pensylwanii: szef kampanii Hynes, asystentka Ash i rzecznik prasowy Greber. W luksusowym pojeździe pachniało drzewem sandałowym i preparatem do nabłyszczania skórzanej tapicerki, z głośników płynęła muzyka klasyczna, której lubiąca muzykę country Heart normalnie nie poświęciłaby w ogóle uwagi. Teraz zachwycała się smyczkami i trąbkami, jakby nigdy wcześniej nie słyszała muzyki. Z nabożeństwem wpatrywała się w Kapitol, zwieńczony kopułą budynek, w którym mieścił się zarówno senat, jak i izba reprezentantów. Zmierzała właśnie prosto do serca pulsującego układu krwionośnego amerykańskiej polityki.

Siedzący z nią w samochodzie współpracownicy prowadzili banalną rozmowę, ale prawie nic do niej nie docierało. To największy dzień w jej życiu. Już samo to, że przejechała przez przejazd dla VIP-ów, napełniało ją niesamowitym upojeniem. Trzy miliony turystów, którzy oglądali Kongres każdego roku, przepuszczanych było jak bydło przez centrum dla zwiedzających w bunkropodobnym pomieszczeniu; jego wejście leżało wieleset metrów na wschód. Ale Gwen Heart nie była przecież turystką.

Była tam jako nowo wybrana członkini Kongresu i jechała na mniej ważną ceremonię przywitania u rzecznika Izby Reprezentantów – jednego z pięciu, sześciu najważniejszych ludzi w Kongresie.

W ciągu najbliższych dni miało tu przyjechać wiele delegacji z nowo wybranym reprezentantem, ale Heart znalazła się wysoko na liście Biura Planowania Kongresu, ponieważ tak długo była typowana na stuprocentowego zwycięzcę wyborów. Z drugiej zaś strony w wielu okręgach wyborczych w kraju jeszcze nie podliczono głosów, a w wielu innych komitetach wyborczych trzeba było uczcić zwycięstwo. Poczuła zawrót głowy. Kiedy samochód się zatrzymał, zalała ją fala euforii. Szofer otworzył jej drzwi. Heart poprawiła swoją różową apaszkę Burberry w delikatną kratkę, wzięła torebkę i wysiadła. Padał deszcz, ale prawie tego nie poczuła. Ash pospieszyła do niej z otwartym parasolem. Przez kilka długich sekund stały, napawając się doniosłością chwili.

Heart widziała kremowy budynek Kongresu na tysiącach zdjęć, ale nie była przygotowana na jego kolosalne rozmiary i majestatyczną urodę. Ogromny podłużny neoklasycystyczny kompleks budynków z dziewiętnastego wieku ciągnął się z północy na południe. Budynek główny zwieńczała najsłynniejsza kopuła świata, a na niej skrzyła się w słońcu ciemna sylwetka Statui Wolności projektu Thomasa Crawforda. Delegacja z Pensylwanii znajdowała się przy południowym skrzydle, w siedzibie Izby Reprezentantów.

Heart ruszyła po wyasfaltowanej ścieżce do schodów prowadzących do południowego skrzydła, a Ash i pozostali za nią. Nawet deszcz nie mógł ostudzić jej entuzjazmu. Siedziba władzy – pałac ludu! – znajdował się teraz tuż przed nią. Była częścią pokojowej rewolucji ruchu herbacianego, otwartego, w pełni legalnego ludowego buntu. Mandat uzyskany od wyborców był jednoznaczny: miała chronić wolność, a nie ją deptać, sławić przyzwoitość, a nie ją znieważać. Heart była ich bojownikiem i wygrała dla nich wielką bitwę. W chwili gdy dotarła do schodów, czuła się tak przejęta, że nie zauważyłaby nawet, gdyby ktoś wylał na nią kanister benzyny.

Tyle wrażeń. Heart musiała się zatrzymać. Wznoszący się przed nią budynek nie był śnieżnobiały, jak to sobie wyobrażała, tylko raczej piaskowy. Ryflowane kolumny kojarzyły się z brzoskwiniowym odcieniem marmuru. Zaczarował ją fresk unoszący się wysoko nad pompatycznym wejściem do Izby Reprezentantów – szczególnie postać rolnika poklepującego krowę.

Padało coraz bardziej, więc członkowie delegacji zaczęli ją popędzać. Wspólnie ruszyli po długich kamiennych schodach. Na ich końcu, na prawo od drzwi, widać było żółtą budkę wartowniczą. Stało tam trzech ludzi z karabinami maszynowymi i walkie-talkie. Jeden podszedł do łańcucha zagradzającego przejście i podniósł go. Kiedy świta doszła do gzymsu i schroniła się pod kolumnadą, wszyscy złożyli parasole. Dopiero teraz Heart zobaczyła pieczęć Izby Reprezentantów odcinającą się od ciemnego drewna, które otaczało przeszklone wejście. Drzwi się otworzyły. Weszła do środka – słyszała stukot swoich pantofli na niskim obcasie na marmurowej posadzce, ale mogłaby przysiąc, że nie idzie, tylko unosi się w powietrzu.

Jasną, błyszczącą podłogę urozmaicały czarne romby z onyksu, ściany wyłożone były wielkimi popielatymi płytami. Kremowe kamienne sklepienie wskazywało drogę do sali plenarnej.

– No to sobie poczekamy – powiedział z błogim uśmiechem Hynes, szef kampanii wyborczej Heart. Był prawie tak samo poruszony jak ona; liczył oczywiście na to, że od stycznia, kiedy Gwen formalnie zasiądzie już w Kongresie, zostanie szefem jej sztabu.

Jej asystentka Ash ciężko oddychała, zatrzymała się na chwilę i oparła ręce na kolanach. Z powodu tuszy ledwie weszła po schodach. Odchrząknęła i powiedziała:

– Muszę umyć ręce. – Wskazała znajdujące się niedaleko toalety.

Heart kiwnęła głową. Przed drzwiami przewodniczącego czekała właśnie inna grupa. Rozpoznała nowo wybranego Louisa Espenozę z trzeciego okręgu wyborczego na Florydzie i prawie ruszyła, żeby się z nim przywitać, ale w ostatniej chwili się powstrzymała, bo ani ona go nie lubiła, ani on nie wykazywał chęci do rozmowy.

Stała więc bez ruchu, podziwiając luksusowy przedsionek i czekając niecierpliwie na przewodniczącego, który niedługo wyjdzie ją powitać. Minęło kilka minut i mimo że już dawno upłynęła uzgodniona godzina spotkania, ciemne drzwi pozostały zamknięte. Kolejne piętnaście sekund przewróciło jej życie do góry nogami.

Nagle jej świtę otoczyło pięciu mężczyzn w garniturach, którzy pojawili się znikąd, jak stado cichych insektów. W ciągu ułamka sekundy związali ręce jej i dwóm pozostałym osobom za pomocą kolorowej taśmy.

– Nazywam się agent Logan i jestem z FBI – powiedział jeden z nich, młody, niski mężczyzna w wieku co najwyżej trzydziestu lat.
– Proszę, żeby pani poszła z nami. Teraz, bezzwłocznie.

Heart stała niczym słup soli, jakby ktoś dopuścił się wobec niej ponurego żartu. Z korytarza po prawej stronie wyszło czterech umundurowanych funkcjonariuszy ze specjalnej policji Kongresu U.S. Capitol Police, którzy stanęli kilka metrów od nich z na wpół uniesioną bronią. Wyglądało na to, że nie mają nic przeciwko temu, co się działo, i obserwują całą akcję z odpowiedniej odległości.

– Myślę, że panowie nie wiedzą, kim jestem – wydusiła z siebie Heart. – To jakaś pomyłka.

– Pani nazywa się Gwen Heart i pochodzi z jedenastego okręgu wyborczego w Pensylwanii – odparł spokojnie młody człowiek z FBI. – A teraz proszę, żeby poszła pani z nami.

Heart nie była w stanie zrozumieć tego, co mówił. Kręciła głową i czuła narastającą falę wściekłości. Nie potrafiła jej kontrolować, wybuch był nieunikniony. Rzuciła się do przodu, udało jej się wyrwać – i upadła na twarz na marmurową posadzkę. Uderzyła brodą o podłoże, jej szczęki się zacisnęły i poczuła przeszywający ból, gdy ułamał się kawałeczek górnej jedynki. Aż ją zatkało, potem zaś wydała z siebie głośny jęk.

Jeden z mężczyzn chwycił ją za ramiona, żeby pomóc jej się podnieść, a ona skorzystała z okazji i uderzyła go z całych sił łokciem w przeponę. Nie powinna była tego robić. Na karku poczuła zimny metalowy przedmiot. Zesztywniała. Przez jej ciało przeszła gorąca paraliżująca fala elektryczna. Późnej zrobiło jej się czarno przed oczami.

Pierwszy i jedyny raz w życiu – bo nie zrobiła tego nawet wtedy, gdy dowiedziała się o śmierci męża – Gwen Heart zemdlała. I uniknęła upokorzenia, kiedy znoszono ją na noszach po tych samych schodach, którymi tak niedawno wchodziła z poczuciem triumfu.

*

Ludwig wysiadał wtedy z jeepa na parkingu przy hotelu Capitol Skyline. Nadjechał mercedes Melvina Klace'a, prowadziła Jen. Zaparkowała kilka miejsc dalej.

Pod wieloma względami hotel był przeciwieństwem Kongresu: sześciopiętrowe betonowe monstrum przypominało sowiecki garaż parkingowy ciągnący się ze wschodu na zachód, a nie z północy na południe. Stał pod kątem prostym do Kapitolu, którego kopułę można było dostrzec mimo niskich chmur deszczowych jakieś osiemset metrów dalej. Ludwig spojrzał na zaciągnięte niebo. Na dachu hotelu zbudowano niewielki penthouse przypominający płaską szklarnię. To na niego mieli rezerwację: on, Klace i cała grupa. Tam wysoko spotkają swój los, przypadek albo Boga, zależy, jak na to spojrzeć. Ludwig wiedział, że wszystkie tego rodzaju konstrukcje myślowe były ludziom potrzebne podczas prób zrozumienia śmierci.

Zadrżał od podmuchu zimnego wiatru i otarł deszcz z twarzy. W tej samej chwili zobaczył, jak Klace otwiera drzwi mercedesa i wysiada z tylnego siedzenia. Ruszyli przez deszcz. Ludwig i Lynn nieśli ciężkie torby z bronią, a Phil tachał plecak ze sprzętem fotograficznym. Za nimi szedł Andy, a na końcu Klace, Jen i Lars.

Główne wejście znajdowało się od południa. Grupa minęła najpierw wielki basen otoczony czerwonymi parasolami, smaganymi teraz przez zacinający deszcz. Podłoga wokół basenu pokryta była surowym betonem, tak jak ściany budynku, co sprawiało wrażenie, jakby hotel nie stał na ziemi, tylko na nią spływał. O tej porze roku nikt nie korzystał z basenu, ale całe umeblowanie nadal było rozstawione. Wieżyczka ratownika przypominała wykrzyknik podkreślający wyobcowanie tego miejsca, a kawałeczek dalej pulsował ruch uliczny.

Weszli do lobby. Schizofreniczna mieszanka stylów: fototapety z ciemnym motywem gobelinu i inspirowane science fiction fotele z lat sześćdziesiątych z czerwonego skaju. Mdła, świetnie znana woń środków czyszczących, z nutką wanilii i chyba kokosa. No i standardowa muzyka płynąca z głośników – mainstreamowy jazz.

Przez okno na przeciwnej ścianie Ludwig zobaczył ulicę, którą przyjechali, a za nią niewielki park porośnięty niskimi drzewami. Przez ich korony prześwitywały rozproszone budynki; było to coś w rodzaju centrum sportowego. Ludwig miał szczerą nadzieję, że zostało przejęte we władanie przez oddział specjalny ze strzelcami wyborowymi, którzy dostali jego zdjęcie. Doceniał ironię losu, ale nie miał ochoty zostać posiekany na strzępy przez swoich, bo ktoś coś przeoczył.

Klace podszedł do recepcji i zameldował grupę.

Ludwig wziął kilka głębokich wdechów i odstawił torbę na podłogę. Cały czas robił przegląd sytuacji. Hipoteza o bandzie strzelców wyborowych naprzeciwko hotelu zakładała, że Leya, GT i facet z FBI zrozumieli wiadomość o hotelu nadaną alfabetem Morse'a. Musiał wierzyć, że tak. Teraz, gdy już widział, jak położony jest hotel, był też przekonany, że celem jest Kongres – tamci też powinni na to wpaść.

Klace poszedł w kierunku wind, a cała grupa za nim. Wsiedli – Ludwig, Klace, Jen, Lars, Phil, Andy i Lynn – a kiedy drzwi się zatrzasnęły, Klace krzyknął:

– To wspaniały dzień dla sług bożych.

– Amen – mruknęli wszyscy w odpowiedzi.

Klace spojrzał na sufit windy.

– To wspaniały dzień na wybuch wojny.

*

Jack Butler, szef grupy czwartej oddziału Team Leopard, leżał w tym momencie na brzuchu pod czarną plandeką chroniącą przed deszczem na dachu hali koszykówki naprzeciwko hotelu Capitol Skyline. Obniżył o kilka centymetrów kolbę swojego karabinu 300 Win Mag, opartego na statywie, w efekcie czego lufa się uniosła, i ustawił ostrość celownika 56 mm marki Hensoldt, czyli spółki należącej do Zeissa i produkującej sprzęt optyczny dla wojska, o powiększeniu od czterech do szesnastu razy. Odległość do celu wynosiła sto dwadzieścia pięć metrów, co oznaczało, że potrzebna była korekta na odchylenia wiatru. Przy tej odległości deszcz też nie mógł zakłócić drogi pocisku od ujścia lufy do celu. Pewnego razu, po kuwejckiej stronie granicy z Irakiem, Butler z tej samej broni trafił między oczy wartownika z odległości tysiąca dwustu metrów.

– Cele są na miejscu – powiedział do mikrofonu. – Właśnie dotarli do apartamentu na ostatnim piętrze.

– A Licht? – usłyszał głos Bookera Clarka.

– Jest z nimi – odpowiedział Butler. – Niesie jedną z dwóch wielkich toreb sportowych. Wyglądają złowieszczo ciężko. Mogę sobie wyobrazić, że są pełne broni i amunicji.

– Ilu ich dokładnie jest?

– Cała grupa jest ciągle razem. Siedem osób, włącznie z naszym człowiekiem.

– Jesteście gotowi do strzału?

– Odpowiedź brzmi: tak. Mamy ośmiu snajperów na sześć celów. Dwóch celuje w przywódcę grupy, dwóch w olbrzyma w skórzanym płaszczu, a pozostali czterej kryją po jednej z pozostałych osób. Chyba że macie jakieś inne sugestie?

– Dobry plan.

– Mamy dobrą widoczność. Jedyny szkopuł to trzymać cały czas na muszce wszystkie cele. Ludzie mają idiotyczną skłonność do przemieszczania się.

– Tak, rozumiem – powiedział Clark. – Muszę się zająć inną sprawą.

– Przepraszam, jeszcze jedno pytanie, kiedy możemy spodziewać się rozkazu?

– To będzie zależało od rozwoju sytuacji. Mam nadzieję, że niedługo.

– Jesteśmy gotowi.

*

Leya siedziała przy nieprzytomnej Gwen Heart, która leżała na noszach w autobusie EXPLCO. Pozostali członkowie jej świty zostali wywiezieni przez GT i dwóch potężnych ludzi z firmy.

– Jedź na południe – powiedział Clark przez radio do kierowcy, który siedział za ścianką działową. – Możemy zaparkować na tyłach kompleksu sportowego. Po północnej stronie.

Leya zobaczyła, że przyszła kongresmenka zaczyna się budzić.

– Co się dzieje? – wysapała kobieta, rozglądając się dookoła. – Gdzie ja jestem?

– Pani Heart – powiedział Clark, kucając przy noszach – obawiam się, że doznała pani szoku elektrycznego. Nie ma powodów do obaw, to nie wywołuje skutków ubocznych. Gdyby pojawiły się

331

mdłości, damy pani lekarstwo. Ale nie było innego wyjścia, bo stawiała pani opór, gdy poproszono panią o...

– Nikt mnie nie prosił. Zostałam zaatakowana! Bez ostrzeżenia! Chyba nie wiecie, kim jestem.

– Chcemy zadać pani kilka pytań – kontynuował Clark. Pokazał jej swoją odznakę FBI. – Nazywam się Booker Clark i jestem zastępcą dyrektora FBI. Kieruję wydziałem do spraw przestępczości zorganizowanej.

Heart uniosła się do pozycji na wpół siedzącej.

– Dokąd jedziemy?

– Oddalamy się od Kongresu – powiedział cierpliwie Clark. – A teraz chciałbym, żeby odpowiedziała pani na moje pytania. Co panią łączy z Melvinem Klace'em?

– Z Klace'em? Czyli chodzi o niego, tak?

– Proszę odpowiedzieć na pytanie – powiedziała Leya. Siedziała z szeroko rozstawionymi nogami na najbliższym krześle.

– Klace... – Heart wyglądała, jakby zobaczyła ducha. Opadła ponownie na nosze i ukryła twarz w dłoniach. – O nie – wysapała. – Nie, nie, nie...

– Prosiłbym, żeby pani patrzyła na mnie, gdy rozmawiamy – powiedział Clark.

Heart spojrzała na niego oczami zranionego zwierzęcia i odpowiedziała:

– No dobry Boże! Co miałam robić? Zaoferował mi pomoc podczas kampanii. Chodzi o to, że podsłuchiwał Harrimana? Nie prosiłam o to! Musicie mi uwierzyć, wiele razy mówiłam mu, żeby zostawił mnie w spokoju. Mam na to świadków. Nie możecie mi tego zabrać tylko dlatego, że...

– Melvin Klace planuje zamach terrorystyczny – powiedział ostro Clark. – Ma pani dużo większe problemy, niż się pani wydaje.

– Jaki atak terrorystyczny? – Heart zaczęła się śmiać i pokazała uszkodzony przedni ząb. – To jakieś szaleństwo.

– To on zlecił zamordowanie Chrisa Warsinsky'ego – powiedziała Leya.

Heart znieruchomiała. Zamknęła oczy i milczała. Najwyraźniej taka myśl musiała przyjść jej wcześniej do głowy.

– Nic o tym nie wiem – powiedziała cicho. – Kompletnie nie pojmuję, o co w tym wszystkim chodzi, to jakiś koszmar… Czy nie mam już żadnych praw? Chcę rozmawiać z adwokatem!

– W tej chwili nie ma takiej możliwości – powiedział Clark ponurym głosem. – Prowadzimy działania operacyjne, które mają uniemożliwić atak terrorystyczny. Można powiedzieć, że pani prawa są chwilowo zawieszone.

Podniósł się i spojrzał na Leyę. Przeszli razem na sam koniec autobusu i obserwowali stamtąd Heart wpatrującą się w sufit.

– Jestem przekonana, że mówi prawdę – szepnęła Leya.

– Skąd ta pewność?

– Wystarczy na nią popatrzeć. Widać, że cierpi, jest przerażona. Jej agresja nie przypomina zachowania przestępcy, który wpadł na gorącym uczynku. Sam wiesz, jak to zwykle wygląda: są wkurzeni, źli, że się zbłaźnili. W jej spojrzeniu tego nie ma. Prawda? Ona nie żałuje, cały czas próbuje zrozumieć, co się stało.

Clark spojrzał z ukosa na Heart. Kobieta kręciła głową.

– Tak, to prawda – powiedział. – To co, do diabła, możemy zrobić?

– Nie możemy ciągnąć tego dalej. Cały czas jesteśmy o krok z tyłu. Tak dalej być nie może, musimy zadziałać radykalnie, ewakuować Kongres.

Deszcz stukał o dach autobusu. Clark patrzył nerwowo wokół. W końcu pokręcił głową.

– Obawiam się jednak, że ewakuacji nie będzie. Już pytałem szefa biura i usłyszałem kategoryczne nie.

Zanim Leya zdążyła zareagować, radio Clarka zaczęło trzeszczeć.

– Szefie? Kanadyjskie służby graniczne zatrzymały al-Awariego – powiedział kobiecy głos. – Był sam, miał fałszywy paszport, przyjechał wynajętym samochodem jakieś dziesięć minut temu.

Twarz Clarka pojaśniała.

– I co, mamy go? Mówi?

– Nie żyje, szefie. Kapsułka z trucizną. Przykro mi.

Nadzieja zgasła równie szybko, jak się pojawiła – robiąc miejsce dla czegoś zupełnie innego. Czystej, nieudawanej paniki.

hotel capitol skyline
waszyngton, dc/usa
śr 7 listopada 2012 roku
[13:10/est]

Apartament na dachu hotelu okazał się przeszklonym sześcianem. Pionowe żaluzje przy północnym oknie panoramicznym były odsunięte. Gdy Ludwig, Klace i pozostali weszli do środka, Phil rzucił się do montowania kamery na statywie, przeciągnął czarny skórzany fotel i ustawił go plecami do okna. Kopuła Kapitolu stała się teraz tłem dla osoby, która będzie siedziała w fotelu. W apartamencie były trzy pokoje. W największym znajdowały się mahoniowe biurko, wysoki, krótki barek i kilka małych ław z tego samego drewna, czarna kanapa i fotele, zawieszony na ścianie wielki telewizor i szeroka lodówka. Po jednej i po drugiej stronie salonu umieszczono sypialnie, każda miała własną łazienkę. Podłogę wyścielała wykładzina w kolorze kości słoniowej, a ścianki działowe pokryte były tapetą w biało-żółte paseczki.

Ludwig przeciągnął dłonią po mokrych włosach. Zastrzyk adrenaliny powodował u niego ciągłe zmiany nastroju, od strachu do wściekłości, od pragnienia ucieczki do chęci porozrywania wszystkich na strzępy. Na szczęście reszta, z wyjątkiem Klace'a, była jeszcze bardziej spięta i skupiona na swojej roli w tym, co się miało zdarzyć.

W grę wchodziły też następstwa odurzenia narkotykowego. Wszyscy byli spoceni, w pokoju zrobiło się parno, a Phil zaczął przeklinać, bo musiał ścierać ręcznikiem parę z szyby. Był jednym wielkim kłębkiem nerwów, jak każdy. Nie wiedzieli dokładnie, co Klace zamierzał, ale rozumieli, że kości zostały rzucone. Zwłaszcza Lars Gerdsen sprawiał wrażenie, jakby był na skraju załamania nerwowego. Kiedy siadał na kanapie, na jego zlanej potem piegowatej twarzy malowała się rozpacz.

Jego siostra i Andy usiedli obok. Lynn otworzył torbę z bronią i starannie ułożył na stole trzy naładowane karabiny G3. Ludwig rozsunął suwak torby i zobaczył kolejne cztery karabiny plus całą masę magazynków. Wyjął jeden karabin i postawił go, opierając o czarny skórzany fotel. Melvin Klace uśmiechnął się jak dziecko, które dostało prezent.

– Fantastyczny pomysł – powiedział, podszedł do fotela i usiadł.

– Prawdziwy buntownik nigdy nie pokazuje się bez broni.

Phil wyjął z plecaka kilka kartek.

– Proszę – powiedział uroczyście, podając dokument Klace'owi.

– Nie ma potrzeby – stwierdził Klace. – Nauczyłem się tego na pamięć.

Wstał, podszedł do bufetu, wziął do ręki pilota i włączył telewizor. Po chwili znalazł C-SPAN, kanał nadający bezpośrednie transmisje z sali plenarnej Izby Reprezentantów. Do sali wchodzili kolejni członkowie przed zbliżającą się debatą końcową i głosowaniem.

*

– Mają broń automatyczną – powiedział Butler przez radio, gdy tylko zobaczył karabiny przez celownik optyczny. – Włączyli telewizor, ale jest pod takim kątem, że nie widzę, co oglądają. Ustawili kamerę do nagrania. Wygląda to tak, jakby zamierzali filmować starego na tle Kongresu.

– Możemy więc już ostatecznie wykluczyć inne prawdopodobne cele – skomentował Clark.

– Wszyscy są teraz w jednym pokoju. Może minąć trochę czasu, zanim będziemy mieli tak dobrą pozycję. Jest pan gotowy wydać nam rozkaz?

Clark popatrzył na Leyę i pokręcił głową. Powiedział:

– Jeszcze nie. Zanim zaczniemy, musimy się dowiedzieć, gdzie jest bomba. Jak tam Licht, wygląda okej?

– Okej to może za dużo powiedziane – stwierdził Butler. – Wygląda jak ćpun, który musi zeznawać w sądzie.

– Jest roztrzęsiony?

– Nie. Tylko jego oczy, ma rozbiegane oczy. Jesteście pewni, że facet nie zwariował?

– Nie całkiem.

Zadzwonił telefon Lei.

– To Boyd – powiedziała do Clarka.

Boyd i pozostali członkowie grupy eksfiltracyjnej EXPLCO, którzy czekali w wynajętym domku niedaleko posiadłości Klace'a w Pensylwanii, dostali kilka godzin wcześniej nowe zadanie – mieli przeszukać budynki Klace'a i znaleźć jakieś ślady, wskazówki. Leya czuła takie napięcie, że całkiem o nich zapomniała.

Odebrała.

– Co tam u was? Ile czasu to może trwać, do cholery?

– Odłączyliśmy system alarmowy – odpowiedział zdyszany Boyd. – Musieliśmy najpierw obezwładnić strażników.

– Polała się krew?

– Nie. Oprócz dwóch psów, niestety.

– Gdzie teraz jesteście?

– Idziemy przez schron.

– Mów, co widzisz.

– Długi korytarz, kilka wielkich sal...

– Co jeszcze?

– Otwieram drzwi... Chwileczkę... Jakieś kanistry z benzyną, mnóstwo prowiantu. Idę dalej: nowe drzwi, zamknięte na klucz. Kod działa. Co my tu mamy?

Cisza. Odezwał się ponownie, zmienionym tonem:

– Cholera.

– Co tam?

– Chłodnia z mięsem. – Słychać było szelesty. – I zafoliowane zwłoki na podłodze.

– Rysopis?

– Ogolona głowa, broda. Wytatuowany wąż. Rana cięta na szyi.

– To Greg Wesley. – Leya przełknęła ślinę. – Wiesz, co masz zrobić.

– Nic nie zrobię, dopóki nie dostanę wyraźnego i jednoznacznego rozkazu o uzgodnionej treści.

Leya odwróciła się plecami do Bookera Clarka i szepnęła do słuchawki:

– Spal ciało.

Boyd znowu zamilkł. Mijały sekundy. Później powiedział komuś, żeby przyniósł kanister z benzyną.

– Dacie radę? – spytała Leya.

– Mhm.

– Dobrze. Obejrzyj resztę schronu.

– Tak. A tutaj mamy... salę kinową. Okej, jeszcze jedne drzwi. Chwila.

Machnięciem ręki Leya odpędziła Clarka, który chciał, żeby powtórzyła mu, co mówi Boyd.

– Otwieram drzwi – powiedział Boyd. – Co to, do cholery...

– Halo? Co się dzieje? Co tam widzisz?

– Salę operacyjną. – Boyd odchrząknął. – Supernowoczesną, w pełni wyposażoną salę operacyjną. Musiała być niedawno używana.

– Skąd wiesz?

– Bo obok stołu leżą fragmenty tkanki tłuszczowej z żyłami, mięśniami – powiedział opanowanym głosem Boyd. – Ktoś odkroił spory kawałek czyjegoś brzucha.

*

GT miał problem z torturami. Nie żeby uważał je za zbędne – tortury były konieczne, zarówno w sytuacjach skomplikowanych taktycznie, jak również jako sygnał dla wrogów, że atak na Stany Zjednoczone to nie zabawa. Nie, nie podobała mu się tylko praktyczna strona tego procederu. Na szczęście jego ludzie z EXPLCO nie mieli z tym kłopotu.

Wyciszony jak studio muzyczne pokój przesłuchań, z którego korzystała firma, znajdował się w starej, eleganckiej dzielnicy Waszyngtonu, Georgetown, pod pakistańską restauracją; jej właściciel dostawał co miesiąc sowitą zapłatę. Zgromadzone tam z czasem wyposażenie było jak najbardziej tradycyjne: obcęgi, zbiornik z wodą, sznury, młotki, kable elektryczne, akumulatory samochodowe, lutlampy. Z bardziej oryginalnych instrumentów można wymienić odkurzacz przemysłowy zmodyfikowany w taki sposób, żeby wydmuchiwał powietrze zamiast je zasysać.

Jeden z goryli – nabity facet w wieku GT, znany jako Preppy Perry – uruchomił tę maszynerię i podniósł dyszę. Nacisnął nogą przycisk i urządzenie zaczęło przeraźliwie wyć. Hynes, szef kampanii Heart, zaczął machać rękami.

– Błagam – jęczał, patrząc na rurę zbliżającą się do jego twarzy. – Nic nie wiem, naprawdę nie mam pojęcia o żadnej bombie. Musicie mi uwierzyć.

GT patrzył na Perry'ego. Perry patrzył na Hynesa. Po policzkach śmiertelnie wystraszonego szczupłego szefa kampanii płynęły łzy. Nie, tortury nie będą tu potrzebne. GT żałował, że nie mógł zabrać tutaj ze sobą Heart, ale Booker Clark się postawił. Rozpoczynająca kadencję kongresmenka nie mogła pod żadnym pozorem być poddana groźbom fizycznym, nawet jeśli nie miałyby nigdy zostać spełnione.

Z sąsiedniego pokoju dobiegł ich krzyk kobiety. Była to pracownica EXPLCO odgrywająca przedstawienie teatralne – krzyk nieznanej kobiety za ścianą zawsze budził w przesłuchiwanym coś w rodzaju pierwotnego lęku. GT i Perry byli tego świadomi.

– Kto się z wami kontaktował? – syknął GT do Hynesa. – Gdzie jest bomba?

– Czy to Sarah tak krzyczy? – zapytał Hynes, pokazując głową sąsiedni pokój.

– Jaka Sarah? Kim jest Sarah?

– Sarah Ash – powiedział Hynes. – Asystentka Gwen. Pięćdziesięcioletnia blondynka.

Jak zwykle Hynes robił wszystko, żeby zadowolić swoich prześladowców, a kiedy to nie przynosiło spodziewanego skutku, wpadł w desperację i zaczął mówić bez związku:

– Poznaliśmy się... na konwencji krajowej cztery lata temu. W ciągu ostatnich lat strasznie przytyła. Cicha, bardzo staranna. Była chora, w ubiegłym tygodniu przeszła operację.

GT spojrzał pytająco na Perry'ego, który wzruszył ramionami.

– Nie mamy tu żadnej Sarah Ash.

Brakujący element.

GT zamknął oczy i pokręcił głową. Ileż razy w życiu doświadczył tego uczucia – na przemian mrożącego krew w żyłach szoku i bezpiecznej pewności. Oczywiście podczas każdej operacji pojawiały się ślepe uliczki, ale tutaj było inaczej. Ta uliczka okazała się rozwiązaniem.

Wyskoczył z pokoju i wbiegł po schodach. Dopiero na ulicy, w deszczu, wyciągnął telefon.

*

W autobusie EXPLCO, który właśnie dojechał na tyły hali sportowej na północ od hotelu Capitol Skyline, Lea zwróciła się do Hazlita z prośbą:

– Czy możesz mi podać listę gości?

Po piętnastu minutach pełnej rezygnacji wróciła jej energia. Hazlit wyciągnął wydruk. Leya odczytywała na głos pozycje dotyczące Gwen Heart:

– Nowo wybrana reprezentantka z Pensylvanii, wizyta przygotowująca przed ceremonią w styczniu, czwartego.

Podniosła kartkę, jakby to był wygrany los na loterii.

– Niech to szlag, myślałam, że czwórka oznacza datę – powiedziała z egzaltacją. – A jeśli chodziło o liczbę osób? Cztery osoby! Mamy tylko troje. Heart, Grebera i Hynesa. Przyprowadźcie jeszcze raz Heart, musimy ją spytać!

W tej samej sekundzie zadzwonił GT.

– Chyba wiem, kto ma bombę – wydyszał do słuchawki. – Sarah Ash, asystentka Gwen Heart. Przyjechała z Heart i pozostałymi i była z nimi w Kongresie. A potem gdzieś zniknęła. Hynes mówi, że poszła do toalety kilka minut przed zatrzymaniem grupy przez FBI. Mówi też, że kobieta jest chora, była operowana.

Sarah Ash... Leya nie pamiętała głosu Ludwiga, ale pamiętała swoje notatki ze spotkania w kasynie. Dwie zaufane osoby – Sarah i Greg.

Pierwszy w najbliższym kręgu Klace'a był Greg Wesley, którego zwłoki z poderżniętym gardłem właśnie płonęły w chłod-

340

ni w schronie. Drugą była Sarah Ash. A ta znajdowała się nadal w Izbie Reprezentantów.

– To dlatego Klace wydrukował wynik wyborów – powiedziała z przejęciem do telefonu. – Zamordował Warsinsky'ego, upozorował samobójstwo, żeby obrzucić błotem Rona Harrimana. Klace miał w nosie Gwen Heart, chodziło tylko o zainstalowaną w jej sztabie wyborczym współpracowniczkę, Sarah Ash. Kiedy już było wiadomo, że Heart wygra wybory, Klace przemycił do kraju al--Awariego, żeby skonstruował bombę. Klace cały czas wiedział, że jeśli Heart wygra wybory, to Ash jako jej asystentka będzie miała dostęp do Kongresu.

– Ale przecież ochrona powinna była odkryć bombę podczas kontroli bezpieczeństwa?

W tym momencie Leya rozwiązała zagadkę.

– Dobry Boże – powiedziała wpatrzona przed siebie z na wpół otwartymi ustami. – Nie, nie, nie!

Boyd widział to na własne oczy w schronie w Pensylwanii. Ktoś odkroił spory kawałek czyjegoś brzucha.

– No co? – spytał GT.

– Al-Awari jest nie tylko konstruktorem bomb. Jest przecież lekarzem!

– Co ty mówisz... Nie, to niemożliwe.

– Nie? Przecież nic nie wiemy o nowych technologiach stosowanych przez Al-Ka'idę.

To była prawda. GT odchrząknął i powiedział:

– Ludzka bomba?

– Tak, ludzka bomba – powtórzyła za nim Leya.

– Już gorzej być nie może.

Leya mruczała coś pod nosem. Rozłączyła się i powiedziała do Bookera Clarka:

– Bombą, której szukamy, jest człowiek.

hotel capitol skyline
waszyngton, dc/usa
śr 7 listopada 2012 roku
[13:55/est]

– Jesteśmy dokładnie w tym miejscu, do którego doprowadziła nas historia – powiedział Melvin Klace. Ubrany w spodnie od garnituru i antracytową kamizelkę, białą koszulę i ciemnoczerwony krawat stał przed swoimi współpracownikami. Szeroko otwarte szare oczy błyszczały jak u szaleńca, jakby całkowicie stracił już poczucie rzeczywistości i tańczył na linie nad otchłanią psychozy.

– Teraz, kiedy już nie ma odwrotu, zamierzam odpowiedzieć na wszystkie wasze pytania – stwierdził, podwijając rękawy koszuli. – Wkrótce zdetonuję bombę, która znajduje się w Izbie Reprezentantów. Bomba jest już na miejscu. Wniosła ją w swoim ciele nasza siostra Sarah. To ogromne poświęcenie z jej strony. Zrobiła to dla naszej walki i mam nadzieję, że wy też jesteście gotowi do takich czynów. Każdy z was.

Wniosła w swoim ciele...? Ludwig odkrył teraz straszliwą prawdę. Ludzka bomba. Czytał o nich wielokrotnie. Scenariusz nowego piekła dla firm ochroniarskich i towarzystw lotniczych, dużo gorszy od zagrożenia płynną bombą. Umieszczona w warstwach tłuszczu bardzo otyłej osoby – żeby zmieścić tam odpowiednio duży ładunek, należało zrobić miejsce, usuwając tłuszcz zamiast jakiegoś organu – ludzka bomba, mimo że miała wagę sporej cegły, była nie do wykrycia przez detektory metali. Stałe części bomby składały się głównie z plastiku, a jeśli pojawił się sygnał spowodowany przez miedziane przewody i elektronikę potrzebną do detonacji, to funkcjonariusze mogli tylko wziąć delikwenta na kontrolę osobistą, która oczywiście nic nie wykazywała. Nawet pojawiające się już w różnych miejscach skanery całego ciała nie wystarczą, jeśli technika zostanie udoskonalona, a osoba przenosząca bombę będzie wystarczająco rozrośnięta. Układanka się ułożyła. Obrzucanie błotem Harrimana, Gwen Heart jako nieświadome niczego narzędzie, użyteczny idiota z przepustką do najważniejszego budynku świata.

Klace spoglądał na nich po kolei. Wszyscy przytaknęli. Ludwig zobaczył, że Lars cały czas jest blisko załamania; obgryzał paznokcie i ciągle posapywał, jakby zaczynała go trawić choroba.

– Ta technologia jest stosunkowo nowa – stwierdził Klace. Odsunął długie siwe włosy do tyłu, złożył dłonie jak do modlitwy i oparł na nich brodę. – Nasi antysyjonistyczni bracia na Półwyspie Arabskim pracowali nad tą tajemniczą bronią od kilku lat, ale jeszcze nie zdetonowali żadnego ładunku. Mają świadomość, że z chwilą eksplozji pierwszej ludzkiej bomby wszystkie lotniska i inne cele na całym świecie będą musiały zainstalować nowe skanery ciała, z aparaturą rentgenowską o dużo większej czułości. Dlatego Arabowie nie chcą wykorzystywać swojego wynalazku, zanim nie będą pewni, że ich trud przyniesie właściwe efekty. Kiedy nawiązałem z nimi kontakt, byli… jak by to powiedzieć… dość sceptycznie nastawieni do tej współpracy. Ale zaoferowałem im coś, czego nie mają: najbardziej pożądany na świecie cel ataku na wyciągnięcie ręki.

Ludwig przełknął ślinę. Zarówno saudyjskie, jak i izraelskie służby bezpieczeństwa napotykały wcześniej ludzkie bomby, ale były to tylko prototypy, Al-Ka'ida próbowała na przykład zamordować szefa saudyjskiej tajnej policji, ale zamachowiec samobójca, który miał bombę w jelicie grubym, wysadził tylko samego siebie. Wyglądało na to, że terrorystom trudno jest stworzyć niezawodny mechanizm detonacyjny, nie mówiąc o elektronice, którą dałoby się sterować przez radio albo telefon komórkowy. Im skuteczniej udawało się zainstalować ładunek w ciele, żeby uniknąć wykrycia przez urządzenia elektroniczne, tym trudniej było dotrzeć do niego sygnałom elektronicznym. Ale w ostatnich latach technologia szybkiego, bezpiecznego przesyłu sygnału bardzo się rozwinęła.

Jeśli terrorystom udałoby się rozwiązać ten ostatni problem, świat stanąłby w obliczu fali terroru o niespotykanej skali. Klace miał wprawdzie rację, jeśli chodzi o możliwość zainstalowania nowych urządzeń rentgenowskich na lotniskach i w innych miejscach, ale byłoby to niezwykle drogie i przede wszystkich bardzo czasochłonne.

– Ale... jak dużą szkodę można wyrządzić taką bombą? – spytał Ludwig.

Pytanie było uzasadnione. Ładunek nie mógł okazać się silniejszy niż zwykła bomba samochodowa, czyli promień wybuchu nie przekraczał dwudziestu pięciu, trzydziestu metrów. Zdolny konstruktor bomb wiedział, jak umieścić ładunki w ciasnym naczyniu, żeby uzyskać maksymalny efekt, ale była pewna granica i większej siły rażenia nie dało się już uzyskać. Może celem nie była cała Izba Reprezentantów, tylko jakiś konkretny człowiek? Przewodniczący? Może spodziewają się wizyty prezydenta?

– Aha, zakres szkody – odpowiedział wolno Klace. – To oczywiście zależy od rodzaju bomby.

Ludwig zesztywniał.

– A jaki rodzaj bomby mamy?

Klace się uśmiechnął.

– Zacznijmy od początku. Kiedy policja zatrzymuje przemytników z grupą Meksykanów, samochód jest konfiskowany. Dochodzi do tego codziennie. Znajomi Lynna z Arizony wpadli na pomysł, jak z tego skorzystać. Płaci się bandzie Meksykanów za to, że trafią do paki.

– Co to ma wspólnego z bombą? – przerwał mu Ludwig.

Klace kontynuował, jakby nie usłyszał pytania:

– Kierowca wiezie samochód w miejsce, gdzie może być pewien łapanki. Parkuje i ucieka, Meksykanie siedzą w środku i czekają. Pojawia się amerykańska policja i ich aresztuje. Pojazd nie jest przeszukiwany zbyt dokładnie, bo policja ma już zakazany ładunek, czyli Meksykanów. W rzeczywistości chodziło jednak o całkiem inny rodzaj przemytu. Czasami jest to kokaina, czasami broń. Albo, jak w naszym przypadku, radioaktywny izotop Kobalt-60.

Serce Ludwiga biło trzy razy szybciej.

Popatrzył na pozostałych. Chyba nie zrozumieli ostatnich słów Klace'a.

Wziął głęboki wdech i zdjął koszulę. Czarny podkoszulek

przykleił mu się do pleców. Kobalt-60! Jego puls szalał, jakby to on miał w ciele bombę.

– Meksykanie – podsumował Klace – są odsyłani z powrotem do kraju ojców. A furgonetka? Wystarczy kilka dni później pójść na policyjną aukcję i ją kupić. I wypakować ładunek.

– A skąd się wziął ten materiał radioaktywny? – spytał jak w transie Ludwig. – Z reaktorów atomowych?

– Nie, sprawa jest dużo prostsza. Kartele kradną go z oddziałów radioterapii w szpitalach.

Ludwig starał się, żeby jego głos brzmiał jak najspokojniej.

– Kobalt-60. Czyli zbudowałeś brudną bombę.

– Tak – odpowiedział Klace. – Nasi wrogowie zawrą dziś znajomość z bardzo, ale to bardzo brudną bombą. Nadszedł dzień, w którym rozpętamy piekło na ziemi, żeby spalić w nim zdrajców rasy.

Ludwig pocił się coraz bardziej. Brudna bomba – zwana również bombą atomową dla ubogich – nie wymagała użycia wirówek wzbogacających ani współpracy fizyków jądrowych. W technicznym tego słowa znaczeniu ta bomba nie była nawet ładunkiem atomowym, tylko konwencjonalnym ładunkiem wybuchowym zatopionym w najbardziej trujących substancjach istniejących na naszej planecie. Wybuch doprowadziłby do rozprzestrzenienia się tego śmiercionośnego materiału na wielkiej przestrzeni w ciągu jednej nanosekundy. W sali, którą Ludwig cały czas mógł obserwować na ekranie telewizora, w Izbie Reprezentantów, gdzie już niedługo będzie kilkaset osób...

Wszyscy zostaną napromieniowani, pomyślał. *Umrą w ciągu kilku godzin.*

– Jesteś geniuszem, Melvinie – powiedziała zachwycona Jen. – Jedynym takim człowiekiem na świecie.

Lars odwrócił się powoli, spoglądając przy tym na siostrę z wyraźnym wstrętem.

Klace się uśmiechnął.

– Jeśli to się uda, przejdziemy do historii. Nasz ruch obudzi się, kiedy wieczorem zostanie nadany mój manifest. Poinformowałem przywódców poszczególnych grup w kraju, że zbliża się wojna, a dzisiaj dostaną sygnał, żeby rozpocząć powstanie. To będzie dokładnie jak jedenasty września dla dżihadystów czy zbombardowanie kwatery głównej ONZ w Belgradzie w dwa tysiące trzecim roku dla buntu w Iraku. Wielki czyn wlewa odwagę w serca zwykłych żołnierzy. Później pojawią się mniejsze ataki, setki zamachów na sądy, urzędy stanowe, instytucje federalne w całym kraju. Czy ich lubimy, czy nie, to jednak Al-Ka'ida pokazała, że można. Można wykończyć nawet takiego pozornie niezwyciężonego przeciwnika. Jesteśmy siłą, która wywoła lawinę i doprowadzi do ostatecznej bitwy, jak mówi Biblia. Dlatego, Jen, jesteśmy jedynymi takimi ludźmi na świecie.

Phil wstał, podszedł do Klace'a i podał mu rękę.

– To zaszczyt móc uczestniczyć w tej walce. – Jego głos drżał z szacunku albo ze strachu, albo z obu tych powodów. – A co my będziemy robić po wybuchu tej bomby? Co z nami?

– Po wybuchu bomby i nagraniu manifestu pojedziemy na południe – oświadczył Klace. – Rozdzielimy się za miastem i zobaczymy ponownie za tydzień w Teksasie. Zbudujemy nową bazę i stamtąd będziemy prowadzić walkę. Ziemia jest kupiona, wszystko przygotowane.

Mowa-trawa, pomyślał Ludwig. Gdy tylko władze ustalą, kto stoi za tym atakiem, zacznie się polowanie, członkowie grupy będą ścigani jak zwierzęta po całym kraju i starci z powierzchni ziemi, z użyciem wszelkich sił, helikopterów bojowych i czego tam jeszcze. Klace musiał o tym wiedzieć. Dla niego, tak jak dla Sarah Ash, musiał to być czyn samobójczy. Przywódca nie przejmował się pozostałymi członkami grupy.

Nie ma żadnej ziemi kupionej w Teksasie. Klace powiedział to, żeby myśleli, że ma jakiś plan, jakieś wyjście, jakąś przyszłość. Bał się, że nie będą gotowi poświęcić życia. Im więcej Ludwig o tym myślał, tym bardziej zdawał sobie sprawę, że ten szaleniec nie ufał też Sarah Ash. Najprawdopodobniej to nie ona, tylko on zdetonuje bombę.

Klace mówił dalej o wszystkich wspaniałościach, które ich czekały. Ludwig przestał słuchać i próbował zrozumieć sytuację. Pojął teraz zasięg nadchodzącej katastrofy. Najpierw umrze tych sześćset, siedemset osób w sali plenarnej. Potem pozostali znajdujący się w budynku, bo śmiercionośny materiał rozprzestrzeni się przez instalację wentylacyjną. Stu senatorów, wszyscy pracownicy Kongresu,

czyli pracownicy sztabów, funkcjonariusze straży, ochroniarze...
i turyści. Tysiące ludzi, niezależnie od pory dnia.

Nawet jeśli bomba nie uszkodzi samego budynku, zginie około
dziesięciu tysięcy ludzi, a jeśli wybuch będzie silniejszy i spowoduje
zniszczenie choćby jednej ściany zewnętrznej, to trucizna rozejdzie
się po całej dzielnicy, ulica za ulicą.

To z kolei oznaczało, że życie Ludwiga było jeszcze mniej ważne
niż zwykle. No bo co, jeśli władze postanowią zetrzeć w proch cały
dach hotelu, żeby zminimalizować ryzyko? Może już nadlatywało
kilka F-16 uzbrojonych w roboty Hellfire. Przypominało to sytuację, w której zapadała decyzja o konieczności zestrzelenia upro-
wadzonego samolotu pasażerskiego nadlatującego nad jakiś ważny
ze strategicznego punktu widzenia cel. Trzeba było poświęcić życie
mniejszej liczby osób, żeby uratować więcej ludzi. Po jedenastym
września wszyscy stali się utylitarystami.

Innymi słowy, Ludwig musiał uratować nie tylko te dziesięć
tysięcy niewinnych ofiar, musiał uratować też siebie. Z każdą mijającą minutą wartość jego życia spadała.

– A teraz – stwierdził Klac   ̄as nagrać mój manifest. Albo
mój testament dla pełnych wdzięczności następnych generacji, gdybym dzisiaj zginął.

Usiadł w fotelu. Phil stanął za kamerą. Klace przygotowywał
swoje przemówienie, testował mikrofon. Ludwig nie słyszał słów.
Rozumiał teraz tylko trzy rzeczy.

Po pierwsze, komórka w ręce Klace'a. Nie był to zwykły model,
tylko ostatni model   ̇kluzywnego telefonu satelitarnego. Klace
trzymał go tak, jak pistolet z ostrymi nabojami. To musi być detonator. A ponieważ komunikował się bezpośrednio z siecią satelitar-
ną gdzieś tam w kosmosie, bez konieczności korzystania z naziem-
nych masztów telefonii komórkowej, to na nic by się zdało, gdyby
GT i sztab operacji wyłączyli pobliskie maszty.

Po drugie, galeria w sali plenarnej Kongresu, którą widział teraz
na ekranie telewizora. Tuż ponad podium zauważył tłustą blondynkę
o twarzy w odcieniach zieleni. Trzęsła się jak w gorączce. Sarah Ash.

A po trzecie, biały błysk w oknie... Szkło lornetki albo celownika optycznego gdzieś dalej.

Czyli snajperzy byli na miejscu. Co dawało pewną nadzieję. Ludwig się podniósł. Przeszedł przez sypialnię do łazienki. W lustrze zobaczył obraz ludzkiego wraku, ale i inną, dużo ważniejszą rzecz: mimo wszystko był trzeźwy, skupiony. Zdolny do działania. To będzie potrzebne.

Myśl, myśl, myśl...

Przy umywalce zobaczył przedmiot przypominający miniaturowy pocisk długoterminowy – ciemnoczerwoną pomadkę Jen. Ludwig wpatrywał się w nią z uwagą. Wreszcie pojawił się pomysł.

Podwinął podkoszulek, przytrzymał go brodą, zdjął pokrywkę i wysunął pomadkę. Zaczął pisać wiadomość na klatce piersiowej i brzuchu.

*

Jack Butler z Teamu Leopard nie mógł uwierzyć własnym oczom. Idiota obsługujący kamerę w apartamencie na dachu cały czas przecierał zaparowaną szybę, jakby bardzo mu zależało na tym, żeby snajperzy mieli idealną widoczność. Teraz jednak Butler zobaczył jeszcze inną rzecz: blondyn, który był sam w sypialni, podszedł do okna i podniósł podkoszulek. Na ciele miał narysowany czerwony symbol. Dopisał tam teraz jeszcze kilka zaszyfrowanych słów.

Snajper odchrząknął i powiedział do mikrofonu:

– Panno Durani...

– Tak? – odpowiedziała natychmiast Leya.

– Wydaje się, że Licht chce nam coś przekazać. Narysował znak na piersi.

– Jaki znak?

– Jakby... śmigło z trzema łopatkami wirnika?

– Co?

– A teraz szczypie się w bok. Wielokrotnie.

– Symbol, trzeba odczytać symbol!

– No więc, na środku jest wielka kropka, a potem trzy...

– O nie! Cholera! Butler, czy to symbol promieniowania radioaktywnego?

– Chwilę, trudno ocenić w tym deszczu.

Skorygował ostrość celownika.

– Butler! – krzyknęła Leya przez radio.

Teraz obraz był wyraźniejszy.

– Tak, panno Durani. Ma pani rację, to ten symbol. Przepraszam, powinienem był go rozpoznać.

– Czyli próbuje nam powiedzieć – mruczała przejęta Leya – że ludzka bomba znajdująca się w Kongresie jest brudną bombą.

– Dobry Boże – powiedział Butler.

W tym momencie nie był pewien, czy uda mu się opanować drżenie rąk, gdyby przyszedł rozkaz rozpoczęcia ognia. Potrzebował trochę czasu, żeby się z tym oswoić.

– Szybciej – odezwała się ponownie Leya. – Co tam jeszcze widać?

Butler się skoncentrował.

– Mogę odczytać następujące słowa: „Sarah. Obejrzyj C-SPAN. Klace trzyma deton".

*

– Włącz C-SPAN! – krzyknęła Leya do Hazlita, który zalogował się na stronie internetowej kanału telewizyjnego.

Była to relacja na żywo z obrad Kongresu. Zobaczyli pełną salę ludzi. Wszyscy czekali na rozpoczęcie debaty, kamera co chwilę pokazywała obraz galerii dla publiczności tuż nad podium.

– Gdzie ona jest? – pytanie skierowała do Gwen Heart. – Widzi ją pani?

– Tam – szepnęła Heart, pokazując na swoją asystentkę, która siedziała za podium z twarzą bladą jak ściana i dłońmi zaciśniętymi do modlitwy. – O Boże, widać, że jest bardzo chora.

– Dała sobie operacyjnie zaszyć w boku brudną bombę! – powiedziała Leya lodowatym tonem. – Czy pani to rozumie? Pani przyjaciółka jest chodzącą maszynką do zabijania.

– Ale nie możecie mnie o to oskarżać! Ja nigdy… – Ostatnie słowa powiedziała tak cicho, że nikt ich nie usłyszał. Heart było po prostu wstyd, to rzucało się w oczy. Patrzyła w podłogę, jakby nie śmiała już na nikogo spojrzeć. Skurczyła się, przestała być tą ele-

350

gancką damą, co kilka godzin wcześniej. Jedno było jasne: nigdy więcej nie będzie chciała wchodzić w rolę lidera. Miała dość.

Leya odsunęła swoje błyszczące czarne włosy na bok i trzymała dłonie na spoconym karku. Łokcie wystawione na boki, jak dwa działka przeciwarmatnie. Powietrze w ciasnym autobusie było suche, zbyt gęste, żeby je swobodnie wdychać. Nie wiedziała, która z tysiąca ważnych spraw spoczywających na jej barkach była najważniejsza. Ale musiała jedną z nich wybrać; musiała przejść na następny poziom. To zupełnie inne zadanie niż sporządzanie raportów badawczych na temat programu ochrony świadków, co miało zachęcać do zdrady członków mniejszych grup przestępczych. Tutaj trwała prawdziwa wojna.

Booker Clark, który też słyszał rozmowę przez radio z Butlerem i zdążył tymczasem wydać kilka rozkazów, powiedział:

– Odział specjalny jest już w Kongresie, a grupa HAZMAT podstawiła samochód do przewozu bomb. Dam im rozkaz wyprowadzenia jej stamtąd.

– Jeszcze nie – powiedziała Leya. – Klace ma telewizor i obserwuje relację z Kongresu. Zdetonuje bombę, gdy tylko zaatakujemy Ash.

– To może najpierw go zastrzelimy?

Leya zaczęła chodzić w kółko po ciasnym autobusie.

– A jeśli Sarah też może ją zdetonować i dostała rozkaz, że musi to zrobić do którejś godziny? A jeśli bomba ma backup w postaci automatycznie ustawionego zegara? Albo bomba wybuchnie, jeśli Klace nie wyśle jakiegoś sygnału za pomocą detonatora? Za mało wiemy. Musimy zrobić to po kolei.

– Niech to szlag – powiedział Clark, masując się po siwiejących skroniach. – Głowa boli mnie tak, jakby...

– Poczekaj chwilę – przerwała mu Leya. – Mam pewien pomysł. Hazlit, połącz mnie z telefonem w apartamencie.

*

Ludwig nadal stał samotnie w pokoju, z opuszczonym już podkoszulkiem, gdy zadzwonił telefon. Rzucił się do szafki nocnej i podniósł słuchawkę.

– Tu *room service* – usłyszał głos Lei.

– Jak miło – odpowiedział Ludwig.

– Zamierzamy usunąć Sarah Ash z sali plenarnej. Musisz wyłączyć telewizor w salonie, żeby Klace tego nie zobaczył. Wsadzimy ją do samochodu do przewozu bomb, a wtedy może sobie detonować to gówno. Zrozumiano?

– Wydaje mi się, że wszystko mamy – powiedział Ludwig i odłożył słuchawkę.

Do sypialni wpadł Andy.

– Kto to, do cholery, był?

– *Room service* – odpowiedział Ludwig. – W cenie jest popołudniowa herbatka. Ale powiedziałem, że nie chcemy. Źle powiedziałem?

– Nie – odparł zaskoczony Andy i poszedł do salonu.

Ludwig poszedł za nim. Telewizor był zamontowany po lewej stronie, na ściance działowej oddzielającej pomieszczenie od sypialni, z której właśnie wyszedł. Klace mógł z fotela obserwować ekran. Jeszcze nie zaczęli nagrywać przemowy.

Pomysł Ludwiga nie był może światowej klasy, ale należało działać natychmiast. Skupił się, oblizał wargi i ruszył do dzieła.

Najpierw wydał okrzyk i chwycił się za udo, jakby ktoś pchnął go nożem, potem udał, że się potyka, i runął w stronę telewizora. Wpadł całym ciężarem na ekran, który wysunął się z mocowania, zjechał w bok, zatrzymał się, a potem zsunął. Znieruchomiał, odwrócony bokiem dziesięć centymetrów od podłogi. Ale wszystkie kable nadal siedziały na szynach w ścianie i przytrzymywały aparat. Ekran był cały, ciągle też rozlegał się głos: „...będzie niezależnie od okoliczności mniej więcej równy podział głosów, choć prezydentowi powinno się chyba udać i dzięki głosom bardziej liberalnych republikanów, których ostatnio przekonał, nowe prawo powinno zostać uchwalone. Teraz głos zabiera jeden z nich, przewodniczący Komisji do Spraw Szkolnictwa, człowiek, który na początku tego tygodnia...".

– Co, do cholery! – krzyknął Klace. Podskoczył z fotela. – Co ty wyprawiasz?

Ludwig jęczał.

– Mam kłopoty z kolanem – powiedział, siedząc w kucki. Zaczął masować jedno kolano. – Zdarza mi się kilka razy w roku.

Spojrzał jednym okiem na ekran. Ani jednej rysy.

Klace patrzył na Ludwiga podejrzliwie. Lynn podniósł się z kanapy.

– Poczekaj, zaraz to naprawię – powiedział Ludwig, podnosząc się. Chwycił ekran, wyprostował go i podniósł na poprzednią wysokość. Siłowo przycisnął aparat do mocowań. – Zaraz, zaraz – powiedział, naciskając z taką siłą po obu stronach, że na wyświetlaczu LED pojawiło się pęknięcie. Ekran pokrywała pajęczyna pęknięć, ale nic to nie dawało. Obraz był nieco zniekształcony, ale nadal widoczny. Ludwig głośno zaklął.

– Szlag by to, nic niewarte koreańskie gówno!

Cały czas intensywnie myślał. Zrobił krok do tyłu, patrzył na telewizor. Nadal wisiał krzywo. Zostało mu tylko jedno wyjście. Szybko doszedł do aparatu, włożył rękę pod spód, znalazł przewód antenowy i wyłamał go.

– No nie, a to co znowu! – wybuchnął.

Phil, który trzymał w ręku pilota, próbował zmienić kanał. Zero reakcji. Ekran był czarny, widać było tylko napis: BRAK SYGNAŁU/BRAK KODU.

– Coś musiało się zepsuć – stwierdził idiotycznie Ludwig. – Bardzo mi przykro, to było niezamierzone.

Rozglądał się po pokoju. Jedyną osobą, która na niego nie patrzyła, był Melvin Klace. Siedział z telefonem w ręce i patrzył na staroświecką klawiaturę, jakby to była brama do nieba. Ludwig zastanawiał się, czy przywódca go przejrzał – trudno wyczuć.

Pokój był pełen broni. Przez krótką chwilę miał pomysł, żeby chwycić karabin i zacząć strzelać. Ale to by było szaleństwo. A Klace i tak zdążyłby zdetonować bombę.

Musi zyskać na czasie. Przynajmniej kilka minut. Leya powiedziała, że wsadzą Sarah do samochodu do przewozu bomb. Od chwili zepsucia telewizora potrzebował przynajmniej pięciu minut. W tym czasie Klace nie mógł zdetonować ładunku. To było najważniejsze.

Nie może nacisnąć detonatora.

– Melvinie – powiedział Ludwig.

Wreszcie Klace podniósł wzrok. Zaczynał się domyślać, że Ludwig nie był tym, za kogo się podawał. Ale nie rozumiał jeszcze, że nowy brat go zdradził. Z każdej zmarszczki na jego czole wyzierały nieufność i zmieszanie.

Niedługo to do niego dotrze, pomyślał Ludwig. *Muszę zachować inicjatywę, nie pozwolić Klace'owi wyprzedzić rzeczywistości.*

Jest przekonany, że Bóg jest po jego stronie, a wszystko, co się zdarzy, jest mu przeznaczone. Musisz to wykorzystać. Bądź wielki i profetyczny.

Ludwig wziął głęboki wdech i wyszedł na środek pokoju. Tam rozłożył ręce i ogłosił:

– Pan chce, żebym złożył świadectwo, Melvinie.

– Kim jesteś? – syknął Klace.

– Chciałbym opowiedzieć pewną historię. Nie jestem pewien, czy będzie ci się podobała, ale chodzi o świadectwo wszechmocy Boga.

Lynn podniósł się z kanapy i warknął głośno:

– Co ty wyprawiasz, do cholery?

– Zaczekaj – powiedział Klace i machnął ręką. – Pozwól mu mówić.

– To ważne – powiedział Ludwig spokojnie, nie patrząc na Lynna. Olbrzym usiadł.

W zielonych oczach siedzącego na kanapie Larsa Gerdsena pojawiła się nadzieja. Patrzył na Ludwiga, jakby zobaczył jasnowłosego Jezusa w zapoconym czarnym podkoszulku i workowatych dżinsach.

Ludwig znalazł stały punkt w swoim życiu, epizod, któremu w normalnych przypadkach poświęcał jak najmniej myśli.

Mów prawdę. Do ostatniej sylaby.

– W pewien gorący październikowy dzień – zaczął – siedziałem w domu i czekałem na ojca, który miał wrócić z pracy w archiwum radiowym. Były moje urodziny, chyba trzynaste. Poprosiłem o płytę w prezencie. *Aftermath* Rolling Stones. Ta muzyka była oczywiście zabroniona, ale ojciec miał w radiu dostęp do wszystkiego. Kiedy przyszedł do domu, faktycznie przyniósł płytę... Hm, już sam fakt, że pamiętał o moich urodzinach, był świętem, ale na dodatek miał dla mnie płytę. Myślałem, że zemdleję z radości. Po raz pierwszy poczułem, że... Uznał, że istnieję. Matka musiała mu chyba przypomnieć, sam nie wiem.

Snuł opowieść tonem tak emocjonalnym, jak tylko potrafił. Najważniejszą sprawą na świecie był teraz czas, zdobycie każdej kolejnej minuty.

– A więc o wpół do szóstej wieczorem – kontynuował – miałem w ręku *Aftermath* Rolling Stones, amerykańską wersję z *Paint it Black*. Ojciec mi ją wręczył jak list odpustowy w kościele. Bez papieru ozdobnego czy torebki, po prostu sama płyta w obwolucie. Pobiegłem z nią do dużego pokoju, otworzyłem szafę, w której stał gramofon. Podkręciłem wzmacniacz. Wyjąłem płytę z obwoluty i położyłem na talerzu. Podniosłem ramię, płyta zaczęła się obracać. Zrobił długą przerwę, chciał zyskać kilka dodatkowych sekund. Klace siedział jak zamurowany, nie wiedząc, dokąd to wszystko zmierza. Phil dalej wycierał parę z szyby, jakby to było ostatnie zadanie w jego życiu, co przypuszczalnie było nawet prawdą.

– Opuściłem igłę – mówił coraz ciszej Ludwig, bo był gorącym zwolennikiem teorii, że ciekawość słuchaczy wzrastała, gdy mówiło się szeptem. – Ale zanim zdążyła zbliżyć się do winylu, talerz stanął. Kiedy spojrzałem w górę, zobaczyłem, że ojciec wyciągnął wtyczkę z kontaktu. Zacząłem krzyczeć, a przynajmniej tak mi się wydaje, nie bardzo pamiętam. W jakiś sposób wyrażałem niezadowolenie. Ojciec był spokojny jak głaz. Ukucnął przede mną i powiedział: „Ludwigu, tak wygląda nasze życie. Wiemy, co moglibyśmy mieć, ale nigdy tego nie dostaniemy. Uważamy, że mamy do tego prawo, ale nic to nie da. Ktoś inny decyduje o tym, czy to coś da, czy nie. Zapamiętaj to na całe życie". I po tych niewątpliwie prawdziwych słowach usiadł i zapalił fajkę, a po chwili spłukał dym pierwszym tego wieczoru sznapsem.

Klace patrzył na Ludwiga z czystą, przesiąkniętą nienawiścią konsternacją. Ale nic nie powiedział. Ludwig kontynuował:

– Nauczyłem się wtedy trzech rzeczy. Po pierwsze, zawsze jest ktoś, kto decyduje. Po drugie, ktoś, kto żyje w tyranii, zawsze znajdzie sobie mniejszego biedaka, którego może uciskać, tylko w ten sposób mogąc wytrzymać swój los. Po trzecie, niezależnie od tego, jak wielki i silny jest ciemiężyciel, zawsze znajdzie się ktoś, kto jest jeszcze większy i silniejszy. I każda taka osoba miała numer telefonu, pod który można było zadzwonić. W mojej starej ojczyźnie wszyscy znali ten numer na pamięć. Następnego dnia po moich trzynastych urodzinach wykręciłem ten numer.

Oczy Klace'a się zwęziły.

Ludwig dodał:

– Trzymali ojca w areszcie w Hohenschönhausen przez trzy tygodnie. Gdy wrócił do domu, był wrakiem człowieka. Aż trudno w to uwierzyć. Rosjanie trzymali go na Syberii przez dziesięć lat i może nie dał sobie rady w stu procentach... ale jakoś jednak z tego wyszedł. Stasi wystarczyły tylko trzy tygodnie. Odkąd wrócił do domu, już nigdy mnie nie uderzył. Z tego, co wiem, nie podniósł już też nigdy ręki na matkę. To była pierwsza namacalna korzyść. Druga polegała na tym, że kiedy jakiś czas później dostałem się do służb bezpieczeństwa, od pierwszego dnia należałem do grona zaufanych.

Siedząca na kanapie Jen straciła opanowanie.

– Co ty gadasz? Co się z tobą dzieje?

– Mówię o wszechmocy, Jen. Trzeba się nauczyć z niej korzystać. Trzeba współpracować z tym, kto obecnie ma władzę. I trzeba umieć zobaczyć w ludziach ciemiężycieli, jakimi mogliby się stać, gdyby tylko mieli szansę. A kiedy patrzę na was, wybieram wszystko inne.

– A Bóg? – spytał Klace. – Powiedziałeś, że będziesz mówić o Bogu.

Ludwig spojrzał na niego krzywo.

– Opowiem ci o Bogu: Boga tam nie było. Tutaj też go nie ma.

W dusznym pokoju słychać było uderzenia deszczu o szyby.

– Zdradziłeś własnego ojca. – Klace nie potrafił ukryć wstrętu. – Zdradziłeś Grega. I zdradziłeś nas wszystkich.

– Mówiłem, że ta historia ci się nie spodoba.

– Są tam? – Klace machnął głową w stronę szyby za plecami.

– Tak. Proponuję, żebyś odłożył detonator. W przeciwnym razie rozwalą ci łeb.

Sytuacja Ludwiga była okropna. Chciał, żeby Klace puścił detonator – inaczej snajperzy zaczną strzelać i rozstrzelają wszystko, co się rusza, nie przejmując się niemieckim agentem na zlecenie. W ich kalkulacjach Ludwig był oczywiście mało znaczącą stratą w porównaniu z całym składem Kongresu. Jednocześnie bardzo nie chciał, żeby Klace skapitulował; najlepiej, żeby znalazł się pretekst, by zgładzić całą tę grupę najszybciej, jak się da. Znali jego rodzinę w Europie. Dopóki żył ktokolwiek z nich, Ludwig nie zazna spokoju.

Penthouse na dachu znajdował się teraz jakby we własnym wszechświecie. Siła ciążenia działała mocniej, sekundy płynęły bardzo nieregularnie. Krew gęstniała.

Nagle Lars Gerdsen wstał z kanapy. Ruszył wolno w stronę Klace'a, przygważdżając go wzrokiem.

– Wybraliśmy złą drogę, Melvinie. Mówiłeś, że w tym ruchu chodzi o miłość. Miłość do Boga i nas samych. O dumę. Ale to, co robimy, nie ma nic wspólnego z miłością i dumą. To czysta nienawiść. I morderstwo.

– Siad – powiedział do niego Klace jak do psa. Ale nie spuszczał z oczu Ludwiga.

Lars nie posłuchał komendy. Był trzy kroki od mężczyzny, który jakiś czas temu go zbawił.

– Nie pozwolę ci tego zrobić – powiedział z taką pewnością w głosie, że aż zadziwił Ludwiga. Tak już na zawsze zapamięta Amerykanina: jako kogoś, kto w chwili próby wykaże się niespodziewaną siłą. Jako tragiczną postać, mężczyznę, który łączył w sobie wolę czynienia dobra i brak umiejętności odróżnienia dobra od zła. Dopóki nie było za późno.

– Lars! – krzyknęła Jen. – Lars, przestań!

Klace podniósł detonator, wziął głęboki wdech i powiedział, patrząc na Ludwiga.

– Pozdrowię twojego ojca, gdy spotkam się z nim w raju.

Za głową Klace'a rozległy się dwa ostre dźwięki pękającej szyby, która pokryła się pajęczynką pęknięć. Jego tułów zgiął się wpół. W ułamku sekundy jego kark przeszyły dwie kule; para snajperów trafiła w jego *medulla oblongata*, rdzeń przedłużony, w taki sposób, że zanim umarł, został całkowicie sparaliżowany. Detonator wypadł mu z ręki, a ciało momentalnie zesztywniało. Siedział pochylony do przodu, z otwartymi ustami, jakby zamarzł.

Pozostali zareagowali dokładnie tak, jak się spodziewano: w pierwszej chwili wstali z miejsc. To był odruch bezwarunkowy, nieodparta chęć ucieczki. Z wyjątkiem Ludwiga nikt nie był przeszkolony i nie wiedział, że należy rzucić się na podłogę. Słychać było trzask za trzaskiem, w powietrzu fruwały odłamki szkła. Snajperzy używali pocisków dum-dum – kule były wydłużone, gdy opuszczały lufę, ale podczas trafienia rozszerzały się od czoła, przybierając kształt grubego, ostrego, gorącego metalowego wybrzuszenia, które rozrywało tkanki ofiary i wywoływało gwałtowne krwawienie. Chodziło o to, żeby pocisk nie przeszedł na wylot i nie trafił niezamierzonego celu, na przykład Ludwiga. Działo się to błyskawicznie, jakby kompensując wcześniejsze spowolnienie akcji – małe eksplozje w tkance mięsnej powodowały wylew stokrotnie większej ilości krwi, a na podłodze leżeli już wszyscy, Jen, Phil, Andy i Lynn… jako ostatni upadł Lars, który odwrócił się i patrzył na Ludwiga, gdy wszyscy snajperzy wzięli go na cel. Ludwig widział, jak pociski rozrywały go na strzępy, od klatki piersiowej w górę, siedem, osiem strzałów, jakby snajperzy zmienili broń na ciężki karabin maszynowy.

Zapadła cisza. Przez długie sekundy Ludwig patrzył na Jen, która dostała strzał w policzek i w serce. Jej ciało leżało na zastrzelonym sekundę wcześniej zgiętym wpół Lynnie. Zazwyczaj było lepiej, Ludwig miał co do tego pewność. Aż do teraz.

Przed oczyma przeleciały mu obrazy z jej życia. Kiedyś Jen Gerdsen była zbuntowaną nastolatką na rowerze. Marzyła o tym, żeby uciec z domu, wyrwać się z tego miejsca, w którym jej energii brakowało tlenu. Chciała wykorzystać pierwszą nadarzającą się okazję. To mogła być heroina albo romans z żonatym facetem, stypendium koszykarskie albo miejsce w zespole rockowym. Ale stał się nią Melvin Hester Klace.

I tak ze wszystkim. Nawet Klace był do pewnego momentu człowiekiem, którego da się akceptować. Los nawet najgorszych ludzi przesycony jest tragizmem. W chwili słabości mieli po prostu za mało siły, by się obronić.

Ludwig wygrał chyba już wtedy, gdy przeprowadził egzekucję Grega Wesleya. Teraz zadanie dobiegło końca. Zabijanie skończone.

Przez rozbitą w pył szklaną ścianę do środka wpadały krople deszczu. Spustoszenie miało taką skalę, że cały apartament mógłby sfrunąć z dachu budynku. Wykładzina nasiąkła świeżą, ciepłą krwią, która niedługo zastygnie.

Ludwig leżał bez ruchu i po raz pierwszy od dziesięciu sekund wziął głęboki wdech. Zakręciło mu się w głowie, ale mozolnie podniósł się na kolana. Strumień światła z reflektora helikoptera wiszącego za oknem w strugach deszczu trafił go prosto w twarz. Podniósł rękę, żeby się przed nim osłonić. W tej samej chwili usłyszał wycie syren przecinające powietrze w najpotężniejszym mieście świata.

POZOSTALI PRZY ŻYCIU

```
hotel capitol skyline
waszyngton, dc/usa
śr 7 listopada 2012 roku
[14:55/est]
```

Kiedy Ludwig i kilku funkcjonariuszy oddziału specjalnego FBI wyszli z hotelowego lobby, deszcz mieszał i mącił lustro wody w basenie przed hotelem. Od zakończenia strzelaniny minęło piętnaście minut. Uzbrojeni po zęby i ubrani na czarno policjanci próbowali nawiązać z nim rozmowę, gdy przyszli po niego do apartamentu pełnego ciał, ale Ludwig uparcie milczał. Ktoś zarzucił mu koc na ramiona – jakiś młody policjant, który pewnie skończył kurs postępowania z uwolnionym zakładnikiem.

Ludwig wyprostował się, odchylił głowę i poczuł na twarzy zimne krople deszczu. Jego system nerwowy potrzebował chłodzenia.

Policjant czekał cierpliwie całą minutę. Potem objął Ludwiga ramieniem i poprowadził go wzdłuż dłuższej osi budynku. Przy samochodach na parkingu za rogiem stali Leya, GT i Booker Clark.

Ludwig sam nie wiedział, czy to, co czuje, to szok czy wyczerpanie – pewnie i jedno, i drugie – ale na pewno był otępiały, wypalony do cna. Powrót do równowagi zajmie mu kilka miesięcy. Przeżył infiltrację, w wyniku której zginęli wszyscy inni. Wyrzuty sumienia, jakkolwiek kompletnie nieuzasadnione, już zaczęły się w nim kotłować, a będzie jeszcze gorzej, zanim nie zrobi się lepiej. O ile nastąpi to kiedykolwiek.

GT chwycił go za rękę i zaczął nią potrząsać – raz za razem, jakby udało im się właśnie zrobić razem fantastyczny interes. Zapewne nawet tak było, choć Ludwig zupełnie o tym nie myślał. W małych oczach jego szefa dało się dostrzec tyle samo triumfu co ulgi.

Wiedział, że zachowa pracę. Może nawet dostanie jakąś premię na koniec roku. Im dłużej trwało to idiotyczne potrząsanie ręką, tym większe obrzydzenie czuł Ludwig.

Ten facet nie znajdował się już na wojnie, jak cała reszta. Praktycznie rzecz biorąc, był tylko jeszcze jednym wypalonym szpiegiem, który marzy o napisaniu swoich wspomnień.

Ludwig zdjął z ramion mokry koc, zwinął go i wsadził w ręce GT. Później odwrócił się do Lei, która patrzyła na niego nieufnie, jakby zobaczyła, jak wstaje z grobu.

Nie musieli podawać sobie ręki. Ludwig spojrzał na drzwi czarnego lincolna navigatora, który stał za jej plecami, a ona je otworzyła. Wsiadł na tylne siedzenie, a ona za nim. Kierowca uruchomił silnik i ruszyli.

Gdy odjeżdżali z parkingu, Ludwig widział, jak GT i Clark długo wymieniali spojrzenia. Wzruszyli ramionami i poszli każdy do swojego samochodu. Koc leżał na asfalcie.

Na przedniej szybie samochodu zbierało się tyle deszczu, że wycieraczki pracowały jak szalone. Wyjechali na autostradę. Nagle usłyszeli kolejne syreny alarmowe, nad ich głowami przeleciały dwa helikoptery, jeden za drugim.

– Czy ona nie żyje? – Były to pierwsze słowa Ludwiga po akcji.

– Tak, FBI strzeliło jej w głowę na sali plenarnej, a potem wynieśli ciało na zewnątrz. Historia rozrasta się w mediach do gigantycznych rozmiarów.

Wyciągnęła komórkę i uruchomiła aplikację jakiegoś programu informacyjnego. Lektor czytał: „...ustalono, że kobieta, którą zastrzelono wcześniej w Izbie Reprezentantów, nazywała się Sarah Ash i pochodziła z Pensylwanii. Była asystentką nowo wybranej członkini Kongresu z tego stanu, Gwen Heart, przedstawicielki Partii Republikańskiej, która odmówiła komentarza na temat tych wydarzeń. Heart zapowiedziała, że jutro wypowie się na konferencji prasowej".

– Odejdzie z polityki, to przesądzone – powiedziała Leya i przyciszyła telefon. – Harriman odegra się w nowych wyborach, za kilka tygodni.

– Zagłosowałabyś na niego? – mruknął Ludwig.

Leya uznała to pytanie za retoryczne.

Ludwig poczuł, że kobieta śmierdzi potem i jakimś preparatem do włosów. Nie miał siły myśleć o fetorze, który sam musiał roztaczać.

Usłyszeli kolejne wiadomości w radiu: „W czasie gdy rozgrywały się dramatyczne wydarzenia w Izbie, doszło również do strzelaniny w sąsiadującym z Kongresem od południa hotelu Capitol Skyline. Eksperci do spraw bezpieczeństwa spekulują, że była to akcja mająca na celu uniemożliwienie większego ataku terrorystycznego. FBI potwierdziło, że w wyniku akcji zginęło sześć osób nieznanej narodowości.

Pozostajemy w stolicy. Prezydent doznał dzisiaj sromotnej i dość nieoczekiwanej porażki, gdy Izba Reprezentantów odrzuciła w głosowaniu projekt złożonej przez niego ustawy o intensyfikacji działań wymierzonych w nowy rodzaj segregacji w szkołach w całym kraju, polegających między innymi na tym, żeby automatycznie przyznawać obywatelstwo dzieciom nielegalnych imigrantów, nawet jeśli nie da się potwierdzić, że urodziły się w USA".

Leya wyłączyła radio i schowała komórkę do kieszeni żakietu. Pokręciła głową.

– Ci idioci odrzucili ustawę – powiedziała ponuro.

– Nie nadążam.

– Data ataku terrorystycznego była związana z tym, że Kongres chciał właśnie dziś przyklepać ustawę o szkolnictwie, która miała przeciwdziałać segregacji. Ale jej nie przyjęli. Ten kraj jest kompletnie bez sensu.

Ludwig spojrzał na nią. Miała wszystkie cechy potrzebne do zrobienia kariery w świecie służb specjalnych. Udowodniła to z nawiązką w ciągu ostatnich tygodni. Nie więcej niż dwa procent ludności posiadało taki rodzaj maniakalnej świadomości celu. Teraz, kiedy spróbowała tego życia, będzie jej trudno wrócić do pokojowego działania w cywilu.

– Zastanawiasz się więc, po co właściwie było to wszystko – powiedział spokojnie.

– Jasre, a ty nie?

Wzruszył ramionami.

– Nie pozwoliliśmy im zabić tysięcy ludzi. I przeprowadzić wielu mniejszych ataków. Dzięki zdobytym przez nas informacjom FBI będzie mogło rozpracować pozostałą część grupy Klace'a i rozbić całą organizację, kawałek po kawałku.

– A więc wojna trwa – stwierdziła lakonicznie Leya.

– I niech ci się nie zdaje, że kiedyś się skończy.

Leya siedziała w milczeniu przez kilka minut. Błądziła wzrokiem między podsufitką samochodu a oparciem przedniego fotela. Potem powiedziała:

– Jak człowiek wraca do równowagi po czymś takim? Mam wrażenie, że moje nerwy są w strzępach.

Wjechali na ośmiopasmową autostradę. Ludwig patrzył na samochody jadące z naprzeciwka, najpierw rozmazane przez deszcz, potem przez pół sekundy wyraźne i znowu rozmazane. Nie mógł skupić wzroku.

– W pierwszym tygodniu – zaczął – człowiek nie rozumie, co czuje. To jest najlepszy tydzień. Niestety, nie da się wtedy tak naprawdę wypocząć, bo ciągle jest się na pełnych obrotach. Drugi tydzień jest gorszy, bo sumienie zaczyna nadrabiać zaległości. Wmawiasz sobie, że mogłaś coś zrobić inaczej, że ludzie nie powinni byli stracić życia. Zastanawiasz się niepotrzebnie nad swoimi decyzjami, jakbyś miała w głowie jakiegoś cholernego terapeutę, który dręczy cię pytaniami. Trzeci, czwarty i piąty tydzień są prawie najgorsze. Wtedy zaczynasz tłumić poczucie winy i… ten brud, co skutkuje wielką ofensywą koszmarów sennych. Ogarnia cię panika, siedzisz w barze i próbujesz przechytrzyć mechanizmy koszmarów, zastanawiasz się, co zaserwują ci za chwilę, żeby się na to przygotować. I jakżeby inaczej, rzeczywiście w snach pojawia się to, o czym myślałaś… Jakby podświadomość traktowała twój lęk jak rodzaj zamówienia, życzenia, co chciałoby się zobaczyć… następnym razem. To jednak też da się ogarnąć, na swój sposób. Po kilku tygodniach rozumiesz, że koszmary to najlepsze, co masz, bo tylko dzięki nim czujesz, że żyjesz.

Usłyszał pełen rezygnacji szept Lei:

– Jakie szczęście, że nigdy nie sypiam.

Ludwig zastanawiał się, czy ma halucynacje, czy kierowca faktycznie coś sobie nucił pod nosem. Zamknął na chwilę oczy, pokręcił głową, żeby odzyskać ostrość spojrzenia, i ciągnął dalej:

– A później nadchodzi najgorsza faza, bezapelacyjne pierwsze miejsce. To moment, w którym udaje ci się wreszcie wypłynąć na powierzchnię, a wszystko, co widzisz, jest szare i bezdźwięczne, jakby przytępiły ci się zmysły. Wtedy zaczynasz marzyć, że telefon znów zadzwoni. W końcu jesteś gotowa żebrać na kolanach o nowe zadanie. Podobne. A najlepiej jeszcze gorsze.

– Ludzie z FBI pieją z zachwytu – powiedziała Leya metalicznym głosem, jakby odhaczała kolejny punkt na liście zadań. – Udało im się operacyjnie wyjąć bombę ze zwłok bez uszkodzenia ładunku. Twierdzą, że to zdobycz o nieocenionej wartości dla bezpieczeństwa kraju. Dostaniesz medal od przewodniczącego i...

– Słyszałaś, co mówiłem? – przerwał jej Ludwig.

– Tak. – Zrobiła wydech, odzyskała normalny ton głosu. – Powiedziałeś, że moje życie będzie tak samo połamane jak twoje. Ale mówiłeś też, o ile cię dobrze zrozumiałam, że to nieuniknione.

– Wcale nie. Jeśli zrezygnujesz teraz, masz szansę znaleźć w życiu coś sensownego. Napisz książkę o swoich doświadczeniach z operacji kryminalnych albo...

– To najbardziej sensowna rzecz, jaką robiłam w życiu.

Po kilku kilometrach samochód zjechał z autostrady. Ludwig nie wiedział, dokąd jadą, ale nie zamierzał pytać. Wszędzie wokół widać było płaskie budynki w odcieniu ziemniaczanej szarości i beżu.

Pomyślał, że może Leya ma rację. Może faktycznie nie istnieje nic lepszego. Przynajmniej dla takich jak oni. Jedno było pewne: dopiero gdy sytuacja wymagała jazdy bez trzymanki, można było zamienić swoje wady i zaburzenia w wysoko cenione umiejętności. Na szczęście na świecie ciągle potrzebni byli spece od brudnej roboty.

Samochód zwolnił i zatrzymał się na czerwonym świetle, a Ludwig patrzył na parę niewielkich gołębi siedzących na idealnie czystej śnieżnobiałej brzozie, która rosła na skraju starannie przystrzyżonego trawnika. Wyglądały jak sparaliżowane, ledwie przeżyły niedawny huragan i nie miały już siły polecieć na południe. Gdy spadnie pierwszy śnieg, czeka je śmierć.

Leya spojrzała na niego.

– Może to zły moment na takie wiadomości, ale jednak powiem, że niedługo dostanę nowe stanowisko i będę tworzyć własną grupę w firmie. Potrzebny mi mentor. Chciałbyś tu zostać i mi pomóc? Mentor? Gdyby nie był tak zmęczony, roześmiałby się w głos. Zdobył się tylko na niewyraźny, anemiczny uśmiech.

– Ludzie mają dziwaczną skłonność do ignorowania moich rad.

– Zobaczymy – stwierdziła Leya.

Ludwig przypomniał sobie inną podróż samochodem, przez Polskę, półtora roku wcześniej. Kobieta, której wtedy próbował przemówić do rozumu, Faye Morris, a którą teraz czasami widywał w telewizji, całkowicie zlekceważyła jego słowa. Wydawało jej się, że poszła swoją drogą, a ta doprowadziła ją prosto w lepkie objęcia CIA. Teraz jednak przyszedł czas, żeby zadbać o siebie. Od chwili gdy opuścił hotel, słyszał dobrze mu znany złowróżbny głos, który doprowadzał go do szału. To Berlin i wszystko, co to miasto dla niego znaczyło w umarłej przeszłości i przerażającej przyszłości. Miasto zbliżało się do niego jak śmiercionośny meteoryt z kosmosu.

Marzył o tym, żeby już więcej nie zobaczyć głupkowatego uśmiechu Martina za barem. Że 'ˀ gapić się na Tinę i nie myśleć, że jest przeciwieństwem Jen Gerdsen, i dlatego znajduje się zupełnie poza jego zasięgiem. Nie chciał słuchać wiecznie narzekającej matki, że po zjednoczeniu wszystko zeszło na psy. Nie chciał chodzić po bezludnych parkach pełnych sowieckich pomników zwycięstwa i czuć na sobie ciągle wzroku widma swojego ojca.

A Leya właśnie : aproponowała mu drogę ucieczki. Mógłby nie wracać do domu

– Dlaczego nie? – mruknął, zostawiając gołębie ich losowi. Samochód ruszył. - Już wystarczająco długo byłem imigrantem we własnym kraju.

– Dobrze. Nie będziesz żałował.

– Moja definicja żalu – pouczył ją Ludwig – to czuć nienawiść do siebie zamiast do wiecznego tykania zegara odliczającego czas do śmierci. Więc owszem, będę żałował. Tyle że postaram się o tym nie myśleć.

Leya nie odpowiedziała. Przez chwilę zdawało się, że zasnęła, nagle jednak zaczęła szybko mrugać oczami, złapała za uchwyt nad drzwiami i wyjrzała przez okno. Samochód jechał wzdłuż ogrodzenia zakończonego na górze drutem kolczastym. Lotnisko.

Ludwig spytał:

– Dokąd właściwie jedziemy?

– Polecimy firmowym jetem do rodziców Chrisa Warsinsky'ego. Myślę, że powinniśmy im powiedzieć, co tak naprawdę stało się ich synowi. I że sprawcy ponieśli karę.

To szlachetnie z jej strony, pomyślał Ludwig. Jemu nie przyszłoby to chyba do głowy. Później zrozumiał, czemu miało to służyć.

– Rozumiem – powiedział sucho. – Harriman chce, żeby stanęli przy nim przed kamerami telewizyjnymi, gdy będzie ogłaszał, że weźmie udział w powtórzonych wyborach.

– Tak, to jeden z aspektów tej sprawy.

Przejechali przez szeroką okratowaną bramę. Mały śnieżnobiały ostrodzioby samolot połyskiwał w deszczu. Schodki były wysunięte. Samochód się zatrzymał.

Leya otworzyła drzwi po swojej stronie, mówiąc:

– Jedziesz ze mną?

– Będzie jakieś jedzenie i picie na pokładzie? – spytał Ludwig, rzucając okiem na samolot.

– Ile tylko zdołasz w siebie wcisnąć przez czterdzieści pięć minut.

Ludwig wysiadł z samochodu, rozprostował plecy i z trudem zrobił pierwszy krok w stronę samolotu. Wszystko go bolało, jakby ktoś przepuścił go przez wyżymaczkę. Gdyby nie miał dokąd pójść, położyłby się w tej chwili na ziemi i zasnął mimo deszczu.

Leya pierwsza pokonała piętnaście metrów do samolotu i czekała na niego przy schodkach.

– Wygraliśmy – powiedziała z lekkim uśmiechem świadczącym o potwornym zmęczeniu. – Dopiero teraz to do mnie dotarło. Gdy byłam w FBI, cały czas tylko kopaliśmy i kopaliśmy, wygrzebywaliśmy ciągle nowe brudy, ale nigdy nie miałam poczucia zwycięstwa.

Ludwig zaczął wchodzić po schodach.

– W tej branży musisz wygrywać. Przegrana to śmierć.